모모

미 하 엘 엔 데

MOMO

모모

미하엘 엔데 지음
한미희 옮김

시간을 훔치는 도둑과, 그 도둑이 훔쳐 간
시간을 찾아 주는 한 소녀에 대한 이상한 이야기

비룡소

어둠 속에서 비쳐 오는 너의 빛
어디서 오는지 나는 모르네.
바로 곁에 있는 듯, 아스라이 먼 듯
언제나 비추건만
나는 네 이름을 모르네.
꺼질 듯 꺼질 듯 아련히 빛나는 작은 별아.

- 옛 아일랜드 동요에서

차례

1부 모모와 친구들

2부 회색 신사들

3부 시간의 꽃

1부

모모와 친구들

제1장

어느 커다란 도시와 작은 소녀

사람들이 아주 다른 말을 쓰던 옛날옛날 아주 먼 옛날, 따뜻한 나라들에는 크고 화려한 도시들이 세워져 있었다. 거기에는 왕이 사는 궁전이 우뚝 서 있고, 넓은 도로와 좁은 길과 꼬불꼬불한 골목길이 있었다. 황금과 대리석으로 조각된 신의 상이 서 있는 웅장한 사원도 있고, 세계 곳곳의 왕국에서 들여온 온갖 다채로운 물건이 산더미처럼 쌓여 있는 시장도 있었으며, 사람들이 새로운 일을 이야기하고, 연설을 하거나 듣기 위해 모였던 넓고 아름다운 광장도 있었다. 그리고 무엇보다 거기에는 극장이 있었다.

그 극장들은 오늘날의 서커스장과 비슷하지만, 커다란 돌로만 지어져 있다는 점은 달랐다. 관객이 앉는 좌석은 거대한 깔때기처럼 겹겹이 계단식으로 꾸며졌다. 위에서 내려다보면, 이 극장들은 둥그런 원 모양도 있고, 갸름한 타원형 모양도 있고, 커다란 반원 모양도 있었다. 사람들은 이 극장을 원형극장이라 불렀다.

그중에는 축구 경기장만큼 커다란 것도 있고, 겨우 몇백 명의 관객에게 어울리는 자그마한 극장도 있었다. 또 둥근 기둥과 조각들로 꾸며진 화려한 극장이 있는가 하면, 아무 장식도 없는 소박한 극장도 있었다. 이 원형극장들에는 지붕이 없었다. 모든 행사는 탁 트인 하늘 아래서 열렸다. 그래서 화려한 극장에는 관객들이 뜨거운 햇볕이나 느닷없이 쏟아지는 소낙비 때문에 고생하는 일이 없도록, 좌석 위에 금실로 짠 융단을 높다랗게 쳐 놓았다. 소박한 극장에서는 갈대와 짚으로 짠 차일이 그 구실을 했다. 한마디로 극장들은 사람들의 형편에 맞게 꾸며졌다. 하지만 모두들 극장을 갖고 싶어 했다. 그들은 하나같이 모두 열정적인 청중이요 관객이었기 때문이다.

그들은, 무대에서 그려지는 감동적인 이야기나 우스운 이야기에 귀를 기울일 때면, 무대에서 벌어지는 삶이 자신들의 일상의 삶보다 더 현실 같다는 묘한 느낌을 갖곤 했다. 그들은 이러한 또 다른 현실에 귀 기울이기를 좋아했다.

그 후로 수천 년의 세월이 흘렀다. 옛날의 커다란 도시들은 몰락했고, 사원과 궁전들은 무너져 버렸다. 비바람과 추위와 뜨거운 햇볕으로, 돌덩이들은 깎이고 구멍이 뚫렸다. 커다란 극장들도 세월의 풍파에 시달려 폐허만이 남았다. 여기저기 어지럽게 금이

간 담벽 틈새에서는, 지금은 여치들만이 잠든 대지의 숨결처럼 들리는 단조로운 노래를 부르고 있다.

하지만 이 커다란 옛 도시 가운데에는 오늘날까지 커다란 대도시로 남아 있는 곳이 몇 군데 있다. 물론 그 안의 삶은 아주 딴판이 되었다. 사람들은 자동차와 전철을 타고 다니고, 전화와 전등을 쓴다. 하지만 새 건물들 사이에는 아직도 군데군데 둥근 기둥들, 성문, 무너진 담 모퉁이 한 자락, 저 옛날의 원형극장 터가 남아 있다.

바로 그런 도시에서 모모의 이야기는 시작된다.

이 커다란 도시의 남쪽 끝머리, 밭이 시작되고 갈수록 누추해져 가는 오두막집들이 있는 곳, 빽빽한 소나무 숲에는 무너진 작은 원형극장이 숨어 있었다. 그곳은 저 옛날에도 화려한 극장은 아니었다. 말하자면 가난한 사람들을 위한 극장이었다. 우리가 사는 시대에, 곧 모모의 이야기가 시작되는 그즈음에 이 폐허는 거의 잊혀져 있었다. 몇 안 되는 고고학 교수들이 이곳을 알고는 있었지만, 더 연구할 것이 남아 있지 않았기 때문에 그들 역시 이 폐허에 관심을 갖지 않았다. 게다가 그곳은 그 대도시에 있는 다른 유적지와 견줄 만한 대단한 유적지도 못 되었다. 그래서 어쩌다 관광객 몇 사람이 길을 잘못 들어 그곳에 와서는, 잡초가 무성한 좌석들 사이를 오르내리고 소란을 떨다가 기념사진을 찍고 다시

가 버리는 것이 고작이었다. 그러고 나면 이 원형 석조 극장 터에
는 다시 고요함이 깃들고, 여치들은 잠시 중단했던 똑같은 음의
끝없는 노래를 계속하는 것이었다.

이 묘한 원형극장 터를 알고 있는 사람은 가까운 이웃 마을 사
람들뿐이었다. 그들은 이곳에 염소를 풀어놓아 풀을 뜯겼고, 아이
들은 가운데 둥근 마당에서 공놀이를 했다. 밤이 되면 간혹 사랑
하는 연인들이 찾아오기도 했다.

그러던 어느 날, 마을 사람들 사이에 요즘 들어 누군가가 극장
터에 살고 있다는 소문이 돌았다. 어린아이, 아마도 어린 소녀인
것 같다는 얘기였다. 이렇게밖에 말할 수 없는 것은 그 애의 옷차
림이 약간 이상했기 때문이었다. 이름은 모모라든가, 아무튼 그
비슷한 이름이었다.

아닌 게 아니라 모모의 모습은 약간 이상했다. 깔끔함과 단정
함을 중요하게 생각하는 사람이라면 조금 놀랄 정도였다. 키는
작았고, 대단한 말라깽이였다. 그래서 아무리 자세히 봐도 겨우
여덟 살짜린지, 아니면 벌써 열두 살이 된 소녀인지 도무지 알 수
가 없었다. 아이의 머리는 칠흑같이 새까만 고수머리였는데, 한
번도 빗질이나 가위질을 한 적이 없는 듯 마구 뒤엉켜 있었다. 깜
짝 놀랄 만큼 예쁜 커다란 눈은 머리 색깔과 똑같이 까만색이었
다. 거의 언제나 맨발로 돌아다녀서 발 역시 새까맸다. 모모는 겨
울에만 가끔 신발을 신었다. 하지만 그 신발은 언제나 짝짝이인

14

데다가 너무 헐렁했다. 하지만 그 애가 갖고 있는 것이라곤 어디선가 주웠거나 선물로 받은 것뿐이어서 그럴 수밖에 없었다. 색색 가지 알록달록한 천을 이어 붙여 만든 치마는 복사뼈까지 치렁치렁 내려왔다. 모모는 그 위에 다 낡아 빠진 헐렁한 남자 웃옷을 걸치고 있었다. 기다란 소매는 손목까지 걷어 올렸다. 하지만 소매를 잘라 낼 생각은 없었다. 앞으로 키가 더 커질 것을 미리 계산했기 때문이다. 게다가 또 언제 그렇게 주머니가 많이 달린, 멋있고도 실용적인 웃옷을 얻을 수 있겠는가.

잡초가 무성하게 자란 극장 터의 무대 밑에는 반쯤 무너져 내린 방이 몇 개 있었다. 그 방들은 바깥 벽에 난 구멍으로 드나들 수 있었다. 모모는 이곳을 집처럼 꾸며 놓았다. 어느 날 점심 무렵 근처에 사는 몇몇 아저씨와 아주머니가 모모를 찾아와 이것저것 캐물었다. 모모는 내쫓길까 봐 걱정이 되어 마주 서서 불안한 눈빛으로 그들을 쳐다보았다. 하지만 모모는 곧 그들이 친절한 사람들이라는 것을 알게 되었다. 그들 역시 가난하고, 삶이 무엇인지를 알고 있는 사람들이었던 것이다.

한 남자가 물었다.

"그래, 여기가 마음에 드니?"

모모는 대답했다.

"예."

"그러면 여기서 계속 살 작정이니?"

"예. 그러고 싶어요."

"하지만 널 기다리는 사람이 있을 텐데?"

"없어요."

"내 말은, 집으로 돌아가야 하지 않느냐는 말이다."

모모는 자신 있는 목소리로 얼른 대답했다.

"여기가 제 집이에요."

"꼬마야, 그럼 넌 어디서 온 거니?"

모모는 손으로 어딘가 저 먼 곳을 가리키는 막연한 흉내를 내
보였다.

남자는 계속해서 캐물었다.

"부모님은 어떤 분이시니?"

모모는 어쩔 줄 모르고 그 남자와 다른 사람들을 물끄러미 바
라보다가 어깨를 약간 으쓱했다. 마을 사람들은 서로 눈짓을 주
고받으며 한숨을 쉬었다.

남자는 말을 이었다.

"겁낼 것 없다. 널 쫓아내려는 게 아니니까. 우리는 널 돕고 싶
단다."

모모는 말없이 고개를 끄떡였지만, 완전히 믿을 수는 없다는
눈치였다.

"네 이름이 모모라던데, 맞니?"

"예."

"아주 예쁜 이름이구나. 하지만 처음 들어 보는 이름이야. 누가 지어 주셨지?"

"저요."

"네가 네 이름을 지었다고?"

"예."

"그럼 생일이 언젠데?"

모모는 한참 생각하더니 대답했다.

"제가 기억하기론 저는 언제나 있었던 것 같아요."

"친척 아주머니나 아저씨나 할머니도 없니? 도대체 네가 찾아 갈 만한 가족이 하나도 없단 말이야?"

모모는 남자를 말끄러미 바라보기만 하고 한동안 아무 말도 하지 않았다. 그러더니 다 기어들어 가는 목소리로 말했다.

"여기가 제 집이에요."

남자는 말했다.

"그래. 하지만 넌 아직 어린애잖니. 대체 몇 살이지?"

모모는 머뭇거리며 대답했다.

"백 살요."

마을 사람들은 모모가 장난을 치고 있다고 생각하고 웃음을 터뜨렸다.

"자, 장난하지 말고. 몇 살이지?"

모모는 조금 더 자신 없는 목소리로 대답했다.

"백두 살요."

한참 후에야 사람들은 모모가 어쩌다 주워들은 숫자가 몇 개 되지 않는 데다가 셈하기를 배운 적도 없어서 숫자가 무엇을 뜻하는지 모른다는 것을 알게 되었다.

남자는 다른 사람들과 의논하고 나서 말했다.

"자, 내 말을 들어 봐. 네가 여기 살고 있다고 경찰에 신고하면 어떨까? 그러면 넌 고아원에 가게 될 테고, 거기서 먹을 것과 잠자리를 얻게 될 거야. 셈하기, 읽기, 쓰기랑, 더 많은 걸 배울 수도 있을 텐데. 어떻게 생각하니, 응?"

모모는 깜짝 놀라 남자를 쳐다보더니 입속말로 말했다.

"아뇨, 그런 데는 가지 않겠어요. 전에 한번 가 본 적이 있어요. 그곳에는 다른 아이들도 있었어요. 창문에는 창살이 있고, 매일 매를 맞았어요. 정말 억울하게 맞았어요. 전 밤에 담을 넘어 도망쳤어요. 다시는 가고 싶지 않아요."

한 노인이 고개를 끄떡이며 말했다.

"그랬구나."

다른 사람들도 알아듣겠다는 듯이 고개를 끄덕였다. 한 부인이 말했다.

"그래, 그럼 좋아. 하지만 넌 어린아이잖니. 널 돌봐 주는 사람이 있어야 해."

모모는 안심하며 대답했다.

"제가 돌보죠."

"정말 네가 할 수 있어?"

모모는 한동안 잠자코 있다가 작은 소리로 말했다.

"전 필요한 게 많지 않아요."

마을 사람들은 다시 한 번 눈짓을 주고받고 한숨을 쉬고는 고개를 끄떡였다. 처음 말을 걸었던 남자가 다시 입을 열었다.

"애, 모모야. 우리 생각엔 네가 우리 중 한 사람 집에서 살면 좋을 것 같구나. 사실 우리도 널찍한 집에서 살고 있진 않아. 집집마다 대개는 먹여 살릴 애들이 잔뜩 있고. 하지만 아이가 하나쯤 더 있어도 상관없다고 생각한다. 네 생각은 어떠니?"

모모는 처음으로 빙그레 미소를 지으며 대답했다.

"고맙습니다. 정말 고마워요! 하지만 절 그냥 여기에 살게 해주시면 안 될까요?"

사람들은 오랫동안 의논하고, 결국 그렇게 하기로 했다. 여기서도 모모가 그들 중 한 사람 집에서 사는 것 못지않게 잘 살 수 있다고 생각했기 때문이었다. 그들은 모두 함께 모모를 보살피기로 했다. 그렇게 하는 것이 혼자서 보살피는 것보다 훨씬 간단할 테니까.

그들은 당장에 일을 시작해서, 모모가 살고 있는 반쯤 허물어진 집을 깨끗이 치우고 정성껏 수리했다. 모모를 찾아온 마을 사람 중에는 미장이도 있었다. 미장이는 돌로 조그만 난로를 지어 주고, 그 위에 녹슨 연통까지 달아 주었다. 나이 든 목수 할아버지는 널빤지 몇 장을 모아 와서 조그만 책상 하나와 의자 두 개를 만들어 주었다. 부인들은 낡았지만 멋진 소용돌이 장식이 달린 쇠침대와 조금 찢어진 매트리스 한 개, 담요 두 장을 갖고 왔다. 이렇게 해서 허물어진 극장 터 무대 밑의 바위 구멍은 아늑하고 작은 방으로 꾸며졌다. 예술적 재능이 뛰어난 미장이는 마지막으로 벽에다 예쁜 꽃 그림을 그린 다음, 액자와 그림을 거는 못까지 그려 주었다.

마을 아이들은 모모를 위해 일부러 남긴 음식을 들고 찾아왔다. 어떤 아이는 치즈 한 조각을, 어떤 아이는 작은 빵 조각을, 또 다른 아이는 과일을……. 마을에는 아이들이 아주 많았고, 그날 밤엔 정말 많은 아이들이 몰려왔기 때문에 원형극장에서 모두 함께 모모의 입주를 축하하는, 조촐하지만 멋진 파티를 열 수 있었다. 그것은 가난한 사람만이 그 멋을 느낄 수 있는 즐거운 파티였다.

꼬마 모모와 이웃 마을 사람들의 친분은 그렇게 시작되었다.

제2장

뛰어난 재능과 아주 평범한 싸움

그때부터 모모의 형편은 좋아졌다. 어쨌든 그 아이는 그렇게 생각했다. 사정에 따라, 마을 사람들의 여유에 따라 넘칠 때도 있고 부족할 때도 있었지만, 아무튼 언제나 먹을 것이 있었다. 집이 있고, 침대가 있고, 쌀쌀한 날씨에는 난로에 불도 땔 수 있었다. 하지만 무엇보다도 좋은 친구들이 많이 생긴 것이 가장 좋았다.

그렇게 친절한 사람들을 만난 것은 모모에게는 정말 행운이라고 생각할 수도 있을 것이다. 하긴 모모도 그렇게 생각했다. 하지만 얼마 안 가서 마을 사람들 역시 모모를 만난 것이 커다란 행운이라는 것을 깨닫게 되었다. 모모는 그들에게 꼭 필요한 존재가 되었다. 전에 그 아이 없이 어떻게 지낼 수 있었는지 의아할 정도였다. 이 작은 소녀가 그들 곁에 머무는 기간이 길어질수록 소녀는 더욱더 필요한 존재가 되었다. 마을 사람들은 아이가 어느 날 갑자기 떠나 버리지 않을까 걱정하기에 이르렀다.

이렇게 해서 모모의 집에는 손님이 끊이지 않게 되었다. 모모 곁에는 언제나 누군가가 앉아 열심히 이야기를 하고 있었다. 모모가 필요하지만 직접 찾아올 수 없는 사람은 모모를 부르러 사람을 보냈다. 아직 모모가 필요하다는 것을 느끼지 못하는 사람이 있으면, 마을 사람들은 이렇게 말했다. "아무튼 모모에게 가 보게!"

"아무튼 모모에게 가 보게!" 이 말은 인근 마을 사람들이 으레 하는 일상어가 되어 버렸다. 사람들은 "하시는 일이 모두 잘되길 빕니다!", "맛있게 드세요!", "하느님만이 아실 일이지!" 같은 말을 하듯이 무슨 일이 생기면 이렇게 말하는 것이었다. "아무튼 모모에게 가 보게!"

도대체 왜 그랬을까? 모모가 누구에게나 좋은 충고를 해 줄 수 있을 만큼 똑똑하기 때문에? 위로를 받고 싶어 하는 사람에게 꼭 맞는 말을 해 줄 수 있기 때문에? 현명하고 공정한 판단을 내릴 줄 알았기 때문에?

그 어느 것도 아니었다. 모모는 이 세상 모든 아이가 그렇듯이 그런 일을 잘하지 못했다. 그렇다면 모모가 사람들을 즐겁게 해 주는 어떤 재주를 가지고 있었던 걸까? 이를테면 노래를 잘한다든지, 악기를 다룰 줄 안다든지? 혹시 서커스단에 있었던 적이 있어서 춤을 추거나 곡예를 할 줄 알았던 것일까?

그것도 아니었다.

그렇다면 모모가 마술을 부릴 줄 알았던 것은 아닐까? 모든 근심과 어려움을 단번에 잊게 해 주는 비밀스러운 주문을 알고 있었던 것은 아닐까? 손금을 보는 재주가 있거나, 아니면 앞날을 내다보는 그 비슷한 어떤 능력이 있었던 것은 아닐까?

그것도 아니었다.

하지만 꼬마 모모는 그 누구도 따라갈 수 없는 재주를 갖고 있었다. 그것은 바로 다른 사람의 말을 들어 주는 재주였다.

그게 무슨 특별한 재주람. 남의 말을 듣는 건 누구나 할 수 있지. 이렇게 생각하는 독자도 많으리라.

하지만 그 생각은 틀린 것이다. 진정으로 귀를 기울여 다른 사람의 말을 들어 줄 줄 아는 사람은 아주 드물다. 더욱이 모모만큼 남의 말을 잘 들어 줄 줄 아는 사람도 없었다.

모모는 어리석은 사람이 갑자기 아주 사려 깊은 생각을 할 수 있게끔 귀 기울여 들을 줄 알았다. 상대방이 그런 생각을 하게끔 무슨 말이나 질문을 해서가 아니었다. 모모는 가만히 앉아서 따뜻한 관심을 갖고 온 마음으로 상대방의 이야기를 들었을 뿐이다. 그리고 그 사람을 커다랗고 까만 눈으로 말끄러미 바라보았을 뿐이다. 그러면 그 사람은 자신도 깜짝 놀랄 만큼 지혜로운 생각을 떠올리는 것이었다.

모모는, 결정을 내리지 못하거나 어떻게 해야 할지 모르는 사람들이 문득 자신이 무엇을 원하는지 정확하게 알 수 있게끔, 그렇게 귀 기울여 들을 줄 알았다. 모모에게 말을 하다 보면 수줍음이 많은 사람도 어느덧 거침없이 대담한 사람이 되었다. 불행한 사람, 억눌린 사람은 마음이 밝아지고 희망을 갖게 되었다. 내 인생은 실패했고 아무 의미도 없다, 나는 전혀 중요하지 않은 사람이다, 마치 망가진 냄비처럼 언제라도 다른 사람으로 대치될 수 있는 그저 그런 수백만의 평범한 사람 가운데 한 사람에 불과하다, 이렇게 생각하는 사람은 모모를 찾아와 속마음을 털어놓았다. 그러면 그 사람은 말을 하는 중에 벌써 어느새 자기가 근본적으로 잘못 생각하고 있었다는 사실을 깨닫게 되었다. 지금 있는 그 대로의 나와 같은 사람은 이 세상에 단 한 사람도 없다, 그렇기 때문에 나는 나만의 독특한 방식으로, 이 세상에서 소중한 존재다, 이런 사실을 깨닫게 되는 것이었다.

모모는 그렇게 귀 기울여 들을 줄 알았다.

어느 날, 이웃이면서도 죽자 사자 한바탕 싸우고 난 뒤로 서로 말도 하지 않던 두 남자가 원형극장으로 모모를 찾아왔다. 다른 사람들이 이웃끼리 서로 원수로 지내는 것은 옳지 않으니 한번 모모에게 가 보라고 권했기 때문이었다. 두 사람은 처음에는 안 가겠다고 고집을 부렸지만, 결국 마지못해 충고를 따랐다.

이렇게 해서 극장에 온 두 사람은 각각 원형극장의 돌 좌석 다른 편에 멀찌감치 떨어져 앉았다. 그들은 철천지원수마냥 아무 말도 하지 않고, 침울하게 앞만 바라보았다.

한 사람은 모모의 "거실"에 난로를 놓아 주고, 예쁜 꽃 그림을 그려 주었던 미장이, 바로 그 사람이었다. 미장이는 끝을 꼬아 올린 검은 수염을 기른 힘센 장정이었고, 이름은 니콜라였다. 다른 사람의 이름은 니노였다. 니노는 바싹 마른 데다가 언제나 약간 피곤한 것처럼 보였다. 그는 도시 변두리에 조그만 술집을 세내어 운영하고 있었다. 고작 노인 몇몇이 포도주 한 잔을 시켜 놓고 밤늦게까지 앉아 지나간 추억을 이야기하는 그런 술집이었다. 니노와 그의 뚱뚱한 아내 역시 모모의 친구였다. 그들은 맛있는 것을 들고 종종 모모를 찾아오곤 했다.

모모는 두 사람이 서로에게 잔뜩 화가 나 있다는 것을 눈치챘다. 누구한테 먼저 가야 할지 알 수가 없었다. 결국 모모는 누구의 마음도 상하게 하고 싶지 않아서 두 사람에게서 똑같은 거리만큼 떨어진, 석조 무대의 가장자리에 걸터앉아 두 사람을 번갈아 바라보았다. 모모는 무슨 일이 벌어질지 그저 기다리고 있었다. 많은 일들은 해결하려면 시간이 필요한 법이다. 그리고 모모가 얼마든지 가지고 있는 유일한 재산, 그것은 바로 시간이었다.

화가 잔뜩 난 두 사람은 오랫동안 묵묵히 앉아 있었다. 그러다가 갑자기 니콜라가 벌떡 일어나며 말했다.

"이제 가 봐야겠다. 여기 온 것만으로도 충분히 호의를 보여 준 거야. 하지만 모모, 너도 봤지? 저 사람은 끝내 자기가 잘못한 게 하나도 없다고 생각하는 것 같구나. 이런 판에 더 오래 기다릴 이유가 어디 있겠니?"

그러면서 니콜라는 정말 가려고 몸을 돌렸다. 니노가 뒤에서 소리쳤다.

"그래, 갈 테면 가 봐! 자네는 여기 올 필요도 없었어. 난 사기꾼과 화해할 생각이 없으니까 말이야."

니콜라는 몸을 돌렸다. 화가 나서 얼굴이 시뻘겋게 상기되어 있었다. 그는 으르렁대면서 다시 돌아왔다.

"도대체 누가 사기꾼이라는 거야? 다시 한 번 말해 봐!"

니노가 버럭 소리를 질렀다.

"원한다면 얼마든지 해 주지! 힘이 세고 성질이 사나우니까 아무도 자네에게 바른말을 못 할 줄 알지? 하지만 난 달라. 나는 자네에게, 또 들을 마음이 있는 모든 사람에게 바른말을 할 수 있네. 자, 어서 와서 저번에 그랬던 것처럼 다시 한 번 내 목을 졸라 보지 그래!"

니콜라가 주먹을 불끈 쥐고 고함쳤다.

"내가 정말 그랬다면 아무 소리 안 해! 하지만 모모야, 저 사람은 거짓말을 하는 거야. 완전한 중상모략이지. 난 그냥 저 친구 옷깃을 움켜잡아 술집 뒤에 있는 시궁창에 던진 것뿐이란다. 쥐새끼도 거기 빠져 죽진 않아."

그러고는 니노 쪽으로 몸을 돌려 소리쳤다.

"그리고 유감스럽게도 자네 역시 멀쩡하게 살아 있군그래!"

한동안 거친 욕설이 오갔다. 모모는 도대체 무슨 일인지, 왜 서로 불같이 화를 내고 있는지 도무지 알 수가 없었다. 하지만 곧 니노가 손님들이 있는 자리에서 니콜라의 따귀를 때렸고, 그래서 니콜라가 니노를 시궁창에 메다꽂았다는 것이 밝혀졌다. 그런데 니노 말로는, 니콜라가 먼저 니노의 그릇을 몽땅 박살 내려고 했기 때문에 그럴 수밖에 없었다는 것이었다.

니콜라가 씩씩대며 반박했다.

"새빨간 거짓말이야! 맥주잔 하나를 벽에다 던졌을 뿐이야. 게다가 어차피 그 잔은 금이 가 있었다고!"

니노가 대꾸했다.

"그래도 그 잔은 *내* 잔이야. 알겠어? 자넨 그런 짓을 할 권리가 없어!"

하지만 니콜라는, 니노가 미장이로서 그의 자부심에 상처를 주었기 때문에 그렇게 할 권리가 있었다고 했다. 니콜라는 모모에게 큰 소리로 말했다.

"저 사람이 어떤 말을 했는지 아니? 글쎄, 내가 밤낮으로 술에 취해 있어서 담을 똑바로 쌓을 수 없다는구나. 우리 증조할아버지도 그랬다는 거야. 우리 증조할아버지가 피사의 사탑 공사에 참여했을 거라나."

니노는 대답했다.

"하지만 니콜라, 그건 농담이었어."

니콜라는 화를 내며 말했다.

"멋진 농담이군그래! 난 그런 농담을 듣고 웃을 순 없네."

그렇지만 니노가 그런 농담을 했던 이유는 니콜라가 기분 나쁜 농담을 했기 때문이라는 것이 곧 밝혀졌다. 어느 날 아침 일어나 보니, 니노의 집 대문에 선명한 빨간색 페인트로 이렇게 쓰여 있었다. "아무것도 될 수 없는 사람이 술집 주인이 된다." 니노는 그것을 농담으로 생각할 수 없었고, 그래서 앙갚음을 했다는 얘기였다.

두 사람은 두 가지 농담 중에서 어떤 것이 더 멋진 농담인지를 놓고 티격태격하더니 다시 화가 나서 소리를 질러 댔다. 그러다가 갑자기 싸움을 뚝 그쳤다.

모모는 눈이 둥그레져서 두 사람을 쳐다보았다. 두 사람은 그 눈길의 의미를 해독할 수 없었다. 저 아이가 마음속으로 우리들을 우습다고 생각하는 걸까? 아니면 슬퍼하는 걸까? 모모의 얼굴에서는 아무것도 읽어 낼 수 없었다. 하지만 두 사람은 갑자기 거울 속에 비친 자신의 모습을 들여다본 듯이 부끄러워졌다.

니콜라가 말했다.

"좋아, 자네 집 대문에 그런 말을 쓰지 말았어야 했을지도 모르지. 하지만 니노, 자네가 손수 포도주를 한 잔만 따라 주었어도 그렇게는 하지 않았을 거네. 이치가 그렇잖아, 안 그런가? 나는 언제나 꼬박꼬박 돈을 지불했으니 말일세. 자네가 나를 그렇게 대우할 하등의 이유가 없다고 생각하네."

니노가 맞받아쳤다.

"이유가 있을 수도 있지! 성 안토니우스 일은 잊어버렸나? 흥, 얼굴이 해쓱해지는군! 자넨 날 철저하게 속였어. 그런 일을 그냥 넘어갈 수는 없지."

니콜라는 버럭 소리를 지르며 어이가 없다는 듯이 자기 이마를 쳤다.

"내가 자넬 속였다고? 적반하장도 유분수지! 자네가 날 속이려고 했잖아. 물론 성공하진 못했지만 말이야!"

그러니까 사정은 이랬다. 니노의 작은 술집 벽에는 성 안토니우스를 그린 천연색 그림이 걸려 있었다. 니노가 언젠가 잡지에서 오려 내어 액자에 끼운 그림이었다.

어느 날, 니콜라가 마음에 든다면서 니노에게 그림을 사겠다고 했다. 니노는 솜씨 좋게 흥정을 해서 니콜라가 그림값으로 라디오를 내놓게 만들었다. 니노는 속으로 쾌재를 불렀다. 니콜라가 손해를 보는 것이 분명했으니까. 결국 거래는 성사되었다.

하지만 그림과 마분지로 된 액자 뒷면 사이에 지폐가 한 장 끼워져 있었다는 것이 밝혀졌다. 니노는 전혀 몰랐던 돈이었다. 이제 그가 속아 넘어간 꼴이 되었다. 화가 난 니노는 니콜라에게, 돈은 흥정에 들지 않았으니까 그 돈을 돌려 달라고 단호하게 요구했다. 니콜라는 그 요구를 거절했고, 그 후 니노는 니콜라에게 포도주를 따라 주지 않았다. 이렇게 해서 싸움이 시작된 것이었다.

이야기가 사건의 발단까지 거슬러 올라가자 두 사람은 한동안 잠자코 있었다.

먼저 니노가 물었다.

"솔직하게 말해 보게, 니콜라. 흥정을 하기 전에 돈이 있다는 사실을 알았나, 몰랐나?"

"물론 알았지. 그렇지 않다면 어느 누가 그렇게 손해나는 흥정을 하겠나?"

"그렇다면 인정하게. 자네가 날 속인 거야."

"왜? 정말 돈이 있다는 걸 몰랐나?"

"몰랐어. 맹세하지!"

"좋아. 그래도 자넨 날 속일 마음이 있었던 거야. 어떻게 그런 허섭스레기 같은 신문지 조각으로 내 라디오를 차지할 생각을 할 수 있나, 응?"

"그런데 자넨 어떻게 돈이 있다는 걸 알게 됐나?"

"이틀 전에 한 손님이 성 안토니우스에게 바치는 헌금으로 그곳에 돈을 끼워 넣는 걸 보았네."

니노는 입술을 깨물었다.

"많았나?"

니콜라가 대답했다.

“더도 덜도 않고 꼭 내 라디오값에 상당하는 액수였네.”

니노가 생각에 잠기며 말했다.

“그렇다면 우리 싸움의 진짜 원인은 내가 잡지에서 오려 낸 성 안토니우스 때문이었군그래.”

니콜라가 머리를 긁적이며 작은 소리로 웅얼거렸다.

“그렇지. 원한다면 그림을 돌려주겠네, 니노.”

니노가 위엄 있게 대답했다.

“천만에, 그럴 필요 없네! 바꾼 건 바꾼 거야! 대장부끼리 한 약속은 지켜야지!”

여기서 두 사람은 동시에 큰 소리로 웃기 시작했다. 그들은 돌계단을 내려와 풀이 웃자란 둥근 마당 가운데서 얼싸안고 상대방의 등을 토닥였다. 그러고는 모모를 안으며 이렇게 말했다.

“정말 고맙다!”

잠시 뒤 두 사람은 집으로 돌아갔다. 모모는 오랫동안 그들에게 손을 흔들어 주었다. 모모는 자기 친구인 두 사람의 사이가 다시 좋아져서 마음이 정말 흐뭇했다.

또 한번은 이런 일이 있었다. 조그만 사내아이 하나가 모모에게 노래를 부르려고 하지 않는 카나리아 한 마리를 가져왔다. 이 일은 훨씬 더 어려운 일이었다. 하지만 모모는 일주일 내내 카나리아에게 귀를 기울였고, 드디어 카나리아는 즐겁게 지저귀기 시작했다.

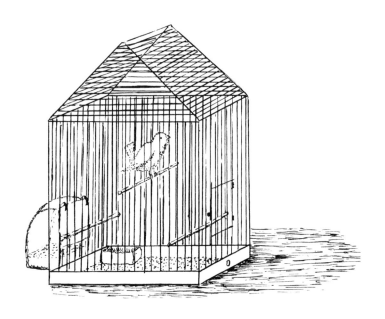

　모모는 이 세상 모든 것의 말에 귀를 기울였다. 개, 고양이, 귀
뚜라미, 두꺼비, 심지어는 빗줄기와 나뭇가지 사이를 스쳐 지나가
는 바람에도 귀를 기울였다. 그러면 그들은 각각 자기만의 독특
한 방식으로 모모에게 이야기를 했다.

　친구들이 모두 집으로 돌아간 밤이면, 모모는 수많은 별들이
반짝이는 하늘을 머리에 이고 있는 옛 원형극장의 둥근 마당에
혼자 앉아 거대한 정적의 소리에 가만히 귀 기울이곤 했다.

　그러면 모모는 별들의 나라를 향해 열려 있는 거대한 귓바퀴
한가운데에 앉아 있는 듯한 느낌이 들었다. 그리고 가슴 깊은 곳
까지 스며드는, 나직하지만 웅장한 음악을 듣고 있는 것 같았다.

그런 밤이면 모모는 유난히 예쁜 꿈을 꾸었다.

아직도 귀 기울여 듣는 일이 대수롭지 않은 일이라고 생각하는 사람이 있다면, 모모만큼 잘할 수 있는지 한번 직접 시도해 보길 바란다.

제3장

폭풍 놀이와 진짜 소나기

　물론 모모는 귀 기울여 듣는 데 있어서 어른과 아이를 가리지 않았다. 하지만 아이들은 어른들과는 다른 이유로 옛 원형극장 터를 찾아왔다. 모모가 거기 살면서부터 아이들은 그 어느 때보다 재미있게 놀 수 있었다. 한순간도 지루한 때가 없을 정도였다. 모모가 멋진 제안을 내놓기 때문은 아니었다. 아니, 모모는 그냥 거기 앉아서 같이 어울려 놀았을 뿐이다. 어떻게 그렇게 되는지는 모르지만, 모모가 있으면 아이들은 기발한 아이디어를 새록새록 떠올렸다. 그들은 매일 새로운 놀이를 생각해 냈고, 점점 더 멋진 놀이를 만들어 냈다.

　숨이 턱턱 막히는 후텁지근한 어느 날이었다. 열댓 명 되는 아이들이 돌계단에 앉아 모모를 기다리고 있었다. 모모는 외출 중이었다. 가끔 그러듯이 주변을 돌아다니고 있었던 것이다. 하늘에는 시꺼먼 먹구름이 두텁게 덮여 있었다. 곧 한바탕 소나기가 쏟아질 것 같았다.

꼬마 동생을 데리고 온 소녀가 말했다.

"집에 갈래. 난 천둥이랑 번개가 무서워."

안경을 쓴 소년이 물었다.

"그래, 그럼 집에서는? 집에 있으면 무섭지 않니?"

소녀가 대답했다.

"무섭지."

"그렇다면 여기 있어도 되겠네."

소녀는 어깨를 으쓱하고 고개를 끄덕였지만, 잠시 후에 이렇게 말했다.

"하지만 모모가 안 올지도 모르잖아."

약간 불량스러워 보이는 소년이 두 아이의 대화에 끼어들었다.

"그래서 어떻다는 거야? 그러니까 우리끼리 아무 놀이나 하자. 모모가 없더라도 말이야."

"좋아. 그런데 무슨 놀이를 하지?"

"나도 몰라. 무슨 놀이든지 하자."

"무슨 놀이든지라니. 그런 말은 소용없어. 누구 좋은 생각 있는 사람?"

목소리가 여자애처럼 높은 뚱뚱한 소년이 말했다.

"나한테 좋은 생각이 있어. 이 극장 터 전체를 커다란 배라고 하는 거야. 우리는 미지의 바다를 항해하면서 모험을 하는 거지. 자, 내가 선장이다. 넌 일등 항해사야. 넌 자연과학자, 그러니까 교수가 되는 거야. 왜냐하면 우리 여행은 탐사 여행이거든, 알겠지? 다른 사람들은 선원을 해."

"그러면 우리 여자애들은? 우리는 뭘 하지?"

"여자 선원들이지. 이 배는 미래의 배거든."

정말 멋진 생각 같았다! 아이들은 그렇게 하기로 하고 놀이를 시작했다. 하지만 제가끔 의견이 달라서 놀이가 순조롭지 않았다. 얼마 뒤에 아이들은 돌계단에 앉아 모모를 기다렸다.

드디어 모모가 나타났다.

높은 파도가 뱃전에 철썩철썩 부딪혔다. 탐사선 "아르고" 호는 파도에 위아래로 조용히 흔들거리며, 전속력으로 남쪽의 산호초 바다를 향해 나아가고 있었다. 유사 이래 이런 위험한 바다를 항해한 선박은 없었다. 곳곳에 심연과 산호초가 도사리고 있고, 바다 괴물들이 우글대는 곳이었다. 무엇보다 위험한 것은 "영원한 태풍"이라는 사나운 회오리바람이었다. 영원한 태풍은 그 이름이 말해 주듯이 절대 잠잠해지는 법이 없었다. 영원한 태풍은 바다를 이리저리 떠돌아다니며 다음번 희생물을 노렸다. 마치 살아 있는 생물 같았다. 게다가 간교하기까지 한 것 같았다. 태풍의 진로는 예측할 수 없었다. 태풍은 억센 발톱에 걸려든 포획물을 절대 놓치는 법이 없었고, 닥치는 대로 산산조각으로 부서뜨려 놓았다.

물론 탐사선 "아르고"는 "떠도는 회오리바람"을 만날 경우를 대비해 특수하게 제작되었다. 펜싱 칼처럼 나긋나긋 휘어지긴 하지만 절대 부러지는 일이 없는 푸른색 알라몬트 강철로 만든 배였던 것이다. 게다가 특수한 제작법을 써서 커다란 통철판 한 장을 사용했을 뿐이었다. 이음매나 용접한 곳은 한 군데도 없었다.

아무리 그렇다고 해도 다른 선장, 다른 선원들이었다면 이 엄청난 모험을 떠날 용기를 내기 어려웠으리라. 하지만 선장 고르돈은 용감한 사람이었다. 선장은 사령교* 위에 당당하게 서서 남녀 선원들을 내려다보았다. 그들은 하나같이 자기 전문 분야에서 내로라하는 노련한 전문가들이었다.

선장 옆에는 일등 항해사 돈 멜루가 서 있었다. 돈 멜루는 이미 127번이나 태풍을 만났지만 무사히 넘긴 유능한 뱃사람이었다.

뒤쪽 맨 위 갑판에는 탐사 여행의 학술 책임자인 아이젠슈타인 교수와 두 조수 마우린과 사라가 보인다. 마우린과 사라는 뛰어난 기억력으로 교수의 도서관 역할을 맡고 있었다. 세 사람은 고개를 숙여 정밀 기계를 들여다보면서, 어려운 학술 용어를 써 가

---

* 배의 운항을 지휘하는 곳. — 옮긴이

며 나지막한 목소리로 협의하고 있었다.

그들과 조금 떨어진 곳에는 아름다운 원주민 소녀 모모잔이 책상다리를 하고 앉아 있었다. 교수는 이따금 소녀에게 이곳 바다의 특징을 물었다. 그러면 소녀는 교수만이 알아들을 수 있는 울림이 좋은 훌라 방언으로 대답했다.

이번 탐험의 목적은 "떠도는 태풍"의 원인을 밝혀내고, 가능하다면 태풍을 제거해서 다른 배들도 이곳을 다닐 수 있도록 하는 것이었다. 하지만 사방은 고요했고, 태풍이 불 기미는 없었다.

갑자기 망루에서 한 선원이 큰 소리로 외쳤다. 선장은 생각에서 깨어났다. 선원은 두 손으로 나팔을 만들어 외쳤다.

"선장님, 제 눈이 틀림없다면, 저 앞에 유리 섬이 있습니다!"

선장과 돈 멜루는 즉시 망원경을 들었다. 아이젠슈타인 교수와 두 조수도 흥미를 느끼고 가까이 다가왔다. 하지만 아름다운 원주민 소녀만은 침착하게 앉아 있었다. 소녀가 속한 부족에는 호기심을 드러내는 것을 금지하는 비밀스러운 관습이 있기 때문이었다.

그들은 곧 유리 섬에 닿았다. 아이젠슈타인 교수는 줄사다리를 타고 내려가 속이 훤히 들여다보이는 투명한 바닥에 도착했다. 바닥은 굉장히 미끄러웠다. 교수는 똑바로 서 있기 위해 무진 애를 써야 했다.

섬은 원형이었고, 어림잡아 지름이 20미터는 되는 것 같았다.

교수는 둥근 지붕처럼 가운데가 봉긋하게 솟아 있는 섬의 가장 높은 곳까지 올라가 아래를 내려다보았다. 섬의 저 깊숙한 내부에서 일렁이는 불빛이 똑똑히 보였다.

교수는, 잔뜩 긴장해 난간 밖으로 몸을 내밀고 기다리고 있는 다른 사람들에게 자기가 본 내용을 이야기했다.

마우린이 말했다.

"그렇다면 오겔뭄프 비스트로치날리스인 것 같군요."

사라가 말했다.

"그럴지도 모르지만 슐룩쿨라 타페토치페라일 수도 있어요."

교수는 일어나 안경을 고쳐 쓰고 위를 향해 소리쳤다.

"내 생각에는 흔히 볼 수 있는 슈트룸푸스 쿠비에치넨주스의 변종일 것 같소. 아래쪽에서 관찰해 봐야 정확히 알 수 있겠는데."

그러자 어느새 잠수복을 갖춰 입은 여자 선원 세 명이 물속으로 뛰어들었다. 그들은 세계적으로 유명한 잠수 선수권을 보유하고 있었다. 그들의 모습은 곧 짙푸른 바다 깊숙이 사라졌다.

수면에는 한동안 물거품만이 뽀글거릴 뿐이었다. 하지만 갑자기 산드라라는 소녀가 물 위로 올라와 헐떡거리며 소리쳤다.

"거대한 해파리예요! 두 사람은 해파리의 촉수에 잡혀 꼼짝달싹 못 하고 있어요. 너무 늦기 전에 어서 도와줘야 해요!"

그러곤 산드라는 다시 물속으로 사라졌다.

즉시 백 명의 잠수부가 "돌고래"라는 별명을 가진 경험 많은 대장 프랑코의 지휘 아래 물속으로 뛰어들었다. 바다는 곧 물거품으로 뒤덮였다. 그러나 그들도 두 소녀를 해파리로부터 빼낼 수 없었다. 해파리의 힘이 워낙 막강했던 것이다! 교수가 이마를 찡그리며 조수들에게 말했다.

"이 바다에는 모든 것을 거대하게 성장시키는 어떤 신비한 물질이 들어 있나 보오. 정말 흥미롭군!"

그동안 선장 고르돈과 일등 항해사 돈 멜루는 의논해 보고 결론을 내렸다. 돈 멜루가 큰 소리로 외쳤다.

"돌아오시오! 모두 갑판으로! 괴물을 두 조각 내기로 합시다. 그러지 않고서는 두 사람을 구할 수 없겠소."

"돌고래" 대장과 수하의 잠수부들은 모두 갑판으로 기어 올라왔다. "아르고" 호는 우선 뒤로 약간 물러났다가 전속력으로 거대한 해파리를 향해 돌진했다. 강철로 된 이 배의 앞부분은 면도날만큼이나 날카로웠다. 해파리는 곧 두 동강 나 버렸다. 아무 소리도 나지 않았고, 진동도 거의 느낄 수 없었다.

촉수에 잡혀 있는 두 소녀가 다칠지도 모르는 위험한 시도였지만, 일등 항해사 돈 멜루는 한 치도 오차 없이 정확히 계산하고, 정확하게 두 소녀 사이로 배를 몰았던 것이다. 두 동강 난 해파리의 촉수는 곧 힘없이 축 늘어졌고, 두 사람은 무사히 빠져나올 수 있었다.

사람들은 풀려난 두 소녀를 열렬하게 환영해 주었다. 아이젠슈타인 교수는 그들에게 다가가 말했다.

"내 잘못이었소. 당신들을 내려보내지 말았어야 했는데. 그런 위험한 곳에 보낸 걸 용서해 주시오!"

한 소녀가 명랑하게 웃으며 대답했다.

"미안해하실 것 없어요. 우리는 그런 일을 하려고 온걸요."

다른 소녀가 덧붙였다.

"우리 직업이 원래 위험하잖아요."

하지만 더 오래 이야기를 할 시간이 없었다. 선장과 선원들은 두 소녀를 구출하느라 바다를 눈여겨보는 일을 까마득히 잊고 있었다. 그런데 그동안 "떠도는 회오리바람"이 수평선에 나타나 맹렬한 속도로 "아르고" 호를 향해 돌진해 오고 있었던 것이다.

집채만큼 거대한 파도가 몰려와 "아르고" 호를 덮쳐서는, 하늘 높이 올렸다가 족히 50미터는 되는 물속으로 메다꽂았다. "아르고" 호의 선원들처럼 용감하고 노련한 선원들이 아니었다면 이 첫 번째 충격으로 벌써 절반은 갑판으로 휩쓸려 나가떨어지고, 절반은 기절해 버렸을 것이다. 하지만 선장 고르돈은 마치 아무 일도 없었다는 듯이 두 다리를 버티고 사령교에 서 있었다. 승무원들 역시 조금도 흔들림이 없었다. 다만 이런 거친 항해를 해 본 적 없는 아름다운 원주민 소녀 모모잔만은 구명정에 올랐다.

순식간에 온 하늘이 시커먼 먹빛으로 변했다. 회오리바람은 으르렁거리며 배를 덮쳐 하늘 높이 던져 올렸다가 까마득히 깊은 곳으로 메다꽂았다. 바람은 "아르고" 호를 부수지 못해서 약이 바짝바짝 오르는 것 같았다.

선장은 침착한 목소리로 지시했고, 일등 항해사는 선장의 말을 큰 소리로 복창했다. 모두 자기 자리를 지키고 있었다. 아이젠슈타인 교수와 두 조수도 정밀 기계를 내버리고 도망치는 약한 행동은 보이지 않았다. 그들은 태풍의 중심이 어디쯤인지 계산하고 있었다. 태풍의 타격을 피하려면 태풍의 중심 쪽으로 가야 하기 때문이다. 선장은 이 학자의 냉철함에 놀랐다. 교수는 선장인 자신이나 선원들처럼 바다와 너 나 하는 사이가 아니지 않은가.

번쩍, 번개가 일어나 "아르고" 호를 강타했다. 강철 선박은 그 여파로 온통 전기가 흐르게 되었다. 어디를 잡든지 간에 불꽃이 탁탁 튀었다. 하지만 "아르고" 호에 탄 사람들은 모두 몇 달 동안의 강도 높은 훈련을 통해 그런 일에 단련되어 있었다. 이 정도는 아무것도 아니었다.

다만 강철로 만든 밧줄이라든지 쇠막대같이 좀 얄팍한 부분이 백열전구 속의 필라멘트처럼 빨갛게 달아오르자 승무원들도 임무를 수행하기가 약간 힘이 들었다. 석면 장갑을 끼어도 소용이 없었기 때문이다. 하지만 다행히 장대 같은 비가 쏟아부어 뜨거운 열기는 곧 사라졌다. 돈 멜루를 빼고 이렇게 세찬 비를 맞아 본 사람은 아무도 없었다. 빗줄기가 어찌나 촘촘했던지 순식간에 숨 쉬는 데에 필요한 공기마저 몽땅 밀어내 버렸다. "아르고" 호의

탑승원들은 잠수 마스크와 산소 호흡기를 착용해야 했다.

번쩍번쩍, 우르릉 쾅쾅! 포효하는 바람! 집채만 한 파도와 하얀 물거품!

"아르고" 호는 모든 계기를 최고 속력으로 놓고 강력한 태풍의 힘에 맞서 한 치 한 치 힘겹게 앞으로 나아갔다. 보일러실 안쪽 깊숙한 곳에서 일하는 기관사와 화부들은 정말 초인적인 역량을 발휘했다. 배가 앞뒤로, 양옆으로 이리저리 심하게 요동쳐서, 잘못하면 아가리를 쩍 벌리고 있는 아궁이 속으로 내동댕이쳐질 수도 있기 때문에, 그들은 굵은 동아줄로 몸을 묶고 일했다.

드디어 태풍의 중심에 도착했다. 그런데 눈앞에 벌어지고 있는 광경이란!

폭풍이 그 강력한 힘으로 들쭉날쭉한 파도들을 다림질하듯이 쓸어 버려서 그곳의 바다 표면은 거울처럼 매끈했다. 그런데 거기서 거대한 어떤 생물체가 춤을 추고 있는 것이었다. 위로 갈수록 더 뚱뚱한 그 생물체는 한 발로 서서 춤추고 있었다. 마치 산만한 거대한 팽이가 빙글빙글 돌고 있는 것 같았다. 게다가 어찌나 빨리 도는지 자세한 모습을 살펴볼 수도 없었다.

아이젠슈타인 교수는 세찬 빗줄기 때문에 자꾸 흘러내리는 안경을 고쳐 쓰며 환호성을 질렀다.

"슘 슘 구미라스티쿰이다!"

돈 멜루가 투덜거렸다.

"조금 더 자세하게 설명해 주시겠어요? 우리는 단순한 뱃놈들이라서……."

조수인 사라가 끼어들었다.

"교수님이 연구에 전념하게 내버려두세요. 두 번 다시 없는 좋은 기회예요. 팽이 모양의 저 생물체는 지구가 탄생한 최초의 시기에 출현한 것으로 추정되지요. 그러니까 10억 년보다 더 오랜 옛날에 출현했다고 할 수 있어요. 지금은 먼지처럼 작은 변종만이 남아 있을 뿐이에요. 간혹 토마토소스나, 더욱 드문 일이긴 하지만 초록색 잉크 속에서나 찾아볼 수 있지요. 이런 크기의 표본이라면, 이 종류로 아직까지 남아 있는 유일한 것일 거예요."

으르렁대는 바람 소리에 맞서 선장이 큰 소리로 외쳤다.

"하지만 우리는 '영원한 태풍'의 원인을 제거하기 위해 여기 온 겁니다. 그러니까 교수님 저놈을 멈추게 할 수 있는 방법을 일러주세요!"

교수가 말했다.

"나도 모릅니다. 아직까지 저 생물체를 학문적으로 연구할 기회를 가진 사람은 아무도 없었으니까요."

선장은 말했다.

"좋습니다. 그러면 우선 대포를 한 방 쏘겠습니다. 그리고 무슨 일이 벌어지는지 보기로 하지요."

교수는 한탄했다.

"유감천만이군요! 하나밖에 남지 않은 슘 슘 구미라스티쿰 표본을 쏘다니!"

하지만 어느새 강력한 파괴력을 자랑하는 상상의 대포가 거대한 팽이 모양 생물체를 조준했다. 선장은 명령했다.

"발사!"

두 개의 포신으로부터 무려 1미터나 되는 파르스름한 불꽃이 뿜어져 나왔다. 물론 소리는 전혀 나지 않았다. 잘 알려져 있듯이 상상의 대포는 단백질로 발사되기 때문이다.

번쩍번쩍 빛나는 대포알이 슘 슘을 향해 날아갔다. 하지만 슘 슘이 일으키는 거대한 소용돌이에 휘말려 방향이 빗나가고 말았다. 대포알은 점점 더 빠른 속도로 슘 슘 주위를 몇 번 돌더니 결국 하늘 높이 튕겨 올라가 먹구름 속으로 사라져 버렸다.

선장 고르돈이 고함쳤다.

"허탕이야! 아무래도 저놈에게 좀 더 가까이 가야 할 것 같소."

돈 멜루가 큰 소리로 대답했다.

"더는 가까이 갈 수 없습니다! 모든 계기가 이미 전속력으로 맞춰져 있지만, 폭풍에 뒤로 날려 가지 않고 간신히 버티고 있는 형편인걸요."

선장이 물었다.

"무슨 좋은 수가 없을까요, 교수님?"

하지만 아이젠슈타인 교수는 어깨를 으쓱할 뿐이었다. 그의 조수들 역시 묘안을 가지고 있지 않았다. 결국 아무 성과도 거두지 못하고 이번 탐험을 중단해야 할 모양이었다.

그 순간, 누군가가 교수의 옷소매를 잡아당겼다. 아름다운 원주민 소녀 모모잔이었다. 소녀는 우아한 몸짓을 하며 말했다.

"말룸바! 말룸바 오이지투 조노! 에르바이니 잠바 인살투 롤로 빈드라. 크라무나 호이 베니 베니 자도가우!"

교수는 깜짝 놀라며 물었다.

"바발루? 디디 마하 파이노지 인투 게 도이넨 말룸바?"

아름다운 원주민 소녀는 열심히 고개를 끄덕이며 대답했다.

"도도 움 아우푸 슐라마트 바바다."

교수는 생각에 잠긴 듯 턱을 쓸어내리며 대답했다.

"오이 오이."

일등 항해사가 물었다.

"뭐라고 하는 거예요?"

교수는 설명했다.

"자기 부족에게는 옛날부터 전해 내려오는 노래가 있답니다. 누군가 용기 있는 사람이 그 노래를 '떠도는 태풍'에게 불러 주면 태풍을 잠재울 수 있다는군요."

돈 멜루가 투덜댔다.

"웃기는 소리 말라고 하세요! 폭풍에게 자장가를 불러 주다니!"

조수 사라는 교수의 의견을 알고 싶어 했다.

"교수님 생각은 어떠세요? 가능한 일일까요?"

아이젠슈타인 교수는 주장했다.

"편견을 가져서는 안 돼요. 원주민의 오랜 관습에 진리의 핵심이 담겨 있는 경우가 종종 있으니까. 슘 슘 구미라스티쿰에게 영향을 미칠 수 있는 어떤 음이 있을 수도 있어요. 우리는 슘 슘의 습성에 대해서는 거의 모르니까요."

선장은 결정을 내렸다.

"손해날 것은 아무것도 없어요. 그러니까 한번 해 봅시다. 소녀에게 노래를 하라고 하세요."

교수는 아름다운 원주민 소녀에게 몸을 돌리고 말했다.

"말룸바 디디 오이자팔 푸나 푸나, 바바두?"

모모잔은 고개를 끄덕이고 곧 아주 독특한 노래를 부르기 시작했다. 몇 개 안 되는 음으로 구성된 노래였는데, 이런 구절이 계속해서 반복되었다.

"에니 메니 알루베니

바나 타이 주주라 테니!"

소녀는 노래를 부르면서 손뼉을 치고 박자에 맞춰 빙글빙글 돌았다. 멜로디와 가사가 단순해서 외우기 쉬웠다. 다른 사람들도 하나씩 둘씩 노래를 따라 부르기 시작했고, 손뼉을 치면서 박자에 맞춰 빙빙 돌았다. 노련한 뱃사람 돈 멜루, 드디어는 아이젠슈타인 교수까지 놀이터에서 뛰노는 아이처럼 노래하고 손뼉을 치는 모습은 정말 놀라운 광경이 아닐 수 없었다.

그러자 아무도 믿지 않았던 일이 일어났다! 거대한 팽이 모양 생물체의 회전 속도가 점점 더 느려지더니 결국 우뚝 섰다가 서서히 바닷속으로 가라앉기 시작했던 것이다. 생물체가 사라지자 우르릉 엄청난 물보라를 일으키며 갈라졌던 바다가 다시 닫혔다. 순식간에 폭풍이 잠잠해지고, 비가 그치고, 하늘이 맑고 파래지고, 파도가 잔잔해졌다. "아르고" 호는 거울처럼 반짝이는 바다 위에 고요히 떠 있었다. 마치 고요함과 평화만이 있었을 뿐, 아무 일도 없었던 것 같았다.

선장 고르돈은 자랑스럽다는 듯이 한 사람 한 사람의 얼굴을 찬찬히 들여다보며 말했다.

"여러분, 우리가 해낸 겁니다!"

선장은 말이 많은 사람이 아니었다. 모두들 그걸 잘 알고 있었다. 그렇기 때문에 덧붙인 다음 한마디는 더 의미가 깊었다.

"여러분이 자랑스럽습니다!"

꼬마 동생을 데리고 온 소녀가 말했다.

"정말 비가 온 것 같아. 어쨌든 난 흠뻑 젖었어."

그동안 정말 소나기가 내렸던 것이다. 모두들 놀랐지만, 누구보다 놀란 사람은 꼬마 동생과 함께 온 소녀였다. 강철 선박 "아르고" 호를 타고 있는 동안에 천둥 번개를 무서워한다는 것을 까맣게 잊고 있었기 때문이다.

아이들은 그러고도 한참 동안 모험에 대한 이야기를 했다. 아이들은 모두 자기가 겪었던 일을 자세하게 이야기하고는, 집으로 돌아가 젖은 몸을 말리기 위해 뿔뿔이 헤어졌다.

다만 한 아이만이 놀이의 결과를 못내 아쉬워했다. 바로 안경을 쓴 소년이었다.

소년은 헤어지면서 모모에게 말했다.

"슘 슘 구미라스티쿰을 그냥 가라앉혀 버린 건 정말 유감이야. 그 종류 중에서 남아 있는 유일한 표본이었는데! 좀 더 자세히 살펴보고 싶었거든."

하지만 한 가지 사실에 대해서는 모두 의견이 같았다. 그것은 어느 곳에서도 모모네 집에서처럼 재미있게 놀 수는 없다는 사실 이었다.

제4장

말 없는 노인과 말을 잘하는 청년

친구가 아주 많아도, 특히 더 좋고 더 가깝게 느껴지는 친구가 있게 마련이다. 모모 역시 그랬다.

모모에게도 특히 좋아하는 친구가 둘 있었다. 그들은 매일 모모를 찾아와 가지고 있는 모든 것을 함께 나누어 가졌다. 한 사람은 젊은 사람이었고, 다른 한 사람은 나이 든 사람이었다. 모모에게 둘 중 누가 더 좋으냐고 묻는다면 아마 대답하지 못했으리라.

나이 든 친구의 이름은 도로 청소부 베포였다. 물론 베포에게는 다른 성이 있었다. 하지만 직업이 도로 청소부였고, 모두들 도로 청소부 베포라고 불렀기 때문에, 베포도 스스로를 그렇게 부르고 있었다.

도로 청소부 베포는 원형극장 근처의 오두막집에 살고 있었다.

빨간 벽돌과 함석 조각과 타르를 입힌 골판지로 손수 지은 집이었다. 베포는 유난히 키가 작은 데다가 걷는 자세도 약간 꾸부정해서 모모보다 약간 큰 정도였다. 한 줌의 짧은 하얀 머리 다발이 제멋대로 뻗쳐 있는 커다란 머리는 언제나 갸우뚱 기울어 있고, 콧등에는 작은 안경이 걸쳐 있었다.

사람들은 도로 청소부 베포가 머리가 약간 이상하다고 생각했다. 베포는 누가 무엇을 물어보면 빙그레 웃기만 하고 대답을 하지 않았다. 베포는 곰곰이 생각했다. 대답할 필요가 없다고 생각되면 아무 말도 하지 않았지만, 대답할 필요가 있다고 생각되면 그것에 대해 곰곰이 생각했다. 그 시간은 두 시간이 걸리기도 하고, 하루 종일 걸리기도 했다. 그런 다음 그는 대답을 했다. 그동안 당연히 자기가 뭘 물어보았는지 잊어버린 상대방은 베포의 뒤늦은 대답에 어리둥절해할 수밖에 없었다.

하지만 모모는 달랐다. 모모는 베포가 대답할 때까지 오랫동안 기다릴 수 있었고, 또 그의 말을 이해할 수도 있었다. 모모는 베포가 진실이 아닌 이야기를 하지 않기 위해서 많은 시간이 필요하다는 것을 잘 알고 있었다. 베포는, 모든 불행은 의도적인, 혹은 의도하지 않은 수많은 거짓말, 그러니까 단지 급하게 서두르거나 철저하지 못해서 저지르게 되는 수많은 거짓말에서 생겨난다고 믿고 있었다.

베포는 날마다 해가 뜨려면 아직 먼 이른 새벽에 삐걱대는 낡

52

은 자전거를 타고 시내의 커다란 건물로 출근했다. 그리고 동료들과 같이 그 건물 마당에서 기다렸다. 그러면 어떤 사람이 나와서 빗자루와 수레를 나누어 주고, 청소해야 할 거리를 지정해 주었다.

베포는 도시가 아직 잠에서 깨어나지 않은, 해가 뜨기 전의 그 시간을 좋아했다. 그는 자기가 맡은 일을 좋아했고, 또 철저하게 했다. 자기가 하는 일이 꼭 필요한 일이라는 것을 잘 알고 있었기 때문이다.

그는 천천히, 하지만 쉬지 않고 쓸었다. 한 걸음 떼어 놓을 때마다 숨 한 번 쉬고, 숨 한 번 쉴 때마다 비질을 한 번 했다. 한 걸음, 한 번 숨 쉬고, 한 번 비질. 한 걸음, 한 번 숨 쉬고, 한 번 비질. 그러다가 가끔 잠시 멈춰 서서 생각에 잠겨 앞을 우두커니 바라보았다. 그러고는 다시 한 걸음, 한 번 숨 쉬고, 한 번 비질을 계속하는 것이었다.

뒤쪽에 깨끗한 거리를 두고, 앞에는 지저분한 거리를 두고 그렇게 청소를 하다 보면 종종 위대한 생각이 떠올랐다. 하지만 그것은 어렴풋이 기억나는 향기나 꿈속에서 보았던 색깔과 같아서 전달하기가 쉽지 않았다. 그는 일을 끝내고 모모 옆에 앉아 그런 생각을 들려주곤 했다. 모모가 특유의 방식으로 열심히 들어 주기 때문에 그럴 때면 베포의 굳었던 혀도 풀려서 적절한 단어를 찾아내는 것이었다.

이를테면 베포는 이렇게 얘기했다.

"애, 모모야. 때론 우리 앞에 아주 긴 도로가 있어. 너무 길어. 도저히 해낼 수 없을 것 같아. 이런 생각이 들지."

그러고는 한참 동안 묵묵히 앞만 바라보다가 다시 말했다.

"그러면 서두르게 되지. 그리고 점점 더 빨리 서두르는 거야. 허리를 펴고 앞을 보면 조금도 줄어들지 않은 것 같지. 그러면 더욱 긴장되고 불안한 거야. 나중에는 숨이 탁탁 막혀서 더 이상 비질을 할 수가 없어. 앞에는 여전히 길이 아득하고 말이야. 하지만 그렇게 해서는 안 되는 거야."

그러고는 한참 동안 생각하다가 다시 말을 이었다.

"한꺼번에 도로 전체를 생각해서는 안 돼, 알겠니? 다음에 딛게 될 걸음, 다음에 쉬게 될 호흡, 다음에 하게 될 비질만 생각해야 하는 거야. 계속해서 바로 다음 일만 생각해야 하는 거야."

그러고는 다시 말을 멈추고 한참 동안 생각을 한 다음 이렇게 덧붙였다.

"그러면 일을 하는 게 즐겁지. 그게 중요한 거야. 그러면 일을 잘 해낼 수 있어. 그래야 하는 거야."

그러고는 다시 한 번 오랫동안 잠자코 있다가 다시 말했다.

"한 걸음 한 걸음 나가다 보면 어느새 그 긴 길을 다 쓸었다는 것을 깨닫게 되지. 어떻게 그렇게 했는지도 모르겠고, 숨이 차지도 않아."

그는 가만히 고개를 끄덕이고는 이렇게 말을 맺었다.

"그게 중요한 거야."

또 한번은 이런 일도 있었다. 베포는 오랫동안 아무 말도 하지 않고 모모 옆에 앉아 있었다. 모모는 베포가 깊이 생각하고 있고, 무언가 중요한 말을 하고 싶어 한다는 것을 눈치챘다.

그는 갑자기 모모의 눈을 들여다보며 입을 떼었다.

"우리가 누구인지 알았어."

한참 있다가 그는 나지막한 목소리로 말을 이었다.

"한낮에…… 모든 것이 한낮의 열기에 잠들어 있을 때에…… 종종 있는 일이야……. 그때 이 세상은 투명해지지……. 마치 강물처럼 말이야, 알겠니? ……바닥까지 다 들여다보이는 거야."

그러고는 고개를 끄덕이고 잠시 잠자코 있다가 목소리를 더욱 낮추며 말했다.

"거기, 그 아래 밑바닥에는 다른 시대가 있어."

그러고는 다시 오랫동안 곰곰이 생각하며 적당한 단어를 찾았다. 하지만 적당한 표현이 생각나지 않는 모양인지, 갑자기 아주 평범한 어조로 이렇게 말했다.

"나는 오늘 옛 성벽 길을 쓸었어. 성벽에는 서로 다른 색깔의 돌이 다섯 개가 있었지. 모모, 알겠니?"

그러면서 손가락으로 먼지 속에 커다랗게 T자를 그리더니, 고개를 갸우뚱하게 숙이고 글자를 바라보다가 갑자기 나지막한 목소리로 속삭였다.

"나는 그걸 다시 알아보았어. 돌들 말이야."

그러고는 한참 잠자코 있다가 더듬거리며 말을 이었다.

"다른 시대였어. 성벽을 쌓던 때였어……. 일하는 사람들이 아주 많았지……. 하지만 두 사람이 있었어. 그들은 거기에 돌을 끼워 넣었지……. 표시였던 거야, 알겠니? ……나는 그걸 알아보았던 거야."

그는 손으로 눈꺼풀을 쓸어내렸다. 말하기가 무척이나 힘이 드는 것 같았다. 다시 말을 잇는 그의 목소리는 갈라져 있었다.

"옛날에 다른 모습이었어. 두 사람 말이야. 아주 달랐어."

그러고는 거의 화가 난 것처럼 단호한 목소리로 불쑥 말했다.

"하지만 나는 우리를 다시 알아보았어……. 너하고 나 말이야. 나는 우리를 알아보았던 거야!"

도로 청소부 베포가 그런 식으로 말하는 것을 듣고 웃는 사람들이 나쁘다고 할 수만은 없었다. 베포의 등 뒤에서 "돌았군" 하는 표시로 손가락으로 맴을 그려 보이는 사람도 있었다. 하지만 모모는 베포를 사랑했고, 그의 모든 말을 가슴속에 담아 두었다.

모모와 가장 친한 또 다른 친구는 젊은 사람이었고, 모든 면에서 도로 청소부 베포와 정반대였다. 잘생긴 외모, 꿈꾸는 듯한 눈. 하지만 무엇보다도 말솜씨가 기가 막히게 좋았다. 농담과 우스갯

소리가 마를 날이 없었고, 어찌나 경쾌하게 웃는지 같이 있는 사람은 그러고 싶지 않아도 따라 웃을 수밖에 없었다. 그의 이름은 기롤라모였다. 하지만 누구나 그냥 간단히 기기라고 불렀다.

우리는 나이 든 베포를 직업에 따라 불렀다. 그러니까 제대로 된 직업이 없긴 하지만 기기도 그렇게 부르기로 하자. 자, 관광 안내원 기기. 이미 말했듯이 관광 안내원이란 직업은 기기가 기회가 닿으면 갖는 수많은 직업 가운데 하나에 불과했다. 게다가 정식으로 채용된 것도 아니었다.

이 일에 필요한 도구라고는 챙 달린 모자밖에 없었다. 그는 몇몇 관광객이 근처에서 헤매고 있다 싶으면 곧 모자를 머리에 눌러 쓰고는 정색하고 다가가서, 자기가 주변을 안내하며 모든 것을 설명해 주겠다고 자청했다. 관광객이 허락하면 기기는 기다렸다는 듯이 말문을 열고 허무맹랑한 이야기를 늘어놓았다. 듣고 있다 보면 머리가 빙글빙글할 정도로 사건과 발생 연도와 이름을 지어내서 마구 늘어놓았던 것이다. 물론 진상을 눈치채고 화를 내며 가 버리는 사람도 있었다. 하지만 대개는 그 이야기를 전부 사실로 받아들이고, 마지막으로 기기가 모자를 내밀면 대가로 진짜 돈을 지불하는 것이었다.

이웃들은 기기의 기발한 생각에 웃음보를 터뜨렸다. 하지만 걱정스러운 표정으로, 꾸며 낸 이야기를 하고 돈을 받는 것은 옳지 않다고 충고하기도 했다.

그러면 기기는 이렇게 대답했다.

"하지만 시인들은 모두 그렇게 하잖아요. 그리고 관광객들도 아무 소득 없이 헛돈을 쓴 건가요? 나는 그 사람들이 원하는 걸 얻었다고 생각해요. 학술 서적에 쓰여 있는 얘기든 꾸며 낸 얘기든 무슨 차이가 있어요? 어차피 아무도 모르는 거잖아요?"

기기는 이렇게 말하기도 했다.

"아, 도대체 뭐가 진실이고, 뭐가 거짓이라는 거죠? 천 년이나 2천 년 전에 무슨 일이 일어났는지 누가 알겠어요? 여러분은 아세요?"

사람들은 시인할 수밖에 없었다.

"모르지."

그러면 관광 안내원 기기는 의기양양해서 이렇게 말했다.

"그것 보세요! 그런데 어떻게 제 얘기가 거짓말이라고 할 수 있죠? 우연히 그런 일이 일어났을 수도 있잖아요. 그렇다면 제 얘기는 백 퍼센트 진실인 거예요!"

여기까지 이르면 대답이 궁색해지게 마련이었다. 말솜씨로 기기를 당해 내기는 쉽지 않았다.

하지만 유감스럽게도 원형극장을 찾는 관광객은 너무 적었다. 그래서 기기는 어쩔 수 없이 다른 직업을 찾을 수밖에 없었다. 기기는 공원 경비원으로 일하기도 하고, 결혼식 증인이나 장례식 입회인 노릇도 했다. 개를 산책시키고, 연애편지를 나르고, 기념

품이나 고양이 먹이를 팔기도 했다. 그 밖에도 기회가 닿는 대로 수많은 일을 했다.

하지만 기기는 언젠가는 유명해지고 부자가 되리라고 꿈꾸고 있었다. 언젠가는 빙 둘러 정원이 있는, 동화 속의 집처럼 예쁜 집에서 살면서 황금 접시로 식사를 하고 비단 베개를 베고 잠을 잘 날이 오리라. 그는 빛나는 태양처럼 미래의 화려한 명성에 둘러싸인 자신의 모습을 벌써부터 보았다. 그 빛나는 햇살은 지금은 남루한 모습의 그를 멀리서부터 따뜻하게 비추어 주고 있었다.

그런 꿈을 비웃는 사람들에게 기기는 소리쳤다.

"해내고 말 거예요! 그때가 되면 여러분도 제 말을 기억하게 될 걸요!"

하지만 어떻게 꿈을 실현하겠다는 것인지에 대해서는 아마 그 자신도 말할 수 없었을 것이다. 그는 열심히 노력하거나 힘들게 일하는 것을 그다지 중요하게 생각하지 않았기 때문이다.

그는 모모에게 말했다.

"그런 건 재주라고 할 수 없어. 부자가 되려면 모름지기 재주가 있어야지. 모모, 약간의 편안함을 얻기 위해 인생과 영혼을 팔아 버린 사람들의 모습을 한번 보렴! 아니, 난 그렇게는 안 하겠어. 커피 한 잔 값 치를 돈이 없다 해도, 기기는 기기인 거야!"

관광 안내원 기기와 도로 청소부 베포처럼 전혀 다른 세계관과 인생관을 갖고 있는 전혀 딴판인 두 사람이 서로 친구가 된다는 것은 불가능하다고 생각할 수도 있다. 하지만 두 사람은 친구 사이였다. 묘하게도 기기를 경망스럽다고 탓하지 않는 사람은 나이 든 베포밖에 없었다. 마찬가지로 말솜씨 좋은 기기가 비웃지 않는 사람은 괴짜 노인 베포밖에 없었다.

그 이유 역시 꼬마 모모가 두 사람의 말에 귀 기울여 듣는 태도에 있었을지도 모른다.

그러나 이들 세 사람 중 자신들의 우정에 곧 어두운 그늘이 드리워지리라는 것을 예상한 사람은 아무도 없었다. 하지만 이제 곧 그들의 우정뿐 아니라 마을 전체에 어두운 그늘이 드리워지리라. 어둡고 차가운 그 그늘은 점점 더 자라나 이미 대도시 전체로 번지고 있었다. 그것은 눈에 띄지 않는, 소리 없는 침략과 같았다. 그것은 하루하루 점점 더 진격해 들어왔다. 하지만 그것을 눈치챈 사람이 아무도 없어서 누구도 저항할 수 없었다. 침략자들! 그들은 누구였을까?

일단의 회색 신사들이 대도시를 서성이고 있었다. 그들은 지칠 줄 모르고 무슨 일인가 열심히 하고 있는 듯 보였다. 그들의 수는 날이 갈수록 불어났지만, 다른 사람들이 보지 못하는 많은 것을 볼 수 있는 베포 노인도 그들의 존재를 눈치채지 못했다. 그렇다고 그들이 눈에 보이지 않는 존재인 것은 아니었다. 사람들은 그들을 눈으로 보았다. 하지만 보지 않은 것이나 마찬가지였다. 그들은 사람들의 눈에 띄지 않는 아주 교묘한 방식을 알고 있었다. 사람들은 그들을 그냥 스쳐 지나치거나, 보고도 금세 잊어버렸다. 그들을 눈여겨보는 사람은 아무도 없었다. 그랬기 때문에 날마다 수가 불어나고 있었는데도, 그들이 어디서 왔고 또 어디서 오고 있는지 묻는 사람은 아무도 없었다.

그들은 우아한 회색 승용차를 타고 거리를 돌아다니고, 집집마다 드나들고, 레스토랑마다 자리를 잡고 앉아 있었다. 그리고 가끔 조그만 수첩을 꺼내 무언가를 적어 넣었다.

그들의 옷은 거미줄 색깔 같은 잿빛이었다. 얼굴색까지도 짙은 잿빛으로 보였다. 그들은 뻣뻣한 둥근 중절모자를 쓰고, 작은 잿빛 시가를 피웠다. 그리고 저마다 납회색 서류 가방을 들고 있었다. 회색 신사들 몇몇은 이미 원형극장 주변을 서너 번이나 서성대며 온갖 것을 수첩에 적어 넣었다. 하지만 관광 안내원 기기조차 그들을 알아보지 못했다.

모모만이 그들을 알아보았다. 어느 날 밤, 그들의 어두운 그림자가 언뜻 폐허의 맨 위 가장자리에 어른거리는 것을 보았던 것이다. 그들은 서로 손짓을 하고는, 의논이라도 하는지 한군데 모여 머리를 모았다. 아무 소리도 들리지 않았다. 하지만 모모는 갑자기 한 번도 느껴 본 적 없는 으스스한 한기를 느꼈다. 입고 있는 헐렁한 웃옷을 아무리 꼭꼭 여며도 소용이 없었다. 보통 한기가 아니었다.

그러고 나서 회색 신사들은 다시 사라졌고, 그 후로 다시 모습을 드러내지 않았다.

그날 밤에 모모는 여느 때처럼 나직하지만 웅장한 음악을 들을 수 없었다. 하지만 다음 날의 생활이 평소와 다름없었기 때문에 모모는 이상한 방문객들을 더 이상 생각하지 않았다. 모모 역시 그들을 잊었던 것이다.

제5장

많은 사람들을 위한 이야기와
한 사람만을 위한 이야기

모모는 날이 가면 갈수록 관광 안내원 기기에게 없어서는 안될 소중한 존재가 되었다. 그처럼 한결같지 못한 경박한 젊은이에게 이런 말을 쓸 수 있는지는 모르겠지만, 그는 헝클어진 머리의 이 조그만 소녀를 깊이 사랑했다. 그리고 어디든 데리고 다니고 싶어 했다.

이미 말했듯이 기기는 이야기하기를 아주 좋아했다. 그런데 이점에서 기기 자신도 피부로 느낄 수 있는 커다란 변화가 발생한 것이다. 예전에 기기는 이야기를 하다 보면 궁색한 지경에 빠지기도 하고, 도무지 그럴듯한 생각이 떠오르지 않을 때도 많았다. 그래서 전에 했던 이야기를 되풀이하기도 하고, 영화나 신문에서 보았던 이야기를 슬그머니 활용하기도 했다. 말하자면 땅 위를 걷는 격이었다고 할까. 하지만 모모를 만난 다음부터 기기의 이야기는 갑자기 날개를 얻었다. 특히 모모가 곁에서 이야기를 듣고 있을 때면 그의 환상은 봄날의 풀밭처럼 활짝 피어났다. 그의 주변에는 어른 아이 할 것 없이 많은 사람들이 몰려들었다. 이제 그는 몇 날 며칠, 몇 주일 동안 이어지는 이야기를 할 수 있었다. 기발한 착상이 샘물처럼 끊임없이 솟아났다. 상상의 나래가 자기를 어디로 데려갈지 알 수 없어서, 기기 자신도 자신의 이야기에 귀를 기울일 정도였다.

어느 날 여행객들이 원형극장을 둘러보러 왔을 때에, 그는 다음과 같이 이야기를 시작했다. 그때에 모모는 조금 떨어진 돌계단 위에 앉아 있었다.

"존경하는 신사 숙녀 여러분! 여러분이 잘 알고 계시듯이 슈트라파치아 아우구스티나 여왕은 비겁한 부들부들 족의 끊임없는 침략을 물리치기 위해 수없이 많은 전쟁을 치러야 했습니다. 또 한 번 부들부들 족의 공격을 물리친 여왕은 끊임없이 귀찮게 구는 이들의 공격에 몹시 화가 났습니다. 그래서 부들부들 족의 크삭소트락솔루스 왕이 금붕어를 바치지 않으면 쥐새끼 한 마리 남겨 두지 않고 모두 몰살시키겠다고 엄포를 놓았지요.

신사 숙녀 여러분, 그때 이 나라에서 금붕어를 아는 사람은 거의 없었습니다. 하지만 슈트라파치아 여왕은 한 여행객을 통해서 크삭소트락솔루스 왕이 다 자라면 황금으로 변하는 조그만 물고기를 갖고 있다는 얘기를 들었던 것입니다. 여왕은 이런 희귀한 물건을 꼭 손에 넣고 싶었습니다.

크삭소트락솔루스 왕은 속으로 쾌재를 불렀습니다. 왕은, 진짜 금붕어는 침대 밑에 숨기고, 여왕에게는 보석으로 치장한 수프 접시에 아기 고래를 담아서 보냈습니다.

금붕어가 좀 작을 거라고 생각했던 여왕은 보내온 물고기가 너무 커서 조금 놀랐습니다. 하지만, 크면 클수록 더 좋지, 여왕은 스스로에게 이렇게 말했습니다. 물고기가 크면 더 많은 황금을 얻을 수 있으니까요. 그런데 이 금붕어는 금빛을 조금도 띠고 있지 않아서 여왕은 조금 불안해했습니다. 하지만 크삭소트락솔루스 왕의 사신은, 물고기가 다 자라야 금으로 변하지 그 전에는 그렇지 않다고 설명했습니다. 따라서 물고기의 성장을 절대 방해하지 말아야 한다는 것이죠. 사신의 말을 듣고 슈트라파치아 여왕은 안심했습니다.

아기 고래는 하루가 다르게 쑥쑥 자랐습니다. 그만큼 엄청난 양의 먹이를 먹어 치웠지요. 하지만 슈트라파치아 여왕이 가난하지 않기 때문에 이 물고기는 양껏 먹고 뚱뚱보가 되었습니다. 어느새 수프 접시는 물고기에게 너무 비좁게 되었습니다.

'크면 클수록 더 좋지.' 슈트라파치아 여왕은 이렇게 말하며 물고기를 목욕탕 욕조로 옮기게 했습니다. 하지만 어찌나 쑥쑥 자랐던지 얼마 안 가서 욕조에도 들어갈 수 없게 됐어요. 그래서 물고기를 여왕님의 수영장으로 옮겼죠. 옮기는 일만 해도 벌써 아주 번거로운 일이 되었습니다. 물고기가 황소만큼이나 무거웠거든요. 물고기를 옮기다가 한 노예가 미끄러졌는데, 글쎄 여왕은 그 불행한 노예를 사자 밥으로 던져 주라고 명령했지 뭡니까. 물고기는 여왕에게 전부나 다름없었거든요.

여왕은 매일 몇 시간이고 수영장 가장자리에 앉아서 물고기가 자라는 모습을 지켜보았습니다. 그리고 많은 황금을 생각했습니다. 잘 알려져 있듯이 여왕은 아주 화려한 생활을 하고 있었기 때문에 황금이 아무리 많아도 부족했거든요.

'크면 클수록 더 좋지.' 여왕은 이렇게 혼잣말로 중얼거렸습니다. 이 문장은 누구나 따라야 할 원칙으로 공표되었고, 놋쇠판에 새겨져 모든 공공건물에 내걸리게 되었습니다.

결국 여왕의 수영장도 물고기에게 너무 비좁아졌습니다. 그래서 슈트라파치아 여왕은 여러분이 지금 보고 계신 이 건물을 짓게 하셨지요. 지금은 무너졌지만 예전에 이 건물은 거대한 원형 수족관이었습니다. 물고기는 맨 가장자리까지 물이 채워진 이 수족관에서 비로소 편안하게 몸을 쭉 펴고 헤엄칠 수 있었지요.

여왕은 낮이고 밤이고 저기 보이는 저곳에 몸소 나와서 거대한 물고기가 황금으로 변하는지 지켜보았습니다. 아무도 믿을 수 없었거든요. 노예도 친척도 믿을 수 없었습니다. 누가 물고기를 훔쳐 갈까 봐 여왕은 항상 마음이 조마조마했지요. 저기 앉아서 눈도 붙이지 않고 물고기를 지켜보던 여왕은 걱정과 두려움으로 하루하루 여위어 갔습니다. 하지만 물고기는 황금으로 변할 생각은 눈곱만치도 않고, 철벅거리며 신나게 헤엄치고 다녔습니다. 슈트라파치아 여왕은 점점 더 나랏일을 게을리하게 되었습니다. 비겁한 부들부들 족이 기다렸던 건 바로 그것이었지요. 부들부들 족은 크삭소트락솔루스 왕의 지휘 아래 마지막 원정을 감행했고, 힘 하나 들이지 않고 손쉽게 왕국을 정복했습니다. 공격을 막으려는 병사 한 사람 만나지 않았거든요. 게다가 백성들은 누가 왕국을 다스리든 어차피 마찬가지였으니까요.

마침내 진상을 알게 된 슈트라파치아 여왕은 다음과 같은 유명한 말을 외쳤다고 합니다. '슬프도다! 오, 나는 다만……' 유감스럽게도 그다음 말은 전해지지 않습니다. 하지만 여왕이 이 수족관에 몸을 던져 모든 희망을 앗아 간 물고기 곁에서 세상을 하직한 건 확실합니다. 크삭소트락솔루스 왕은 승리를 축하하기 위해 고래를 잡게 했고, 온 국민이 일주일 동안이나 고래구이를 포식했다고 합니다. 신사 숙녀 여러분, 이 이야기에서 남의 말을 너무 쉽게 믿으면 어떤 결과를 맞게 되는지 배우셨겠죠!"

기기는 이 말을 끝으로 안내를 마쳤다. 깊은 감동을 받은 여행객들은 폐허가 된 원형극장 터를 외경심을 갖고 둘러보았다. 다만 한 사람이 미심쩍어하며 이렇게 물었다.

"그렇다면 그 모든 일은 언제 일어난 겁니까?"

대답이 궁해서 당황했던 적이 한 번도 없는 기기는 이렇게 대답했다.

"잘 알려져 있듯이 슈트라파치아 여왕은 고대의 유명한 철학자 노이오지우스와 같은 시대에 살았습니다."

의혹을 제기했던 사람은 자기가 고대의 유명한 철학자 노이오지우스가 어느 때 사람인지 모른다는 사실을 인정하고 싶지 않았다. 그 사람은 이렇게만 말했다.

"아, 그래요. 고맙습니다."

여행객들은 모두 아주 만족했고, 이번 관광은 정말 유익했다, 옛 시대를 그렇게 생생하게, 재미있게 설명한 사람은 만나 보지 못했다, 하고 칭찬했다. 이 대목에서 기기는 공손하게 챙 모자를 내밀었다. 여행객들은 감동의 대가로 아끼지 않고 돈을 내놓았다. 심지어는 의혹을 제기했던 사람까지도 동전 몇 개를 챙 모자에 던져 넣었다.

더욱이 기기는 모모가 온 다음부터는 한 번도 같은 이야기를 되풀이한 적이 없었다. 그는 같은 이야기를 또 하는 것은 너무 지루하다고 생각했다. 모모가 청중 가운데 섞여 이야기를 듣고 있으면, 그는 자기 마음속에서 수문이 열리듯 새로운 이야기가 끊임없이 용솟음치며 쏟아져 나오는 듯한 느낌이 들었다. 깊이 생각할 필요도 없었다.

오히려 언젠가 미국에서 여행 온 두 귀부인을 안내했을 때처럼 이야기가 너무 황당해지지 않도록 스스로를 억제해야 할 정도였다. 그럼 기기가 귀부인들을 혼비백산하게 만든 이야기를 들어 보기로 하자.

"존경하는 부인, 아름답고 자유로운 미국에서도 잘 알려져 있듯이 '붉은 왕'이라고 불리는 잔인한 폭군 마르크센티우스 코무누스는 일찍이 전 세계를 자신의 뜻대로 바꾸어 보려고 했습니다. 하지만 무슨 일을 해도 사람들은 도무지 달라지지 않고 여전히 똑같은 모습으로 남아 있는 것이었습니다. 화가 난 마르크센티우스 코무누스는 노년에 이르러 미치광이가 되었지요. 부인들도 아시겠지만 옛날에는 그런 병을 치료하는 정신과 의사가 없었습니다. 그래서 폭군이 미쳐 날뛰도록 그냥 내버려둘 수밖에 없었지요. 마르크센티우스 코무누스는 기존의 세계는 차라리 내버려두고, 아주 참신한 세계를 만들자는 생각을 하게 되었습니다.

그래서 지구와 똑같은 크기의 천체를 만들고, 그 위에 집과 나무와 산과 바다와 냇물과 강을 비롯한 모든 것을 지구에 있는 것과 똑같은 모양으로 만들라고 명령했지요. 당시 지구에 살고 있는 전 인류는 일을 하지 않으면 사형에 처한다는 엄한 명령에 못 이겨 이 엄청난 작업에 참여할 수밖에 없었습니다. 사람들은 우선 거대한 천체를 놓을 받침대를 만들었습니다. 여러분이 보고 계신 이곳은 바로 그 받침대의 폐허입니다.

그다음에 지구만 한 크기의 거대하고 둥그런 천체를 만들었습니다. 드디어 천체가 완성되자 지구에 있는 모든 것을 쏙 빼닮은 모형들을 만들었습니다.

당연히 천체를 만드는 데에는 아주 많은 재료가 필요했지요. 그런데 그 재료를 구할 데라고는 지구밖에 없었습니다. 그래서 천체의 크기가 점점 커지는 만큼 지구는 점점 더 줄어들게 되었지요.

글쎄, 새로운 세계를 만들기 위해 옛 지구에 남아 있던 조약돌 하나까지 몽땅 옮겨 왔으니까요. 당연히 사람들도 몽땅 새로운 천체로 이사 올 수밖에 없었지요. 옛 지구는 다 써 버렸거든요. 마르크센티우스 코무누스는 엄청난 공사를 벌인 보람도 없이 결국 모든 것이 옛날 그대로라는 것을 알고는 옷자락으로 얼굴을 가리고 떠나 버렸습니다. 어디로 갔는지는 아무도 모른답니다.

보세요, 무너지긴 했지만 지금도 알아볼 수 있어요. 깔때기처럼 움푹 들어간 이곳은 옛 지구의 표면이 놓여 있던 토대입니다. 그러니까 모든 것을 거꾸로 생각하시면 되는 겁니다.”

미국에서 온 예민한 노부인들은 얼굴이 해쓱해졌다. 한 부인이 물었다.

“그러면 그 천체는 어디 있나요?”

기기는 이렇게 대답했다.

“지금 그 위에 서 계시잖아요! 오늘날의 세계가 바로 새로운 천체예요.”

예민한 두 노부인은 기겁해서 비명을 지르며 달아나 버렸다.

기기는 하릴없이 챙 모자를 내민 꼴이 되었다.

하지만 기기는 아무도 없는 곳에서 꼬마 모모에게 이야기를 들려주는 것을 제일 좋아했다. 모모가 옛이야기를 가장 좋아했기 때문에 기기가 들려주는 이야기는 주로 옛이야기였다. 이야기 속에는 거의 언제나 기기와 모모가 등장했다. 그 이야기는 두 사람만을 위한 것이었고, 기기의 다른 이야기들과는 아주 달랐다.

어느 아름답고 포근한 저녁, 두 사람은 돌계단의 맨 위쪽 가장자리에 말없이 나란히 앉아 있었다. 하늘에는 처음 나온 별들이 벌써 반짝이고 커다란 은빛 달이 시커먼 소나무 위로 둥실 떠올랐다.

모모는 나직한 목소리로 부탁했다.

"얘기 하나 해 줄래?"

"좋아. 누구 얘기를 할까?"

"모모랑 기롤라모 얘기가 제일 좋아."

기기는 잠깐 생각하더니 이렇게 물었다.

"제목은 뭐라고 하지?"

"음……. 요술 거울 이야기는 어때?"

기기는 생각에 잠겨 고개를 끄덕였다.

"그럴듯한데. 그럼 어떤 얘긴지 들려줘 볼까."

그는 모모의 어깨에 팔을 두르고 이야기를 시작했다.

"옛날옛날에 모모라는 아름다운 공주가 살고 있었단다. 공주는 예쁜 옷을 입고 세상의 저 위쪽, 눈 덮인 산꼭대기 무지개색 유리 성에서 살고 있었지.

모모 공주는 갖고 싶은 건 모두 가질 수 있었어. 최고급 음식만 먹었고, 최고로 달콤한 포도주만 마셨지. 비단 침대에서 잤고, 상아로 만든 의자에 앉았단다. 그러니까 모든 걸 갖고 있었던 거야. 하지만 공주는 완전히 혼자였어.

공주 곁에 있는 모든 것, 그러니까 시중을 드는 하인들과 시녀들, 개와 고양이와 새들, 심지어는 꽃까지 모두 거울에 비친 상이었거든.

모모 공주는 순은으로 만든 커다랗고 둥근 요술 거울을 갖고 있었어. 날마다 공주는 밤에도 낮에도 이 거울을 세상에 내보냈지. 이 커다란 거울은 육지와 바다, 도시와 들판 위에서 둥실 떠다녔어. 거울을 본 사람들은 조금도 이상하게 생각하지 않았어. '저건 달이야.' 하고 말할 뿐이었지.

요술 거울은 나들이에서 돌아오면 모모 공주 앞에 자기가 데려온 거울 속의 상들을 와르르 쏟아 놓곤 했어. 그중에는 예쁜 것, 재미있는 것도 있었지만 미운 것, 지루한 것도 있었지. 공주는 마음에 드는 것을 고르고는 나머지는 모두 시냇물에 던져 버렸단다. 공주가 풀어 준 거울의 상들은 네가 생각하는 것보다 훨씬 더 빨리 세상의 시냇물을 타고 원래의 주인에게 돌아갔어. 우리가 샘물이나 웅덩이에 몸을 굽히면 우리 자신의 모습을 볼 수 있는 건 바로 이 때문이야.

그런데 모모 공주가 영원히 죽지 않는 존재라는 얘기를 했어야
했는데 깜빡 잊었구나. 공주는 지금까지 한 번도 거울에 자기 모
습을 비추어 본 적이 없었어. 자신의 모습을 비추어 보면 그 순간
여느 사람과 똑같이 언젠가는 죽을 수밖에 없는 존재가 되거든.
모모 공주는 그걸 잘 알고 있었기 때문에 절대 거울에 자기 모습
을 비추어 보지 않았어.

공주는 많은 거울의 상들과 살면서 즐겁게 놀았고, 하나도 불
만이 없었단다.

그런데 어느 날, 요술 거울이 다른 어떤 것보다 소중한 상을 하
나 가지고 왔어. 젊은 왕자의 상이었지. 모모 공주는 그 모습을 보
자마자 애틋한 그리움이 밀려와 꼭 왕자를 만나 보고 싶었어. 하
지만 어떻게 해야 할지 알 수가 없었지. 왕자가 누군지, 어디 사는
지 몰랐거든. 심지어는 이름도 몰랐으니까 말이야.

달리 뾰족한 생각이 떠오르지 않아서 공주는 요술 거울을 들여
다보기로 했어. 공주는 이렇게 생각했거든. '요술 거울이 내 모습
을 왕자님에게 데려다줄 수 있을 거야. 거울이 하늘을 떠다닐 때
왕자님이 우연히 하늘을 쳐다보다가 내 모습을 발견할지도 몰라.
그러면 왕자님은 거울을 따라와 내가 살고 있는 이곳까지 올 거
야.' 하고 말이지.

공주는 오랫동안 요술 거울을 들여다보고, 자기 모습을 담은

거울을 세상에 내보냈단다. 물론 그렇게 해서 공주는 언젠가 죽을 수밖에 없는 존재가 되었어.

그 후 공주가 어떻게 되었는지는 곧 얘기해 줄게. 하지만 우선 왕자 이야기부터 해야겠구나.

왕자의 이름은 기롤라모였고, 자기가 창조한 아주 커다란 왕국을 다스리고 있었단다. 그 나라가 어디 있느냐고? 그 나라는 과거의 나라도 아니고, 현재의 나라도 아니고, 언제나 딱 하루 앞선 미래에 있는 나라야. 그래서 이름도 '내일나라'였어. 그곳에 살고 있는 사람들은 모두 왕자를 깊이 사랑하고 숭배했지. 어느 날 대신들이 내일나라 왕자에게 말했어.

'전하, 결혼을 하셔야 합니다. 당연히 그래야 하니까요.'

기롤라모 왕자도 결혼을 반대할 이유가 없었어. 그래서 신붓감을 고르려고 내일나라에서 제일 예쁜 아가씨들을 모두 궁정으로 불렀단다. 아가씨들은 왕자를 차지하고 싶었기 때문에 저마다 재주껏 치장을 했어.

그런데 아가씨들 틈에 끼어서 마녀가 궁정으로 숨어 들어온 거야. 마녀의 몸속에는 따뜻한 빨간 피가 아니라 얼음처럼 차가운 초록색 피가 흐르고 있었어. 하지만 아무도 눈치채지 못했지. 마녀는 아주 교묘하게 화장을 했거든.

왕자가 신붓감을 고르기 위해 커다란 황금 무도실로 들어서자 마녀는 재빨리 주문을 외웠지. 그러자 가련한 기롤라모의 눈에는 마녀 말고는 아무도 들어오지 않았어. 왕자에게는 마녀가 눈이 부시게 아름다운 것처럼 보였어. 그래서 그 자리에서 왕비가 되어 주지 않겠냐고 물었지.

마녀는 나직하게 속삭였어.

'그럴게요. 하지만 조건이 하나 있어요.'

기롤라모 왕자는 선뜻 대답했단다.

'어떤 조건이든 들어주겠소.'

'좋아요.'

마녀가 이렇게 대답하면서 어찌나 달콤하게 미소를 지었던지, 가엾은 왕자는 그만 머리가 어질어질해졌단다.

'하늘을 떠다니는 둥근 은거울을 1년 동안 쳐다보면 안 돼요. 만약 거울을 보면, 그 순간 왕자님은 자기가 뭘 갖고 있는지를 까맣게 잊게 될 거예요. 자기가 누구인지도 잊고, 아무도 알아보는 사람 없는 '오늘나라'로 가서 이름 없는 가련한 떠돌이로 살아야 하는 거죠. 어때요, 괜찮으시겠어요?'

기롤라모 왕자는 큰 소리로 대답했지.

'그것뿐이라면 쉬운 조건이군!'

그런데 그동안 모모 공주는 어떻게 되었을까?

기다리고 또 기다렸지만 왕자는 오지 않았어.

그래서 공주는 세상으로 나가서 직접 왕자를 찾기로 했단다.

공주는 곁에 있던 거울의 상들을 모두 풀어 주고는 조그맣고 예쁜 슬리퍼를 신고 무지개색 유리 성을 나와 눈 덮인 산을 지나 세상으로 내려왔어. 공주는 세상 모든 왕들의 나라를 헤매다 드디어 오늘나라에 오게 되었어. 조그만 슬리퍼가 그동안 다 해져서 공주는 맨발로 다녀야 했지. 하지만 공주의 모습이 담긴 요술 거울은 여전히 하늘 높이 둥실 떠다니며 세상을 내려다보고 있었단다.

어느 날 밤에 기롤라모 왕자는 자신의 황금 성의 옥상에서 싸늘한 초록색 피가 흐르는 마녀와 체스를 두고 있었어. 그때에 왕자의 손등에 작은 물방울 하나가 똑 떨어졌지.

초록색 피가 흐르는 마녀가 말했어.

'비가 오려나 봐요.'

왕자가 말했어.

'아니, 그럴 리 없소. 하늘에 구름 한 점 없잖소.'

무심코 하늘을 올려다본 왕자는 하늘 높이 떠 있는 커다란 은 거울을 보게 되었지. 거기서 왕자는 모모 공주를 보았어. 공주는 울고 있었단다. 그러니까 왕자의 손등에 떨어진 물방울은 공주의 눈물이었던 거야. 그 순간 왕자는 마녀가 자기를 속였다는 걸 깨달았지. 마녀가 예쁘지도 않고, 몸속에는 차가운 초록색 피가 흐르고 있다는 걸 알게 된 거야. 왕자가 정말 사랑한 사람은 모모 공주였던 거지.

'당신은 약속을 어겼어요. 이제 대가를 치르세요!'

이렇게 말하면서 초록색 마녀는 얼굴을 일그러뜨렸어. 꼭 뱀 같았지.

마녀는 기다란 초록색 손가락을 뻗어 기롤라모 왕자의 가슴을 움켜쥐고 매듭을 하나 묶었단다. 왕자는 몸이 뻣뻣하게 굳어서 꼼짝 못 하고 앉아 있을 수밖에 없었지. 그 순간 왕자는 자기가 내일나라의 왕자라는 사실을 잊어버렸어. 왕자는 도둑처럼 한밤중에 자기 성을 나와 왕국을 떠났어. 그리고 세상을 헤매고 다니다가 오늘나라에 이르렀지. 오늘나라에서 왕자는 이름 없는 가난한 떠돌이로 살아야 했어. 왕자는 자기 이름을 간단히 기기라고 했지. 몸에 지닌 것이라고는 요술 거울의 상밖에 없었어. 그 후로 요술 거울은 텅 비게 되었단다.

그동안 모모 공주의 예쁜 옷도 너덜너덜해졌어. 공주는 이제 너무 헐렁한 낡은 남자 웃옷에 알록달록 기운 치마를 입고 있었단다. 모모는 옛 원형극장 터에 살고 있었어. 어느 화창한 날이었어. 두 사람은 여기서 맞닥뜨렸지. 하지만 모모 공주는 내일나라의 왕자를 알아보지 못했어. 그냥 불쌍한 떠돌이처럼 보였거든. 기기도 공주를 알아보지 못했지. 하긴 모모는 전혀 공주처럼 보이지 않았으니까. 하지만 똑같이 불행했던 두 사람은 친구가 되었고, 서로를 따뜻하게 위로하며 살았지.

이제는 텅 비어 버린 은색 요술 거울이 둥실 떠 있는 어느 날 밤, 기기는 거울의 상을 꺼내 모모에게 보여 주었어. 거울의 상은 흐릿해지고 몹시 구겨져 있었어. 하지만 모모 공주는 그것이 저 옛날 자기가 세상으로 보냈던 자신의 상이라는 걸 알아보았고, 가난한 떠돌이 기기가, 자신이 그동안 애타게 찾아 헤맸던 기롤라모 왕자라는 걸 깨달았지. 공주는 왕자에게 지난 이야기를 모두 들려주었단다.

하지만 기기는 슬퍼하며 머리를 가로저었어.

'당신의 말을 전혀 이해할 수 없군요. 내 가슴엔 매듭이 묶여 있어서 아무것도 기억할 수 없거든요.'

모모 공주는 그 말에 기기의 가슴을 붙잡고 가슴에 묶인 매듭을 간단하게 풀었어. 기롤라모 왕자는 당장 자기가 누구이며, 어느 나라 사람인지 깨달았지. 왕자는 모모 공주의 손을 잡고, 내일 나라가 있는 아득히 먼 곳으로 떠났단다."

기기가 이야기를 마치자 두 사람은 한동안 아무 말도 하지 않았다. 얼마 후 모모가 물었다.

"훗날 두 사람은 결혼했을까?"

"그랬을 거야. 먼 훗날에."

"두 사람은 그동안에 죽었을까?"

기기는 단호하게 대답했다.

"아니. 우연히 알게 됐지만 확실한 얘기야. 요술 거울을 혼자 들여다본 사람은 언젠가는 죽는 존재가 돼. 하지만 둘이서 거울을 보면 다시 영원한 생명을 얻을 수 있어. 그런데 두 사람은 함께 거울을 보았거든."

커다란 은빛 달이 컴컴한 소나무 위로 떠올라 폐허의 돌무더기에 신비스러운 빛을 쏟아부었다. 모모와 기기는 아무 말도 하지 않고 나란히 앉아 달을 올려다보았다. 두 사람은 그 순간이 지속되는 한 자신들이 영원히 죽지 않는 존재임을 또렷이 느낄 수 있었다.

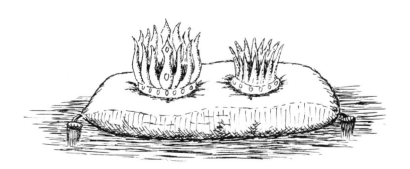

2부

회색 신사들

제6장

똑떨어지는 엉터리 계산

세상에는 아주 중요하지만 너무나 일상적인 비밀이 있다. 모든 사람이 이 비밀에 관여하고, 모든 사람이 그것을 알고 있지만, 그것에 대해 깊이 생각하는 사람은 거의 없다. 사람들은 대개 이 비밀을 당연하게 받아들이고, 조금도 이상하게 생각하지 않는다. 이 비밀은 바로 시간이다.

시간을 재기 위해서 달력과 시계가 있지만, 그것은 그다지 의미가 없다. 사실 누구나 잘 알고 있듯이 한 시간은 한없이 계속되는 영겁과 같을 수도 있고, 한순간의 찰나와 같을 수도 있기 때문이다. 그것은 이 한 시간 동안 우리가 무슨 일을 겪는가에 달려 있다.

시간은 삶이며, 삶은 우리 마음속에 깃들여 있는 것이니까.

이 진리를 회색 신사들보다 더 잘 알고 있는 사람은 아무도 없었다. 그 누구도 한 시간, 1분, 아니, 단 1초의 가치를 그들보다 더 잘 알고 있지 못했다. 피를 빨아 먹는 거머리가 피에 대해 잘 알고 있듯이 그들은 나름의 방식으로 시간을 잘 알고 있었고, 나름의 방식으로 그 지식에 맞게 행동했다.

그들은 사람들의 시간을 대상으로 모종의 계획을 꾸미고 있었다. 주도면밀하게 준비한 아주 방대한 계획이었다.

가장 중요한 것은 아무도 눈치채지 못하게 활동하는 것이었다. 그들은 이미 어느 누구의 눈에도 띄지 않고 대도시와 대도시 사람들의 삶에 깊이 뿌리를 내렸다. 그들은 한 걸음 한 걸음 진격해 들어와 사람들을 손아귀에 넣었다. 하지만 그 사실을 눈치챈 사람은 아무도 없었다.

그들은 당사자가 짐작도 하지 못하고 있을 때에 이미 자기들의 목적 달성에 필요한 사람의 신상을 속속들이 파악해 놓고 있었다. 그리고 그 사람을 사로잡을 적당한 시간만을 기다렸다. 또 그 순간이 어서 빨리 오도록 나름대로 활동을 펼치기도 했다.

이를테면 이발사 푸지 씨의 경우가 그랬다. 푸지 씨는 유명한 이발사는 아니었지만 그가 살고 있는 거리에서는 어쨌든 존경을 받고 있었다. 그는 가난하지는 않았지만, 그렇다고 부자도 아니었다. 도시 한복판에 작은 이발소를 갖고 있고, 견습생을 하나 쓰는 정도였다.

어느 날, 푸지 씨는 이발소 문 앞에 서서 손님을 기다리고 있었다. 견습생이 쉬는 날이어서 푸지 씨 혼자 이발소를 지키고 있었다. 그는 도로 위로 떨어지는 빗줄기를 물끄러미 바라보았다. 우울한 날씨였다. 푸지 씨의 마음도 공연히 서글퍼졌다.

"가위질 소리, 잡담, 비누 거품과 함께 내 인생도 흘러가는구나. 대체 이제까지 살면서 이룬 게 뭐지? 내가 죽고 나면 나라는 사람은 이 세상에 아예 없었던 거나 마찬가지일 거야."

그렇다고 푸지 씨가 잡담을 싫어했던 것은 아니었다. 오히려 손님들에게 자기 견해를 장황하게 늘어놓고 손님들의 의견을 듣는 것을 아주 좋아했다. 또 가위질 소리와 비누 거품을 싫어하지도 않았다. 그는 일하는 것을 정말 즐거워했고, 자기 솜씨에 자부심도 갖고 있었다. 특히 턱 밑을 면도할 때에 그보다 솜씨가 좋은 사람은 찾아보기 어려웠다. 하지만 모든 것이 아무 의미도 없어 보일 때가 있는 법이다. 누구에게나 그런 순간이 있는 것이다.

푸지 씨는 생각했다.

"내 인생은 실패작이야. 난 누구지? 고작 보잘것없는 이발사일 뿐이지. 이게 내 현재 모습이야. 제대로 된 인생을 다시 살 수만 있다면 전혀 다른 사람이 될 수 있을 텐데!"

푸지 씨는 제대로 된 인생이 어떤 것인지 알 수 없었다. 막연히, 화려한 그림들이 가득 실린 잡지에서 볼 수 있는 것과 같은 어떤 것, 무언가 중요한 것, 무언가 화려한 것을 생각했을 뿐이었다. 그는 우울해하며 생각했다.

"일을 하다 보면 도대체 제대로 된 인생을 누릴 시간이 없어. 제대로 된 인생을 살려면 시간이 있어야 하거든. 자유로워야 하는 거야. 하지만 나는 평생을 철컥거리는 가위질과 쓸데없는 잡담과 비누 거품에 매여 살고 있으니."

그 순간, 잿빛 고급 승용차가 소리 없이 미끄러져 와서 정확하게 푸지 씨의 이발소 앞에 멈추어 섰다. 회색 신사 하나가 차에서 내려 가게로 들어왔다. 남자는 거울 앞 탁자에 납회색 서류 가방을 내려놓고는, 뻣뻣한 중절모자를 옷걸이에 걸고 의자에 앉더니, 작은 회색 시가를 뻐끔대며 주머니에서 수첩을 꺼내 뒤적이기 시작했다.

푸지 씨는 가게 문을 닫았다. 조그만 가게 안이 갑자기 이상하게 추운 것 같았다. 그는 당황해서 물었다.

"어떻게 해 드릴까요? 면도를 하시겠어요, 아니면 머리를 자르시겠어요?"

그 순간, 그는 눈치 없이 그런 말을 한 자신을 호되게 나무랐다. 회색 신사의 머리는 거울처럼 반들반들한 대머리였던 것이다.

회색 신사는 웃지도 않고 이상하게 억양이 없는, 말하자면 잿빛 목소리로 말했다.

"아무것도 하지 않겠어요. 나는 시간 저축 은행에서 나왔습니다. 영업사원 XYQ 384 b호입니다. 우리 은행에 구좌를 개설하고 싶어 하신다고 알고 있는데요."

푸지 씨는 점점 더 당황해하며 대답했다.

"금시초문인데요. 솔직히 말해서 그런 기관이 있는지도 몰랐는걸요."

영업사원은 짤막하게 대답했다.

"그랬군요. 그렇다면 이제 아시게 될 겁니다."

그는 수첩을 뒤적이며 말을 이었다.

"이발사 푸지 씨죠?"

"예, 맞아요."

회색 신사는 수첩을 탁 소리 나게 닫으며 말했다.

"그렇다면 제대로 찾아왔군요. 당신은 우리 은행의 다음 번 고객이십니다."

더욱더 영문을 알 수 없는 푸지 씨는 깜짝 놀라 물었다.

"뭐라고요?"

"친애하는 푸지 씨, 당신은 인생을 철컥거리는 가위질 소리와 쓸데없는 잡담과 비누 거품으로 허비하고 있어요. 당신이 죽고 나면, 당신이라는 사람은 이 세상에서 아예 없었던 거나 마찬가지일 겁니다. 하지만 바라시는 대로, 제대로 된 인생을 사는 데 필요한 시간이 충분하다면 아주 다른 사람이 되실 수 있을 겁니다. 그러니까 당신에게 필요한 건 바로 시간이에요. 맞습니까?"

푸지 씨는 중얼거렸다.

"막 그런 생각을 하고 있었습니다."

오슬오슬 한기가 느껴졌다. 가게 문을 닫았는데도 점점 더 추워졌다. 회색 신사는 흡족한 표정으로 작은 시가를 한 모금 깊이 빨았다.

"자, 보세요, 하지만 어디서 시간을 얻을 수 있죠? 우리는 시간을 아껴야 합니다! 푸지 씨, 당신은 정말 무책임하게 시간을 낭비하고 계십니다. 간단한 계산을 통해서 그 사실을 증명해 드리죠. 1분은 60초입니다. 한 시간은 60분이고요. 제 계산을 따라오실 수 있습니까?"

"물론입니다."

영업사원 XYQ 384 b호는 회색 연필을 들고 거울에 숫자를 쓰기 시작했다.

"60 곱하기 60은 3,600입니다. 그러니까 한 시간은 3,600초지요. 하루는 24시간입니다. 그러니까 3,600 곱하기 24 하면 8만 6,400초가 되는군요. 아시다시피 1년은 365일입니다. 따라서 1년은 3,153만 6,000초가 됩니다. 10년이면 3억 1,536만 초가 되지요. 푸지 씨, 얼마나 사실 것 같습니까?"

푸지 씨는 당황해서 말을 더듬거렸다.

"저…… 하느님이 허락하신다면 일흔 살, 아니, 여든 살까지 살았으면 하는데요."

회색 신사는 말을 계속했다.

"좋습니다. 신중을 기하는 뜻에서 일흔 살로 잡아 봅시다. 그러니까 3억 1,536만 곱하기 7을 하면, 22억 752만 초가 되는군요.”

그는 이 숫자를 큼지막하게 거울에 썼다.

2,207,520,000초

그러고는 숫자 밑에 여러 번 밑줄을 긋고 설명했다.

“자, 푸지 씨, 이것이 당신 마음대로 쓰실 수 있는 당신의 재산입니다.”

푸지 씨는 꿀꺽 침을 삼키고 이마를 손으로 쓸어내렸다. 합계를 보니 현기증이 날 정도로 엄청나 보였다. 자기가 그렇게 부자라고 생각한 적은 한 번도 없었다.

영업사원은 고개를 끄덕이며 다시 한 번 작은 시가를 한 모금 깊이 빨았다.

“그래요. 엄청난 숫자죠, 그렇죠? 하지만 더 보기로 합시다. 지금 연세가 어떻게 되시죠, 푸지 씨?”

푸지 씨는 더듬거리며 대답했다.

“마흔둘입니다.”

푸지 씨는 갑자기 남의 것을 횡령이라도 한 듯 강한 죄책감이 느껴졌다. 회색 신사는 계속해서 따지고 들었다.

“보통 하루에 몇 시간 주무시지요?”

푸지 씨는 솔직하게 말했다.

"대략 여덟 시간 정도 자죠."

영업사원은 번개처럼 빠르게 계산을 했다. 연필이 거울에 닿을 때마다 끽끽 유리 긁히는 소리가 났다. 푸지 씨는 소름이 돋았다.

"42년에…… 하루 여덟 시간이라. 4억 4,150만 4,000이 되는군요. 당연히 이 시간은 없어진 것으로 생각해야겠지요. 푸지 씨, 하루 몇 시간 일하십니까?"

푸지 씨는 기어들어 가는 목소리로 털어놓았다.

"역시 여덟 시간입니다. 대충입니다만."

영업사원은 냉정하게 말을 이었다.

"그렇다면 그 시간도 마이너스로 기록해야겠군요. 자, 식사를 하시느라 얼마간의 시간이 없어질 겁니다. 하루 세 끼 식사에 도합 얼마의 시간을 할애하시죠?"

푸지 씨는 자신 없는 목소리로 대답했다.

"정확히 모르겠는데요. 두 시간 정도?"

"너무 적은 것 같은데요. 하지만 그렇다고 해 둡시다. 그러면 42년이면 1억 1,037만 6,000이 되는군요. 계속해 봅시다! 늙으신 어머니와 사시는 걸로 알고 있는데요. 당신은 어머니에게 매일 온전히 한 시간을 바치고 계십니다. 어머니 곁에 앉아 이야기를 하는 거지요. 어머니가 귀가 어두워서 거의 듣지 못하는데도 말입니다. 그러니까 5,518만 8,000초의 시간을 내버리신 겁니다. 게다가 쓸데없이 앵무새를 한 마리 갖고 계십니다. 당신은 앵무새를 보살피느라 매일 15분을 허비합니다. 환산하면 1,379만 7,000초가 되는군요.”

푸지 씨는 애원하듯 항의했다.

“하지만…….”

영업사원은 윽박질렀다.

“말 끊지 마세요, 푸지 씨.”

그의 계산은 점점 더 빨라졌다.

“어머니가 온전하지 못하기 때문에 당신은 집안일도 조금 하셔야 합니다. 시장을 보러 간다든지 구두를 닦는다든지 뭐 그런 귀찮은 일을 해야 하지요. 그런 일을 하느라 하루에 몇 시간을 쓰십니까?”

“한 시간쯤. 하지만…….”

“그러면 5,518만 8,000초가 없어진 거로군요, 푸지 씨. 우리가 조사한 바에 따르면, 당신은 일주일에 한 번 영화 구경을 하러 극장에 가시는군요. 일주일에 한 번은 지역 합창단에 나가시고요. 나머지 날 저녁에는 친구들을 만나기도 하고, 책을 읽기도 하십니다. 간단히 말해서 당신은 쓸데없는 일에 시간을 허비하시는 겁니다. 그것도 하루에 세 시간씩 말입니다. 그러니까 1억 6,556만 4,000을 내버리는군요. 언짢으십니까, 푸지 씨?”

푸지 씨는 대답했다.

“그렇군요, 미안합니다…….”

"곧 끝납니다. 하지만 그 전에 선생님 인생의 특별한 장에 대한 이야기를 해야겠군요. 그러니까 당신은 작은 비밀을 하나 갖고 계십니다. 무슨 말씀인지 벌써 아실 텐데요."

이제 푸지 씨는 이빨을 딱딱 부딪히며 덜덜 떨기 시작했다. 그렇게 추웠던 것이다. 그는 힘이 다 빠져서 중얼거렸다.

"그것도 아십니까? 나는 나와 다리아 양 외엔 아무도……."

영업사원 XYQ 384 b호는 말허리를 잘랐다.

"우리가 사는 현대에는 비밀이란 있을 수 없습니다. 당신의 상황을 한번 객관적으로, 또 사실적으로 바라보십시오, 푸지 씨. 질문에 대답해 보세요. 다리아 양과 결혼하실 생각이십니까?"

"아뇨. 그럴 수는 없어요……."

회색 신사는 말을 계속했다.

"맞습니다. 다리아 양은 다리가 성치 못해서 평생 휠체어에 의지해야 하니까요. 그런데도 당신은 꽃 한 송이를 선물하기 위해 매일 30분간 그녀를 방문합니다. 도대체 왜지요?"

푸지 씨는 울상이 되어서 대답했다.

"그러면 다리아 양이 아주 기뻐하거든요."

"하지만 냉정하게 생각하면, 푸지 씨, 당신에게 그 여자는 시간 낭비예요. 당신은 이미 2,759만 4,000을 허비하셨습니다. 여기에 매일 밤 잠자리에 들기 전 15분 동안 창가에 앉아 그날 하루를 생각하는 습관이 있다는 것을 감안하면, 다시 1,379만 7,000을 마이너스로 기록해야 합니다. 자, 이제 당신에게 얼마가 남아 있는지 볼까요, 푸지 씨."

이제 거울에는 다음과 같은 계산이 쓰여 있었다.

잠	441,504,000초
일	441,504,000초
식사	110,376,000초
어머니	55,188,000초
앵무새	13,797,000초
장보기 등	55,188,000초
친구, 노래 등	165,564,000초
비밀	27,594,000초
창가	13,797,000초
합계	1,324,512,000초

"이 합계는……."

회색 신사는 이렇게 말하며 연필로 거울을 두드렸다. 어찌나 세게 두드리는지 총을 쏘는 것 같은 소리가 났다.

"이 합계는 당신이 지금까지 허비하신 시간의 총합계입니다. 뭐 하실 말씀이 있으신가요, 푸지 씨?"

푸지 씨는 아무 말도 하지 못했다. 그는 구석에 있는 의자에 앉아 손수건으로 이마를 닦았다. 뼛속까지 한기가 스며드는데도 진땀이 진득하게 배어 나왔다.

회색 신사는 심각한 표정으로 고개를 끄덕였다.

"제대로 보셨습니다. 당신은 애초에 갖고 있던 전 재산의 반 너머를 허비하신 겁니다, 푸지 씨. 살아온 지난 42년의 세월에서 얼마나 남았는지 한번 계산해 볼까요. 아시다시피 1년은 3,153만 6,000초입니다. 여기에 42를 곱하면 13억 2,451만 2,000초가 되는군요."

그는 이 숫자를 허비한 시간 밑에 썼다.

$$
\begin{array}{r}
1,324,512,000초 \\
-\ 1,324,512,000초 \\
\hline
0,000,000,000초
\end{array}
$$

그는 연필을 주머니에 넣고 죽 나열된 0이라는 숫자가 푸지 씨에게 영향을 미칠 때까지 한참 기다렸다.

과연 그것은 효력을 나타냈다.

푸지 씨는 참담한 심정이 되어서 이렇게 생각했다. 저것이 지금까지 살아온 내 인생의 결산표로구나.

그는 나머지 하나 없이 똑 맞아떨어지는 계산에 깊은 인상을 받았다. 그래서 전혀 이의를 제기하지 않고 모든 것을 받아들일 수밖에 없었다. 하긴 계산 자체는 틀림이 없었다. 그것은 회색 신사들이 사람들을 속일 때에 사용하는 수많은 교묘한 속임수 가운데 하나였다.

영업사원 XYQ 384 b호는 부드러운 목소리로 말을 이었다.

"이런 식으로 계속해서 시간을 운영할 수는 없다고 생각하지 않으십니까? 이제 저축을 시작하시지 않겠습니까?"

푸지 씨는 말없이 고개를 끄덕였다. 그의 입술은 추위로 새파랗게 질려 있었다.

"이를테면……."

영업사원의 잿빛 목소리가 푸지 씨의 귓전에 울렸다.

"20년 전부터 하루에 한 시간씩만 저축하셨더라도 당신은 지금 2,628만 초의 재산을 갖고 계실 겁니다. 매일 두 시간이면 그 곱절인 5,256만 초가 되고요. 푸지 씨, 한 가지 묻겠습니다. 이런 어마어마한 숫자에 비하면 두 시간쯤이야 아주 하찮은 것이 아닌가요?"

푸지 씨는 소리쳤다.

"그렇습니다. 우스울 정도로 사소한 것이지요!"

영업사원은 침착하게 말을 계속했다.

"그걸 이해하셨다니 정말 기쁘군요. 그러니까 앞으로 20년간 두 시간씩을 저축하신다면 1억 512만이라는 어마어마한 재산이 모이는 겁니다. 당신은 예순두 살이 되시는 해에 그 재산을 마음대로 쓰실 수 있게 될 겁니다."

푸지 씨는 눈이 휘둥그레져서 말을 더듬었다.

"괴, 굉장하군요!"

"기다려 보세요. 재산이 훨씬 더 불어나니까요. 우리 시간 저축 은행은 저축하신 시간을 보관해 드릴 뿐 아니라 맡기신 시간에 대해 이자를 지불합니다. 그러니까 더 많은 액수를 받게 되시는 겁니다."

푸지 씨는 바짝 긴장해서 물었다.

"얼마나 더 받게 되지요?"

"그건 당신에게 달려 있습니다. 당신이 얼마나 많은 시간을 저 축하는지, 또 얼마나 오랫동안 저축한 시간을 찾지 않고 우리 은 행에 맡겨 두는지에 달려 있지요."

"맡겨 둔다구요? 무슨 뜻이죠?"

"아주 간단합니다. 저축한 시간을 5년 동안 찾지 않으시면, 저 축하신 시간만큼의 이자를 받게 되는 겁니다. 그러니까 당신의 재산은 5년마다 갑절로 불어나는 거지요. 아시겠어요? 10년 후 면 원래 액수의 네 배가 되고, 15년 후면 여덟 배, 이런 식이 됩니 다. 만약 20년 전부터 매일 두 시간씩만 저축하셨더라면, 당신은 예순두 살이 되는 해, 그러니까 저축을 시작하신 지 40년 되는 해 에는 저축하신 양의 256배가 되는 시간을 마음대로 쓰실 수 있었 을 겁니다. 그것을 계산하면 269억 1,072만 초가 됩니다."

그는 다시 회색 연필을 꺼내서 거울에 이 숫자를 썼다.

26,910,720,000초

"보시다시피, 푸지 씨."

이렇게 말하면서 그는 처음으로 엷은 미소를 지었다.

"그것은 당신이 이 세상에서 머무는 전 생애의 열 배입니다. 날마다 단 두 시간씩만 저축하면 그렇게 되는 거예요. 어때요, 구미가 당기는 제안 아닙니까?"

푸지 씨는 힘없이 말했다.

"맞아요! 정말 유리한 제안이군요. 일찌감치 저축을 시작해야 했는데. 난 정말 멍청이예요. 이제야 눈이 뜨이는군요. 솔직히 말해서…… 정말 절망스럽습니다!"

회색 신사는 은근한 목소리로 대꾸했다.

"그러실 이유는 조금도 없습니다. 너무 늦은 경우란 없어요. 원하신다면 당장 오늘부터 시작하실 수 있습니다. 그럴 만한 가치가 있다는 걸 아시게 될 겁니다."

푸지 씨는 큰 소리로 대답했다.

"저축하고 싶습니다! 내가 할 일은 뭐지요?"

영업사원은 눈썹을 치켜올렸다.

"선생님, 시간을 어떻게 아끼셔야 하는지는 잘 아시잖습니까!

예컨대 일을 더 빨리 하시고 불필요한 부분은 모두 생략하세요. 지금까지 손님 한 명당 30분이 걸렸다면 이제 15분으로 줄이세요. 시간 낭비를 가져오는 잡담은 피하세요. 나이 드신 어머니 곁에서 보내는 시간을 절반으로 단축할 수도 있습니다. 가장 좋은 것은 어머니를, 좋지만 값이 싼 양로원에 보내는 겁니다. 그러면 어머니를 돌볼 필요가 없으니까 고스란히 한 시간을 아낄 수 있지요. 아무 짝에도 쓸데없는 앵무새는 내다 버리세요! 다리아 양을 꼭 만나야 한다면 두 주에 한 번만 찾아가세요! 15분간의 저녁 명상은 집어치우세요. 무엇보다 노래를 하고, 책을 읽고, 소위 친구들을 만나느라고 귀중한 시간을 낭비하지 마세요. 얘기가 나온 김에 한 가지 충고하는데, 잘 맞는 커다란 시계를 하나 이발소에 걸어 놓으세요. 견습생이 일을 잘하고 있나 감시할 수 있게 말이지요."

"좋습니다. 그 모든 일을 할 수 있어요. 그런데 그렇게 해서 아낀 시간을 어떻게 해야 하지요? 당신에게 넘겨드려야 하나요? 그렇다면 어디서요? 아니면 내가 그걸 보관해야 하나요? 어떻게 진행이 되는 겁니까?"

"그 문제는 조금도 걱정하지 마세요."

회색 신사는 대답하며 두 번째로 엷은 미소를 띠었다.

"안심하시고 우리에게 모든 걸 맡기십시오. 믿으셔도 됩니다. 우리는 당신이 저축하신 시간을 손톱만큼도 잃지 않습니다. 당신은 곧 남는 시간이 전혀 없다는 걸 알게 되실 겁니다."

얼떨떨한 상태에서 푸지 씨는 말했다.

"좋습니다. 그 말을 믿기로 하지요."

영업사원은 자리에서 일어섰다.

"마음 푹 놓으십시오, 선생님. 이쯤 해서 당신이 시간 저축가 연맹의 일원이 되신 걸로 생각해도 되겠지요. 이제 선생님도 진짜 현대적이고 진보적인 분이 된 겁니다, 푸지 씨. 축하드립니다!"

그는 모자와 가방을 들었다. 푸지 씨는 소리쳤다.

"잠깐만요! 무슨 계약 같은 것을 체결해야 하지 않을까요? 서명을 해야 하지 않나요? 서류는 안 받아도 됩니까?"

영업사원 XYQ 384 b호는 문께에서 몸을 돌리더니 못마땅한 기색으로 푸지 씨를 유심히 바라보았다.

"무엇 때문에 서류가 필요하지요? 시간을 아끼는 일은 다른 것을 아끼는 일과는 달라요. 그건 양쪽 당사자 간의 신뢰에 바탕을 두고 있는 겁니다. 우리는 당신이 수락하신 걸로 충분합니다. 그리고 일단 수락하신 이상 취소할 수는 없습니다. 우리는 당신의 저축을 관리해 드립니다. 물론 얼마만큼의 시간을 저축하는가, 그것은 당신에게 달렸지요. 우리는 아무것도 강요하지 않습니다. 안녕히 계십시오, 푸지 씨!"

말을 끝내자 영업사원은 타고 온 멋진 회색 자동차에 올라 붕하니 떠나 버렸다.

푸지 씨는 그 모습을 지켜보면서 이마를 문질렀다. 조금씩 다시 따뜻해졌다. 하지만 푸지 씨는 온몸이 아픈 것 같았고, 비참한 기분이 들었다. 이발소 안에는 영업사원의 작은 시가에서 흘러나온 푸른 연기가 자욱히 서려 좀체 사라지지 않았다.

연기가 가시자 푸지 씨는 기분이 좀 나아졌다. 연기가 가시면서 거울에 쓰인 숫자도 점차 흐릿해지더니 마침내 말끔히 사라졌다. 그러자 푸지 씨 머릿속에서 회색 방문객에 대한 기억도 씻은 듯이 사라졌다. 하지만 방문객에 대한 기억이 사라졌을 뿐, 그 결론에 대한 기억은 그렇지 않았다! 그는 그 결론을 스스로가 내린 것으로 생각했다. 언젠가 다른 인생을 새로 시작하기 위해서 이제부터 시간을 아끼리라. 이 결심은, 끝이 갈고리처럼 굽은 가시처럼 그의 마음속 깊은 곳에 단단히 박혔다.

그날 첫 손님이 찾아왔다. 푸지 씨는 무뚝뚝하게 손님의 시중을 들며 불필요한 모든 것을 생략했다. 말은 한마디도 하지 않았다. 그러자 과연 30분에 하던 일을 20분 만에 끝낼 수 있었다.

그는 그때부터 모든 손님을 그런 식으로 대했다. 그렇게 하니까 일을 하면서 조금도 기쁨을 느낄 수 없었다. 하지만 그것은 더 이상 중요하지 않았다. 그는 견습생 둘을 더 채용했고, 그들이 단 1초의 시간도 허비하지 않도록 도끼눈을 뜨고 엄중하게 감시했다. 엄밀한 시간표에 따라 행동 하나하나마다에 시간이 정해졌다. 푸지 씨의 가게에는 다음과 같은 글이 적힌 팻말이 내걸렸다.

시간을 아끼면 곱절의 시간을 벌 수 있다!

그는 다리아 양에게, 시간이 없어서 더 이상 찾아갈 수 없다는 용건만을 간단히 적은 사무적인 편지를 보냈다. 앵무새는 동물 가게에 팔아 버렸다. 어머니는, 좋지만 값이 싼 양로원에 맡기고 고작 한 달에 한 번 얼굴을 들이밀었다. 그 외에도 그는 회색 신사의 모든 충고를 충실하게 따랐다. 하지만 그는 회색 신사의 충고를 자기가 내린 결론이라고 믿고 있었다.

그는 점점 신경이 날카로워지고 안정을 잃어 갔다. 시간을 알뜰하게 쪼개 썼지만 손톱만큼의 자투리 시간도 남지 않았다. 정말 이상한 일이었다. 시간은 수수께끼처럼 그냥 사라져 버렸다. 그의 하루하루는 점점 더 짧아졌다. 처음에는 몰랐지만 나중에는 그 속도를 피부로 느낄 수 있었다. 어느새 일주일이 지났는가 하면, 한 달이 지나갔고, 한 해, 또 한 해, 또 한 해가 후딱 지나갔다.

그는 회색 신사가 찾아왔다는 사실을 까맣게 잊었다. 그러니 그 시간들이 지금 어디로 갔는지 심각하게 생각해 볼 만도 했다. 하지만 그는 시간을 아끼는 사람들이 으레 그렇듯, 그런 질문은 하지 않았다. 푸지 씨는 편집증에 걸린 사람처럼 시간을 아끼겠다는 생각에 사로잡혀 있었다. 그리고 하루하루가 정말 빠르고 점점 더 빨리 흘러간다는 사실을 새삼 깨닫기라도 하면, 기겁해서 이를 악물고 더욱더 시간을 아껴 쓰는 것이었다.

대도시에는 어느새 푸지 씨와 같은 일을 겪는 사람들이 상당히 많아졌다. "시간 절약"을 시작한 사람들은 날마다 늘어났다. 그들의 수가 늘수록 점점 더 많은 사람들이 앞사람의 행동을 따랐다. 그러고 싶지 않은 사람도 같이 행동할 수밖에 없는 분위기였다.

라디오와 텔레비전과 신문은 날이면 날마다 시간 절약 효과가 있는 새로운 장치의 이점을 자세히 설명하고 그 우수함을 찬양했다. 이들 장치가 장차 사람들이 "제대로 된" 삶을 사는 데에 필요한 여가를 선사해 주리라는 것이었다. 담벼락과 광고판에는 온갖 행복의 청사진이 담긴 포스터가 붙여졌다. 포스터에는 이를테면 번쩍번쩍 빛나는 글씨로 다음과 같은 글귀들이 적혀 있었다.

시간 절약. 나날이 윤택해지는 삶!
시간을 아끼면 미래가 보인다!
더욱 보람찬 인생을 사는 법 — 시간을 아껴라!

하지만 실제 상황은 전혀 그렇게 보이지 않았다. 하긴 시간을 아끼는 사람들이 옛 원형극장 인근 마을 사람들보다 옷을 잘 입긴 했다. 돈을 더 많이 벌었기 때문에 더 많이 쓸 수 있었던 것이다. 하지만 그들의 얼굴에는 무언가 못마땅한 기색이나 피곤함, 또는 불만이 진득하게 배어 있었다. 눈빛에는 상냥한 기미라고는 찾을 수 없었다. 물론 그들은 "아무튼 모모에게 가 보게!"와 같은 말은 모르고 있었다. 그들의 말을 온 마음으로 들어 주는 사람, 말하다 보면 저절로 분별이 생기고, 화해하고 싶은 마음이 들고, 기분까지 좋아지는 그런 사람이 아무도 없었던 것이다. 하지만 그런 사람이 있다고 해도 5분 안에 일을 끝낼 수 있다면 모를까, 그들이 그 사람을 찾아갈 가능성은 아주 희박했다. 5분 안에 끝나지 않으면 그들은 시간 낭비라고 생각했다. 그들은 심지어 여가 시간까지도 알차게 이용해야 한다고 생각했다. 그래서 아주 빠른 시간 내에 가능한 한 많은 즐거움과 휴식을 줄 수 있는 오락을 찾았다.

그랬기에 그들은 축제도 제대로 즐길 수 없었다. 즐거운 축제도 그랬고, 엄숙한 축제도 그랬다. 꿈을 꾸는 것은 죄악처럼 여겨졌다. 하지만 그들이 가장 견딜 수 없어 하는 것, 그것은 정적이었다. 사방이 고요하면, 그들은 자기네 삶에서 벌어지고 있는 일을 어렴풋이 짐작할 수 있었고, 그러면 밀물처럼 불안이 밀려왔다. 그래서 그들은 정적이 찾아들 것 같은 기미만 보이면 요란하게 소란을 떨었다. 하지만 그것은 어린이 놀이터의 즐거운 소란이 아니었다. 미쳐 날뛰는 듯한 이 불쾌한 소란은 나날이 볼륨을 높여 가며 대도시를 가득 채웠다.

자신의 일을 기쁜 마음을 갖고 또는 애정을 갖고 하는 것은 중요하지 않았다. 오히려 그런 것은 방해가 되었다. 가능한 한 짧은 시간 안에 가능한 한 많은 일을 하는 것, 그것만이 중요했다.

그래서 커다란 공장과 사무실에는 예외 없이 이런 글귀가 적힌 팻말들이 걸리게 되었다.

시간은 귀중한 것. 잃어버리지 말라!
시간은 돈과 같다. 그러니 절약하라!

부장의 책상 위에도, 국장의 안락의자 위에도, 의사의 진료실에도, 상점과 레스토랑과 백화점에도, 심지어는 학교와 유치원에도 이와 비슷한 팻말들이 걸리게 되었다. 이런 세태에서 벗어나 있는 사람은 아무도 없었다.

결국 대도시의 모습도 차츰 변해 갔다. 옛 구역은 철거되고, 불필요하다고 생각되는 부분은 모두 생략하고 꼭 필요한 부분만 살린 새로운 집들이 지어졌다. 그 안에 살 사람들에 맞추어 집을 짓는 수고는 하지 않았다. 그러자면 제각기 다른 모양의 집을 지어야 하기 때문이었다. 똑같은 모양의 집을 지으면 돈이 훨씬 적게 드는 데다 무엇보다 시간을 절약하는 이점이 있었다. 대도시의 북쪽 지역에는 이미 거대한 신축 건물 구역이 점차 세력을 넓혀 가고 있었다. 그곳에는 다른 점이라고는 손톱만큼도 없는 성냥갑 같은 고층 임대 아파트들이 끝없이 우뚝우뚝 솟아났다. 집들이 똑같아 보이니까 당연히 거리도 똑같아 보였다. 단조로운 거리들은 늘고 또 늘어, 아득한 지평선까지 똑바로 쭉 뻗어 나갔다. 삭막한 질서의 황무지라 아니할 수 없었다!

이곳에 사는 사람들의 삶도 꼭 그런 식으로 진행되었다. 아득한 지평선까지 똑바로! 여기서는 단 한순간, 단 1센티미터까지 모든 것이 정확하게 계산되고 계획되었다.

하지만 시간을 아끼는 사이에 실제로는 전혀 다른 것을 아끼고 있다는 사실을 눈치챈 사람은 아무도 없는 것 같았다. 아무도 자신의 삶이 점점 빈곤해지고, 획일화되고, 차가워지고 있다는 것을 알아차리지 못했다. 그 점을 절실하게 느끼는 것, 그것은 아이들 몫이었다. 사람들은 이제 아이들을 위해서도 시간을 낼 수 없게 되었던 것이다.

하지만 시간은 삶이며, 삶은 가슴속에 깃들여 있는 것이다.

사람들은 시간을 아끼면 아낄수록 가진 것이 점점 줄어들었다.

제7장

모모는 친구들을 찾아가고,
한 명의 적이 모모를 찾아오다

어느 날 모모가 말했다.

"정말 모르겠어. 나를 찾아오는 우리 옛 친구들이 점점 적어지는 것 같아. 벌써 오랫동안 얼굴을 보지 못한 친구들도 많아."

모모 곁에서는 관광 안내원 기기와 도로 청소부 베포가 폐허의 풀이 웃자란 돌계단에 앉아 저녁노을을 바라보고 있었다.

기기가 골똘히 생각에 잠겨 말했다.

"그래, 내게도 똑같은 일이 일어나고 있어. 내 이야기를 듣는 사람이 점점 줄고 있거든. 예전 같지가 않아. 무슨 일이 벌어지고 있는 거야."

"그게 무슨 일인데?"

기기는 어깨를 으쓱하고는, 생각에 잠겨 헌 칠판에 끄적거렸던 몇 마디 글자를 침을 묻혀 지웠다. 몇 주일 전 베포 할아버지가 쓰레기통에서 찾아내 모모에게 갖다준 칠판이었다. 물론 새것은 아니었고, 가운데에는 커다란 금까지 가 있었다. 하지만 그 점만 빼고는 아직도 꽤 쓸 만했다.

그때부터 기기는 날마다 이런저런 글자 쓰는 법을 모모에게 가르쳐 주었다. 모모는 기억력이 뛰어났기 때문에 그동안 읽기는 상당히 잘할 수 있게 되었다. 다만 쓰기는 읽기만큼 잘되지 않았다.

모모의 질문에 대해 골똘히 생각하던 도로 청소부 베포는 천천히 고개를 끄덕이며 이렇게 말했다.

"그래, 맞다. 그게 점점 가까이 다가오고 있어. 도시에는 벌써 어디에나 번져 있지. 그게 내 눈에 띈 지는 벌써 오래됐어."

모모가 물었다.

"대체 그게 뭔데요?"

베포는 한참 곰곰이 생각에 잠겨 있더니 이렇게 대답했다.

"좋지 않은 일이야."

그러고 또 한참 있다가 덧붙였다.

"추워지고 있어."

기기는 위로하듯이 모모의 어깨를 감싸안았다.

"걱정 마! 그 대신에 점점 많은 아이들이 여길 찾아오잖니."

베포가 말했다.

"그래, 그것 때문이야. 그것 때문이야."

모모가 물었다.

"무슨 말씀이에요?"

베포는 한참 동안 골똘히 생각하다가 이렇게 대답했다.

"애들은 우리 때문에 오는 게 아냐. 그저 피난처를 찾아오는 것뿐이야."

세 사람은 원형극장 한가운데에 있는 둥그런 풀밭에서 공놀이를 하고 있는 몇몇 아이들을 내려다보았다. 아이들이 그날 오후에 새로 생각해 낸 놀이였다. 그중에는 모모의 옛 친구들도 끼어 있었다. 이를테면 안경을 낀 파올로라는 사내애가 있었다. 꼬마 동생 데데를 데리고 온 마리아라는 소녀도 있고, 목소리가 여자애처럼 높은 마시모라는 뚱뚱한 소년도 있었다. 언제 보아도 약간 불량스러워 보이는 프랑코라는 남자애도 보였다. 하지만 그 아이들 말고는 며칠 전부터 어울리기 시작한 아이들이었다. 그날 오후에 처음 온 작달막한 소년도 있었다. 정말 기기가 말한 대로 날마다 점점 많은 아이들이 찾아오고 있었다.

그런 현상은 정말이지 모모가 기뻐해야 마땅한 일이었다. 하지만 한마디로 놀 줄 모르는 아이들이 대다수였다. 그 아이들은 흥미 없다는 듯 지루한 표정으로 여기저기 앉아서 모모와 모모의 친구들이 노는 모습을 물끄러미 바라보았다. 일부러 훼방을 놓아 놀이를 망쳐 버릴 때도 허다했다. 말다툼을 하고 때리고 싸우는 일도 드물지 않게 일어났다. 하지만 계속해서 그럴 수는 없었다.

모모의 존재가 그 아이들에게도 영향을 미쳤던 것이다. 새로 온 아이들도 곧 아주 멋진 아이디어를 새록새록 떠올리고, 신이 나서 함께 어울려 놀기 시작했다. 하지만 거의 매일 낯선 아이들이 나타났으며, 심지어는 멀리 떨어진 다른 구역의 아이들까지 왔다. 그래서 계속해서 모든 것을 처음부터 다시 시작할 수밖에 없었다. 누구나 알고 있듯이, 단 한 명의 훼방꾼만 있어도 다른 아이들의 놀이를 모두 망쳐 버릴 수 있기 때문이었다.

그리고 모모가 도무지 이해할 수 없는 일이 또 하나 있었다. 요즘 들어 제대로 갖고 놀 수도 없는 온갖 종류의 장난감을 들고 오는 아이들이 부쩍 늘었다. 이를테면 이리저리 돌아다니게 할 수 있는 원격 조종 탱크가 있었다. 하지만 그것 말고는 아무 짝에도 소용없는 것이었다. 또 막대기에 매달려 빙글빙글 돌면서 윙윙 요란한 소리를 내는 우주 로켓도 있었다. 그러나 그 외에 다른 놀이를 할 수는 없었다. 또 번쩍번쩍 눈을 빛내며 흔들흔들 돌아다니면서 목을 이리저리 돌리는 작은 로봇도 있었다. 하지만 그뿐 달리 쓸모가 없었다.

모모는 물론이고 모모의 친구들도 가져 본 적 없는 아주 값비싼 장난감도 있었다. 그런 장난감들은 아주 세세한 부분까지 완벽하게 만들어져 있어서 상상력을 발휘할 필요가 없었다. 그래서 아이들은 무엇에 홀린 듯이, 또는 그냥 못 견디게 지루해하며, 덜덜거리면서 돌아다니는 장난감, 흔들흔들 걸어 다니는 장난감, 빙글빙글 돌면서 요란한 소리를 내는 장난감 따위를 몇 시간이고 우두커니 바라보았다. 하지만 아무 생각도 떠오르지 않기 때문에 결국 상자 몇 개, 찢어진 식탁보, 두더지가 쑤셔 놓은 흙더미, 조약돌 한 줌만 있으면 되는 옛 놀이로 다시 돌아오게 되었다. 그런 놀이를 할 때면 모든 것을 상상할 수 있었던 것이다.

오늘 저녁에도 놀이가 제대로 될 것 같지 않았다. 아이들은 하나씩 하나씩 놀이에서 빠져나오더니 결국 모두 기기와 베포와 모모 곁에 빙 둘러앉았다. 아이들은 기기의 이야기를 듣고 싶어 했다. 하지만 기기는 이야기를 시작할 수 없었다. 오늘 처음 나타난 작달막한 소년이 트랜지스터라디오를 갖고 왔던 것이다. 그 아이는 다른 아이들과 좀 떨어져 앉아서 라디오를 커다랗게 틀어 놓았다. 광고 방송이었다.

불량스럽게 생긴 프랑코라는 아이가 을러대는 어조로 물었다.

"그 바보상자 좀 작게 틀 수 없니?"

낯선 소년은 이죽이죽 웃으며 말했다.

"무슨 말인지 모르겠네. 내 라디오는 원래 이렇게 큰 소리가 난단 말이야."

프랑코는 벌떡 일어서며 소리쳤다.

"당장 소리 줄여!"

낯선 소년은 얼굴이 조금 창백해졌지만 곧 뻣뻣하게 대꾸했다.

"넌 나한테 뭐라고 할 자격이 없어. 아무도 그럴 수 없어. 난 마음대로 내 라디오를 크게 틀 자유가 있단 말이야."

베포 할아버지가 말했다.

"그 애 말이 맞다. 우리는 그 애에게 라디오를 크게 틀지 말라고 할 수 없어. 기껏해야 부탁을 할 수 있을 뿐이지."

프랑코는 다시 자리에 앉아 씩씩대며 말했다.

"하지만 다른 데로 가면 되잖아요. 저 애는 오늘 오후 내내 우리가 노는 걸 훼방 놓고 있어요."

베포는 작은 안경 너머로 낯선 소년을 따뜻한 시선으로 유심히 바라보았다.

"이유가 있을 게다. 분명 이유가 있을 게야."

낯선 소년은 아무 말도 하지 않았다. 조금 후에 아이는 라디오의 볼륨을 낮추고 다른 쪽을 바라보았다.

모모는 아이에게 다가가 가만히 곁에 앉았다. 아이는 라디오를 꺼 버렸다.

한동안 주위는 조용하기만 했다.

새로 온 아이들 중의 하나가 부탁했다.

"얘기 좀 해 줘요, 기기!"

다른 아이들도 저마다 아우성치듯 소리쳤다.

"그래요, 기기, 부탁이에요! 웃기는 이야기 좀 해 줘요! — 아냐, 흥미진진한 이야기를 해 줘요! — 아니, 옛이야기요! — 아니, 모험 이야기요!"

하지만 기기는 그러려고 하지 않았다. 그런 일은 처음이었다.

마침내 기기는 입을 열었다.

"나는 너희들 이야기를 듣고 싶구나. 너희들에 대해서, 너희들 집에 대해서, 또 너희가 뭘 하고, 왜 여기에 오는지 말이야."

아이들은 말이 없었다. 갑자기 아이들의 얼굴빛이 어두워지고 딱딱하게 굳었다.

이윽고 한 아이가 입을 열었다.

"우린 아주 멋진 자동차를 갖고 있어요. 토요일 날 아빠랑 엄마는 시간이 있으면 차를 닦아요. 얌전히만 하면 나도 도와드려도 돼요. 나중에 나도 그런 차를 살 거예요."

한 조그만 소녀가 말했다.

"난요, 가고 싶으면 날마다 극장에 갈 수 있어요. 엄마 아빠가 시간이 없기 때문에 극장에 나를 맡기는 거예요."

잠시 후에 소녀는 덧붙여 말했다.

"하지만 난 맡겨지는 게 싫어요. 그래서 몰래 여기에 와서 돈을 아끼는 거예요. 돈을 많이 모으면 차표를 사서 일곱 난쟁이한테 갈 거예요."

다른 아이가 소리쳤다.

"이 바보야! 일곱 난쟁이 같은 건 없어."

작은 소녀는 끝까지 우겨 댔다.

"있어! 여행 안내서에서도 봤단 말이야."

한 조그만 남자아이가 말했다.

"난 옛이야기 테이프를 열 개나 갖고 있어요. 듣고 싶으면 언제든지 들어도 돼요. 옛날에는 아빠가 퇴근하고 오시면 저녁마다 이야기를 해 주셨어요. 참 재미있었어요. 하지만 이제는 저녁때 집에 계시는 적이 없어요. 아니면 몹시 피곤해서 이야기를 할 기분이 아니라고 하세요."

마리아라는 소녀가 물었다.

"그럼 엄마는?"

"엄마도 하루 종일 집에 안 계셔."

"그렇구나. 우리 집도 똑같아요. 하지만 다행히 나한텐 데데가 있어요."

마리아는 무릎에 앉아 있는 꼬마 동생에게 뽀뽀를 하고 말을 이었다.

"학교에서 돌아오면 음식을 따뜻하게 데워서 둘이서 먹어요. 그런 다음에 숙제를 하죠. 그러고는……."

소녀는 어깨를 으쓱하더니 말했다.

"저녁이 될 때까지 쏘다니는 거예요. 대개는 여기에 오죠."

아이들은 모두 고개를 끄덕였다. 누구나 형편이 비슷비슷했던 것이다.

프랑코가 말했다.

"솔직히 난 정말 좋아요."

하지만 아이는 조금도 좋은 것처럼 보이지 않았다.

"엄마 아빠가 나하고 놀 시간이 없는 게 말이에요. 그렇지 않으면 티격태격 싸우기나 할 테고, 그러면 난 또 잔뜩 두들겨 맞거든요."

그때에 트랜지스터라디오를 갖고 온 소년이 불쑥 아이들 쪽으로 고개를 돌리더니 말했다.

"하지만 난 옛날보다 용돈을 많이 받는걸!"

프랑코가 대답했다.

"당연하지. 어른들이 일부러 그러는 거야! 우릴 떼 버리려고 말이야. 어른들은 이제 우리를 더 이상 좋아하지 않아요. 하지만 자기들도 좋아하지 않죠. 이젠 정말 아무것도 좋아하지 않아요. 내가 보기에는 그래요."

낯선 소년은 성을 내며 소리쳤다.

"그렇지 않아! 우리 엄마 아빠는 날 아주 좋아해. 하지만 시간이 없는 걸 어떻게 하겠어. 그래서 그러는 거야. 그 대신 트랜지스터라디오를 사 주셨어. 아주 비싼 거야. 이건 엄마 아빠가 날 사랑한다는 증거란 말이야. 안 그래?"

모두들 아무 말도 하지 않았다.

오후 내내 심술궂은 훼방꾼이었던 소년은 갑자기 울음을 터뜨렸다. 소년은 울음을 참으려고 애를 쓰며 더러운 손으로 연신 눈물을 훔쳐 댔지만, 눈물은 얼룩덜룩 더러운 뺨에 선명한 고랑을 내며 줄줄 흘러내렸다.

다른 아이들은 동정 어린 눈길로 소년을 바라보다가 땅바닥으로 시선을 떨구었다. 이제 그 애를 이해할 수 있었다. 사실 아이들도 모두 그런 기분이었다. 모두들 버림받은 느낌이었다.

한참 있다가 베포 할아버지가 아까 했던 말을 되풀이했다.

"그래, 추워지고 있어."

안경을 쓴 소년 파올로가 말했다.

"여기 못 오게 될지도 몰라요."

모모는 깜짝 놀라 물었다.

"왜?"

"우리 엄마 아빠가 그러는데 모모 너, 기기 아저씨, 베포 할아버지는 모두 건달에다 게으름뱅이래. 하느님의 소중한 시간을 훔친다는 거야. 그래서 그렇게 시간이 많은 거래. 이 세상에 그런 사람이 너무 많아서 다른 사람들이 점점 시간이 모자란다고 하셨어. 그래서 나보고 이제 여기 오는 걸 그만두래. 안 그러면 나도 똑같은 사람이 된다는 거야."

몇몇 아이들이 고개를 끄덕였다. 그 아이들도 비슷한 이야기를 들었던 것이다.

기기는 아이들을 하나씩 찬찬히 들여다보았다.

"너희들도 우리가 그런 사람이라고 생각하니? 그런 말을 듣고도 왜 오는 거지?"

잠깐 침묵이 흐른 뒤에 프랑코가 입을 열었다.

"나도 그런 말을 들었어요. 우리 아빠는 언제나 내가 나중에 노상강도가 될 거래요. 난 아저씨들 편이에요."

기기가 눈썹을 치켜올리며 말했다.

"그렇구나. 그러니까 너희들도 우리를 게으름뱅이라고 생각하는 거지?"

아이들은 당황해서 땅바닥만 내려다보았다. 마침내 파올로가 뭔가를 알아내려는 듯이 베포 할아버지의 얼굴을 빤히 쳐다보더니 작은 소리로 말했다.

"우리 엄마 아빠는 아무튼 거짓말은 안 해요."

그리고는 더욱 기어들어 가는 목소리로 물었다.

"그럼 아니란 말이에요?"

베포 할아버지는 벌떡 일어섰다. 그래도 키는 별로 커 보이지 않았다.

베포는 손가락 세 개를 높이 치켜들고 말했다.

"내 평생에 하느님이나 이웃 사람에게서 한순간의 시간도 훔친 적이 없어. 하느님을 두고 맹세한다!"

모모가 덧붙였다.

"나도 그래!"

기기가 엄숙하게 말했다.

"나도 마찬가지야!"

깊은 감동을 받은 아이들은 아무도 입을 열지 않았다. 세 친구의 말을 의심하는 아이는 아무도 없었다.

기기는 말을 이었다.

"그건 그렇고, 너희들에게 하고 싶은 말이 있어. 전에는 모모를 찾아오는 사람들이 많았단다. 모모가 그네들 이야기를 열심히 들어 주었거든. 내 말을 이해할 수 있는지 모르겠다만, 그 사람들은 모모에게 이야기를 하면서 자기 자신을 발견했던 거야. 하지만 이제는 그러고 싶어 하지 않아. 또 전에는 사람들이 내 이야기를 들으려고 기쁜 마음으로 나를 찾아오곤 했단다. 그 사람들은 내 이야기를 들으면서 자기 자신을 잊었던 거야. 하지만 지금은 이것 역시 별로 하고 싶어 하지 않아 해. 그런 일을 할 시간이 없어, 이렇게들 말하지. 너희들을 위해서 쓸 시간도 없다고 해. 뭔가가 있는 것 같지 않니? 도대체 무엇 때문에 시간이 없는지 정말 이상해!"

기기는 눈을 가늘게 뜨면서 고개를 한 번 끄덕이더니 말을 이었다.

"얼마 전 시내에서 아는 사람을 만났단다. 푸지라고 하는 이발사야. 한동안 못 만나긴 했지만 하마터면 못 알아볼 뻔했어. 그렇게 많이 변했더라니까. 신경질적이고 퉁명스럽고 재미없는 사람이 된 거야. 전에는 상냥한 사람이었는데. 구성지게 노래도 부를 줄 알고, 오만가지 일에 대해 아주 독특한 생각을 가지고 있었지. 그런데 갑자기 그럴 시간이 없대. 그 사람은 옛날의 푸지 씨가 아니었어. 마치 허깨비 같았다니까, 알겠니? 그런 사람이 그 사람 하나뿐이라면 그냥 푸지 씨가 조금 돌았다고 생각할 수 있겠지. 하지만 어디를 보건 요샌 그런 사람들 천지야. 게다가 점점 늘고 있어. 심지어 우리 옛 친구들도 그렇게 되기 시작했다니까! 난 '전염성이 강한 정신병이 돌고 있나?' 하고 나 스스로에게 묻기도 했단다."

베포 할아버지가 고개를 끄덕이며 맞장구를 쳤다.

"맞아. 일종의 전염병이야."

모모는 깜짝 놀라 소리쳤다.

"그럼, 우리가 친구들을 도와줘야 해요!"

그들은 그날 저녁 자기들이 무슨 일을 할 수 있을까 오랫동안 의논했다. 하지만 회색 신사들과 그들의 부지런한 활동에 대해서는 까맣게 모르고 있었다.

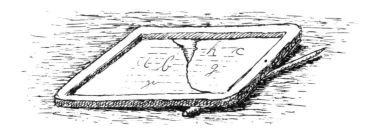

그 후 모모는 무슨 문제가 있는지, 왜 자기를 보러 오지 않는지 이야기를 듣기 위해 며칠 동안 옛 친구들을 찾아다녔다.

모모는 우선 미장이 니콜라를 찾아갔다. 니콜라가 살고 있는 집은 잘 알고 있었다. 니콜라는 그 집의 지붕 밑 조그만 방을 세내어 살고 있었다. 하지만 니콜라는 집에 없었다. 같은 집에 사는 다른 사람들도 니콜라가 지금 도시 반대편의 대규모 신축 건물 공사장에서 일하고 있으며, 돈을 무척 잘 번다는 것밖에는 아는 것이 없었다. 집에는 거의 들어오지 않고, 들어오더라도 대개 아주 밤늦게나 온다고 했다. 게다가 종종 술에 취해 있어서 도대체 그 사람과는 잘 지낼 수가 없다는 얘기도 했다.

모모는 니콜라를 기다리기로 작정하고, 니콜라의 방 문 앞 계단에 앉았다. 서서히 어둠이 깊어졌고, 모모는 깜빡 잠이 들었다.

모모가 쿵쾅거리는 요란한 발소리와 거친 노랫소리에 잠이 깨었을 때는 벌써 밤이 꽤 깊어진 것 같았다. 니콜라는 계단을 비틀비틀 걸어 올라오다가 모모를 보자 당황해서 우뚝 멈춰 섰다.

니콜라가 웅얼거렸다.

"어이, 모모! 살아 있었구나! 대체 여기서 뭘 찾고 있니?"

그는 말끄러미 바라보는 모모를 보고 당황하는 기색이 역력했다. 모모는 조심스럽게 대답했다.

"아저씨요."

니콜라는 빙그레 웃으며 고개를 절레절레 흔들었다.

"그래, 정말 너밖에 없구나! 밤이 늦었는데 옛 친구 니콜라를 보러 오다니. 벌써 오래전에 너를 찾아봤어야 했는데. 하지만 도무지 그런…… 개인적인 일을 할 시간이 안 나는구나.”

니콜라는 부산하게 손사래를 치며 모모 옆 계단에 털썩 주저앉
았다.

“꼬마야, 내게 무슨 일이 일어났느냐는 거지! 전과는 아주 다르
단다. 시대가 변하고 있어. 내가 지금 일하고 있는 저쪽에서는 속
도가 딴판이야. 눈이 핑핑 돌 지경이라니까. 우리는 날마다 건물
한 층씩을 쌓고 있어. 한 층 한 층 차곡차곡 쌓아 올리는 거야. 그
래, 옛날 같으면 어림도 없는 일이지! 거기서는 모든 게 조직적으
로 움직여. 그러니까 세세한 손놀림 하나하나까지 모두…….”

니콜라는 말을 계속했고, 모모는 열심히 들었다. 하지만 시간
이 지날수록 그의 말에서는 점차 열기가 사라졌다. 그는 별안간
입을 다물고 거칠고 딱딱한 손으로 얼굴을 쓸어내리더니, 갑자기
서글픈 목소리로 말했다.

“모두 허튼소리야. 모모, 보다시피 난 또 너무 많이 마셨어. 나
도 알아. 이제 난 자주 과음한단다. 안 마시면 우리가 거기서 하는
일을 견딜 수 없거든. 정직한 미장이의 양심에 어긋나는 일이 벌
어지고 있어. 모르타르에 모래를, 해도 해도 정말 너무 많이 섞어,
알겠니? 아마 4, 5년이나 버틸 수 있을까? 그다음에는 누가 기침
만 해도 와르르 무너져 버릴 거야. 모든 게 엉터리야! 비열한 엉터
리! 하지만 그게 다가 아냐. 제일 나쁜 건 우리가 짓는 건물들이
야. 그건 집이 아냐. 그건…… 그건…… 사람들을 담아 두는 창고

일 뿐이야! 거기 있으면 속이 뒤틀려! 하지만 그런 모든 일이 나와 무슨 상관이지? 난 돈만 벌면 그만이잖아. 그래, 시대가 변하고 있어. 전에는 나도 달랐지. 남들에게 떳떳이 내놓을 수 있는 걸 지으면서 내 일에 대해 긍지를 느꼈어. 하지만 지금은…… 돈을 많이 벌면 미장일을 때려치우고 딴 일을 할 거야."

그는 고개를 떨구고 우울한 시선으로 앞을 뚫어지게 바라보았다. 모모는 아무 말도 하지 않고 귀를 기울이고 있었다.

니콜라는 잠시 후 다시 말을 이었다.

"언젠가, 널 다시 찾아가 모든 얘길 털어놓아야 할 것 같구나. 그래, 그래야겠어. 내일 당장 얘기하자, 응? 아니면 모레가 나을까? 아니, 우선 어떻게 시간을 낼 수 있는지 사정을 봐야겠어. 하지만 가긴 꼭 갈 거야. 그럼, 약속한 거다?"

모모는 기뻐하며 대답했다.

"약속했어요."

그러고 두 사람은 헤어졌다. 두 사람 모두 몹시 피곤했다.

하지만 니콜라는 다음 날에도 그다음 날에도 오지 않았다. 아예 나타나지 않았다. 정말 이제 더 이상 시간이 없는 모양이었다.

모모는 다음에는 술집 주인 니노와 뚱뚱한 아내를 찾아갔다. 빗물로 얼룩진 회벽과 문 앞에 포도나무 정자가 있는 니노의 자그마한 낡은 집은 변두리에 있었다. 모모는 옛날처럼 집을 빙 돌아 뒤쪽의 부엌으로 갔다. 부엌문이 열려 있어서, 모모는 멀리서부터 니노와 그의 아내 릴리아나가 심하게 말다툼을 하고 있다는 것을 알 수 있었다. 릴리아나는 가스레인지 앞에서 냄비와 프라이팬에 뭔가를 요리하고 있었다. 통통한 그녀의 얼굴은 땀으로 번들거렸다. 니노는 손짓을 해 대며 아내에게 뭐라고 말을 하고 있었다. 구석에는 두 사람의 아기가 요람에 누워 악을 쓰며 울고 있었다.

모모는 가만히 아기 곁에 앉아 아기를 품에 안고 울음을 그칠 때까지 살살 흔들어 주었다. 부부는 말싸움을 그치고 모모를 건너다보았다.

니노는 언뜻 미소를 지었다.

"아, 모모, 너였구나. 우릴 찾아오다니 친절하기도 하지."

릴리아나가 조금 무뚝뚝하게 물었다.

"뭐 좀 먹을래?"

모모는 고개를 저었다.

니노가 짜증을 내며 물었다.

"도대체 무슨 일로 왔어? 우린 지금 너하고 얘기할 시간이 정말 없어."

모모는 나직이 대답했다.

"그냥 묻고 싶었어요. 왜 저한테 오지 않으세요?"

니노가 발끈 성을 내며 대꾸했다.

"나도 모르겠다! 우리는 지금 딴 걱정거리가 있단다."

릴리아나가 요란하게 냄비를 덜그럭거리며 소리 질렀다.

"그래, 저이는 딴 걱정이 있지! 이를테면 어떻게 하면 싫은 기색을 보여서 오랜 단골들을 쫓아낼까 하는 것 말이야. 그게 지금 저이의 고민이란다. 모모야, 생각나니? 옛날에 구석의 탁자 하나를 언제까지나 차지하고 앉아 있던 노인들 말이야. 저 사람은 글쎄 그 손님들을 쫓아냈단다! 밖으로 내동댕이친 거야!"

"그러지 않았어. 다른 술집을 찾아보라고 정중하게 부탁했을 뿐이야. 주인으로서 그 정도는 얘기할 권리가 있다구."

니노가 변명을 하자 릴리아나는 발칵 화를 내며 대꾸했다.

"권리? 흥, 권리 좋아하시네! 사람이라면 그렇게 할 수 없어요. 비인간적이고 비열한 짓이에요. 당신은 그분들이 딴 술집을 찾을 수 없다는 걸 뻔히 알고 있잖아요. 그분들은 우리 집에서 아무도 방해하지 않았다구요!"

"물론 아무도 방해하지 않았지! 면도도 하지 않은 그 늙은이들이 우리 집에 웅크리고 있을 때는 술값을 치르는 점잖은 손님들은 얼씬도 안 했으니까. 당신, 사람들이 그런 걸 좋아할 거라고 생각해? 게다가 고작 하루에 한 잔 살 능력밖에 안 돼서 싸구려 붉은 포도주 한 잔을 시켜 놓고 저녁 내내 죽치고 앉아 있는 그런 치들로는 돈을 벌 수 없다구! 그렇게 해서 뭐가 남겠어!"

니노가 버럭 소리를 지르자 릴리아나가 받아쳤다.

"그래도 우리는 이제까지 잘해 왔어요."

니노가 거칠게 맞받아쳤다.

"여태까지는 그랬지! 하지만 계속해서 그렇게 할 수는 없다는 걸 당신도 잘 알잖아. 주인이 집세를 올렸어. 예전보다 3분의 1을 더 내야 한다구. 모든 게 비싸지고 있어. 술집을, 몸을 덜덜 떠는 늙은이들의 피난처로 만들면 난 어디서 돈을 벌지? 왜 내가 딴 사람들 처지를 생각해 줘야 하느냐구? 내 처지를 생각해 주는 사람은 아무도 없잖아!"

뚱뚱한 릴리아나는 쾅 하고 프라이팬을 거칠게 가스레인지에 내려놓았다.

"당신한테 한마디 하겠어요."

그녀는 소리를 지르며 두 손을 굵은 허리에 버티고 섰다.

"당신이 말하는 몸을 덜덜 떠는 그 가난한 늙은이들 중에는 에토레 아저씨도 있어요! 내 가족을 모욕하다니 도저히 참을 수 없어요! 아저씨는 돈을 치르는 당신의 그 잘난 손님들처럼 돈이 많진 않지만 선하고 정직한 사람이라구요!"

니노가 커다랗게 손짓을 하며 대꾸했다.

"물론 에토레 아저씨는 다시 오실 수 있어! 그리고 싶으시면 그냥 계셔도 된다고 말했잖아. 하지만 아저씨가 그러려고 하지 않으셨어."

"당연하죠! 친구들이 없는데! 무슨 생각을 하는 거예요? 아저씨더러 저기 바깥 한구석에 혼자 우두커니 쭈그리고 앉아 계시란 말이에요?"

니노가 버럭 고함을 쳤다.

"그렇다면 나도 어쩔 수 없어! 아무튼 난 초라한 술집 주인으로 인생을 마치고 싶은 생각은 없어! 그저 당신의 에토레 아저씨 처지를 생각해 주다가 그러고 싶진 않아. 난 뭔가를 이뤄 내고 싶다구! 그게 무슨 죄 되는 일이야? 나는 이 가게를 번창시키고 싶어! 나 혼자만을 위해 이러는 건 아냐. 당신과 우리 애를 위해서 이러는 거라구. 그래도 날 이해하지 못하겠어, 릴리아나?"

릴리아나가 거칠게 대꾸했다.

"못해요. 꼭 냉혹해져야 되는 거라면, 그리고 벌써 그렇게 시작한 거라면, 나 없이 해 봐요! 난 어느 날 훌쩍 떠나 버릴 테니까. 맘대로 해요!"

릴리아나는 그사이 다시 울기 시작한 아기를 모모에게서 받아 안고 부엌을 뛰쳐나갔다.

니노는 한참 동안 아무 말도 하지 않았다. 그는 담배에 불을 붙여서 손가락 사이에 끼우고 만지작거렸다. 모모는 그런 니노를 말끄러미 바라보았다.

마침내 그가 입을 열었다.

"하긴, 상냥한 사람들이었지. 나도 그 노인네들을 좋아했어. 그래, 모모, 나도 가슴이 아파. 내가 그렇게……. 하지만 내가 뭘 어쩔 수 있겠니? 시대가 변하고 있는걸. 어쩌면 릴리아나가 옳을지도 몰라."

그는 잠시 후 다시 말을 이었다.

"노인들이 떠난 다음부터 왠지 술집이 낯설게 느껴져. 추워, 무슨 말인지 알겠니? 나도 더 이상은 견딜 수가 없구나. 어떻게 해야 할지 정말 모르겠어. 하지만 요즘에는 모두 그렇게 하고 있어. 왜 나만 혼자 다르게 살아야 하지? 혹시 넌 내가 다르게 살아야 한다고 생각하니?"

모모는 보일 듯 말 듯 살며시 고개를 끄덕였다.

니노는 모모를 물끄러미 쳐다보더니 마찬가지로 고개를 끄덕였다. 두 사람은 빙그레 웃었다.

니노가 말했다.

"네가 오니까 좋구나. 옛날에 이런 일이 생기면 우리는 늘 이렇게 말했지. '아무튼 모모에게 가 보게!' 하고 말이야. 그런데 그걸 까맣게 잊고 있었구나. 이제 너를 다시 찾아가마, 릴리아나하고 함께. 모레는 술집이 노는 날이야. 그때 가 보마. 됐지?"

모모가 대답했다.

"예."

니노는 봉지에 사과와 귤을 가득 담아 모모에게 주었다. 모모는 집으로 돌아갔다.

니노와 그의 뚱뚱한 아내는 정말 모모를 찾아왔다. 아기도 데려왔다. 맛있는 음식이 하나 가득 담긴 바구니도 들고 왔다.

릴리아나가 환한 얼굴로 말했다.

"모모, 어떤 일이 있었는지 상상해 보렴. 글쎄 니노가 에토레 아저씨와 다른 노인네들을 한 분 한 분 찾아가서는 잘못했다고 사과하고 다시 와 주십사고 부탁했단다."

니노가 빙그레 웃으며 말했다.

"그랬지."

니노는 계면쩍어서 공연히 머리를 긁적이며 덧붙였다.

"노인들이 모두 다시 왔어. 술집을 번창시키는 일은 허사가 되겠지. 하지만 내 마음이 다시 편해졌어."

그는 너털웃음을 터뜨렸다. 그의 아내가 말했다.

"우리 계속해서 그렇게 살아요, 니노."

아주 화창한 오후였다. 니노 부부는 집으로 돌아가며 다시 오겠다고 약속했다.

그렇게 모모는 옛 친구들을 차례차례 찾아갔다. 저 옛날, 과일 상자 널빤지로 조그만 책상과 의자를 만들어 주었던 가구장이를 찾아갔고, 침대를 주었던 부인네들을 찾아갔다. 한마디로, 전에 모모가 귀 기울여 이야기를 들어 주었던 모든 사람들, 이야기를 하다가 스스로 지혜로운 생각을 떠올리고, 과감하게 결정을 내리고, 즐거운 마음이 되었던 사람들을 모두 찾았던 것이다. 모두들 다시 찾아오겠다고 약속했다. 더러는 약속을 지키지 않았고, 더러는 도무지 시간을 낼 수 없어서 약속을 못 지키기도 했다. 하지만 많은 옛 친구들이 정말 다시 모모를 찾아왔고, 예전과 거의 다름 없는 상태가 되었다.

그렇게 해서 모모는 자기도 모르는 사이에 회색 신사들의 사업을 방해하게 되었다. 그들은 그것을 참을 수 없었다.

얼마 후, 유난히 무더운 한낮이었다. 모모는 폐허의 돌계단에서 인형 하나를 주웠다.

제대로 갖고 놀 수도 없는 비싼 장난감을 아이들이 잃어버리거나 그냥 두고 가는 일은 흔히 있었다. 하지만 모모는 어떤 아이가 이 인형을 갖고 왔는지 기억이 나지 않았다. 누가 갖고 왔다면 분명 모모의 눈에 띄었을 만한 아주 특별한 인형이었다. 키가 거의 모모만 한 데다 어찌나 사람과 꼭 닮게 만들어졌는지, 키가 작은 사람으로 여겨질 정도였다. 하지만 어린이나 아기의 모습은 아니고, 멋쟁이 젊은 숙녀나 아니면 진열장의 마네킹 같았다. 인형은 짧은 치마에 가죽끈을 매게 되어 있는 굽 높은 구두를 신고 있었다.

모모는 넋을 잃고 인형을 바라보았다.

잠시 후에 모모는 인형을 손으로 살짝 만져 보았다. 그러자 인형은 눈을 깜빡깜빡하더니 입술을 움직여 말을 하기 시작했다. 전화기에서 울리는 것처럼 약간 쇳소리가 나는 목소리였다.

"안녕, 난 비비 걸이야. 완전한 인형이야."

모모는 소스라치게 놀라 뒤로 물러섰지만 자기도 모르는 사이에 이렇게 대답했다.

"안녕, 난 모모야."

인형이 다시 입술을 달싹이며 말했다.

"난 네 거야. 모두들 날 갖고 있는 널 부러워할 거야."

모모가 주장했다.

"넌 내 게 아냐. 누가 깜박 잊고 널 여기 놓아두고 갔나 봐."

모모는 인형을 들어 올렸다. 그러자 인형은 다시 입술을 달싹이며 말했다.

"난 더 많은 걸 갖고 싶어."

"그래?"

모모는 대답하고는 한참 골똘히 생각했다.

"너한테 어울리는 게 있을지 모르겠네. 조금만 기다려 봐. 내가 갖고 있는 걸 보여 줄게. 네 맘에 드는 게 있으면 말해."

모모는 인형을 안고 담장에 난 구멍을 통해 자기 방으로 기어 내려갔다. 그러곤 침대 밑에서 갖가지 보물이 하나 가득 든 상자를 꺼내서 비비 걸 앞에 내놓았다.

"자, 내가 갖고 있는 건 이게 다야. 네 마음에 드는 게 있으면 말만 해."

모모는 비비 걸에게 알록달록한 새털 하나, 예쁜 무늬가 있는 돌멩이 하나, 금단추 하나, 무지개색 유리 조각 하나를 보여 주었다. 인형은 아무 말도 하지 않았다. 모모는 인형을 쿡 찔렀다.

인형이 꽥꽥댔다.

"안녕, 난 비비 걸이야. 완전한 인형이야."

"그래, 알고 있어. 하지만 비비 걸, 넌 뭔가를 찾고 있었잖아. 여기 예쁜 분홍색 조개껍데기가 있어. 맘에 드니?"

인형이 대답했다.

"난 네 거야. 모두들 날 갖고 있는 널 부러워할 거야."

"그래. 아까 말했잖아. 내 물건 중에서 마음에 드는 게 없으면 우리 소꿉장난하자, 응?"

인형이 아까 했던 말을 되풀이했다.

"난 더 많은 걸 갖고 싶어."

"이것 말고는 갖고 있는 게 없어."

그러고서 모모는 인형을 안고 다시 밖으로 기어 나왔다. 모모는 완전한 인형 비비 걸을 바닥에 앉히고 그 맞은편에 앉았다.

모모가 제안했다.

"자, 이제 네가 날 찾아온 손님이라고 하고 놀자."

인형이 말했다.

"안녕, 난 비비 걸이야. 완전한 인형이야."

"이렇게 절 찾아 주시다니 정말 친절하시군요! 어디서 오셨어요, 아가씨?"

모모가 대답하자 인형이 말을 이었다.

"난 네 거야. 모두 날 갖고 있는 널 부러워할 거야."

"자, 이것 봐. 계속 같은 말만 하면 놀 수가 없잖니."

모모가 이렇게 말하자 인형은 속눈썹을 깜빡이며 대답했다.

"난 더 많은 걸 갖고 싶어."

모모는 다른 놀이를 해 보았지만 역시 실패했다. 모모는 다른 놀이, 또 다른 놀이, 또 다른 놀이를 해 보았다. 하지만 도대체 아무것도 할 수가 없었다. 차라리 인형이 아무 말도 하지 않는다면 모모가 인형 대신에 대답할 수 있을 테고, 그랬다면 아주 재미있는 놀이를 할 수 있었을 것이다. 하지만 비비 걸은 계속해서 말을 해서 대화를 방해했다.

얼마 후, 모모는 지금까지 한 번도 느껴 보지 못한 기분에 사로잡혔다. 처음 느끼는 기분이었기 때문에 모모는 한참 만에야 그것이 지루함이라는 것을 깨달았다.

모모는 어떻게 해야 좋을지 낭패스러웠다. 완전한 인형을 내버려두고 다른 놀이를 하고 싶은 생각이 간절했다. 하지만 무슨 이유에선지 인형을 떨쳐 버릴 수가 없었다.

결국 모모는 그냥 자리에 앉아 인형을 말끄러미 바라보았다. 서로 최면을 걸기라도 하는 듯이, 인형도 푸른 유리 눈을 말똥히 뜨고 모모를 말끄러미 바라보았다.

마침내 모모는 억지로 인형에게서 시선을 떼었고, 순간 흠칫 놀랐다. 다가오는 기척도 느끼지 못했는데 멋진 잿빛 승용차 한 대가 아주 가까운 곳에 서 있었다. 승용차 안에는 거미줄빛 양복에 회색 중절모자를 쓰고, 작은 회색 시가를 피우고 있는 한 신사가 앉아 있었다. 신사의 얼굴 역시 잿빛으로 보였다.

모모에게 미소를 지으며 고개를 끄덕이는 것을 보니, 신사는 벌써 한참 동안 둘을 지켜본 모양이었다. 푹푹 찌는 한낮이어서 햇빛의 열기로 공기가 어른거렸는데도 모모는 갑자기 오슬오슬 한기를 느꼈다.

신사는 차 문을 열고 나와 모모에게 다가왔다. 손에는 납회색 서류 가방이 들려 있었다.

"참 예쁜 인형을 갖고 있구나! 네 친구들이 모두 널 부러워하겠는걸."

신사의 목소리에는 특이하게도 억양이 전혀 없었다. 모모는 어깨만 으쓱하고 아무 말도 하지 않았다.

회색 신사가 말을 이었다.

"틀림없이 아주 비쌀 테지?"

모모는 당황해서 중얼거렸다.

"몰라요. 그냥 주운 거예요."

"정말이냐! 정말 운이 좋구나."

모모는 다시 아무 말도 하지 않고, 입고 있는 헐렁한 남자 웃옷을 꼭꼭 여몄다. 점점 더 추워졌다.

회색 신사는 어렴풋이 미소를 지으며 말했다.

"내가 보기에, 넌 별로 기뻐하는 것 같지 않구나, 꼬마야."

모모는 살그머니 고개를 저었다. 갑자기 모든 기쁨이 이 세상에서 영원히 사라진 듯한 느낌이 들었다. 아니, 애당초 기쁨 따위는 없었던 것 같았다. 지금까지 기쁨이라고 생각했던 모든 것은 한갓 상상에 지나지 않는 것 같았다. 그렇지만 동시에, 무엇인가가 경고를 해 주는 듯한 느낌이 들었다.

회색 신사가 말을 이었다.

"나는 한참 동안 널 지켜봤다. 내가 보니까 넌 이런 멋진 인형을 갖고 어떻게 놀아야 할지 모르는 것 같더구나. 어떻게 노는지 내가 보여 줄까?"

모모는 깜짝 놀라서 신사를 쳐다보고는 고개를 끄덕였다.

인형이 갑자기 꽥꽥댔다.

"난 더 많은 걸 갖고 싶어."

회색 신사가 말했다.

"자, 보렴, 꼬마야. 인형이 네게 말도 하잖니. 이런 멋진 인형이랑은 다른 걸 갖고 노는 것처럼 놀 수 없어. 당연하지. 이 인형은 그런 놀이를 하려고 있는 게 아니거든. 인형이랑 지루하지 않게 놀려면 인형한테 뭔가를 줘야 하는 거야. 잘 봐라, 꼬마야!"

그는 승용차로 가더니 차 뒤의 트렁크를 열었다.

"우선, 이 인형에겐 많은 옷이 필요해. 이를테면 여기 눈부시게 예쁜 야회복이 있단다."

그는 야회복을 꺼내서 모모에게 던졌다.

"또 여기 진짜 밍크코트가 있어. 실크 잠옷도 있고. 테니스복, 스키복, 목욕 가운, 승마복, 파자마, 속옷. 다른 옷도 있단다. 자, 또 하나, 또 하나, 또 하나……."

그는 이 모든 옷을 모모와 인형 사이로 던졌다. 옷은 점차 수북이 쌓여 갔다. 신사는 다시 어렴풋이 미소를 지으며 말을 이었다.

"자, 꼬마야, 이 옷들을 갖고 인형이랑 한참 놀 수 있겠지, 그렇지? 하지만 며칠만 지나면 또 지루해질 텐데, 이런 생각이 들겠지? 그래, 그럼 네 인형을 위해 더 많은 걸 장만하면 되는 거야."

그는 다시 차 트렁크로 몸을 숙이더니 모모 쪽으로 온갖 물건들을 던지기 시작했다.

"여기 진짜 뱀 가죽으로 만든 멋진 핸드백이 있단다. 안에는 진짜 미니 립스틱과 분첩이 들어 있지. 여기 작은 사진기도 있고, 테니스 채도 있구나. 여기 이건 진짜로 볼 수 있는 인형 망원경, 또 이건 팔찌, 목걸이, 귀고리, 미니 권총, 실크 스타킹, 깃털 모자, 밀짚모자, 봄에 쓰는 모자, 골프채, 미니 수표첩, 미니 향수병, 수영장 물에 넣는 방향제, 몸 냄새를 없애 주는 스프레이……."

신사는 잠시 멈추더니 산더미처럼 쌓인 물건에 파묻혀 얼이 빠진 듯 앉아 있는 모모를 탐색하듯이 유심히 바라보았다.

"보다시피 아주 간단한 거야. 점점 많은 걸 장만하기만 하면 되니까. 그러면 절대 지루하지 않아. 하지만 완전한 비비 걸이 언젠가는 모든 걸 갖게 될 테고, 그러면 다시 지루해질 거라고 생각할지도 모르겠구나. 아니, 꼬마야, 조금도 걱정할 필요 없단다! 우리는 비비 걸에게 어울리는 친구를 갖고 있거든."

그는 트렁크에서 다른 인형을 꺼냈다. 비비 걸만큼 큰 데다 완전한 것도 비비 걸과 똑같았다. 다른 점은 젊은 남자 모습이라는 것뿐이었다. 회색 신사는 그 인형을 완전한 인형 비비 걸 옆에 앉히고 설명했다.

"얘는 부비 보이란다! 부비 보이한테도 헤아릴 수 없이 많은 장식품들이 있지. 그리고 이 모든 게 지루해지면 비비 걸의 여자 친구가 있어. 이 친구 인형도 자기에게만 맞는 장신구를 갖고 있지. 또 부비 보이에게도 어울리는 남자 친구가 있단다. 그 친구 인형도 남자 친구와 여자 친구를 많이 갖고 있지. 그러니까 지루함을 느낄 새가 없는 거야. 이런 식으로 끝없이 계속되지. 그래도 네가 갖고 싶어 하는 건 언제나 남아 있을 테니까."

신사는 이렇게 말하며 트렁크에서 인형들을 차례로 꺼내 왔다. 트렁크 안에는 한없이 많은 물건이 들어 있는 것 같았다. 그는 인형들을 모모 옆에 빙 둘러 늘어놓았다. 모모는 여전히 꼼짝 않고 자리에 앉아서 회색 신사를 겁에 질린 듯 바라보고 있었다.

이윽고 남자가 짙은 담배 연기를 뿜으며 입을 열었다.

"자, 이제 이런 인형과 어떻게 놀아야 하는지 알겠지?"

"예."

모모는 추위에 못 이겨 덜덜 떨기 시작했다. 회색 신사는 흡족한 듯이 고개를 끄덕이며 시가를 한 모금 깊이 빨았다.

"이 예쁜 물건들을 몽땅 갖고 싶을 거야, 그렇지? 좋아. 꼬마야, 몽땅 선물하마! 전부 가져라. 물론 지금 당장은 아니고, 하나씩 하나씩 주마! 더 많이, 훨씬 더 많이 주지. 그렇다고 무슨 대가를 치러야 하는 것도 아니야. 내가 설명한 대로 놀기만 하면 되는 거야. 자, 어떻게 생각하니?"

회색 신사는 기대에 가득 차서 모모에게 미소를 지어 보였다. 하지만 모모가 아무 말 없이 심각한 표정으로 마주 바라보자 신사는 성급하게 덧붙였다.

"그럼 넌 더 이상 친구들이 필요 없는 거야, 알겠니? 예쁜 이 물건들이 몽땅 네 것이 되고, 또 얼마든지 많이 가질 수 있다면 심심할 새가 없을 테니까. 너 그런 걸 바라지? 이 멋진 인형을 갖고 싶지? 꼭 갖고 싶지, 그렇지?"

모모는 싸움을 눈앞에 두고 있다는 것, 아니, 벌써 싸움의 한가운데에 휘말려 들었다는 것을 어렴풋이 느꼈다. 그러나 무엇을 위한 싸움이며, 누구를 향한 싸움인지는 알 수 없었다. 회색 방문객의 말에 귀를 기울이면 기울일수록 조금 전 인형의 말을 듣고 있을 때와 같은 기분이 들었다. 말을 하는 목소리와 단어는 들었지만, 말하는 사람의 마음을 들을 수 없었던 것이다. 모모는 고개를 가로저었다.

회색 신사는 눈썹을 치켜올렸다.

"도대체 왜 그래, 응, 왜 그래? 아직도 만족 못 하겠니? 요즘 애들은 정말 까다롭다니까! 대체 이 완전한 인형에게 모자라는 점이 뭐냐?"

모모는 바닥으로 시선을 떨구고 곰곰이 생각하다가 조그만 소리로 말했다.

"그 인형을 사랑할 수 없을 것 같아요."

회색 신사는 한동안 아무 대꾸도 하지 않고 인형처럼 무표정한 얼굴로 앞만 바라보더니, 이윽고 몸을 추스르고 싸늘하게 말했다.

"그건 중요한 게 아냐."

모모는 그의 눈을 들여다보았다. 사실 모모는 이 남자가 무서웠다. 특히 그의 시선에서 뿜어 나오는 냉기가 무서웠다. 하지만, 이유를 꼬집어 말할 수는 없어도 왠지 이 남자가 불쌍하다는 느낌도 들었다.

"그렇지만 전 제 친구들을 사랑하는데요."

갑자기 이가 쿡쿡 쑤시기라도 하는 듯 회색 신사의 얼굴이 일그러졌다. 하지만 그는 다시 자신을 억제하고는 실낱같이 엷은 미소를 지었다.

"꼬마야, 우리 한번 진지하게 얘기해 보자. 넌 중요한 게 뭔지 배워야겠어."

그는 주머니에서 조그만 회색 수첩을 꺼내 뒤적이며 무언가를 찾았다.

"네 이름이 모모지, 맞니?"

모모는 고개를 끄덕였다. 회색 신사는 탁 소리 나게 수첩을 덮더니 다시 주머니에 넣었다. 그러고는 나지막한 신음을 내며 모모 옆 땅바닥에 앉았다. 그는 한참 동안 아무 말도 하지 않고 작은 회색 시가만 뻑뻑 피워 댔다.

이윽고 그가 입을 열었다.

"자, 모모, 내 말을 잘 들어 봐라!"

사실 모모는 내내 회색 신사의 말을 잘 들으려고 애쓰고 있었다. 하지만 회색 신사의 말에 귀를 기울이는 것은 여태껏 다른 어떤 사람의 말에 귀 기울이는 것보다 훨씬 힘이 들었다. 보통 때 같으면 그야말로 다른 사람의 마음속으로 살며시 들어가, 그 사람이 어떤 사람이며 무슨 생각을 하는지 알아낼 수 있었다. 하지만 이 낯선 방문객에게는 도무지 그렇게 할 수가 없었다. 그렇게 하려고 할 때마다 마치 앞에 아무도 없는 듯 깜깜한 어둠 속, 텅 빈 허공 속으로 빠지는 느낌이 들었다. 이런 적은 이제껏 한 번도 없었다.

남자가 말을 이었다.

"인생에서 중요한 건 딱 한 가지야. 뭔가를 이루고, 뭔가 중요한 인물이 되고, 뭔가를 손에 쥐는 거지. 남보다 더 많은 걸 이룬 사람, 더 중요한 인물이 된 사람, 더 많은 걸 가진 사람한테 다른 모든 것은 저절로 주어지는 거야. 이를테면 우정, 사랑, 명예 따위가 다 그렇지. 자, 넌 친구들을 사랑한다고 했지? 우리 한번 냉정하게 검토해 보자."

회색 신사는 담배 연기를 뿜어 허공에 동그라미 몇 개를 만들었다. 모모는 맨발을 치마 속에 감추고, 헐렁한 웃옷 속으로 될 수 있는 대로 깊이 몸을 파묻었다.

회색 신사는 다시 말을 이었다.

"우선 이렇게 물을 수 있을 거다. 네가 있어서 친구들이 얻는 게 뭐지? 친구들에게 무슨 도움이라도 되나? 아니, 그렇지 않아. 친구들이 남보다 앞서가고, 더 많은 돈을 벌고, 인생에서 뭔가를 이루는 데 도움이 될까? 물론 그렇지 않아. 넌 친구들이 시간을 아끼려고 노력할 때에 도와주었니? 오히려 그 반대야. 너는 친구들이 하는 일마다 못 하게 훼방을 놓고 있어. 길목에 버티고 서서 앞으로 나가지 못하게 막고 있는 거야! 아마 지금까지 네가 그런다는 걸 몰랐겠지. 하지만, 모모, 너는 거기 있다는 사실만으로 이미 친구들에게 해를 끼치고 있어. 그래, 네가 그러고 싶었던 건 아니겠지만 넌 네 친구들의 적이야! 그러면서 친구들을 사랑한다고 할 수 있을까?"

모모는 뭐라고 대답해야 할지 알 수 없었다. 그런 식으로 사물을 본 적은 한 번도 없었다. 모모는 회색 신사가 혹시 옳은 건 아닐까, 잠시 자신이 없어졌다.

회색 신사는 다시 말을 이었다.

"그래서 우리는 네 친구들을 너의 악영향으로부터 보호하려는 거야. 네가 친구들을 정말 사랑한다면 우리들을 도와야 해. 우린 네 친구들이 무언가를 이루길 바란다. 우리야말로 그들의 진정한 친구인 거야. 우린 그들이 중요한 일을 하려고 할 때마다 네가 훼방을 놓는 걸 묵묵히 구경만 할 수는 없어. 우린 네가 그들을 내버려두도록 조치를 취하기로 했지. 그래서 이 예쁜 물건들을 네게 선물하는 거야."

모모는 입술을 덜덜 떨며 물었다.

"'우리'가 누구예요?"

회색 신사는 대답했다.

"우리는 시간 저축 은행에서 나왔다. 난 영업사원 BLW 553 c호지. 난 개인적으로 네게 호의를 베풀고 있는 거야. 시간 저축 은행은 허튼 장난을 절대 용납하지 않거든."

그 순간 모모는 베포와 기기가 시간을 아끼는 일과 전염병에 대해서 했던 말이 생각났다. 퍼뜩 이 회색 신사가 그 일과 무슨 상관이 있을 거라는 섬뜩한 예감이 들었다. 베포와 기기가 지금 곁에 있었으면 하는 생각이 간절했다. 혼자뿐이라는 느낌이 그렇게 절실한 적은 처음이었다. 하지만 모모는 두려워하지 않기로 마음을 다잡아 먹었다. 모모는 있는 힘을 다해 용감하게, 회색 신사가 몸을 숨기고 있는 깜깜한 어둠과 텅 빈 허공 속으로 뛰어들었다. 곁눈질로 모모를 흘끔대던 남자는 모모의 표정 변화를 놓치지 않았다. 그는 냉소를 지으며 회색 시가의 꽁초로 새 시가에 불을 붙였다.

"공연히 헛수고하지 마라. 넌 우리 상대가 될 수 없어."

모모는 굴복하지 않았다. 모모는 속삭이듯 물었다.

"아무도 아저씨를 사랑하지 않죠?"

회색 신사는 움찔하더니 갑자기 약간 기가 꺾인 듯 보였다. 그는 잿빛 목소리로 대답했다.

"솔직히 말해서 난 너 같은 사람을 만난 적이 없다. 단 한 번도 없어. 나는 많은 사람을 알고 있지. 너 같은 사람이 더 있다면, 우리 은행은 문을 닫아야 할 거야. 우리는 연기가 되어 없어져야 할 테고. 대체 우리가 무엇으로 살아갈 수 있겠니?"

영업사원은 갑자기 말을 멈추고 모모를 뚫어지게 쳐다보았다. 마치 이해할 수 없는 어떤 것, 도저히 이길 수 없는 어떤 것과 싸우고 있는 듯한 표정이었다. 영업사원의 얼굴에 드리운 잿빛이 조금 더 짙어졌다. 그는 다시 말을 이었다. 하지만 자신의 의지에 반해서 낱말들이 저절로 쏟아져 나와 막을 도리가 없는 모양이었다. 남자의 얼굴은 자기에게 일어나고 있는 일에 대한 공포로 더욱더 일그러졌다. 드디어 모모는 그의 진정한 목소리를 들을 수 있었다.

"우리는 알려지지 않은 채로 남아 있어야 해."

남자의 목소리는 멀리서 들려오는 것 같았다.

"그 누구도 우리가 존재한다는 사실, 우리가 하는 일을 알아서는 안 돼…… 우리는 아무도 우리를 기억하지 못하도록 신경을 쓰고 있어…… 우리는 우리를 알아보는 사람이 없어야만 일할 수 있거든…… 아주 힘든 일이야. 사람들에게서 몇 시간, 몇 분, 몇 초를 조금씩 조금씩 빼내야 하는 거야…… 사람들이 아낀 시간은 그냥 사라져 버려…… 우리는 시간을 끌어모아…… 저장하는 거야…… 우리에겐 시간이 필요해…… 우리는 시간을 갈망하지…… 아, 너희들은 그게 뭔지 몰라. 너희들의 시간 말이야…… 하지만 우리는 알고 있어. 그래서 뼛속까지 너희들의 진을 빨아들이는 거야…… 우리는 시간이 더 필요해…… 더 많이…… 우리의 수도 늘어나니까…… 더 많이…… 더 많이……."

회색 신사는 세상을 하직하는 사람처럼 그르렁대며 마지막 말을 내뱉었다. 그러나 그는 이내 두 손으로 입을 틀어막고, 튀어나

온 눈으로 모모를 노려보았다. 잠시 후, 남자는 마비 상태에서 깨어나 정신을 차린 듯했다.

신사는 더듬거렸다.

"어, 어떻게 된 거지? 내 마음을 읽었구나! 네가 날 병들게 했구나! 네가 날 병들게 했어. 네가!"

그러고는 거의 애원하는 목소리로 말했다.

"내가 헛소리를 한 거야. 예쁜 꼬마야, 그만 잊어버려라! 다른 사람들이 모두 우리를 잊듯이 너도 날 잊어야 해! 그래야 해! 그래야 해!"

그는 모모를 움켜잡고 마구 흔들어 댔다. 모모는 입술을 달싹였지만 아무 말도 할 수 없었다.

갑자기 회색 신사가 튀기듯 자리에서 일어나, 쫓기는 사람처럼 사방을 두리번거리더니 납회색 서류 가방을 챙겨서 자동차 쪽으로 뛰어갔다. 그러자 아주 이상한 일이 일어났다. 폭발이 거꾸로 일어난 듯이, 인형들과 사방에 어지럽게 흩어져 있던 온갖 물건들이 자동차의 트렁크로 날아 들어갔던 것이다. 드디어 트렁크가 쾅 닫혔고, 자동차는 돌멩이를 튀기며 전속력으로 사라져 버렸다.

모모는 오랫동안 가만히 앉아 지금까지 들은 말을 이해하려고 애썼다. 팔다리에서 무서운 냉기가 서서히 사라졌다. 그러면서 모든 것이 점점 또렷해졌다. 모모는 아무것도 잊지 않았다. 회색 신사의 진짜 목소리를 들었기 때문이다. 모모의 앞, 바싹 마른 잔디

밭에서 연기 자락이 피어올랐다. 비벼 끈 회색 시가의 꽁초에서
나는 연기였다. 꽁초는 서서히 재로 변했다.

제8장

많은 꿈과 몇 가지 의혹

오후 늦게 기기와 베포가 왔다. 모모는 그때까지 담장의 그늘에 앉아 있었다. 얼굴은 여전히 조금 창백했고, 심란한 기색이 역력했다. 기기와 베포는 모모 곁에 앉으며, 무슨 일이 있었느냐고 걱정스레 물었다.

모모는 입을 떼어 일어났던 일을 더듬더듬 털어놓기 시작했다. 마침내 모모는 회색 신사와 나누었던 이야기를 한마디 한마디 그대로 되풀이했다.

이야기가 계속되는 동안 베포 할아버지는 심각한 표정으로 무언가를 알아내려는 듯이 모모를 유심히 바라보았다. 그의 이마의 주름살이 더욱 깊어졌다. 그는 모모가 이야기를 마친 뒤에도 입을 열지 않았다.

반대로 기기는 흥미진진한 표정으로 열심히 들었다. 사람들에게 이야기를 해 주다가 흥이 날 때에 흔히 그러듯이 그의 눈은 반짝반짝 빛을 내기 시작했다.

그는 모모의 어깨에 손을 얹으며 말했다.

"모모, 드디어 우리에게 때가 온 거야! 넌 지금까지 아무도 알지 못했던 사실을 알아냈어! 이제 우리는 우리의 옛 친구들, 아니 도시 전체를 구출하는 거야! 우리 셋이서. 나, 베포 아저씨, 그리고 너 모모 이렇게 셋이 말이야!"

기기는 벌떡 일어나 두 손을 앞으로 쭉 뻗었다. 자기들을 구해 준 영웅 기기에게 환호하는 거대한 군중이 보이는 것 같았다.

모모는 얼떨떨한 표정으로 말했다.

"그래, 하지만 어떻게 하지?"

"무슨 말이야?"

기기가 당황해서 묻자 모모가 설명했다.

"내 말은 우리가 어떻게 회색 신사를 물리치느냐는 말이야."

"그야, 물론 그렇게 구체적인 것까지는 당장은 나도 몰라. 우선 방법을 생각해야겠지. 하지만 한 가지는 분명해. 그들의 존재와 활동 내용을 알아냈으니까 그들과 맞서 싸워야 한다는 거지. 혹시 너 겁이 나는 것 아냐?"

모모는 당황해서 고개를 끄덕였다.

"내 생각엔, 그 사람들은 평범한 사람들이 아니야. 나를 찾아왔던 그 사람은 어딘지 달라 보였어. 게다가 그 싸늘한 냉기는 정말 소름 끼쳤어. 그 사람들의 수가 많다면 틀림없이 더 위험할 거야. 난 벌써부터 겁이 나."

기기가 열을 내며 소리쳤다.

"바보 같은 소리 마! 일은 아주 간단해! 그 회색 신사들은 존재가 알려지지 않아야만 음침한 공작을 할 수 있어. 널 찾아왔던 그 자가 그렇게 말했잖아. 그러니 우리는 그들의 존재를 알리면 되는 거야. 그들의 존재를 알게 된 사람은 그들을 잊지 않을 테고, 그들을 잊지 않은 사람은 그들을 금방 알아볼 테니까. 그러니까 그들은 우리 털끝 하나 건드릴 수 없는 거야. 우리를 절대 해칠 수 없어!"

모모는 미심쩍은 듯 물었다.

"그렇게 생각해?"

기기는 눈을 반짝이며 말을 이었다.

"물론이지! 그렇지 않다면 너를 찾아왔던 그자가 그렇게 꽁지가 빠져라 달아나진 않았을 거야. 그자들은 우리를 두려워하는 거야!"

"그렇다면, 우리가 그 사람들을 찾을 수 없진 않을까? 그 사람들이 우리 눈을 피해 숨어 버릴 테니까."

기기도 인정했다.

"물론 그러기가 쉽지. 그땐 그들이 숨어 있는 곳에서 나오도록 유인해야 해."

"어떻게? 그 사람들은 아주 교활한 것 같던데."

기기는 호탕하게 웃으며 큰 소리로 말했다.

"그야 식은 죽 먹기지! 그들은 욕심 사나운 자들이니까 그 점을 이용하는 거야. 쥐를 잡으려면 고깃덩이를 미끼로 쓰잖아. 마찬가지로 시간 도둑은 시간으로 잡아야 해. 게다가 우리는 시간이 많잖니! 이를테면 네가 미끼로 나서서 그들을 유인하는 거야. 그리고 그들이 다가오면 베포 아저씨랑 내가 숨어 있다가 쏜살같이 뛰어나가 덮쳐 버리는 거지."

모모가 이의를 제기했다.

"하지만 그 사람들은 내 얼굴을 알고 있는걸. 내 생각엔 그 사람들이 넘어갈 것 같지 않아."

기기는 새로운 생각이 잇따라 떠오르는 모양이었다.

"좋아. 그럼 다른 수를 생각해야겠지. 하지만 회색 신사가 시간 저축 은행에 대해서 말했다고 했잖아. 그건 어떤 건물일 거야. 분명 시내 어딘가에 있겠지. 그러니까 그 건물을 찾아내기만 하면 되는 거야. 틀림없이 찾을 수 있을걸. 아주 특별한 건물일 테니까. 으스스한 잿빛 건물일 거야. 창문은 하나도 없을걸. 아마 콘크리트로 만든 거대한 금고같이 생겼을 거야! 눈에 선하게 떠오른다. 그 건물을 찾아내서 안으로 들어가는 거야. 우리 모두 양손에 권총을 하나씩 들고 말이지. '당장 훔쳐 간 시간을 내놔!' 난 이렇게 소리칠 거야……."

모모는 걱정스레 말을 잘랐다.

"하지만 우린 권총이 없잖아."

기기는 대수롭지 않다는 듯이 대꾸했다.

"그러면 권총 없이 하지 뭐. 그렇게 되면 그자들이 오히려 더 놀라 자빠질 거야. 우리가 나타난 것만 보고도 공포에 질려 버릴 거라니까."

"우리 셋이 다가 아니라, 우리 편이 좀 더 많으면 좋겠어. 그러니까 다른 친구들도 함께 찾으면 시간 저축 은행을 좀 더 빨리 찾을 수 있을 거라는 얘기야."

"그것 참 좋은 생각이다. 우리 옛 친구들을 몽땅 동원하자. 요즘 우리를 찾아오는 수많은 아이들도 끌어들이고. 자, 우리 셋이 당장 나가서 눈에 띄는 대로 친구들에게 사정을 전하는 거야. 그 친구들한테는 또 다른 친구들을 찾아서 전하라고 하고. 그리고 내일 오후 세 시에 모두 여기서 만나 대책을 의논하는 대규모 모임을 갖는 거야!"

그들은 당장 길을 나섰다. 모모는 이쪽으로, 베포와 기기는 저쪽으로.

두 사람이 한참 걸어갔을 때에 그때까지 내내 잠자코 있던 베포가 갑자기 걸음을 멈추고 말했다.

"이봐, 기기. 난 자꾸 걱정이 되는군."

기기는 몸을 돌렸다.

"도대체 뭐 때문에요?"

베포는 친구를 한동안 물끄러미 바라보더니 말했다.

"난 모모를 믿는다네."

기기가 놀라 물었다.

"그래서요?"

"내 생각에, 모모가 우리에게 한 말은 모두 진실일 거야. 난 그렇게 믿어."

기기는 도무지 베포의 의중을 알 수 없었다.

"좋아요, 그래서요?"

베포가 설명했다.

"알고 있나? 모모 얘기가 진실이라면, 우리는 잘 생각하고 일을 추진해야 해. 정말 무슨 비밀 범죄 집단과 관련된 일이라면 무작정 덤벼들어서는 안 돼. 내 말 알겠나? 우리가 그들에게 덮어 놓고 싸움을 걸면 모모가 위험해질 수 있어. 나는 우리 걱정은 하고 싶지 않네. 하지만 우리가 아이들을 끌어들이면 아이들 역시 위험에 빠뜨리는 거야. 그러니까 잘 생각하고 일을 해야 해."

"아이고 원!"

기기는 소리치고는 큰 소리로 웃음을 터뜨렸다.

"정말 걱정도 팔자세요! 가담하는 사람이 많으면 많을수록 더 좋은 거예요."

베포가 심각한 표정으로 말했다.

"내가 보기에 자넨 모모가 설명한 것이 진실이라고 믿지 않는 것 같군."

"'진실'이라는 게 대체 뭔데요? 아저씬 정말 환상이 없는 분이세요. 온 세상이 하나의 긴 이야기고, 우리는 그 안에서 함께 연기를 하는 거예요. 나도 믿어요, 아저씨. 믿는다니까요. 난 모모가 한 말을 전부 믿어요. 아저씨와 똑같이 말이에요!"

베포는 대꾸할 말이 생각나지 않았다. 하지만 기기의 대답을 들어도 걱정이 조금도 줄지 않았다.

그들은 친구들과 아이들에게 내일의 모임을 알리기 위해서 각자 헤어져 다른 방향으로 갔다. 기기의 마음은 가벼웠고, 베포의 마음은 무거웠다.

그날 밤, 기기는 도시를 구출한 영웅으로서 떨치게 될 미래의 명성에 대한 꿈을 꾸었다. 자신은 연미복을 차려입고 있었고, 베포는 프록코트를 입고 있었다. 모모는 하얀 비단옷을 입고 있었다. 세 사람 모두의 목에는 순금 훈장이 걸리고, 머리에는 월계관이 씌워졌다. 웅장한 음악이 울려 퍼지고, 도시의 시민들은 자기들을 해방시킨 영웅을 기리기 위해 횃불 행진을 열었다. 지금까지 어떤 사람을 위해서도 그렇게 길고 화려한 횃불 행진이 열린 적은 없었다.

같은 시각에 베포 할아버지는 침대에 누워 잠을 못 이루고 있었다. 생각하면 생각할수록 모든 일의 위험이 뚜렷하게 느껴졌다.

물론 그는 기기와 모모 둘이서만 파멸로 뛰어들도록 내버려두지는 않을 터였다. 어떤 결과가 나오더라도 함께 가리라. 하지만 적어도 그들을 만류하려고 노력할 필요는 있었다.

　다음 날 오후 세 시, 옛 원형극장 터에는 많은 이들의 함성과 재잘대는 소리로 북적였다. 유감스럽게도 옛 친구들 가운데에서 어른은 한 명도 오지 않았다. (물론 베포와 기기는 빼놓고 말이다.) 하지만 어림잡아 오륙십 명의 아이들이 왔다. 근처에 사는 아이도 왔고, 먼 곳에 사는 아이도 왔다. 가난한 아이도 왔고, 부잣집 아이도 왔다. 얌전한 아이가 왔는가 하면, 개구쟁이도 왔다. 키가 큰 아이도 왔고, 작은 아이도 왔다. 마리아처럼 꼬마 동생을 데리고 온 아이들도 꽤 있었다. 손에 끌려서 또는 가슴에 안겨서 따라온 꼬마들은 손가락을 입에 물고 눈을 휘둥그레 뜨고서 이 진기한 집회를 구경했다. 물론 프랑코와 파올로와 마시모도 있었다. 그 아이들 말고는 거의 모두가 얼마 전부터 원형극장에 오기 시작한 아이들이었다. 물론 그 아이들은 여기서 벌어지는 일에 대해 강한 호기심을 보였다. 트랜지스터라디오를 갖고 왔던 조그만 소년의 얼굴도 보였다. 물론 라디오는 갖고 오지 않았다. 그 소년은 모모 곁에 앉았다. 아이는 오늘 모모를 보자마자 자기 이름은 클라우디오이며, 함께 일할 수 있어서 정말 기쁘다고 말했다.
　마침내 더 이상 지각생이 올 기미가 보이지 않자 관광 안내원 기기가 자리에서 일어나, 조용히 하라는 뜻으로 커다랗게 손짓을 했다. 재잘대는 소리가 일시에 그치고, 기대에 가득 찬 정적이 석조 광장에 퍼졌다.

기기는 우렁찬 목소리로 말문을 열었다.

"사랑하는 여러분! 모두들 무슨 일인지 대강 짐작은 하겠지요. 친구들이 이 비밀 집회에 초대하면서 말했을 테니까요. 지금까지 온갖 수단을 동원해 시간을 아끼고 있는데도 점점 더 많은 사람들이 시간이 없다고 아우성입니다. 그러니까 사람들이 아낀 시간은 그냥 사라져 버리는 겁니다. 왜 그럴까요? 모모가 진실을 알아냈습니다! 말 그대로 시간 도적단이 시간을 훔치고 있는 겁니다! 우리는 이 냉혹한 범죄 집단의 활동을 중단시키기 위해서 여러분의 도움이 필요합니다. 여러분, 모두가 함께 일할 마음만 있다면, 우리 모두를 덮친 이 무서운 허깨비들이 벌인 소동을 단번에 끝낼 수 있습니다. 여러분, 한번 싸워 볼 만한 일이라고 생각하지 않습니까?"

기기는 잠시 말을 멈추었다. 아이들은 요란하게 박수갈채를 보냈다.

"우리는 나중에 무슨 일을 해야 할지 의논할 겁니다. 하지만 우선 모모의 설명을 들어야겠습니다. 어떻게 해서 그 일당 중의 하나를 만났고, 어떻게 해서 그 작자가 제 정체를 드러내게 되었는지 말입니다."

베포 할아버지가 자리에서 일어나며 말했다.

"잠깐! 어린이 여러분, 들어 보세요! 난 모모가 얘기를 해서는 안 된다고 생각합니다. 그러면 안 돼요. 모모가 입을 열면, 모모는 물론 여러분 모두 아주 커다란 위험에 빠지게 돼요……."

몇몇 아이들이 소리쳤다.

"안 돼요! 모모는 얘기를 해야 해요!"

곧 다른 아이들이 합세해, 결국 모든 아이들이 합창이라도 하듯이 소리쳤다.

"모모! 모모! 모모!"

베포 할아버지는 자리에 앉았다. 그는 안경을 벗고는 지친 듯 손가락으로 눈을 비볐다.

모모는 당혹스러운 표정으로 자리에서 일어났다. 베포의 말을 따라야 할지, 아니면 아이들의 말을 따라야 할지 갈피를 잡을 수 없었다. 이윽고 모모는 입을 열고 설명하기 시작했다. 아이들은 잔뜩 숨을 죽이고 귀를 기울였다. 모모가 이야기를 마치고도 한동안 침묵이 흘렀다.

모모의 보고를 들으며 아이들은 모두 으스스한 느낌이 들었다. 시간 도둑들이 그렇게 무시무시하리라고는 생각지 못했던 것이다. 한 꼬마가 앙앙 울기 시작했지만, 곧 달래서 울음을 그쳤다.

기기가 정적을 깨고 물었다.

"자, 여러분 중에서 누가 용기를 내어 이 회색 신사들과 맞서 싸우겠습니까?"

프랑코가 물었다.

"베포 할아버지는 왜 모모가 겪었던 얘기를 못 하게 말리셨죠?"

기기는 용기를 북돋워 주려는 듯 미소를 지으며 설명했다.

"베포 아저씨는 회색 신사들이 자기네 비밀을 아는 사람을 위험인물로 간주하고 뒤를 쫓을 거라고 생각하시는 거예요. 하지만 장담하지만, 오히려 그 반대예요. 그들의 비밀을 아는 사람은 안전합니다. 그들은 비밀을 아는 사람의 털끝 하나 건드릴 수 없어요. 틀림없습니다! 베포 아저씨, 그렇죠?"

하지만 베포는 천천히 고개를 가로저을 뿐이었다. 아이들은 잠자코 있었다.

기기는 다시 말을 이었다.

"어쨌든 한 가지는 분명해요. 지금 우리는 싫건 좋건 무조건 단결해야 합니다! 물론 신중을 기해야겠죠. 하지만 겁을 내면 안 됩니다. 다시 한 번 묻겠습니다. 여러분 중에서 누가 우리와 함께 일하겠습니까?"

"저요!"

클라우디오가 벌떡 일어나며 소리쳤다. 아이의 얼굴은 약간 해쓱했다.

아이들은 처음에는 머뭇머뭇 클라우디오의 예를 따랐지만, 점

155

점 결연한 태도로 함께 일하겠다고 선언하고 나섰다. 마침내 그 자리에 온 아이들이 모두 동참을 선언했다.

"자, 베포 아저씨, 아저씨는 어떻게 하시겠어요?"

기기가 아이들을 가리키며 묻자 베포는 슬픈 표정으로 고개를 끄덕이며 대답했다.

"좋아, 물론 나도 같이 해야지."

기기는 아이들 쪽으로 다시 몸을 돌렸다.

"그럼, 이제 우리가 해야 할 일을 의논해 봅시다. 누구 좋은 생각 있는 사람?"

모두 골똘히 생각에 잠겼다. 이윽고 안경을 쓴 소년 파올로가 입을 열었다.

"하지만 그 사람들이 어떻게 그런 일을 하죠? 제 말은요, 어떻게 시간을 훔치느냐는 얘기예요. 어떻게 그런 일이 일어나나요?"

클라우디오가 큰 소리로 말했다.

"그래요. 도대체 시간이 뭔데요?"

해답을 아는 사람은 아무도 없었다.

석조 광장의 다른 한쪽에서 마리아가 꼬마 동생 데데를 안고 일어났다.

"원자랑 비슷한 게 아닐까요? 원자는 사람이 말하지 않은 머릿속 생각까지 어떤 기계로 기록할 수 있대요. 텔레비전에서 본 적이 있어요. 요새는 무슨 일에든 전문가가 있잖아요."

목소리가 여자애처럼 높은 뚱뚱한 마시모가 소리쳤다.

"좋은 생각이 났어요! 사진을 찍으면 모든 게 필름에 찍히잖아요. 녹음을 하면 모든 게 테이프에 기록되고요. 그 사람들은 아마 시간을 빨아들이는 어떤 기계를 갖고 있을 거예요. 그러니까 시간이 어디에 들어 있는지 알아내서 그 테이프를 다시 풀기만 하면 시간을 다시 찾을 수 있을 거예요!"

파올로가 안경을 치켜올리며 말했다.

"어쨌든, 우선 우리를 도와줄 학자를 찾아야 해요. 학자가 없으면 아무 일도 할 수 없을걸요."

프랑코가 소리쳤다.

"넌 언제나 학자를 찾더라! 학자도 무턱대고 믿을 순 없어! 해결책을 아는 학자를 찾았다고 하자. 너 그 사람이 시간 도둑들과 한패가 아니라는 걸 어떻게 알아? 그러면 우리만 곤란해지잖아!"

그것은 과연 올바른 지적이었다. 이제 첫눈에 교육을 잘 받은 티가 나는 여자애가 일어나 말했다.

"난 모든 일을 경찰에 신고하는 게 제일 좋다고 생각해요."

프랑코가 반대하고 나섰다.

"말도 안 돼요! 경찰이 무슨 일을 할 수 있겠어요! 거기다가 그 사람들은 평범한 도둑이 아녜요! 경찰이 이미 오래전에 사정을 알고 있다면, 그건 경찰이 아무 힘도 없다는 얘기랑 똑같아요. 또 경찰이 놈들의 소굴에 대해 깜깜무소식이라면, 어차피 기대할 게 없다는 얘기예요. 내 생각은 그래요."

속수무책의 무력감이 자아내는 정적이 흘렀다.

이윽고 파올로가 입을 열었다.

"하지만 우리는 무슨 일이든 해야 해요. 그것도 될 수 있는 대로 빨리요. 시간 도둑들이 우리 계획을 눈치채기 전에요."

그때, 관광 안내원 기기가 일어나 말문을 열었다.

"사랑하는 여러분! 난 이 일을 꼼꼼하게 따져 보았습니다. 수백 가지 계획을 세웠다가 팽개쳐 버리고, 결국 한 가지 묘안을 생각해 냈어요. 이 방법이면 틀림없이 목표를 이룰 수 있을 거예요. 물론 여러분 모두가 함께 일하는 한 그렇다는 말이죠! 나는 여러분들 중에 누가 더 좋은 계획을 가지고 있는가 해서 우선 여러분 의견을 들어 보고 싶었던 것뿐이에요. 자, 우리가 해야 할 일을 얘기하겠습니다."

기기는 잠시 입을 다물고 천천히 좌중을 둘러보았다. 50명 이상의 아이들이 그를 바라보고 있었다. 그렇게 많은 청중 앞에 서 보기는 참으로 오랜만이었다.

"여러분도 아시다시피, 회색 신사들의 힘은 존재가 알려지지 않은 상태에서 은밀히 일을 하는 데서 나옵니다. 따라서 그들을 무력하게 만드는 가장 간단하고 효과적인 수단은 모든 사람들에게 그들의 진상을 알리는 거지요. 그럼 어떻게 하면 될까요? 대규모 어린이 시위를 벌이는 겁니다! 피켓과 플래카드를 만들어 거리마다 돌아다니는 겁니다. 그래서 사람들의 시선을 끄는 거죠. 그리고 *전 도시* 사람들을 여기 우리가 있는 옛 원형극장으로 초대해서 진상을 깨우쳐 주는 겁니다. 아마 엄청난 소동이 일어나겠죠! 수천, 수만의 사람들이 이리로 몰려올 겁니다! 끝 간 데 없이 많은 군중이 모이면, 우리는 무서운 비밀을 털어놓는 겁니다! 그러면 세상은 단번에 변할 거예요! 그들은 어느 누구한테서도 더 이상 시간을 훔칠 수는 없을 거예요. 누구나 원하는 만큼의 시간을 갖게 될 거구요. 이제부터 시간은 충분히 있을 테니까요. 사랑하는 여러분, 우리가 뜻을 모으기만 한다면, 우리는 그렇게 할 수 있습니다. 그렇게 하겠습니까?"

대답으로 열렬한 환호성이 터졌다.

기기는 이렇게 연설을 마쳤다.

"그럼 전 도시 사람들을 다음 일요일 오후에 이곳 원형극장 터로 초대하기로 만장일치로 결의했음을 선언합니다. 하지만 그때까지 우리 계획에 대해 반드시 입을 다물고 있어야 해요. 알겠습니까? 자, 그럼 일을 시작합시다!"

그날, 그리고 다음 며칠 동안, 원형극장 터에서는 은밀하지만 대단한 열기로 일대 작업이 펼쳐졌다. 종이와 물감이 가득 찬 통들, 붓과 아교, 널빤지와 마분지, 긴 막대기와 기타 필요한 물품들이 마련되었다. (어떻게, 그리고 어디서 가져왔는지는 묻지 않기로 하자.) 한쪽에서 플래카드와 피켓을 만드는 사이에, 글을 잘 쓰는 다른 아이들은 멋진 문구를 생각해 내서 그 위에 써넣었다.

이를테면 다음과 같은 내용을 알리는 격문들이었다.

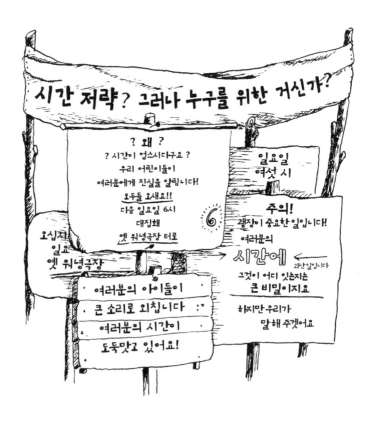

피켓과 플래카드에는 장소와 시간도 적혀 있었다. 드디어 모든 준비가 끝나자 아이들은 기기와 베포와 모모를 앞장세우고 일렬 종대로 시내를 향해 행진해 나갔다. 손에는 피켓과 플래카드를 들고, 냄비 뚜껑과 호루라기로 소란을 떨며 구호를 외쳤다. 또 기기가 이번 시위를 위해 특별히 지은 노래도 불렀다.

"들어 보세요, 여러분, 우리 말을 들어 보세요.
열두 시 오 분 전에 종이 울렸습니다.
그러니 깨어 일어나 정신을 차리세요.
누군가 여러분의 시간을 훔치고 있으니까요.

들어 보세요, 여러분, 우리 말을 들어 보세요.
더 이상 괴롭힘당하지 마세요!
일요일 세 시에 오셔서 우리 얘기를 들어 보세요.
그럼 여러분은 자유를 되찾을 수 있어요!"

물론 이 노래는 여러 절 계속되었다. 모두 합해서 스물여덟 절이나 되었다. 하지만 여기서 전부를 옮길 필요는 없으리라.

시위대가 교통을 방해하자 몇 번인가 경찰이 끼어들어 아이들을 해산시켰다. 하지만 아이들은 조금도 기가 꺾이지 않았고, 다른 곳에서 다시 모여서 처음부터 다시 시작했다. 하지만 그 외에는 별다른 일이 없었다. 아이들은 정신을 바짝 차리고 사방을 둘러보았지만 회색 신사의 코빼기도 볼 수 없었다.

하지만 지금까지 이 모든 일을 까마득히 모르고 있던 다른 아이들이 행진을 보고 끼어들어 함께 행진을 했다. 드디어 아이들의 수는 수백, 수천으로 늘어났다. 아이들은 긴 행렬을 지어 온 시내의 거리를 누비며 세상의 변화를 가져올 중요한 집회에 어른들을 초대했다.

제9장

열리지 않은 좋은 모임과 열린 나쁜 모임

중요한 시간이 지났다.

그 시간은 지났고, 초대받은 사람은 한 명도 오지 않았다. 정작 이 일에 가장 상관이 있는 어른들은 아이들의 행진에 거의 관심을 보이지 않았던 것이다.

그러니까 모든 것이 소용없는 짓이 되고 만 것이다.

해는 어느새 지평선 쪽으로 뉘엿뉘엿 기울어 진홍 구름바다 속에 커다랗고 붉게 떠 있었다. 햇살은 몇 시간 전부터 수백 명의 아이들이 앉아서 기다리고 있는 옛 원형극장의 맨 꼭대기 계단을 어루만지고 있었다. 웅성대는 소리와 즐거운 재잘거림은 더는 들리지 않았다. 아이들은 입을 다물고 침울하게 앉아 있었다.

그림자의 길이가 급속히 길어졌다. 곧 깜깜해질 터였다. 기온이 떨어져서 아이들은 오슬오슬 한기를 느끼기 시작했다. 멀리 교회의 시계탑 종이 여덟 번을 쳤다. 모든 일이 완전히 실패로 돌아갔다는 것에는 이제 더 이상 의심할 여지가 없었다.

아이들 몇이 일어나 묵묵히 자리를 뜨자 다른 아이들도 그 뒤를 따랐다. 모두 한마디도 하지 않았다. 실망이 너무 컸던 것이다.

이윽고 파올로가 모모에게 다가와 말했다.

"모모, 더 이상 기다릴 이유가 없는 것 같아. 아무도 오지 않을 거야. 잘 자, 모모."

그러고서 파올로는 가 버렸다.

다음엔 프랑코가 모모에게 다가와 말했다.

"이렇게 됐으니 뭘 할 수 있겠어. 이제 어른들에게는 아무것도 기대할 게 없다는 걸 알게 된 거야. 난 어른들을 믿은 적이 없지만, 이제는 아예 상대도 하지 않을 거야."

그러곤 프랑코도 가 버렸다. 다른 아이들이 그 뒤를 따랐다. 드디어 주위가 깜깜해지자 마지막까지 남아 있던 아이들도 희망을 버리고 원형극장을 떠났다.

모모와 베포와 기기만이 남았다.

얼마 후 도로 청소부 베포도 자리에서 일어났다.

모모가 물었다.

"할아버지도 가세요?"

"가야 해. 특별 근무가 있거든."

"이 밤중에요?"

"그래. 여태 그런 적이 없었는데 쓰레기 하치장 일을 배정받았
단다. 지금 그리로 가야 해."

"하지만 오늘은 일요일이에요! 거기다가 할아버지는 지금까지
그 일을 하셔야 했던 적이 한 번도 없잖아요!"

"없었지. 하지만 우린 그 일을 배정받았어. 예외적인 일이라더
라. 안 그러면 일을 끝낼 수 없댄다. 인원이 모자란다나 뭐라나."

"섭섭해요. 할아버지가 오늘 여기 남아 계시면 좋을 텐데."

"그래. 나도 지금 가자니 영 마음이 좋지 않구나. 그럼 안녕. 내
일 또 만나자꾸나."

베포는 삐걱대는 자전거에 훌쩍 올라타 어둠 속으로 사라졌다.

기기는 휘파람으로 구슬픈 노래를 부르고 있었다. 기기의 휘파
람 솜씨는 무척 좋았다. 모모가 귀를 기울이고 있는데 갑자기 휘
파람 소리가 뚝 그쳤다.

"나도 가야 하는데! 오늘 일요일이잖아. 야경을 돌아야 해! 야
경꾼이 요즘 내 새 직업이라는 얘길 너한테 안 했던가? 하마터면
잊어버릴 뻔했구나."

모모는 눈을 동그랗게 뜨고 아무 말 없이 기기를 바라보았다.

기기는 말을 이었다.

"너무 속상해하지 마. 생각대로 일이 잘되지 않은 것 말이야.
나도 이럴 줄은 몰랐어. 하지만 그래도 재미있었잖니! 굉장했어."

모모가 고집스레 침묵을 지키자 기기는 위로하려는 듯 모모의

머리를 쓰다듬으며 덧붙였다.

"모모, 너무 심각하게 생각하지 마. 내일이면 모든 게 아주 달라 보일 거야. 우리 뭔가 새로운 걸 생각해 보기로 하자. 새로운 이야기를 생각하는 거야, 응?"

모모는 나지막한 목소리로 말했다.

"그건 이야기가 아니었는걸."

기기는 자리에서 일어났다.

"나도 알아. 그 얘긴 내일 다시 하자, 응? 이제 그만 가 봐야겠어. 어차피 너무 늦었지만. 자, 너도 이제 자러 가야지."

그러고서 기기는 휘파람으로 구슬픈 가락을 불며 가 버렸다.

그래서 모모는 커다란 원형극장에 홀로 남았다. 별 하나 없는 밤이었다. 하늘은 구름으로 덮여 있었다. 그때에 이상한 바람이 일어났다. 세찬 바람은 아니었지만 끊임없이 불었고, 묘한 냉기가 담겨 있었다. 그 바람은 말하자면 잿빛 바람이었다.

대도시의 먼 변두리에는 거대한 쓰레기 더미가 우뚝 솟아 있었다. 대도시에서 날마다 버려지는 재, 깨진 그릇 조각, 양철통, 헌 매트리스, 플라스틱 조각, 종이 상자 따위 온갖 잡동사니로 이루어진, 그야말로 거대한 산이었다. 이 쓰레기들은 여기서 소각장의 거대한 아궁이 속으로 들어갈 차례를 기다리고 있었다.

베포 할아버지와 동료들은 밤이 이슥해질 때까지 청소차에서 쓰레기를 퍼내는 일을 거들고 있었다. 청소차들은 헤드라이트를 켠 채 기다랗게 줄지어 서서 쓰레기를 비울 차례를 기다렸다. 수없이 많은 차를 처리했지만 연방 다른 차들이 몰려와 새로 줄을 섰다.

쉴 새 없이 명령이 떨어졌다.

"서둘러요! 자, 어서, 어서! 안 그러면 일을 끝낼 수 없어요."

베포는 땀에 흠뻑 젖은 셔츠가 몸에 척척 감길 때까지 삽질을 하고 또 했다. 자정이 다 되어서야 드디어 일이 끝났다.

이미 나이가 든 데다가 원래 건장한 체격도 아닌 베포는 이제 완전히 기진맥진해져서, 군데군데 구멍이 난 채로 뒤집혀 있는 플라스틱 욕조에 앉아 숨을 돌렸다.

동료 한 사람이 소리쳤다.

"어이, 베포, 우리는 이제 집에 가려네. 같이 가겠나?"

베포는 아픈 가슴을 손으로 누르며 말했다.

"잠깐만 기다려."

다른 사람이 물었다.

"할아버지, 어디 안 좋으세요?"

"이제 나아졌어. 먼저들 가게나. 난 조금 더 쉬어야겠어."

베포가 대답하자 다른 사람들이 소리쳤다.

"그럼, 먼저 갑니다!"

그러고는 모두 떠나갔다.

사방이 조용해졌다. 쥐새끼들만이 쓰레기 더미 어딘가에서 바스락거리며 이따금 찍찍 울었다. 베포는 머리를 팔에 묻고 설핏 잠이 들었다. 얼마나 잤을까, 갑자기 한 줄기 차가운 바람이 잠을 깨웠다. 베포는 위쪽을 올려다보고 단번에 정신이 번쩍 들었다.

거대한 쓰레기 산더미 위에 온통 회색 신사들이 쫙 깔려 있었던 것이다. 그들은 하나같이 멋진 양복 차림에 뻣뻣한 중절모자를 쓰고 있었다. 손에는 납회색 서류 가방을 들고 있었고, 작은 회색 시가를 입에 물고 있었다. 그들은 모두 입을 다문 채 꼼짝 않고 쓰레기 더미 맨 위쪽을 응시했다. 그곳에는 일종의 재판석이 세워져 있고, 다른 자들과 별로 다를 것 없는 신사 셋이 앉아 있었다.

처음에 베포는 발각될까 두려워 겁이 더럭 났다. 깊이 생각하지 않아도 여기 있으면 안 된다는 것을 알 수 있었다.

하지만 베포는 곧 회색 신사들이 마법에라도 걸린 듯 꼼짝 않고 재판석을 올려다보고 있다는 것을 깨달았다. 그를 보지 못했거나 아니면 버려진 어떤 물건쯤으로 생각하는 것이리라. 하여튼 베포는 쥐 죽은 듯 가만있기로 작정했다.

위쪽의 재판석 가운데 앉아 있는 남자의 목소리가 정적을 뚫고 울려 퍼졌다.

"영업사원 BLW 553 c호는 법정 앞으로 나오시오!"

아래쪽에서 그 외침이 다시 한 번 되풀이되었다. 그 소리는 메아리처럼 다시 한 번 멀리 울려 퍼졌다. 그러자 군중 사이로 좁다란 길이 쫙 열리더니 한 회색 신사가 그 길을 따라 쓰레기 더미를 천천히 올라갔다. 그의 얼굴의 잿빛은 거의 흰색에 가까웠다. 그것이 그자가 다른 자들과 뚜렷하게 다른 유일한 점이었다.

드디어 그는 재판석 앞에 섰다. 가운데 앉아 있는 자가 물었다.

"영업사원 BLW 553 c호인가요?"

"그렇습니다."

"언제부터 시간 저축 은행에서 일했지요?"

"태어났을 때부터입니다."

"그야 물론이지요. 그런 불필요한 말은 하지 말아요! 언제 태어났습니까?"

"11년 3개월 6일 8시간 32분, 그리고 지금 이 순간 정확히 18초 전에 태어났습니다."

이들의 대화는 아주 낮은 목소리로 진행되는 데다 상당히 먼 곳에서 벌어지고 있었지만, 베포 할아버지는 묘하게도 한마디 한마디를 똑똑히 들을 수 있었다.

가운데에 앉은 신사는 질문을 계속했다.

"알고 있습니까? 오늘 상당히 많은 아이들이 피켓이며 플래카드를 들고 시내 곳곳을 돌아다녔습니다. 그리고 우리의 존재를 깨우쳐 주려고 도시의 전 주민을 초대하는 엄청난 계획을 세우기까지 했습니다. 알고 있나요?"

영업사원이 대답했다.

"알고 있습니다."

재판관이 엄하게 질문을 계속했다.

"이 아이들이 우리의 정체와 활동을 알고 있는 것을 도대체 어떻게 설명하겠습니까?"

"저도 모르겠습니다. 하지만 제가 한마디 해도 된다면, 저는 재판정이 이 일을 실제보다 더 심각하게 받아들일 필요는 없다는 점을 지적하고 싶습니다. 무력하기 짝이 없는, 어린애 장난에 불과한 일이에요! 더욱이 우리는 그저 사람들에게 그런 시간을 허용하지 않음으로써 간단히 아이들의 집회를 무산시킬 수 있었습니다. 부디 그 점을 참작해 주시길 바랍니다. 설사 우리가 집회를 무산시킬 수 없었다고 해도 결과는 마찬가지일 겁니다. 저는 아이들이 들려줄 수 있는 이야기는 고작 유치한 도적 이야기뿐이었을 거라고 생각합니다. 제 생각에는 집회를 열게 했어도 괜찮았을 듯합니다. 그럼으로써……."

가운데 신사가 날카로운 목소리로 발언을 중단시켰다.

"피고! 피고는 지금 자신이 어디 있는지 알고 있습니까?"

영업사원은 몸을 흠칫하더니 기어들어 가는 목소리로 대답했다.

"물론입니다."

재판관이 말을 이었다.

"피고는 인간의 법정이 아니라 당신과 같은 회색인의 법정 앞에 서 있어요. 우리를 속일 수 없다는 것을 잘 알고 있을 텐데요.

그런데 왜 우리를 속이려고 합니까?"

피고는 더듬거리며 말했다.

"저…… 직업상 습관입니다."

"아이들의 시도를 심각하게 받아들이고 아니고의 문제는, 집행부의 판단에 맡겨야 합니다. 허나 피고도 우리 사업에 있어서 그 어떤 것, 그 어떤 사람도 아이들만큼 위험할 수는 없다는 것을 잘 알고 있을 겁니다."

피고는 기가 죽어서 사실을 인정했다.

"알고 있습니다."

재판관은 설명했다.

"아이들은 우리의 천적이에요. 아이들이 없었다면, 우리는 벌써 오래전에 전 인류를 수중에 넣을 수 있었을 겁니다. 아이들에게는, 그 어떤 사람보다도 시간을 아끼게 하기가 힘이 들어요. 그래서 우리의 가장 엄격한 법칙 중의 하나는 이렇습니다. '아이들을 맨 마지막으로 공략하라.' 피고, 이 법칙을 알고 있습니까?"

피고는 숨을 헐떡거렸다.

"아주 잘 알고 있습니다, 재판관님."

"그럼에도 우리가 입수한 정확한 정보에 따르면, 우리 중의 한 사람이, 다시 한 번 말합니다, 우리 중의 한 사람이 한 아이와 대화를 했으며, 그 아이에게 우리의 정체를 폭로하기까지 했습니다. 피고, 혹시 이 *우리 중의 한 사람*이 누군지 압니까?"

BLW 553 c호는 완전히 기가 죽어서 대답했다.

"접니다."

재판관은 계속해서 추궁했다.

"도대체 무슨 이유로 우리의 가장 엄중한 법칙에 저촉되는 일
을 저질렀지요?"

피고는 스스로를 변호했다.

"그 아이가 다른 사람에게 미치는 영향이 우리의 사업을 몹시
방해했기 때문입니다. 제 행동은 어디까지나 선의에서 나온 것이
며 시간 저축 은행을 위한 것이었습니다."

재판관은 싸늘하게 받아쳤다.

"우리는 당신의 의도 따위에는 관심이 없어요. 우리가 관심이
있는 것은 오로지 결과뿐이에요. 그리고 피고, 당신의 경우 그 결
과는 단순히 우리가 시간을 더 불릴 수 없었다는 것에만 그치지
않아요. 당신은 그 아이에게 우리의 가장 중요한 비밀 몇 가지를
털어놓았더군요. 피고, 인정합니까?"

영업사원은 고개를 떨구고 기어들어 가는 목소리로 대답했다.

"인정합니다."

"그러니까 유죄임을 자백하는 거지요?"

"예. 하지만 재판관님, 제발 정상을 참작해 주십시오. 저는 말
그대로 귀신에 홀렸던 겁니다. 그 아이는 아주 특이한 방식으로
제 말에 귀를 기울였고, 그래서 제게서 모든 비밀을 빼낼 수 있었

던 겁니다. 저 자신도 어떻게 그렇게 되었는지 알 수가 없습니다. 하지만 맹세코 그렇게 된 겁니다."

"우리는 당신의 변명 따위엔 관심이 없어요. 정상 참작의 여지는 없습니다. 우리의 법칙은 절대 어길 수 없으며, 어떤 예외도 있을 수 없습니다. 아무튼 그 이상한 아이를 손을 좀 봐 주긴 해야겠군요. 그 아이 이름이 어떻게 되지요?"

"모모입니다."

"남자아이인가요, 여자아이인가요?"

"조그만 여자애입니다."

"주소는?"

"원형극장의 폐허입니다."

재판관은 모든 것을 작은 수첩에 기록하고서 말했다.

"좋습니다. 피고, 이제 믿어도 좋습니다, 그 아이는 우리 털끝하나 건드리지 못할 테니까. 우리는 모든 수단을 강구하겠습니다. 그리고 지체 없이 판결을 집행하는 편이 피고에게 위안이 되리라 생각합니다."

피고는 부들부들 떨기 시작했다. 그는 조그만 목소리로 물었다.

"판결이 어떻게 내려졌습니까?"

재판석 뒤의 세 남자는 서로 머리를 맞대고 수군거리더니 고개를 끄덕였다. 그러고 나서 가운데 신사가 다시 피고 쪽으로 몸을 돌리고 선포했다.

"우리는 만장일치로 영업사원 BLW 553 c호에 대해 이렇게 선고합니다. 피고는 기밀누설죄를 저질렀으며, 자신의 죄를 자백했다. 우리 법은 피고의 모든 시간을 당장 박탈할 것을 명한다."

피고가 소리쳤다.

"살려 주세요! 제발 살려 주세요!"

그러나 옆에 서 있던 두 회색 신사가 벌써 그의 납회색 서류 가방과 작은 시가를 빼앗았다.

그러자 아주 희한한 일이 벌어졌다. 시가를 빼앗자 유죄판결을 받은 남자의 몸이 급속히 투명해져 갔다. 그의 비명 역시 점점 낮아지고 가냘파졌다.

손으로 얼굴을 가리고 그렇게 서 있던 남자는 문자 그대로 무(無)로 해체되어 버렸다. 마지막으로 재티 몇 점이 바람에 둥글게 맴도는가 싶더니 곧 그것마저 사라져 버렸다.

그 광경을 바라보던 군중과 재판석에 앉았던 회색 신사들은 묵묵히 자리를 떴다. 어둠이 그들을 삼켰고, 황량한 쓰레기장에는 잿빛 바람만이 불었다.

도로 청소부 베포는 그때까지 꼼짝 않고 그 자리에 앉아 피고가 사라져 버린 곳을 뚫어져라 응시했다. 몸이 얼음처럼 뻣뻣하게 굳었다가 천천히 녹는 느낌이었다. 이제 그는 회색 신사들이 존재한다는 사실을 눈으로 확인한 것이다.

거의 같은 시각 — 먼 곳의 시계탑이 밤 열두 시를 쳤다 — 에 꼬마 모모는 여전히 폐허의 돌계단에 앉아 있었다. 모모는 기다렸다. 무엇을 기다리는지는 꼬집어 말할 수 없었다. 하지만 계속해서 기다려야 할 것 같은 느낌이었고, 그래서 여태껏 잠자리에 들 생각을 못 하고 있었다. 갑자기 무엇인가가 맨발을 살며시 건드린 듯했다. 칠흑같이 깜깜했기 때문에 모모는 허리를 구부렸다. 입가에 미소를 머금은 커다란 거북 한 마리가 머리를 치켜들고 모모의 얼굴을 똑바로 쳐다보고 있었다. 거북은 금방 무슨 말이라도 꺼낼 듯이 영리하게 보이는 까만 눈을 다정하게 반짝였다. 모모는 거북 쪽으로 몸을 숙이고 손가락으로 턱을 어루만졌다.

모모는 나직이 물었다.

"그래, 넌 누구니? 어쨌든 너라도 날 찾아오다니 정말 고맙구나. 거북아, 내가 뭘 해 줄까?"

모모는 거북 등에서 흐릿하게 빛나고 있는 글자를 알아보았다. 처음엔 못 본 것인지, 아니면 바로 그 순간 나타난 것인지는 알 수 없었다. 어쨌든 갑자기 갑골 문자 같은 글자가 눈에 띄었다.

모모는 천천히 글자를 해독했다.

"같이 가자!"

모모는 깜짝 놀라 굽혔던 허리를 폈다.

"나한테 하는 말이니?"

하지만 거북은 벌써 움직이기 시작했다. 거북은 몇 걸음 가더니 멈춰 서서 모모를 돌아보았다.

　모모는 혼잣말로 중얼거렸다.

　"정말 나한테 하는 말인가 봐!"

　모모는 일어나 거북을 따라가며 나직이 말했다.

　"어서 가! 따라갈 테니까."

　모모는 거북의 뒤를 따라 한 발짝 한 발짝 조금씩 걸음을 떼었다. 거북은 느릿느릿, 정말 느릿느릿 모모를 데리고 석조 광장을 벗어나 대도시 쪽으로 접어들었다.

제10장

맹렬한 추격과 느긋한 도주

베포 할아버지는 삐걱거리는 자전거를 타고 밤길을 달렸다. 베포는 있는 힘을 다해 서두르고 있었다. 회색 재판관의 말이 아직도 귓전에서 맴돌았다. "……아무튼 그 이상한 아이를 손을 좀 봐주긴 해야겠군요……. 피고, 이제 믿어도 좋습니다, 그 아이는 우리 털끝 하나 건드리지 못할 테니까. 우리는 모든 수단을 강구하겠습니다……."

모모가 몹시 위험하다는 것에는 더 이상 의심할 여지가 없었다! 당장 모모에게 달려가 회색 신사들을 조심하라고 알려야 했다. 그리고 그 방법을 알 수는 없지만 모모를 보호해야 했다. 방법은 곧 생각해 낼 수 있으리라. 베포는 자전거 페달을 힘주어 밟았다. 하얗게 센 머리가 바람에 흩날렸다. 원형극장까지는 아직도 한참 더 가야 했다.

폐허는 사방을 에워싼 수많은 우아한 회색 자동차의 헤드라이트로 대낮처럼 환했다. 수십 명의 회색 신사들이 풀이 웃자란 계단 위를 황급히 오르락내리락하며 몸을 숨길 만한 곳을 샅샅이 뒤지고 있었다. 마침내 그들은 모모의 방으로 이어지는 담장의 구멍을 찾아냈다. 그들 중 몇몇이 안으로 기어 들어가 침대 밑과 벽난로 속까지 살펴보았다.

그러고 나서 그들은 다시 기어 나와 멋진 회색 신사복을 툭툭 털고는 어깨를 으쓱했다.

한 신사가 말했다.

"벌써 도망쳤어요."

다른 신사가 말했다.

"정말 괘씸하군요. 아이가 밤중에 침대에 얌전히 누워 있지 않고 싸돌아다니다니."

세 번째 신사가 말했다.

"기분이 영 좋지 않군요. 누군가가 그 아이에게 귀띔해 준 모양이에요."

첫 번째 신사가 대꾸했다.

"말도 안 되는 소리! 그럼 *그자*가 우리의 결정을 우리보다 먼저 알았다는 말이 되지 않소!"

회색 신사들은 불안스레 서로를 쳐다보았다.

세 번째 신사가 의혹을 제기했다.

178

"그 아이가 정말 *그자*로부터 미리 귀띔을 받았다면, 아이는 분명 이 근방에 없을 거요. 여기서 더 이상 찾는 건 시간 낭비일 뿐이오."

"더 좋은 생각은 없습니까?"

"내 생각에는 본부에 즉시 이 사실을 보고하는 것이 좋겠어요. 그럼 본부가 대출동 명령을 내리겠지요."

"본부는 먼저 우리가 주변을 샅샅이 수색했는지 물을 거요. 당연한 일이지만."

첫 번째 회색 신사가 말했다.

"좋아요. 우선 주변을 샅샅이 찾아봅시다. 하지만 그동안 아이가 *그자*의 도움을 받기라도 한다면, 우린 큰 실수를 저지르는 겁니다."

다른 신사가 화를 버럭 내며 호통을 쳤다.

"웃기는 소리 말아요! 그럴 경우 본부는 언제라도 즉시 대출동 명령을 내릴 수 있어요. 그럼 동원 가능한 모든 영업사원이 함께 그 아이 뒤를 쫓을 겁니다. 그 아이가 우리 손을 벗어날 가능성은 거의 없어요. 자, 여러분, 일을 시작합시다! 우리가 어떤 위험에 처해 있는지는 모두 잘 알고 있겠지요."

그날 밤 근처에 사는 많은 사람들은 도대체 왜 질주하는 자동차의 소음이 그칠 기미가 없는지 의아해했다. 심지어는 좁다란 골목길과 울퉁불퉁한 자갈길에서도 희부옇게 날이 밝을 때까지 소음이 그치지 않았다. 보통 때 같으면 큰 도로에서나 들렸을 법한 소음이었다. 사람들은 밤새 눈을 붙일 수 없었다.

같은 시각에 꼬마 모모는 거북에게 이끌려, 밤이 이슥한데도 잠들지 않은 대도시를 천천히 지나고 있었다.

수많은 군중이 서로 뒤엉켜, 쫓기듯 걸음을 서두르고 있었다. 그들은 조급하게 서로 밀치고 부딪히며 끝없이 긴 열을 지어 총총걸음을 했다. 찻길에는 수많은 자동차들이 빽빽하게 달리고, 그 틈바구니에서는 하나같이 승객이 빼곡히 들어찬 대형 버스들이 으르렁댔다. 건물 전면에는 번쩍번쩍 빛나는 광고 전광판이 현란한 빛을 쏟아 내어, 이 번잡한 소란을 한순간 비추고는 다시 꺼졌다.

이 모든 광경을 난생처음 보는 모모는 눈을 동그랗게 뜨고, 꿈결인 듯 거북의 뒤를 따라갔다. 그들은 넓은 광장과 환히 밝혀진 거리를 가로질렀다. 그들의 뒤에서 앞에서, 자동차들이 무섭게 달리고 있었다. 주변은 행인들로 바글댔지만, 거북을 앞세우고 걸어가는 아이를 눈여겨보는 사람은 아무도 없었다.

모모와 거북은 일부러 피할 필요도 없었고, 누구와 부딪히지도 않았다. 그들 때문에 급정거를 하는 자동차도 없었다. 거북은 어느 순간에 자동차가 지나가지 않는지, 행인이 지나가지 않는지 미리 정확하게 알고 있는 것 같았다. 그들은 한 번도 서두르지 않았고, 기다리느라 걸음을 멈추지도 않았다. 모모는 그렇게 천천히 걸으면서도 그렇게 빨리 앞으로 나갈 수 있다는 것에 갈수록 신기한 마음이 들었다.

마침내 도로 청소부 베포는 옛 원형극장 터에 도착했다. 베포는 자전거에서 내리기도 전에 벌써 흐릿한 자전거 불빛으로 폐허의 둘레에 어지럽게 찍힌 무수한 자동차 바큇자국을 발견했다. 그는 자전거를 풀밭에 팽개치고 담장의 구멍 쪽으로 달려갔다.

베포는 우선 작은 소리로 불러 보았다.

"모모!"

그러고는 좀 더 큰 소리로 다시 한 번 불렀다.

"모모!"

아무 대답도 들리지 않았다.

베포는 꿀꺽 침을 삼켰다. 목이 바짝바짝 탔다. 베포는 구멍 속으로 기어 들어가 칠흑같이 깜깜한 모모의 방으로 내려갔다. 그러다가 무엇엔가 발이 걸려 비틀거리다 발목을 삐긋했다. 그는 떨리는 손으로 성냥을 켜고 주위를 둘러보았다.

작은 책상과 나무 궤짝으로 만든 의자 두 개는 쓰러져 있고, 이불과 매트리스는 침대에서 끌어 내려 내동댕이쳐져 있었다. 모모는 없었다.

베포는 입술을 깨물고 순간 가슴을 찢고 터져 나오려는 흐느낌을 억지로 참으며 중얼거렸다.

"맙소사. 오, 맙소사. 그들이 모모를 끌고 가 버렸어. 내 작은 꼬마를 끌고 간 거야. 내가 너무 늦게 온 거야. 이제 어떻게 하지? 도대체 어떻게 하면 좋지?"

성냥불이 다 타들어 가 손가락이 뜨끔했다. 베포는 성냥개비를 던져 버리고 어둠 속에 우두커니 서 있었다.

이윽고 그는 허겁지겁 밖으로 기어 나와 절뚝거리며 자전거가 있는 곳으로 갔다. 베포는 자전거에 홀쩍 올라타고서 미친 듯 페달을 밟았다. 그리고 혼잣말로 계속해서 중얼거렸다.

"기기를 만나야 해! 지금 기기를 만나야 해! 제발 그 친구가 자고 있는 창고를 찾을 수 있어야 할 텐데."

베포는 기기가 얼마 전부터 일요일 밤이면 조그만 폐차장의 부품창고에서 자면서 몇 푼의 부수입을 벌고 있다는 것을 알고 있었다. 기기의 일은 아직도 쓸 만한 부품이 도난당하지 않도록 지키는 것이었다. 예전에 종종 도난 사고가 발생했던 것이다.

베포는 마침내 창고에 이르러 주먹으로 문을 마구 두드렸다. 기기는 처음에 자동차 부품 도둑이 아닌가 해서 쥐 죽은 듯 가만히 있었다. 하지만 베포의 목소리를 알아듣고 문을 열었다.

기기는 깜짝 놀라 투덜댔다.

"도대체 무슨 일이세요? 곤히 자고 있는 사람을 사정없이 깨우는 건 정말 질색이에요."

베포는 헐떡거리며 내뱉었다.

"모모! ……모모한테 뭔가 끔찍한 일이 일어났어!"

기기는 허둥지둥 자리에서 일어났다.

"무슨 말씀이세요? 모모한테요? 무슨 일인데요?"

베포는 숨을 몰아쉬며 말했다.

"나도 잘 몰라. 하지만 나쁜 일이야."

베포는 기기에게 자기가 본 모든 것을 낱낱이 털어놓았다. 쓰레기 더미 위에서 열린 재판, 폐허 주변에서 본 무수한 바큇자국. 모모가 그곳에 없더라는 얘기도 빼놓지 않았다. 물론 베포가 모든 이야기를 털어놓기까지는 한참이 걸렸다. 모모에 대한 걱정과 두려움에 덜덜 떨고는 있었지만 그래도 더 빨리 말할 수는 없었기 때문이다.

마침내 베포는 이야기를 마쳤다.

"난 처음부터 이런 일이 일어날 거라고 생각했어. 좋게 끝나지 않을 줄 알았다니까. 그들이 보복을 한 거야. 그들이 모모를 데려 간 거라고! 어떻게 하나, 기기, 우리가 그 아이를 도와줘야 하네! 하지만 어떻게? 대체 어떻게 말인가?"

베포가 설명하는 사이에 기기의 얼굴에서는 서서히 핏기가 사 라졌다. 기기는 발밑의 땅바닥이 갑자기 꺼져 버린 듯한 느낌이 들었다. 그 순간까지 기기는 모든 것을 그저 규모가 방대한 놀이 쯤으로 생각해 왔다. 이번 일을 어떤 놀이나 이야기를 대하듯 단 순하게 생각했던 것이다. 그런데 이제 난생처음으로 하나의 이야 기가 저 스스로 독립해 그를 빼놓고 전개되고 있었다. 세상의 어 떤 환상을 갖고도 그 이야기를 처음으로 돌려놓을 수는 없었다! 그는 온몸이 마비되는 것 같았다.

기기는 한참 있다가 입을 떼었다.

"아저씨, 모모가 그냥 산책하러 나간 걸 수도 있잖아요. 전에도 가끔 그랬잖아요. 꼬박 사흘 밤낮을 시골을 쏘다닌 적도 있다고 요. 우리가 그렇게 걱정할 필요가 있을까 싶어요."

베포는 벌컥 화를 내며 물었다.

"그럼 자동차 바퀴자국들은? 매트리스가 내동댕이쳐진 건?"

기기는 발뺌하듯 대답했다.

"좋아요. 정말 누가 거기 왔었다고 쳐요. 도대체 그 사람들이 모모를 찾아냈다고 누가 그래요? 모모가 미리 자리를 뜬 거예요. 모모가 있었다면 그렇게 엉망으로 뒤져 놓진 않았을 거예요."

"하지만 그들이 모모를 찾아냈다면, 그럼 어쩔 셈인가?"

베포는 소리치며 젊은 친구의 웃옷 자락을 꽉 움켜쥐고 흔들어 댔다.

"기기, 제발 바보 같은 소리 그만하게! 회색 신사들은 실제로 있어! 우리는 뭔가를 해야 해. 당장에 말이야!"

기기는 깜짝 놀라서 더듬거렸다.

"아, 아저씨, 진정하세요. 물론 우리는 뭔가를 해야 해요. 하지만 우선 잘 생각해야 해요. 대체 어디서 모모를 찾아야 하는지도 모르잖아요."

베포는 기기의 옷자락을 놓으며 불쑥 내뱉었다.

"경찰서로 가겠어!"

기기는 기겁해 소리쳤다.

"제발 이성적으로 생각하세요! 그러면 안 돼요! 경찰이 출동해서 모모를 찾는다고 쳐요. 경찰이 모모를 어떻게 할지 아세요? 아저씨, 아세요? 떠돌이 고아들을 어디로 보내는지 아시냐구요? 창살이 달린 고아원에 처넣는다구요! 아저씬 우리 모모를 그런 데에 넣고 싶으세요?"

베포는 어찌할 바를 모르고 앞만 바라보며 중얼거렸다.

"아니, 그렇게 할 수는 없어. 하지만 모모가 곤경에 처해 있다면 어쩌지?"

"하지만 모모가 그렇지 않을 경우를 생각해 보세요. 그냥 여기저기 좀 돌아다니고 있는데 아저씨가 경찰을 풀어 그 애를 쫓는 다고 생각해 보시라구요. 아저씨는 그 애가 아저씨를 마지막으로 쳐다보는 눈빛을 견딜 수 있을 것 같으세요? 전 절대 그럴 수 없 을 거예요."

베포는 책상 앞에 있는 의자에 무너지듯 주저앉아 얼굴을 팔에 묻었다.

베포는 신음했다.

"어떻게 해야 할지 모르겠구먼. 도무지 모르겠어."

기기는 자기 생각을 말했다.

"제 생각에는, 어쨌든 내일이나 모레까지 기다려 보는 게 좋겠 어요. 그다음에 무언가 해 보기로 하죠. 모모가 그때까지 돌아오 지 않으면 경찰에 신고할 수도 있을 거예요. 하지만 그때까진 모 든 일이 다시 제대로 돌아올 거예요. 어처구니없는 소동을 벌인 데에 대해 우리 셋이 함께 웃을 수 있을 거라구요."

베포는 중얼거렸다.

"그렇게 생각하나?"

갑자기 무거운 피로감이 몰려왔다. 노인에게 오늘 일은 조금 과했던 것이다.

"그럼요."

기기는 대답하며 베포의 삔 발에서 신발을 벗겼다. 그는 베포 를 부축해 자리에 눕히고, 삐끗한 발목을 젖은 수건으로 싸매 주었다.

기기는 부드럽게 말했다.

"다시 괜찮아질 거예요. 모든 게 다시 괜찮아질 거예요."

기기는 베포가 잠이 든 것을 보고 한숨을 내쉬고는 웃옷을 베개 삼아 머리에 괴고 바닥에 누웠다. 하지만 잠이 오지 않았다. 그는 밤새 회색 신사들을 생각했다. 걱정 없이 살던 기기는 태어나서 처음으로 심한 불안을 느꼈다.

시간 저축 은행의 본부로부터 대출동 명령이 떨어졌다. 도시의 전 영업사원은 일체의 활동을 중지하고 오로지 꼬마 모모를 찾는 데 전력을 다하라는 지시를 받았다. 거리마다 온통 회색 신사들로 득실거렸다. 그들은 지붕 위에도, 하수도 안에도 앉아 있었다. 기차역이며 공항, 버스와 전철도 은밀히 검문했다. 한마디로 그들은 도처에 있었다.

하지만 그들은 모모를 찾을 수 없었다.

모모가 물었다.

"얘, 거북아! 지금 날 어디로 데려가는 거니?"

그들은 막 어떤 컴컴한 뒤뜰을 지나는 중이었다.

거북의 등에 이런 말이 나타났다.

"걱정하지 마!"

글을 읽고 모모는 말했다.

"나도 걱정은 안 해."

하지만 그 말은 용기를 내기 위해 스스로에게 하는 말에 가까웠다. 모모는 벌써부터 은근히 불안해하고 있었던 것이다.

거북이 이끄는 길은 더욱더 이상해지고 꼬불꼬불 복잡해졌다. 그들은 이미 정원을 여러 개 지나왔고, 다리를 건너고 지하도를 건넜으며, 성문과 건물의 현관들을 지나왔다. 심지어는 몇 번인가 지하실을 지나기도 했다. 만약 회색 신사들이 총출동해 자기를 뒤쫓고 있다는 것을 알았다면, 모모는 아마 한층 더 마음을 졸였으리라. 하지만 모모는 그 사실을 까맣게 모르고 있었고, 그래서 참을성 있게 한 발짝 한 발짝 거북을 따라 그 복잡한 길을 걸어갔다. 그리고 그렇게 한 것은 잘한 일이었다. 거북은 복잡한 거리에서 어디로 가야 할지 미리 정확하게 알고 있었듯이, 추적자들이 언제, 어디서 나타날지 정확하게 알고 있는 것 같았다. 그들이 지나간 바로 다음 순간에 회색 신사들이 그 자리에 나타난 적도 여러 번이나 되었다. 하지만 서로 마주친 적은 한 번도 없었다.

아무것도 모르는 모모가 말했다.

"내가 글을 깨쳐서 정말 다행이야. 그렇게 생각하지 않니?"

거북의 등에는 경보등처럼 이런 말이 깜빡였다.

"조용히 해!"

이유를 알 수 없었지만 모모는 그 지시를 따랐다. 바로 지척에서 어두운 형체 셋이 스쳐 지나갔다.

그들이 걷고 있는 구역의 집들은 점점 잿빛이 되고, 더욱 허름해졌다. 곳곳에 진흙탕 물이 고인 거리 양쪽으로, 회칠이 부슬부슬 떨어지는 고층 임대 아파트들이 쭉 늘어서 있었다. 여기서는 모든 것이 어두웠다. 지나다니는 사람은 아무도 없었다.

시간 저축 은행의 본부에 모모를 목격했다는 보고가 들어왔다. 본부가 응답했다.

"좋소. 그 애를 잡았나요?"

"아뇨, 갑자기 땅이 갈라져 그 애를 삼켜 버리기라도 한 모양입니다. 그 애의 흔적을 다시 놓쳤습니다."

"어떻게 그런 일이 있을 수 있지요?"

"우리도 그걸 모르겠습니다. 무언가 석연치 않은 점이 있어요."

"그 애를 본 곳이 어딘가요?"

"바로 그게 문제입니다. 우리가 전혀 모르는 곳이었습니다."

본부는 자신 있게 잘라 말했다.

"그런 곳은 없소!"

"하지만 정말 그랬습니다. 글쎄, 뭐라고 해야 할까요. 시간의 가장자리에 있는 곳이랄까요. 그 아이는 그 가장자리를 향해 가고 있었습니다."

본부는 소리쳤다.

"뭐라구요? 추적하시오! 어떤 일이 있어도 그 애를 꼭 잡아야 하오! 알겠소?"

잿빛 음성이 대답했다.

"알겠습니다!"

모모는 처음에는 어스름한 새벽 햇살이라고 생각했다. 하지만 이 이상한 빛은 갑자기, 정확히 말하면 모모와 거북이 그 거리로 접어든 순간 비치기 시작했다. 이곳은 밤도 아니고, 그렇다고 낮도 아니었다. 어슴푸레한 빛은 새벽 햇살 같지도 않고, 저녁 햇살 같지도 않았다. 그 빛은 모든 사물의 윤곽을 부자연스러울 정도로 선명하고 뚜렷하게 드러내 보였다. 하지만 빛이 나오는 곳은 어디에도 없는 듯했다. 아니, 오히려 사방에서 동시에 빛이 나온다고 해야 할 듯했다. 도로의 아주 작은 돌멩이까지 기다란 그림자를 드리우고 있었지만, 그림자들은 모두 제가끔 다른 방향으로 뻗어 있었기 때문이다. 저 나무는 왼쪽에서, 이 집은 오른쪽에서, 그리고 저 위쪽의 기념비는 앞쪽에서 빛을 받고 있는 것 같았다.

게다가 기념비는 모양이 아주 이상했다. 까만 돌로 된 주사위 모양의 커다란 받침대 위에 거대한 하얀 달걀이 놓여 있는 것이 전부였다. 집들도 모모가 지금까지 보았던 집들과는 달랐다. 눈이 부실 듯한 하얀색 일색이었던 것이다. 창문 안쪽으로는 컴컴한 그늘이 드리워져 있어서 안에 누가 살긴 하는지 어떤지 도무지 알 수 없었다. 모모는 이 집들이 거주용으로 지어진 것이 아니라 비밀스러운 어떤 목적을 위해 지어진 것이라는 느낌을 받았다.

거리는 텅 비어 있었다. 사람은 물론 강아지나 새, 자동차도 보이지 않았다. 모든 것이 정지해 있는 듯했다. 마치 유리 속에 갇혀 있는 것 같았다. 바람 한 점 불지 않았다. 모모는, 거북이 오히려 전보다 더 느리게 가는 듯한데 어떻게 이렇게 빨리 여기까지 오게 되었는지 놀랍기만 했다.

이 묘한 구역의 바깥쪽은 한밤중이었다. 그곳에서는 헤드라이트를 환하게 켠 석 대의 우아한 자동차가 곳곳에 구덩이가 팬 거리를 질주하고 있었다. 차 안에는 저마다 몇 명의 회색 신사들이 앉아 있었다. 맨 앞의 자동차에 탄 한 신사가 모모를 발견했다. 그때에 모모는 이상한 빛이 비치기 시작하는, 몇 채의 집이 늘어선 거리로 막 들어서는 참이었다.

하지만 회색 신사들이 모퉁이에 이르자 도저히 이해할 수 없는 일이 벌어졌다. 갑자기 자동차가 그 자리에 못 박힌 듯 조금도 앞으로 나가지 않았던 것이다. 운전자가 액셀러레이터를 마구 밟자 바퀴는 요란하게 돌아갔지만, 자동차는 제자리에서 달리고 있을 뿐이었다. 마치 속도는 같지만 반대 방향으로 돌아가는 컨베이어 벨트 위에서 달리는 것 같았다. 서두르면 서두를수록 더욱더 앞으로 나갈 수 없었다. 그것을 깨달은 회색 신사들은 욕지거리를 내뱉으며 차에서 훌쩍 뛰어내려, 저 멀리 보이는 모모를 걸어서라도 따라잡으려고 했다. 회색 신사들은 얼굴을 잔뜩 찌푸리고 힘껏 달렸다. 하지만 완전히 기진맥진해져서 멈춰 서 보니 겨우 10미터를 나갔을 뿐이었다. 모모의 모습은 저 멀리 눈처럼 새하얀 집들 사이로 사라져 버렸다.

한 신사가 말했다.

"끝났어. 모두 끝장이야! 이젠 그 애를 잡을 수 없을 거요."

다른 신사가 말했다.

"왜 앞으로 나갈 수 없는지 도무지 이해가 안 되는군요."

첫 번째 신사가 말했다.

"나도 마찬가지요. 문제는, 그게 우리가 추적을 포기한 것에 대한 정상 참작 요인이 될 수 있는가 하는 거요."

"우리가 재판에 회부될 거란 말인가요?"

"글쎄요. 하지만 분명 칭찬은 하지 않을 거요."

추적에 가담한 회색 신사들은 고개를 떨구고 자동차의 라디에이터와 범퍼에 걸터앉았다. 더 이상은 서두를 필요가 없었다.

저 멀리 앞쪽에서 모모는 거북 뒤를 따라 눈처럼 새하얀 텅 빈 거리와 광장들이 복잡하게 얽힌 곳을 꼬불꼬불 지나고 있었다. 어찌나 천천히 걸었던지 오히려 발밑의 도로가 미끄러지듯 앞으로 나가고, 건물들이 휙휙 스쳐 지나가는 것 같았다. 거북이 또 한 모퉁이를 돌았다. 뒤를 따라가던 모모는 깜짝 놀라 우뚝 걸음을 멈추었다. 그 거리의 모습은 앞의 거리들과는 전혀 달랐다.

그곳은 거리라기보다는 좁은 골목이라고 해야 할 것 같았다. 왼쪽과 오른쪽에 빽빽이 들어찬 집들은 오랜 세월 바닷속에 잠겨 있다가 갑자기 불쑥 솟아오른 화려한 유리 궁전들처럼 보였다. 작은 탑과 발코니와 테라스가 무수히 달린 그 집들에는 온통 바닷말과 해초가 주렁주렁 걸려 있고, 조개며 산호들이 가득 뒤덮여 있었다. 그 집들은 진주조개처럼 오색영롱한 빛을 은은히 발하고 있었다.

골목길은, 막다른 곳에서 다른 집들과 직각을 이루며 서 있는 어떤 집으로 이어지고 있었다. 그 집의 한가운데에는 수많은 형상들이 새겨진 커다란 초록색 문이 나 있었다.

모모는 머리 위쪽 담장에 달려 있는 거리 표지판을 올려다보았다. 하얀 대리석으로 만들어진 표지판 위에는 금색 글씨로 이렇게 쓰여 있었다.

언제나 없는 거리

표지판을 읽고 글자를 해독하느라 잠깐 지체했을 뿐이었다. 그런데 거북은 어느새 한참 앞서 나가 골목 끝 막다른 집 앞 근처까지 가 있었다.

"기다려, 거북아!"

모모는 소리쳐 거북을 불렀지만 이상하게도 자기 목소리가 들리지 않았다.

그런데도 거북은 모모의 목소리를 들은 모양인지 우뚝 멈추어 서서 뒤를 돌아보았다. 모모는 거북을 따라가려고 했다. 하지만 "언제나 없는 거리"에 들어서자 마치 세찬 물살을 거슬러 올라가는 듯한 느낌이 들었다. 실제로 느낄 수는 없지만 세찬 바람을 안고 걷는 것 같은 기분이기도 했다. 모모는 이 수수께끼 같은 압력에 맞서 간신히 버티고 서서, 담장의 튀어나온 부분을 잡고 앞으로 나가려 했다. 엉금엉금 기어 보기도 했다.

마침내 모모는 골목 어귀에 주저앉아 골목 끝에 있는 거북에게 소리쳤다.

"도저히 못 하겠어! 좀 도와줘!"

거북은 느릿느릿 되돌아왔다. 모모 앞에 오자 거북 등에 이런 충고가 나타났다.

"뒷걸음질 쳐 봐!"

모모는 그렇게 했다. 몸을 돌려 뒷걸음질을 치니 갑자기 전혀 힘들이지 않고 앞으로 나갈 수 있었다. 그런데 도무지 영문을 알 수 없는 일이 일어났다. 모모가 뒷걸음질을 치는 동안 생각도 뒷걸음쳤고, 숨도 뒷걸음쳤고, 느낌도 뒷걸음쳤다. 한마디로 모모의 삶이 뒷걸음쳤던 것이다!

이윽고 무언가 딱딱한 것이 등에 부딪혔다. 돌아서서 보니 골목을 직각으로 가로막고 있는 막다른 집 앞이었다. 가까이서 보니 수많은 형상이 새겨진 초록색 대문이 갑자기 어마어마하게 커 보여서 모모는 내심 조금 놀랐다.

"내가 이 문을 열 수 있을까?"

모모는 의심스러웠지만 그 순간 육중한 두 개의 문짝이 저절로 스르르 열렸다. 모모는 대문 위에 또 하나의 표지판이 걸려 있는 것을 발견하고 잠깐 멈칫했다. 옛이야기에 나오는 일각수가 들고 있는 그 표지판에는 이렇게 쓰여 있었다.

아무 데도 없는 집

글씨를 빨리 읽지 못하는 모모가 표지판의 글자를 다 읽고 나니, 두 개의 문짝이 스르르 닫히는 참이었다.

모모는 문틈으로 얼른 뛰어 들어갔다. 그러자 육중한 문이 나직이 우르릉 소리를 내며 모모의 등 뒤에서 닫혔다.

모모와 거북은 이제 천장이 높은 아주 긴 복도에 서 있었다. 왼쪽과 오른쪽에는 벌거벗은 남자와 여자들의 조각이 마치 천장을 받치고 있는 것처럼 일정한 간격으로 줄지어 서 있었다. 여기서는 거꾸로 흐르는 불가사의한 역류는 느낄 수 없었다.

모모는 엉금엉금 기어가는 거북을 따라 기다란 복도를 지나갔다. 복도 끝에 이르자 거북은 작은 문 앞에 우뚝 멈춰 섰다. 모모 가 허리를 구부려야 겨우 지날 만큼 작은 문이었다.

거북의 등에 이런 글자가 나타났다.

"다 왔어."

모모가 허리를 구부리자 코앞에 있는 작은 문 위에 붙은 작은 표지판이 보였다. 표지판에는 이렇게 쓰여 있었다.

세쿤두스 미누티우스 호라 박사

모모는 깊이 숨을 들이켜고는 마음을 다잡아 먹고 작은 손잡이 를 돌렸다. 조그만 문이 열리자, 안에서 재깍재깍, 똑딱똑딱, 땡땡 땡, 여러 소리가 이루는 아름다운 음악이 한꺼번에 쏟아져 나왔 다. 모모는 거북을 따라갔다. 뒤에서 작은 문이 쾅 하고 닫혔다.

제11장

악당들의 모략

얼기설기 복잡하게 갈라진 한없이 긴 복도의 잿빛 전등 불빛 속에서 시간 저축 은행의 영업사원들이 몹시 흥분해 이리저리 뛰어다니며 최근의 소식을 수군수군 주고받고 있었다. 중역단 전원이 비상 회의에 소집된 것이다!

중대한 위험이 생겼나 보군, 하고 짐작하는 축도 있었고, 시간을 늘릴 뜻밖의 기회가 생겼나 보군, 하고 추측하는 축도 있었다.

커다란 회의실에서 회색 신사들의 중역단 회의가 열렸다. 그들은 정말 끝이 보이지 않는 긴 테이블에 줄지어 앉아 있었다. 언제나처럼 저마다 납회색 서류 가방을 들고 있었으며, 작은 회색 시가를 피우고 있었다. 다만 빳빳한 중절모자만은 벗고 있어서, 그들이 하나같이 반짝반짝 빛나는 대머리라는 것을 알 수 있었다.

분위기는 — 회색 신사들에게도 분위기라는 말을 할 수 있다면 — 전체적으로 가라앉아 있었다.

기다란 테이블의 머리 쪽 끄트머리에 앉아 있던 의장이 자리에서 일어났다. 웅성대는 소리가 뚝 그치고 끝없이 긴 두 줄의 회색 신사들의 얼굴이 의장을 향했다. 의장이 입을 열었다.

"여러분! 사태가 무척 심각합니다. 나는 여러분에게 괴롭지만 엄연한 사실을 즉각 알리지 않을 수 없습니다.

우리는 모모라는 여자애를 추적하는 데에 동원할 수 있는 영업 사원을 거의 모두 투입했습니다. 추적은 도합 6시간 13분 8초가 걸렸습니다. 그동안 추적에 참가한 모든 영업사원들은 본래의 생존 이유, 즉 시간을 벌어들이는 일을 소홀히 할 수밖에 없었지요. 이러한 손실 외에 우리 영업사원들이 추적하는 동안 낭비한 시간도 생각해야 합니다. 이 두 항목의 시간 손실을 합산하면 정확히 37억 3,825만 9,114초가 됩니다.

여러분, 이는 한 인간의 일생보다도 많은 양입니다! 그것이 우리에게 무엇을 의미하는지는 설명하지 않아도 되리라 믿습니다."

의장은 잠시 말을 멈추고 커다란 손짓으로 회의실 정면 벽에 달린 어마어마하게 큰 강철 문을 가리켰다. 문에는 번호 열쇠와 자물쇠가 여러 겹 설치되어 있었다. 의장은 다시 목청을 높였다.

"여러분, 우리의 시간 창고는 시간을 무한정 보유하고 있지 않습니다! 추적이 헛수고만 아니었어도! 하지만 전적으로 쓸데없이 시간을 낭비한 꼴이 되었어요! 우리는 모모라는 여자애를 놓치고 말았습니다.

여러분, 이런 일은 두 번 다시 일어나서는 안 됩니다. 나는 그렇게 비용이 많이 드는 사업은 절대 반댑니다. 여러분, 우리는 절약을 해야지 헤프게 낭비해선 안 됩니다! 그래서 여러분에게 부탁하는 바입니다. 앞으로 계획을 세울 때 이 점을 반드시 명심하십시오. 이상입니다. 감사합니다."

의장은 자리에 앉아 짙은 담배 연기를 내뿜었다. 회의실은 흥분한 수군거림으로 소란스러웠다.

이번에는 기다란 테이블의 다른 쪽 끝에 앉아 있던 두 번째 연사가 일어났다. 모두 그에게로 얼굴을 돌렸다.

"여러분, 우리는 모두 시간 저축 은행의 번영을 바랍니다. 하지만 나는 이번 일로 불안해하거나 마치 무슨 재앙이라도 일어난 듯 법석을 떨 필요는 없다고 생각합니다. 전혀 그럴 만한 일이 아니니까요. 여러분도 아시다시피 우리 시간 창고는 이미 엄청난 양의 시간을 보유하고 있습니다. 따라서 우리는 잃어버린 시간의 몇 배를 잃어도 끄떡도 없습니다. 대체 우리에게 한 인간의 일생이 무엇입니까? 새 발의 피에 불과하지요!

그렇지만 나 역시, 이런 일이 다시 일어나서는 안 된다는 존경하는 의장님의 말씀에 전적으로 동감이에요. 하지만 모모라는 여자애의 사건 같은 일은 몹시 드문 일입니다. 지금까지 그 비슷한 일조차 일어난 적이 없으니까요. 따라서 그런 일이 다시 일어날 가능성은 아주 희박합니다.

끝으로 우리가 그 여자애를 놓쳤다는 의장님의 질책은 아주 지당하신 것입니다. 하지만 우리가 바랐던 것은 바로 그 아이의 해로운 영향력을 제거하는 게 아니었던가요? 자, 그러니 우리의 목표가 이루어진 겁니다! 여자애는 사라졌어요. 시간의 영역 밖으로 도망쳤지요! 우린 그 아일 떼어 내 버린 겁니다. 나는 우리가 이런 결과에 만족해야 한다고 생각합니다."

연사는 의기양양해서 흐뭇한 미소를 지으며 자리에 앉았다. 몇 군데서 자신 없는 박수 소리가 들렸다.

이번에는 기다란 테이블 가운데에 앉아 있던 세 번째 연사가 일어났다. 그는 찌푸린 얼굴로 설명했다.

"간단히 말씀드리지요. 나는 조금 전의 위로의 말은 무책임하다고 생각합니다. 그 아이는 보통 아이가 아니에요. 여러분도 잘 아시다시피 그 아이는 우리와 우리의 사업을 크게 위협할 수 있는 능력을 갖고 있습니다. 지금까지 이런 일이 없었다는 것이, 이런 일이 다시 반복되지 않는다는 보장이 될 수는 없어요. 정신을 바짝 차려야 합니다! 그 아이를 체포하기 전까지는 절대 안심해서는 안 됩니다. 아이를 체포해야만 그 아이가 다시는 우리에게 해를 끼치지 못하리라는 것을 확신할 수 있습니다. 그 아이는 시간의 영역을 떠날 수 있었으니 언제라도 다시 돌아올 수 있을 겁니다. 그리고 그 아이는 다시 돌아올 겁니다!"

연사는 자리에 앉았다. 다른 중역들은 웅크리고 앉아 고개를 떨구었다. 세 번째 연사의 맞은편에 앉아 있던 네 번째 연사가 말문을 열었다.

"여러분, 죄송합니다만 분명히 말씀드려야겠군요. 우리는 계속해서 문제의 언저리만을 빙빙 돌고 있어요. 우리는 낯선 세력이 이 사건에 끼어들었다는 사실을 직시해야 합니다. 나는 모든 가능성을 정확하게 검토해 보았습니다. 어린아이가 스스로의 힘으로 죽지 않고 시간의 영역을 벗어날 수 있는 확률은 정확히 4,200만 분의 1입니다. 다시 말해서 실제로 불가능한 일인 겁니다."

중역단 사이에서 흥분한 웅성거림이 일었다. 연사는 웅성거림이 잦아들기를 기다렸다가 다시 말을 이었다.

"모든 정황을 볼 때에 누군가가 도움을 주었기 때문에 모모라는 여자애가 우리 손아귀를 빠져나갈 수 있었던 게 분명합니다. 내가 누구를 염두에 두고 있는지는 모두 잘 알고 계실 겁니다. 이건 이른바 호라 박사가 관련된 일입니다."

그 이름이 명명되자 대다수의 회색 신사들은 무언가에 얻어맞기라도 한 듯 몸을 움찔했다. 튀기듯 벌떡 일어나 격렬한 몸짓으로 마구 소리를 지르는 자도 있었다. 네 번째 연사는 양손을 내저으며 소리쳤다.

"제발, 여러분, 제발 진정하십시오. 여러분과 마찬가지로 나도 그 이름을 입 밖에 내는 것이, 말하자면 아주 적절하지는 않다는 것을 잘 압니다. 나 자신도 입 밖에 내기가 쉽지는 않았습니다. 허나 우리는 진상을 알고자 하며, 또 반드시 알아야 합니다! 만약 그자가 모모를 도왔다면 그럴 만한 이유가 있었을 겁니다. 그 이유란 말할 것도 없이 우리에게 불리한 것일 테구요. 여러분, 간단히 말해서 우리는 각오를 해야만 합니다. 그자는 그 아이를 되돌려 보낼 뿐 아니라 우리와 맞서 싸울 수 있도록 단단히 무장시킬 겁니다. 그건 우리에게 치명적인 위협이 되겠지요. 따라서 우리는 또 한 번 한 인간의 일생만큼의 시간, 아니 그 몇 배라도 잃을지 모른다는 각오를 해야 합니다. 여러분, 만약 반드시 그래야 한다면, 모든 것, 다시 한 번 말합니다, 모든 것을 내걸 각오를 해야 합니다! 여기서 인색하게 굴면 엄청난 대가를 치를 수 있으니까요. 모두 내 말을 잘 이해하시리라 믿습니다."

회색 신사들은 더욱 동요하며 저마다 입을 열어 발언했다. 다섯 번째 신사가 의자에서 벌떡 일어나 마구 손을 흔들며 소리쳤다.

"조용! 조용! 앞서 발언하신 분은 유감스럽게도 파멸의 온갖 가능성을 암시하는 데 그쳤습니다. 하지만 우리가 그것에 맞서 어떻게 싸워야 하는지는 발언하신 분도 모르는 듯하군요! 어떤 희생도 치를 각오가 되어 있어야 한다고 말씀하셨지요. 좋습니다! 최악의 경우에 대비해서 마음을 단단히 먹어야 한다고도 말씀하셨구요. 그것도 좋습니다! 또 보유한 시간을 인색하게 아끼면 안 된다고도 하셨습니다. 역시 좋습니다! 하지만 이 모든 말은 빈말에 불과해요! 우리가 실제로 해야 할 행동에 대해서는 한마디도 하지 않았으니까요! 우리는 그자가 모모라는 여자애를 어떻게 무장시켜 우리에게 대적시킬지 알지 못합니다! 우리는 전혀 모르는 위험 앞에 서 있는 겁니다. 우선 이 문제를 해결해야 합니다!"

회의실의 웅성거림은 일대 소란으로 번졌다. 저마다 일제히 고함을 쳤고, 주먹으로 책상을 내려치는 자가 있는가 하면, 두 손으로 얼굴을 감싸는 자도 있었다. 모두들 공포에 사로잡힌 상태였다. 여섯 번째 연사는 어렵게 좌중의 시선을 모았다. 그는 거듭 진정할 것을 촉구했고, 마침내 장내는 조용해졌다.

"여러분, 여러분, 제발 냉정을 찾으십시오. 지금 가장 중요한 건 냉정을 잃지 않는 겁니다. 모모라는 여자애가 어떤 무장을 하든지 간에 그자로부터 돌아오는 경우를 생각해 봅시다. 그때, 우리가 직접 나서서 싸울 필요는 없습니다. 그 아이를 직접 만나는 건 그다지 적합한 일 같지 않습니다. 흔적도 없이 사라진 영업사원 BLW 553 c호의 슬픈 운명이 잘 증명해 주지 않습니까? 직접 맞서 싸울 필요는 조금도 없어요. 우리는 인간들 가운데 많은 협력자를 갖고 있습니다! 그들을 은밀하고도 적절하게 투입한다면, 우리 모습을 드러내지 않고도 그 아이와 그와 연관된 위험을 제거할 수 있을 겁니다. 그렇게 하면 절약이 될 뿐 아니라 위험 부담도 적고, 틀림없이 더 효과적일 겁니다."

중역단은 안도의 한숨을 내쉬었다. 모두에게 납득이 가는 제안이었다. 만약 테이블의 맨 위쪽에서 일곱 번째 연사가 발언을 신청하지 않았더라면, 그 제안은 즉시 채택되었으리라. 일곱 번째 연사는 이렇게 말했다.

"여러분, 우리는 계속해서 어떻게 하면 모모라는 여자애를 떼어 버릴 수 있을까 그 방법만 생각하고 있습니다. 솔직히 말해서 두려움 때문에 그러는 거지요. 하지만 여러분, 두려움은 좋은 조언을 해 주지 않습니다. 내가 보기에 우리는 두 번 다시 없는 절호의 기회를 놓치고 있어요. 속담에도 있지 않은가요, 이길 수 없는 상대는 친구로 만들라! 왜 모모를 우리 편으로 만들려고는 하지 않지요?"

몇몇 신사가 소리쳤다.

"자, 주목, 주목! 좀 더 자세히 설명해 주시오!"

일곱 번째 연사는 말을 이었다.

"그 아이는 우리가 애당초 찾지 못했던, 그자에게 가는 길을 찾은 것이 분명합니다! 그 아이는 그 길을 언제든지 찾을 수 있을 테고, 따라서 우리를 안내할 수 있을 겁니다! 그럼 우리는 우리 식대로 그자와 협상을 벌일 수 있습니다. 장담하지만, 아주 빨리 타결을 볼 수 있을 겁니다. 일단 그자의 자리를 차지하면, 우린 더 이상 몇 시간, 몇 분, 몇 초를 힘들게 긁어모을 필요가 없어요. 아니,

우리는 이 세상 모든 사람의 모든 시간을 단번에 수중에 넣을 수 있는 거예요! 인간의 시간을 소유한 자는 무한한 힘을 갖습니다! 여러분, 그것은 바로 우리의 목표가 아닙니까! 여러분들이 없애려고 하는 그 모모라는 여자애가 우리의 목표 달성에 도움이 될 수도 있어요!"

장내는 쥐 죽은 듯 조용했다.

어떤 자가 소리쳤다.

"하지만 당신도 알다시피 모모라는 여자애를 속일 수는 없지 않습니까! 영업사원 BLW 553 c호를 생각해 보세요! 우리도 같은 꼴을 당할 수 있어요!"

"누가 거짓말을 한다고 했습니까? 당연히 우리는 그 애에게 우리 계획을 솔직하게 털어놓을 겁니다."

다른 자가 손짓을 하며 소리쳤다.

"그럼, 그 아이는 절대 우리 일에 동조하지 않을 거요! 상상도 할 수 없는 일이오!"

아홉 번째 연사가 논쟁에 끼어들었다.

"그렇게 단언할 수는 없어요. 우린 그 애가 흥미를 느낄 만한 것을 내놓아야 할 겁니다. 이를테면 그 애가 원하는 만큼의 시간을 주기로 약속한다든가……."

어떤 자가 끼어들었다.

"물론 하기만 하고 지키지 않을 약속이겠지요!"

아홉 번째 연사는 차갑게 미소를 지으며 대꾸했다.

"절대 그렇지 않아요! 진심으로 제의하지 않으면, 그 애가 우리 속마음을 읽을 테니까요."

의장이 테이블을 내려치며 소리쳤다.

"안 돼요, 절대로! 절대 반대요! 그 애에게 정말로 원하는 만큼 시간을 준다면, 엄청난 재산 손실이 발생할 거요."

연사는 달래는 투로 말했다.

"그렇지 않아요. 어린애가 쓰면 얼마나 쓰겠습니까? 물론 계속 적으로 적은 손실이 발생하긴 하겠지만, 우리가 그 대신 얻게 될 이익을 생각해 보세요! 이 세상 모든 사람의 시간을 얻게 되는 거예요! 우리는 그중에서 모모가 사용하게 될 얼마 안 되는 시간을 기타 잡비 항목으로 계산하면 됩니다. 여러분, 그 엄청난 이익을 한번 생각해 보세요!"

연사는 자리에 앉았고, 중역들은 모두 그 이익을 생각했다.

이윽고 여섯 번째 연사가 다시 입을 열었다.

"그래도 이 안은 안 됩니다."

"왜지요?"

"이유는 간단해요. 그 여자애는 어차피 원하는 만큼의 시간을 갖고 있어요. 그 애가 넘칠 만큼 갖고 있는 걸 가지고 그 애를 매수하려 한다는 건 부질없는 짓이에요."

아홉 번째 연사는 대꾸했다.

"그럼 우선 그 애에게서 시간을 뺏으면 되지 않겠습니까?"

의장이 피곤함이 진득이 묻어나는 소리로 말했다.

"아, 여러분, 우린 지금 계속해서 제자리에서 맴을 돌고 있어요. 우리는 그 아이에게는 접근조차 하지 못하고 있어요. 문제는 바로 그겁니다."

중역단이 앉아 있는 긴 좌석에서 실망의 한숨이 새어 나왔다.

열 번째 연사가 발언을 신청했다.

"좋은 수가 있습니다. 말씀드려도 될까요?"

의장이 말했다.

"말씀해 보세요."

열 번째 연사는 의장에게 잠깐 고개를 숙여 인사하고 말했다.

"그 여자애는 친구들에게 의지하고 있습니다. 그 아이는 자기 시간을 다른 사람들에게 선사하기를 좋아하지요. 그런데 아무도 그 아이와 시간을 나누려고 하지 않는다면 어떻게 될까요? 그 아이가 우리의 계획을 자진해서 지지하는 일은 절대 없을 겁니다. 그러니 우리는 그 아이의 친구들에게 의지해야 합니다."

그는 서류 가방에서 서류철을 꺼내 펼쳤다.

"특히 도로 청소부 베포란 자와 관광 안내원 기기란 자를 주목해야 합니다. 또 여기 그 애를 정기적으로 찾고 있는 아이들의 긴 명단이 있습니다. 여러분, 절대 대단한 일이 아니에요! 그들을 아이에게서 격리해 못 만나게 하는 것뿐입니다. 그럼 가련한 어린 모모는 완전히 외톨이가 되겠지요. 그렇게 되면 그 애가 아무리 시간이 많다고 해도 도대체 무슨 소용이 있겠습니까? 무거운 짐일 뿐이지요! 차라리 저주인 셈이에요! 그 아이는 머지않아 못 견뎌 할 겁니다. 여러분, 우리는 그때 나타나 조건을 제시하는 겁니다. 그 아이는 친구들을 다시 찾기 위해 우리에게 길을 가르쳐 줄 겁니다. 내가 장담하지요."

잔뜩 풀이 죽어 멍하니 앉아 있던 회색 신사들은 일제히 고개를 들었다. 입술에는 어렴풋한 승리의 미소가 감돌았다. 그들은 요란하게 박수를 쳤다. 그 소리는 미로처럼 복잡하게 얽힌 한없이 긴 복도에 부딪혀 길게 메아리쳤다. 바윗덩이들이 굴러떨어지는 듯한 요란한 소리였다.

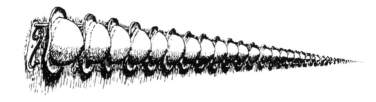

제12장

모모, 시간의 근원지에 가다

모모는 난생처음 보는 커다란 홀에 서 있었다. 어마어마하게 큰 교회 예배당보다도, 무지무지하게 큰 기차 대합실보다도 더 커다란 홀이었다. 육중한 기둥이 떠받치고 있는 천장은 저 위쪽 어슴푸레한 곳 어딘가에 있다고 짐작될 뿐이지 보이지는 않았다. 창문은 없었다. 이 드넓은 공간을 흐르는 황금 빛살은 곳곳에 꽂힌 수많은 촛불에서 나온 것이었다. 촛불의 불꽃은 일렁이지조차 않았다. 마치 원래 빛나는 색깔로 칠해져 있어서, 빛을 내기 위해 밀랍을 태울 필요가 없는 것 같았다.

모모가 홀로 들어설 때에 들렸던 재깍재깍 똑딱똑딱 땡땡땡 하는 수천 가지 소리는 갖가지 모양과 크기를 한 수많은 시계에서 나는 소리였다. 시계들은 기다란 책상과 황금빛 탁자 위에, 혹은 유리 진열장과 끝없이 늘어선 책장에 세워져 있기도 하고, 눕혀

저 있기도 했다.

　보석 박힌 앙증맞은 회중시계, 평범한 금속 탁상시계, 모래시계, 춤추는 인형이 딸린 멜로디 시계, 해시계, 나무로 만든 시계, 돌로 만든 시계, 유리 시계, 찰싹거리는 물줄기로 가는 시계 할 것 없이 온갖 시계가 다 있었다. 사방 벽에는 온갖 종류의 뻐꾸기시계며, 흔들흔들 왔다 갔다 하는 추시계들이 걸려 있었다. 위엄 있게 느릿느릿 왔다 갔다 하는 추가 있는가 하면, 이리 갔다 저리 갔다 바쁘게 버둥거리는 조그만 추도 있었다. 이 거대한 홀의 2층 높이에는 빙 둘러 회랑이 있고, 나선형 계단이 회랑까지 이어져 있었다. 더 위쪽에 두 번째 회랑이 있고, 그 위쪽에 또 하나가, 그 위에 또 하나가 있었다. 어디를 보아도 시계가 걸려 있거나 세워져 있거나 눕혀져 있었다. 전 세계 모든 지역의 시간을 알려 주는 지구 모양 시계도 있고, 해, 달, 별이 그려져 있는 크고 작은 천체의도 있었다. 홀의 한가운데에는 세워 놓는 추시계들의 숲이 우뚝 솟아 있었다. 평범한 추시계에서부터 진짜 시계탑까지, 말 그대로 시계의 숲이라 할 만했다.

　모든 시계가 저마다 다른 시간을 가리키고 있어서 홀 안 어딘가에서 끊임없이 째깍째깍 땡땡땡 하는 소리가 들려왔다. 하지만 그 소리는 귀에 거슬리는 소음이 아니라, 여름철 숲에서 들리는 나뭇잎 살랑대는 소리처럼 한결같이 은은했다.

　모모는 눈을 동그랗게 뜨고 홀 안을 돌아다니며 기묘한 물건들을 구경했다. 앙증맞게 조그마한 남녀 한 쌍이 춤을 추려고 서로 손을 내밀고 있는, 화려하게 장식된 음악이 나오는 시계 앞에 섰을 때였다. 인형이 움직이는지 보려고 모모가 손가락으로 살짝 건드리려는 순간, 갑자기 다정한 목소리가 들려왔다.

"아, 카시오페이아, 돌아왔구나! 헌데 꼬마 모모는 안 데리고 왔니?"

모모가 돌아보니, 모래시계 사이에 난 좁은 길 위에 머리가 하얀 자그만 체구의 노인이 서서 허리를 굽혀 발아래 바닥에 있는 거북을 내려다보고 있었다. 노인은 금실로 수놓은 기다란 웃옷에 푸른 비단 반바지를 입고, 하얀 양말에 커다란 황금 버클이 달린 구두를 신고 있었다. 양 손목과 목덜미에는 레이스가 물결쳤고, 하얀 머리칼은 머리 뒤쪽에 조그맣게 묶여 있었다. 모모는 그런 차림을 한 사람을 본 적이 없었다. 하지만 모모처럼 상식이 없는 사람이 아니라면, 그 옷차림이 2백 년 전에 유행했던 차림이라는 것을 금세 알아차렸으리라.

노인은 여전히 거북 쪽으로 허리를 굽힌 채 말했다.

"뭐라고? 그 애가 벌써 왔다고? 대체 어디 있지?"

노인은 작은 안경을 꺼내 쓰고 주위를 두리번거렸다. 베포 할아버지의 안경처럼 조그마했지만, 금으로 만들어진 점이 달랐다.

"여기 있어요!"

모모가 소리치자 노인은 반가운 미소를 머금고 두 팔을 벌리며 모모에게 다가왔다.

한 발짝 다가올 때마다 노인은 점점 더 젊어지는 것 같았다. 드디어 바로 앞까지 와서 모모의 두 손을 잡고 반갑게 흔드는 노인은 모모보다 나이가 더 많아 보이지도 않았다.

노인은 흡족한 표정으로 소리쳤다.

"환영한다! 아무 데도 없는 집에 온 걸 진심으로 환영해. 모모야, 나를 소개해도 되겠지. 난 호라, 세쿤두스 미누티우스 호라라고 한단다."

모모는 어리둥절해하며 물었다.

"정말 절 기다리셨어요?"

"그럼 기다렸고말고! 널 데려오려고 거북 카시오페이아를 보내기까지 했는걸."

노인은 조끼 주머니에서 다이아몬드가 박힌 납작한 회중시계를 꺼내더니 탁 하고 뚜껑을 열었다.

"게다가 시간도 꼭 맞춰서 왔구나."

호라 박사는 빙그레 웃으며 말하고는 시계를 내밀었다.

모모가 들여다보니까 그 시계의 글자판에는 시계 침도 없고, 숫자도 없었다. 다만 반대 방향으로 엇갈려 천천히 돌아가는 두 개의 섬세한, 정말 섬세한 곡선이 있을 뿐이었다. 두 선이 엇갈리는 지점에서는 작은 점들이 이따금 반짝반짝 빛을 냈다.

호라 박사가 말했다.

"이건 운명의 시간을 알려 주는 시계란다. 드물게 찾아오는 운명의 시간을 정확하게 알려 주지. 이제 막 그 운명의 시간이 시작되었어."

"운명의 시간이 뭔데요?"

모모가 묻자 호라 박사가 설명했다.

"음, 이 세상의 운행에는 이따금 특별한 순간이 있단다. 그 순간이 오면, 저 하늘 가장 먼 곳에 있는 별까지 이 세상 모든 사물과 존재들이 아주 독특한 방식으로 서로 영향을 미쳐서, 이제껏 일어나지 않았고, 앞으로도 일어날 수 없는 어떤 일이 일어날 수 있지. 애석하게도 인간들은 대개 그 순간을 이용할 줄 몰라. 그래서 운명의 시간은 아무도 깨닫지 못하고 지나가 버릴 때가 많단다. 허나 그 시간을 알아보는 사람이 있으면 아주 위대한 일이 이세상에 벌어지지."

"그걸 알려면 그런 시계가 필요하겠네요."

호라 박사는 빙그레 웃으며 머리를 가로저었다.

"시계만 갖고는 아무 소용이 없어. 시계를 볼 줄도 알아야지."

호라 박사는 시계를 탁 하고 닫고는 조끼 주머니에 도로 넣었다. 박사는 모모가 자기를 의아스러운 눈초리로 유심히 바라보는 것을 깨닫고는, 생각에 잠겨 자신의 모습을 내려다보더니 이마를 찌푸리며 말했다.

"아, *내가* 약간 유행에 뒤진 옷을 입었구나. 이렇게 주의력이 부족하다니까! 당장 고쳐야겠다."

박사는 손가락을 탁 튕겼다. 그러자 박사는 순식간에 높다란 스탠드칼라가 달린 프록코트를 입은 모습으로 변했다.

박사는 자신 없는 투로 물었다.

"좀 나아졌니?"

하지만 정말 깜짝 놀란 듯한 모모의 표정을 보자 금방 이렇게 말했다.

"물론 아니지! 대체 내가 정신을 어디다 두고 있는 게야!"

박사는 다시 한 번 손가락을 튕겼다. 그러자 모모는 물론이고 그 누구도 본 적 없는 옷차림이 되었다. 그도 그럴 것이 그 옷은 백 년 후에나 유행할 옷이었던 것이다.

"이것도 아니야? 음, 오리온자리에 두고 맹세하지만 반드시 해결하고 말겠다! 기다려 봐라, 다시 한 번 해 볼 테니."

박사는 세 번째로 손가락을 튕겼다. 그러자 드디어 요즘 사람들이 입는 평범한 평상복 차림이 되었다. 박사는 모모에게 찡긋 눈짓을 하며 말했다.

"이제 됐지, 응? 모모, 공연히 널 놀라게 한 건 아닌지 모르겠다. 그냥 좀 장난을 해 본 거란다. 자, 꼬마 아가씨, 식탁으로 가실까요? 아침 식사가 준비되었습니다. 무척 먼 길을 걸어왔는데, 음식이 맛이 있으면 좋겠구나."

박사는 모모의 손을 잡고 시계의 숲속으로 데리고 갔다. 거리를 조금 두고 거북이 뒤따라왔다. 미궁처럼 꼬불꼬불한 길은, 엄청나게 큰 벽시계 상자 뒤판 몇 개로 이루어진 작은 방으로 이어졌다. 방 한구석에는 불룩한 다리가 붙은 작은 탁자가 놓여 있고, 아담한 소파와 거기에 어울리는 안락의자 몇 개가 놓여 있었다. 여기서도 일렁이지 않는 황금빛 촛불이 모든 것을 비추고 있었다.

작은 탁자 위에는 배가 불룩한 황금 주전자 하나, 작은 찻잔 두 개, 접시들, 그리고 작은 숟가락과 나이프가 놓여 있었다. 모두 반짝반짝 빛나는 순금으로 만들어진 것이었다. 작은 바구니에는 바삭바삭하게 구워진 노릇노릇한 빵이 담겨 있고, 조그만 그릇에는 황금빛 버터가 들어 있었으며, 또 다른 조그만 그릇에는 줄줄 흐르는 황금처럼 보이는 꿀이 들어 있었다. 호라 박사는 배가 불룩한 주전자를 집어서 두 개의 찻잔에 초콜릿을 가득 따르더니, 어서 들라는 몸짓을 해 보였다.

"자, 꼬마 손님, 마음껏 들어요!"

모모에게는 그 말을 두 번 반복할 필요도 없었다. 모모는 마실 수 있는 초콜릿이 있다는 걸 그날 처음 알았다. 빵에 버터와 꿀을 발라 먹는 것도 모모의 생애에서는 아주 드문 일에 속했다. 더욱이 이처럼 맛있는 음식을 먹어 본 적은 이제껏 한 번도 없었다.

모모는 처음에는 음식을 먹느라 정신이 팔려서, 딴생각은 전혀 하지 않고 입안 가득 음식을 넣고 맛있게 먹었다. 음식을 먹자 이상하게도 피곤함이 씻은 듯 사라졌다. 밤새 한숨도 못 잤는데도 힘이 펄펄 넘치는 느낌이었다. 먹을수록 음식 맛은 점점 더 좋아졌다. 모모는 몇 날 며칠이고 계속해서 먹을 수 있을 것 같았다.

호라 박사는 다정하게 모모를 지켜보았다. 박사는 사려 깊은 사람이어서 말을 걸어 모모의 식사를 방해하는 일은 하지 않았다. 박사는 이 꼬마 손님의 허기가 몇 년에 걸쳐 쌓인 것이라는 것을 알아차렸다. 아마 그 때문에 모모를 바라보던 박사의 모습이 점점 나이가 드는가 싶더니 급기야 머리칼이 하얀 할아버지로 변한 모양이었다. 박사는 모모가 나이프를 잘 쓸 줄 모른다는 것을 눈치채고 손수 빵에 버터를 발라서 접시에 놓아 주었다. 막상 자신은 조금밖에 먹지 않았다. 말하자면 보조를 맞추느라 먹는 시늉을 할 뿐이었다.

하지만 이윽고 모모도 배가 불렀다. 모모는 초콜릿을 마시면서 황금 찻잔 너머로 자기를 초대한 주인을 유심히 바라보았다. 모모는 박사가 누구이며, 뭘 하는 사람인지 생각해 보았다. 물론 보통 사람이 아니라는 것은 눈치챘지만, 그 밖에 지금까지 박사에 관해서 아는 것은 이름밖에 없었다.

모모는 찻잔을 내려놓으며 물었다.

"왜 거북을 시켜 저를 데려오게 하셨어요?"

호라 박사는 진지하게 대답했다.

"회색 신사들로부터 널 보호하기 위해서였지. 그들이 이 잡듯

뒤지며 널 찾는데 안전한 곳은 여기 내 집밖에 없거든."

모모는 깜짝 놀라 물었다.

"그 사람들이 저한테 무슨 짓을 하려고 하나요?"

"그렇단다, 아가. 그렇다고 할 수 있지."

"왜요?"

호라 박사는 설명했다.

"그들은 널 두려워한단다. 네가 그들 입장에서 볼 때에 가장 나쁜 일을 했기 때문이지."

"전 그 사람들한테 아무 짓도 하지 않았는데요."

"아니야. 너는 그들 중의 하나로 하여금 자기들의 정체를 폭로하게 만들었어. 그리고 네가 알아낸 것을 친구들에게 설명했지. 게다가 너희들은 모든 사람들에게 회색 신사들의 진상을 알리려고까지 했잖니. 자, 이만하면 그들이 널 철천지원수로 생각할 만하지 않겠니?"

"하지만 거북하고 저는 시내 한복판을 가로질러 왔는걸요. 그 사람들이 저를 사방에서 찾았다면, 아주 쉽게 잡을 수 있었을 거예요. 거기다가 우리는 아주 천천히 걸었는걸요."

호라 박사는 그사이에 다시 발치에 와서 앉아 있는 거북을 품에 안고 목을 쓰다듬었다. 호라 박사는 빙그레 웃으며 물었다.

"카시오페이아, 넌 어떻게 생각하니? 그들이 너희를 잡을 수 있었을까?"

거북의 등에는 **"절대 그럴 수 없어요."**라는 글이 나타났다. 글자가 어찌나 익살맞게 깜빡깜빡 하는지 꼭 낄낄대는 소리가 들리는 것 같았다.

호라 박사가 설명했다.

"카시오페이아는 미래를 조금 내다볼 줄 안단다. 많이는 아니야. 그래도 반 시간 정도는 앞을 내다볼 줄 알아."

거북 등에 글이 나타났다.

"정확히 반 시간이에요!"

호라 박사는 자신이 한 말을 정정했다.

"미안, 미안! 정확히 반 시간 앞을 내다본단다. 카시오페이아는 다음 반 시간 안에 어떤 일이 일어날지 정확하게 알고 있어. 그래서 회색 신사들을 만날지 만나지 않을지도 아는 게지."

모모는 감탄했다.

"와, 정말 편리하네요! 어디어디에서 회색 신사들을 만날 거라는 걸 미리 알면, 바로 딴 길로 가면 되겠네요?"

"아니, 애석하게도 그렇게 간단하지는 않아. 카시오페이아는 어떤 사실을 미리 알고 있지만, 그 사실을 조금도 변경시킬 수는 없어. 카시오페이아는 그것이 실제로 일어나리라는 것만을 알고 있단다. 그러니까 카시오페이아가 어디어디에서 회색 신사를 만나리라는 걸 미리 안다면, 실제로도 만나게 되는 게야. 카시오페이아는 아무 대응도 할 수 없어."

모모는 조금 실망한 기색으로 말했다.

"무슨 말씀인지 모르겠어요. 그럼 어떤 일을 미리 알아도 아무 소용이 없잖아요."

"그래도 때론 도움이 되지. 예컨대 네 경우를 볼까. 카시오페이아는 이런저런 길을 가면 회색 신사들을 안 만나리라는 걸 미리 알고 있었어. 그것만 해도 도움이 되지. 그렇게 생각하지 않니?"

모모는 아무 말도 하지 않았다. 생각이 실타래처럼 뒤엉켰다.

호라 박사가 말을 이었다.

"너와 네 친구들에 대한 얘기를 계속해 보자. 널 칭찬하고 싶구나. 특히 너희들의 플래카드와 문구들은 정말 인상적이었다."

모모는 신이 나서 물었다.

"그걸 읽으셨어요?"

"전부 읽었지. 한 글자 한 글자 모두 다."

"하지만 슬프게도, 박사님 말고는 아무도 안 읽은 것 같아요."

호라 박사는 유감스러워하며 고개를 끄덕였다.

"애석하게도 그랬지. 회색 신사들이 그렇게 되도록 이미 손을 써 둔 거란다."

"그 사람들을 잘 아세요?"

모모가 캐묻자 호라 박사는 다시 고개를 끄덕이더니 한숨을 쉬었다.

"나는 그들을 알고, 그들도 나를 알지."

모모는 이 이상한 대답을 어떻게 해석해야 할지 갈피를 잡을 수 없었다.

"그 사람들 집을 찾아가신 적이 많아요?"

"아니, 아직 한 번도 없단다. 나는 '아무 데도 없는 집'을 떠나 본 적이 없어."

"그러면 회색 신사들은…… 그 사람들은 박사님 집을 가끔 찾아오나요?"

호라 박사는 빙그레 웃었다.

"걱정할 것 없다, 아가. 그들은 이곳에 들어올 수 없어. 설사 '언제나 없는 거리'로 오는 길을 안다고 해도 마찬가지야. 허나 그들은 길을 모르지."

모모는 한동안 생각에 잠겼다. 호라 박사의 설명에 안심이 되긴 했지만, 박사에 대해 좀 더 많은 것을 알고 싶었다.

"어떻게 우리 플래카드랑 회색 신사들의 이야기를 다 아세요?"

"나는 그들과 관련된 모든 일을 한시도 쉬지 않고 눈여겨보고 있단다. 그래서 너와 네 친구들도 보게 되었지."

"하지만 박사님은 집 밖으로 안 나가시잖아요?"

"꼭 나가야 알 수 있는 건 아니야."

그동안 박사는 눈에 띄게 다시 젊어졌다. 박사는 말을 이었다.

"나는 무엇이든 볼 수 있는 요술 안경을 갖고 있거든."

박사는 작은 금테 안경을 벗어서 모모에게 건네주었다.

"한번 들여다보겠니?"

모모는 안경을 쓰고 눈을 깜빡거리며 보려고 애쓰다 말했다.

"하나도 알아볼 수가 없어요."

모모가 볼 수 있는 것은 여러 가지 색깔과 빛과 그림자의 흐릿한 소용돌이뿐이었다. 그것을 보다 보니 사뭇 현기증이 났다.

호라 박사의 목소리가 들렸다.

"그래, 처음에는 누구나 그렇지. 요술 안경을 보는 것은 간단하지 않아. 허나 곧 익숙해질 게다."

그는 일어서서 모모의 의자 뒤로 와서는 안경테에 두 손을 살짝 올려놓았다. 그러자 당장 눈앞이 선명해졌다.

우선 이상한 빛이 비치는 시내 구역의 변두리에서 석 대의 자동차에 나눠 탄 일단의 회색 신사들이 눈에 들어왔다. 그들은 막 자동차를 뒤로 돌리는 참이었다.

더 먼 곳을 보니, 손짓을 해 가며 흥분한 목소리로 서로 이야기를 주고받기도 하고, 큰 소리로 무슨 소식을 전하기도 하는 듯 보이는 다른 회색 신사들의 무리가 보였다.

호라 박사가 설명했다.

"그들은 네 이야기를 하고 있어. 네가 자기들 손아귀를 빠져나간 걸 이해할 수가 없는 게지."

모모는 계속해서 안경 속을 들여다보며 물었다.

"그런데 왜 얼굴이 잿빛이에요?"

호라 박사가 대답했다.

"죽은 것으로 목숨을 이어 가기 때문이지. 너도 알다시피 그들은 인간의 일생을 먹고 살아간단다. 허나 진짜 주인으로부터 떨어져 나온 시간은 말 그대로 죽은 시간이 되는 게야. 모든 사람은 저마다 *자신의* 시간을 갖고 있거든. 시간은 진짜 주인의 시간일 때만 살아 있지."

"그럼 회색 신사들은 사람이 아녜요?"

"아니야, 사람의 모습을 하고 있을 뿐이지."

"그럼 뭐예요?"

"실제로 그들은 아무것도 아니야."

"그럼 어디서 온 거예요?"

"그들은 사람들이 생겨날 기회를 주면 생겨난단다. 기회만 주어지면, 금세 생겨나는 게야. 그런데 이제 사람들은 그들에게 자기들을 좌지우지할 기회까지 주고 있어. 그런 기회가 주어지기만 하면, 그들은 벌써 사람들을 좌지우지한단다."

"만약 시간을 더 이상 훔칠 수 없게 되면요?"

"그럼 그들은 그들이 태어난 무(無)로 돌아가야 하지."

호라 박사는 모모에게서 안경을 벗겨 다시 주머니에 넣었다. 박사는 잠시 뒤에 다시 말을 이었다.

"하지만 애석하게도, 사람들 가운데 그들을 돕는 협력자가 벌써 아주 많단다. 그 점이 나쁜 게지.”

모모는 단호하게 말했다.

“저는 제 시간을 누구한테도 빼앗기지 않겠어요!”

“그러길 바란다. 모모, 이리 와 보렴. 내 수집품을 보여 주마.”

어느새 박사는 다시 노인의 모습으로 돌아가 있었다.

박사는 모모의 손을 잡고 커다란 홀로 데리고 나갔다.

거기서 박사는 모모에게 이런저런 시계를 보여 주고, 기계를 작동시켜 보이기도 하고, 전 세계의 시간을 알려 주는 시계와 천체의도 구경시켜 주었다. 신기한 물건들을 보고 기뻐하는 꼬마 손님을 지켜보는 사이에 박사는 차차 다시 젊어졌다.

계속 발걸음을 옮기며 박사는 지나가는 듯한 말투로 물었다.

“수수께끼 풀기 좋아하니?”

“예, 아주 좋아해요! 아시는 게 있어요?”

“그래.”

호라 박사는 빙그레 웃으며 모모를 물끄러미 바라보았다.

“헌데 아주 어려운 거란다. 풀 수 있는 사람은 아주 드물지.”

“그래도 좋아요. 그럼 외워 두고 있다가 나중에 친구들에게 풀어 보라고 하죠.”

“정말 궁금한걸. 네가 답을 찾아낼 수 있을지 말이다. 자, 잘 들어 보렴.

세 형제가 한집에 살고 있어.

그들은 정말 다르게 생겼어.

그런데도 구별해서 보려고 하면,

하나는 다른 둘과 똑같아 보이는 거야.

첫째는 없어. 이제 집으로 돌아오는 참이야.

둘째도 없어. 벌써 집을 나갔지.

셋 가운데 막내, 셋째만이 있어.

셋째가 없으면, 다른 두 형도 있을 수 없으니까.

하지만 문제가 되는 셋째는 정작

첫째가 둘째로 변해야만 있을 수 있어.

셋째를 보려고 하면,

다른 두 형 중의 하나를 보게 되기 때문이지!

말해 보렴. 세 형제는 하나일까?

아니면 둘일까? 아니면 아무도 없는 것일까?

꼬마야, 그들의 이름을 알아맞힐 수 있으면,

넌 세 명의 막강한 지배자 이름을 알아맞히는 셈이야.

그들은 함께 커다란 왕국을 다스린단다.

또 왕국 자체이기도 하지! 그 점에서 그들은 똑같아."

호라 박사는 모모를 바라보며 용기를 북돋워 주려는 듯 고개를 끄덕였다. 모모는 잔뜩 긴장해 귀를 기울였다. 모모는 기억력이 비상했기 때문에, 수수께끼 한마디 한마디를 천천히 다시 되풀이해 보았다.

모모는 한숨을 쉬었다.

"어휴! 정말 어려워요. 뭔지 짐작도 안 가요. 어디서부터 시작해야 할지도 모르겠어요."

"잘 생각해 보렴."

모모는 수수께끼를 처음부터 끝까지 다시 한 번 중얼거려 보고는 고개를 가로저었다. 모모는 솔직히 말했다.

"못 풀겠어요."

그사이에 거북은 두 사람 뒤를 따라와 호라 박사 곁에 앉아서 모모를 유심히 바라보고 있었다.

호라 박사가 말했다.

"자, 카시오페이아, 너는 반 시간 앞의 일을 모두 알고 있잖니. 어디, 모모가 수수께끼를 풀까?"

카시오페이아의 등에 글자가 나타났다.

"풀 거예요!"

호라 박사는 모모 쪽으로 몸을 돌리고 말했다.

"자, 보렴. 네가 푼다잖니. 카시오페이아는 틀린 적이 없어."

모모는 이마를 찡그리고, 다시 정신을 집중하고 곰곰이 생각하기 시작했다. 대체 어떤 형제가 한집에 함께 사는 걸까? 사람이 아니라는 건 분명해. 수수께끼에서 형제란 항상 사과씨라든지 이

225

빨이라든지, 하여튼 종류가 같은 어떤 것을 뜻하니까. 하지만 이들 세 형제는 서로 다른 형제의 모습으로 변할 수 있다고 했는걸. 서로의 모습으로 변할 수 있는 형제란 뭘까? 모모는 주위를 둘러보았다. 이를테면 일렁이지 않는 불꽃이 타고 있는 촛불이 있지. 밀랍은 불꽃이 되면서 빛으로 변해. 그래, 저게 세 형제인가 봐. 하지만 아니야. 세 형제가 모두 함께 있잖아. 셋 중의 둘은 *없어야* 하는데. 그럼 꽃과 열매와 씨앗 같은 걸지도 몰라. 그래, 정말 많은 부분이 들어맞네. 씨앗은 셋 중에서 가장 작아. 또 씨앗이 있으면, 다른 두 형제는 *없잖아*. 게다가 씨앗이 없으면, 다른 둘도 있을 수 없고. 하지만 역시 아냐! 씨앗은 눈으로 잘 볼 수 있잖아. 셋 중의 막내를 보려고 하면, 언제나 다른 두 형 중 하나를 보게 된다고 했는걸.

모모의 생각은 계속해서 왔다 갔다 했다. 어떻게 풀어야 할지 실마리조차 찾을 수 없었다. 하지만 카시오페이아는 해답을 찾을 거라고 하지 않았는가. 모모는 처음부터 다시 시작하기로 하고, 수수께끼 한마디 한마디를 다시 한 번 중얼거려 보았다. "첫째는 없어. 이제 집으로 돌아오고 있는 참이야." 하는 대목에 이르자 거북이 깜빡깜빡 눈짓을 했다. 거북 등에 **"내가 아는 거야!"**라는 글이 나타나더니 곧 사라졌다.

호라 박사는 이쪽을 돌아보지도 않으면서 싱긋 웃으며 말했다.

"쉿, 카시오페이아! 힌트 주지 마라! 모모는 혼자서도 잘할 수 있어."

모모는 물론 거북 등의 글을 보았고, 무슨 뜻인지 곰곰이 생각했다. 카시오페이아가 아는 게 뭘까? 카시오페이아는 내가 수수께끼를 풀 거라는 걸 알고 있어. 하지만 그건 아무 뜻도 없는데.

그럼 카시오페이아가 아는 게 또 뭐가 있지? 카시오페이아는 앞으로 일어날 모든 일을 알고 있어. 그러니까 카시오페이아가 아는 건…….

모모는 큰 소리로 소리쳤다.

"미래다! 첫째는 *없어*. 이제 집으로 돌아오는 참이야 — 그건 미래예요!"

호라 박사는 고개를 끄덕였다. 모모는 말을 이었다.

"그리고 둘째도 *없어*. 벌써 집을 나갔지 — 이건 과거예요!"

호라 박사는 또 한 번 고개를 끄덕이며 흐뭇한 미소를 지었다.

모모는 생각에 잠겨 말했다.

"하지만 지금부터가 어려워요. 셋째는 대체 뭘까요? 셋 중의 막내라고 했어요. 하지만 셋째가 없으면, 다른 둘도 없다고 하잖아요. 또 셋 중 유일하게 있다고 하구요!"

모모는 곰곰이 생각하다가 불쑥 소리쳤다.

"그건 현재예요! 이 순간요! 과거란 지나간 순간이고, 미래란 앞으로 올 순간이에요! 그러니까 현재가 없다면, 다른 둘은 있을 수 없는 거죠. 맞아요, 그래요!"

모모의 뺨은 열기로 빨갛게 달아올랐다.

"하지만 이 구절은 무슨 뜻일까요?

　　하지만 문제가 되는 셋째는 정작
　　첫째가 둘째로 변해야만 있을 수 있어.

그러니까 현재는 미래가 과거로 변해야만 있을 수 있다는 말이군요!"

모모는 놀라워하며 호라 박사를 바라보았다.

"맞아요! 전 그런 생각은 해 본 적이 없는데! 그렇다면 현재란 처음부터 없는 거고, 과거랑 미래만 있는 건가요? 예컨대 지금 이 순간은 제가 이 순간에 대한 이야기를 하는 사이에 벌써 과거가 되어 있는 거죠! 아하, 이제 알겠어요. '셋째를 보려고 하면, 다른 두 형 중의 하나를 보게 되기 때문이지!'라는 구절의 뜻을요. 이제 나머지도 다 이해가 돼요. 우리는 세 형제 중의 하나만 있다고 생각할 수도 있을 거예요. 현재만 있다고 생각하든가, 아니면 과거나 미래만 있다고 생각할 수 있죠. 아니면 아무것도 없다고 할 수 있을지도 몰라요. 현재, 과거, 미래는 저마다 다른 둘이 있어야만 있을 수 있으니까요! 머리가 핑글핑글 도네요!"

"헌데 수수께끼는 아직 끝나지 않았다. 셋이 함께 다스리는 커다란 왕국은 뭘까? 셋이 왕국 자체이기도 하다는 말은 또 무슨 뜻이고?"

모모는 어쩔 줄 모르고 박사를 바라보았다. 대체 그게 뭘까? 과거, 현재, 미래를 전부 합하면 뭐가 될까?

모모는 커다란 홀을 둘러보았다. 수천, 수만 개의 시계를 훑어보던 모모의 눈이 갑자기 반짝반짝 빛났다. 모모는 손뼉을 치며 큰 소리로 말했다.

"시간이에요! 예, 그건 시간이에요! 시간요!"

모모는 기쁨에 겨워 팔짝팔짝 뛰었다. 호라 박사는 재촉했다.

"그럼 세 형제가 함께 사는 집은 뭔지 말해 보렴!"

"그건 세상이에요."

"만세!"

이번에는 호라 박사가 소리치며 마찬가지로 손뼉을 쳤다.

"모모, 정말 존경스럽구나! 넌 수수께끼 박사야! 정말 기쁘다!"

"저도요!"

모모는 그렇게 대답하면서도 내심 자기가 수수께끼를 푼 것을 호라 박사가 왜 그렇게 기뻐하는지 조금 의아한 마음이 들었다.

그들은 시계의 홀을 계속 돌아보았다. 호라 박사는 모모에게 다른 희귀한 물건들을 보여 주었지만, 모모는 수수께끼 생각을 떨쳐 버릴 수가 없었다.

이윽고 모모가 입을 열었다.

"말씀해 주세요. 대체 시간이란 뭐예요?"

"조금 전에 너 스스로 해답을 찾았잖니."

"아뇨. 제 말은, 시간이란 게…… 그러니까 시간이 뭔가일 거라는 뜻이에요. 시간은 분명 있어요. 대체 시간이란 뭘까요?"

"이번에도 너 스스로 해답을 찾을 수 있으면 좋겠구나."

모모는 한동안 곰곰 생각에 잠겨 중얼거렸다.

"시간이 있다는 건 어쨌든 분명한 사실이에요. 하지만 만져 볼수는 없어요. 붙잡아 둘 수도 없구요. 혹시 향기 같은 건 아닐까요? 하지만 시간은 계속 지나가는 어떤 것이기도 해요. 그러니까분명 시간이 나오는 곳이 있을 거예요. 혹시 바람 같은 건 아닐까요? 아니, 아니에요! 이제 알겠어요! 시간은 언제나 거기 있기 때문에 듣지 못하는 음악 같은 걸 거예요. 하지만 저는 그 음악을 이따금 들었던 것 같아요. 아주 나지막한 음악이었어요."

호라 박사는 고개를 끄덕였다.

"알고 있단다. 그래서 널 이리 오라고 부를 수 있었지."

모모는 여전히 골똘히 생각에 잠긴 채 말했다.

"하지만 다른 무엇이 또 있어요. 그 음악은 아주 멀리서 들려왔지만, 제 안 아주 깊숙한 곳에서 울렸어요. 어쩌면 시간도 그런 건지 몰라요."

그러고서 모모는 당황해 입을 다물었다가 머뭇머뭇 덧붙였다.

"그러니까 제 말은요, 바람이 불어서 강물에 물결이 이는 거랑비슷한 건 아닐까 하는 뜻이에요. 아, 정말 말도 안 되는 소리만

했네요!"

"아니, 정말 멋지게 표현했다. 그래서 말인데, 이제 네게 비밀을 하나 알려 주마. 모든 사람들의 시간은 여기 '언제나 없는 거리'에 있는 '아무 데도 없는 집'에서 나오는 거란다."

모모는 작은 소리로 말했다.

"와, 할아버지가 시간을 만드시는 거예요?"

호라 박사는 다시 빙그레 미소를 지었다.

"아니, 꼬마야. 나는 그저 관리자일 뿐이야. 내가 맡은 일은 저마다에게 지정되어 있는 시간을 한 사람 한 사람에게 나누어 주는 거지."

"그럼 시간 도둑들이 사람들한테서 더 이상 시간을 훔쳐 가지 못하도록 조정하실 수는 없나요?"

"그럴 순 없어. 자신의 시간을 가지고 무엇을 하느냐는 문제는 전적으로 스스로 결정해야 할 문제니까. 또 자기 시간을 지키는 것도 사람들 몫이지. 나는 사람들에게 시간을 나누어 줄 뿐이다."

모모는 홀을 빙 둘러보고 물었다.

"그래서 이렇게 많은 시계들을 갖고 계신 거예요? 한 사람마다 한 개씩요. 그렇죠?"

"아니야, 모모. 이 시계들은 그저 취미로 모은 것들이야. 이 시계들은 사람들이 저마다 가슴속에 갖고 있는 것을 엉성하게 모사한 것에 지나지 않아. 빛을 보기 위해 눈이 있고, 소리를 듣기 위해 귀가 있듯이, 너희들은 시간을 느끼기 위해 가슴을 갖고 있단다. 가슴으로 느끼지 않은 시간은 모두 없어져 버리지. 눈먼 사람에게 무지개의 고운 빛깔이 보이지 않고, 귀먹은 사람에게 아름다운 새의 노랫소리가 들리지 않는 것과 같지. 허나 슬프게도 이 세상에는 쿵쿵 뛰고 있는데도 아무것도 느끼지 못하는, 눈멀고 귀먹은 가슴들이 수두룩하단다."

"그럼 제 가슴이 언젠가 뛰기를 멈추면 어떻게 돼요?"

"그럼, 네게 지정된 시간도 멈추게 되지, 아가. 네가 살아온 시간, 다시 말해서 지나온 너의 낮과 밤들, 달과 해들을 지나 되돌아간다고 말할 수도 있을 게다. 너는 너의 일생을 지나 되돌아가는 게야. 언젠가 네가 그 문을 통해 들어왔던 둥근 은빛 성문에 닿을 때까지 말이지. 거기서 너는 그 문을 다시 나가게 되지."

"그 문 바깥쪽에는 뭐가 있는데요?"

"그럼 너는 네가 가끔 들었던 나지막한 음악이 흘러나오는 곳으로 가게 되지. 거기서 너는 그 음악의 일부가 되어 스스로 하나의 음이 된단다."

그는 모모를 찬찬히 뜯어보았다.

"아마 무슨 말인지 모르겠지?"

모모는 작은 소리로 말했다.

"알아요. 알 것 같아요."

문득 "언제나 없는 거리"를 지나올 때에 모든 것이 뒷걸음질치는 듯했던 일이 생각났다. 모모는 입을 떼어 물었다.

"박사님은 죽음인가요?"

호라 박사는 빙그레 웃기만 할 뿐, 한동안 아무 말도 하지 않았다. 이윽고 박사가 대답했다.

"죽음이 뭐라는 걸 알게 되면, 사람들은 더 이상 죽음을 두려워하지 않을 게다. 그리고 죽음을 두려워하지 않으면, 아무도 사람들의 인생을 훔칠 수 없지."

모모는 제 의견을 이야기했다.

"그럼 사람들에게 그 사실을 알려 주기만 하면 되겠네요."

"그렇게 생각하니? 나는 사람들에게 시간을 나누어 주며 매 시간마다 진실을 말해 주지. 허나 들으려고도 하지 않는 것 같아 걱정이란다. 사람들은 오히려 두려움을 불어넣는 자들을 더 믿고 싶은 모양이야. 정말 수수께끼야."

"저는 두렵지 않아요."

호라 박사는 천천히 고개를 끄덕였다. 박사는 모모를 한동안 물끄러미 바라보더니 물었다.

"시간이 어디서 오는지 보고 싶니?"

모모는 나직이 대답했다.

"예."

"내가 데려가 주마. 허나 그곳에서는 아무 말도 하지 말아야 한다. 아무것도 묻지 말고, 아무 말도 하지 말아야 해. 그러겠다고 약속할 수 있겠니?”

모모는 말없이 고개를 끄덕였다.

그러자 호라 박사는 몸을 굽혀 모모를 안아 올려 품에 꼭 껴안았다. 박사는 갑자기 엄청나게 크고, 말할 수 없이 늙어 보였다. 하지만 노인이라기보다는 영겁의 세월을 견딘 고목이나 바위처럼 보였다. 박사는 손으로 모모의 눈을 가렸다. 모모는 가볍고 서늘한 눈송이가 얼굴에 떨어지는 듯한 느낌을 받았다.

모모는 호라 박사가 자기를 데리고 어둡고 긴 터널을 지나고 있다고 생각했다. 그러나 무척 아늑한 느낌이어서 조금도 두렵지 않았다. 처음에는 제 심장이 뛰는 소리가 들리는 것 같았다. 하지만 시간이 갈수록 그 소리는 쿵쿵 울리는 호라 박사의 발짝 소리라는 생각이 들었다.

무척 먼 길이었다. 이윽고 박사는 모모를 내려놓았다. 박사의 얼굴은 모모의 얼굴 바로 앞에 있었다. 박사는 모모를 찬찬히 바라보더니 입술에 손가락을 갖다 댔다. 그러곤 일어서서 뒤로 물러섰다.

금빛 어스름이 모모를 둘러싸고 있었다.

모모는 점차 자기가 완벽하게 동그란 거대한 지붕 밑에 서 있다는 것을 알아차렸다. 모모는 그 지붕이 온 하늘만큼이나 크다고 생각했다. 게다가 이 거대한 지붕은 순금으로 되어 있었다. 지붕 저 높은 곳 한가운데에는 둥그런 구멍이 뚫려 있었는데, 거기서 빛의 기둥이 새어 나와 마찬가지로 둥그런 모양의 연못에 수직으로 쏟아져 내리고 있었다. 연못의 검은 물은 컴컴한 거울처럼 물결 하나 없이 매끈하고 잔잔했다.

연못 표면 바로 위쪽, 빛의 기둥 안에서 밝은 별 같은 무엇인가가 반짝반짝 빛나며 위엄 있게 천천히 움직이고 있었다. 모모는 그것이 검은 거울 같은 수면 위를 왔다 갔다 하는 거대한 추라는 것을 알아보았다. 하지만 추를 매단 곳은 없었다. 추는 공중에 떠 있는 듯 보였고, 무게도 없는 듯했다.

별의 추가 천천히 연못 가장자리에 접근하자 어두운 물속에서 커다란 꽃봉오리가 떠올랐다. 꽃봉오리는 추가 가까이 다가감에 따라 점점 벌어지더니, 마침내 활짝 피어서 잔잔한 수면 위에 떠 있었다.

모모는 일찍이 그토록 찬란하게 아름다운 꽃을 본 적이 없었다. 마치 빛나는 색깔로만 만들어진 꽃 같았다. 그런 색깔이 있다는 상상조차 해 본 적이 없었다. 별의 추는 한동안 꽃 위에 머물렀다. 모모는 주변의 모든 일을 까마득히 잊고서, 넋을 잃고 꽃을 바라보았다. 꽃의 향기는, 뭐라고 딱히 꼬집어 말할 수는 없지만, 언제나 모모가 간절히 그리워했던 그 어떤 것처럼 느껴졌다.

하지만 그때 추가 천천히, 정말 천천히 되돌아가기 시작했다. 추가 서서히 멀어지면서 그 아름다운 꽃도 시들기 시작했다. 모모는 소스라치게 놀랐다. 한 장 한 장 꽃잎이 떨어지더니 어두운 심연 속으로 가라앉는 것이 아닌가. 모모는 가슴이 찢어지는 것처럼 아팠다. 다시는 돌아올 수 없는 그 무엇이 영원히 자신을 떠나 버린 것 같았다.

추가 검은 연못의 한가운데에 이르자 그 아름다운 꽃은 완전히 스러져 버렸다. 하지만 그와 동시에 맞은편에서 꽃봉오리 하나가 어두운 물속에서 자태를 드러냈다. 추가 그쪽으로 천천히 다가가자 꽃봉오리가 피어나기 시작했다. 더욱 아름다운 꽃이었다. 모모는 꽃을 가까이서 보려고 연못 주변을 빙 돌아갔다.

그 꽃은 앞의 꽃과는 전혀 달랐다. 모모는 그 꽃의 색깔 역시 전에 본 적 없었다. 하지만 이번 꽃의 색깔이 더욱 다채롭고 고결해 보였다. 향기도 달랐는데, 더욱더 황홀했다. 바라보면 바라볼수록 꽃의 신비스러운 세세한 부분들이 눈에 띄었다.

하지만 별의 추가 다시 방향을 돌리자 그 아름다운 꽃은 시들고 떨어져, 깊이를 알 수 없는 검은 연못 저 깊은 곳으로 한 잎 한 잎 가라앉아 버렸다.

추는 천천히, 아주 천천히 맞은편에 이르렀다. 추는 처음과 같은 곳이 아니라 조금 더 앞쪽까지 나아갔다. 그러자 첫 번째 지점에서 한 발 떨어진 곳에서 또다시 꽃봉오리 하나가 솟아나 서서히 피어나기 시작했다.

모모의 눈에는 이 꽃이 가장 아름다운 것 같았다. 꽃 중의 꽃, 이 세상에서 단 하나밖에 없는 신기한 꽃이었다!

모모는 이 완벽한 꽃마저 시들기 시작해 어둡고 깊은 물속으로 가라앉는 것을 보자 엉엉 소리 내어 울고 싶은 심정이었다. 하지만 호라 박사와의 약속을 생각하고는 입을 꼭 다물었다.

추는 맞은편에서도 한 걸음 더 멀찍이 나갔고, 그러자 새로운 꽃이 어두운 물속에서 떠올랐다.

점차 모모는 새로 피는 꽃은 번번이 먼젓번 꽃들과는 전혀 다르다는 것, 그리고 갓 피어난 꽃이 가장 아름답게 보인다는 것을 깨달았다.

모모는 연못가를 빙빙 돌면서 꽃들이 차례차례 피어나고 지는 모습을 지켜보았다. 이 아름다운 광경은 아무리 보아도 지치지 않을 것 같았다.

하지만 모모는 차차 그곳에서, 그때까지 눈치채지 못했던 어떤 일이 계속해서 일어나고 있다는 것을 알아차렸다.

지붕 한가운데서 쏟아져 내리는 빛의 기둥은 이제 눈에 보이는 것만으로 그치지 않았다. 모모는 이제 그 소리를 듣기 시작했던 것이다!

처음에는 저 먼 곳의 나무 꼭대기에서 부는 살랑대는 바람 소리 같았다. 하지만 그 소리는 점점 커져 마침내 폭포 떨어지는 소리, 아니, 바닷가 바위에 세차게 부딪치는 파도 소리만큼이나 커졌다.

모모는 이 웅장한 울림이 끊임없이 다르게 배열되고 변하면서 계속해서 새로운 화음을 만들어 내는, 헤아릴 수 없이 많은 음이 어울려 지어내는 소리라는 것을 점점 더 또렷하게 느꼈다. 그것은 음악이었지만, 동시에 음악이 아닌 전혀 다른 것이기도 했다. 모모는 불현듯 그 음악을 다시 기억해 냈다. 초롱초롱 별이 빛나는 밤하늘 아래 앉아 정적에 귀 기울일 때에, 이따금씩 아득히 먼 곳에서 나직이 들려왔던 바로 그 음악이었다.

이제 울림은 더욱 맑고 밝아졌다. 모모는 이 소리 나는 빛이 제가끔 다른 꽃들, 똑같은 모습이 다시는 없는, 단 하나뿐인 모양의 꽃들을 어두운 물속 깊은 곳에서 불러내어 꽃봉오리를 피어나게 한다는 것을 어렴풋이 짐작했다. 오래오래 귀를 기울일수록 모모는 낱낱의 소리를 또렷하게 구분할 수 있었다.

하지만 그것은 사람의 목소리가 아니라 금과 은, 그리고 다른 온갖 종류의 금속들이 어울려 내는 노랫소리처럼 들렸다. 그때에 그 울림의 뒤쪽에서 문득 전혀 다른 소리가 흘러나왔다. 아득히 먼 곳에서 들려오는 말할 수 없이 강렬한 소리였다. 소리가 점점 더 또렷해졌기 때문에 모모는 서서히 낱말들을 알아들을 수 있었다. 일찍이 들어 본 적은 없었지만, 모두 이해할 수 있는 언어의 낱말들이었다. 해와 달, 유성과 별들이 제 진짜 이름을 드러내고 있었다. 그 이름들에는, 해와 달과 유성과 별들이 무엇을 하며, 어떻게 함께 영향을 미쳐 시간의 꽃 한 송이 한 송이를 탄생시키고 다시 소멸시키는지, 그 비밀이 담겨 있었다.

모모는 문득 이 모든 말이 자기를 향하고 있다는 것을 깨달았다! 가장 먼 곳에 있는 별을 비롯해 온 세상이, 엄청나게 커다란 단 하나뿐인 얼굴을 모모에게 돌리고 모모를 바라보며 말을 걸고 있었다!

그러자 갑자기 두려움보다 더 강렬한 어떤 감정이 엄습해 왔다.

그 순간 모모는 자기에게 잠자코 손짓하고 있는 호라 박사를 보았다. 모모는 허겁지겁 박사의 품으로 달려가 가슴에 얼굴을 묻었다. 박사의 두 손이 또다시 모모의 눈 위에 눈송이처럼 살포시 내려앉았다. 어둠과 정적이 내렸다. 모모는 아늑함을 느꼈다. 박사는 모모와 함께 먼 길을 되돌아왔다.

벽시계들로 이루어진 작은 방으로 돌아오자 박사는 모모를 자그만 소파에 눕혔다.

모모는 속삭였다.

"호라 박사님, 전 정말 몰랐어요. 모든 사람의 시간이 그렇게……."

모모는 적당한 말을 찾으려 해 보았지만 찾을 수 없어서 이렇게 말을 맺었다.

"그렇게 위대하다는 걸요."

호라 박사가 말했다.

"모모, 네가 보고 들었던 것은 모든 사람의 시간이 아니야. 너 자신의 시간이었을 뿐이지. 사람들에게는 저마다 네가 막 다녀온

장소와 같은 곳이 있단다. 허나 그곳에는 내가 데리고 가는 사람만이 갈 수 있어. 게다가 보통 눈으로는 그곳을 볼 수 없지."

"그럼 제가 갔던 곳은 어디예요?"

호라 박사는 모모의 헝클어진 머리를 쓰다듬었다.

"네 마음속이란다."

모모는 다시 속삭였다.

"호라 박사님, 제 친구들을 박사님께 데려와도 될까요?"

박사는 대답했다.

"안 된다. 아직은."

"그럼 전 박사님 집에 언제까지 있을 수 있어요?"

"네가 네 친구들에게 돌아갈 때까지란다, 아가."

"별들이 들려준 얘기를 친구들에게 하는 건 괜찮나요?"

"괜찮지. 허나 해 줄 수 없을 게야."

"왜요?"

"그러려면 우선 네 안에서 표현할 말이 자라나야 한단다."

"그래도 전 친구들에게 그 얘기를 하고 싶은걸요. 모두에게 말이에요! 친구들 앞에서 제가 들었던 소리를 노래 불러 보고 싶어요. 그럼 모든 일이 다시 좋아질 거예요."

"모모, 정말 그러기를 바란다면 우선 기다릴 수 있어야 해."

"기다리는 건 하나도 어렵지 않아요."

"아가, 기다린다는 것은 태양이 한 바퀴 돌 동안 땅속에서 내내 잠을 자다가 드디어 싹을 틔우는 씨앗과 같은 거란다. 네 안에서 말이 자라나려면 그렇게 오랜 시간이 걸리는 게야. 그래도 하겠니?"

모모는 속삭였다.

"예."

"그럼 이제 자거라."

그러면서 호라 박사는 모모의 눈을 쓸어내렸다.

"잘 자라!"

모모는 행복한 마음으로 숨을 깊이 들이쉬고는 잠이 들었다.

3부

시간의 꽃

제13장

그곳에서의 하루, 이곳에서의 한 해

모모는 잠이 깨어 눈을 떴다.

자기가 어디에 있는지 깨닫기까지 잠시 시간이 걸렸다. 모모는 자기가 옛 원형극장 터 풀이 웃자란 돌계단 위에 있는 것을 깨닫고 어리둥절했다. 조금 전 "아무 데도 없는 집"에서 호라 박사와 같이 있지 않았던가? 어떻게 갑자기 여기에 오게 된 걸까?

주위는 어둡고 서늘했다. 동쪽 하늘에서 먼동이 트고 있었다. 모모는 오슬오슬한 한기를 느끼고 헐렁한 웃옷을 꼭꼭 여몄다.

모모는 지난 일들을 모두 또렷하게 기억할 수 있었다. 거북 뒤를 따라 대도시를 누비고 다닌 일, 언제나 없는 거리, 수없이 많은 시계가 있던 홀, 초콜릿 차와 꿀을 바른 빵, 호라 박사와 나누었던 말 한마디 한마디, 그리고 수수께끼까지, 그 모든 것이 생각났다. 특히 금빛 지붕 아래서 겪었던 일은 더욱 생생했다. 눈을 감으면 곧바로 난생처음 보았던 꽃들의 찬란한 빛깔이 눈에 선하게 떠올랐다. 귓가에는 해와 달과 별의 음성이 아직도 선명하게 들리는 듯했다. 그 소리는 멜로디를 따라 부를 수 있을 만큼 그렇게 또렷했다.

멜로디를 따라 부르는 사이에 모모의 마음속에서는 낱말들이 만들어지기 시작했다. 꽃들의 향기와 일찍이 본 적 없는 색깔을 표현하는 낱말들이었다! 모모의 기억 속에 있는 음성들이 지금 이 낱말들을 이야기하고 있었다. 그리고 그 기억에서 정말 놀라운 일이 일어났다! 모모는 그 기억 속에서, 단지 보고 들었던 것뿐 아니라 더욱 많은 것, 점점 더 많은 것을 발견했던 것이다. 시간의 꽃에 대한 수천 가지 영상이, 마르지 않는 마법의 샘의 물처럼 쉬지 않고 떠올랐다. 새로운 꽃마다 새로운 낱말이 울려 나왔다. 내면에 귀를 기울이는 것만으로 모모는 벌써 낱말들을 따라 발음하고, 심지어 그들의 노래를 따라 부를 수 있었다. 낱말들은 신비스럽고 놀라운 일을 말하고 있었다. 모모는 그 말을 따라 하면서 그 의미를 이해할 수 있었다.

그러니까 호라 박사님의 말씀은 바로 이걸 두고 한 얘기였구나. 박사님은 우선 내 안에서 낱말들이 자라나야 한다고 하셨지!

아니면 그 모든 게 한갓 꿈이었을까? 모두가 실제로 일어난 일이 아닌 걸까?

모모가 골똘히 생각에 잠겨 있는데 둥근 마당 한가운데서 어기

적어기적 기어다니고 있는 무언가가 눈에 띄었다. 거북 한 마리가 유유히 먹을 풀을 찾고 있었다!

모모는 얼른 기어 내려가 거북 옆 땅바닥에 쪼그리고 앉았다. 거북은 잠깐 고개를 들어 태고의 검은 눈으로 모모를 찬찬히 뜯어보더니 다시 편안하게 풀을 뜯었다.

"거북아, 안녕?"

거북 등에는 아무 대답도 나타나지 않았다.

"네가 어젯밤 나를 호라 박사님께 안내했니?"

여전히 아무 대답이 없었다. 모모는 실망해서 한숨을 쉬며 중얼거렸다.

"섭섭하구나. 그러니까 너는 그냥 거북일 뿐, 그…… 어머, 이름을 깜빡했네. 참 예쁜 이름이었지만 무척이나 길고 이상했는데. 처음 들어 보는 이름이었어."

"카시오페이아!"

갑자기 거북의 등에 흐릿하게 빛나는 글자가 나타났다. 모모는 글자의 뜻을 이해하고 뛸 듯이 기뻤다. 모모는 손뼉을 치며 소리쳤다.

"맞아! 그 이름이야! 그럼 네가 카시오페이아니? 네가 호라 박사님의 거북이지, 응?"

"그럼 누구겠니?"

"그런데 왜 처음에는 아무 대답도 하지 않았어?"

거북 등에 이런 글이 나타났다.

"아침 식사 중이잖니."

"미안! 널 귀찮게 할 생각은 없었어. 그냥 내가 왜 갑자기 다시 여기 오게 됐는지 알고 싶었을 뿐이야."

대답이 나타났다.

"네가 원했잖니!"

"참 이상하네. 기억이 나질 않아. 그럼 카시오페이아, 너는? 왜 호라 박사님 곁에 있지 않고 날 따라온 거야?"

모모가 중얼거리자 거북 등에 글이 나타났다.

"내가 원했어!"

"정말 고마워. 정말 상냥하구나."

거북이 대답했다.

"천만에."

거북은 중단했던 아침 식사를 계속하러 다른 곳으로 어기적어기적 기어갔다. 아마 이쯤 해서 일단 대화가 끝났다고 생각한 모양이었다.

모모는 돌계단에 앉아 베포와 기기와 아이들을 기다렸다. 그리고 가슴속에서 끊임없이 울리고 있는 음악에 다시 가만히 귀를 기울였다. 단 혼자뿐이고, 듣는 사람은 아무도 없었지만, 모모는 떠오르는 해를 향해 점점 더 큰 목소리로 용감하게 멜로디와 가사를 따라 불렀다. 새들과 귀뚜라미, 나무들이며 심지어는 오래된 돌멩이까지 모모의 노래에 귀를 기울이는 것 같았다.

그때, 모모는 이들 말고는 자기의 말에 귀 기울여 주는 이를 아주 오랫동안 만나지 못하리라는 것을 모르고 있었다. 친구들을 기다려 봤자 헛수고라는 것, 자기가 아주 오랫동안 떠나 있었고, 그동안 세상이 변했다는 것을 알 도리가 없었던 것이다.

회색 신사들은 관광 안내원 기기와는 비교적 쉽게 관계를 맺을 수 있었다.

일은 이렇게 시작되었다. 약 1년 전, 그러니까 모모가 아무 흔적 없이 갑자기 사라져 버린 며칠 뒤에 기기에 대한 꽤 긴 기사가 신문에 실렸다. 기사에는 "마지막 남은 진짜 이야기꾼"이라고 쓰여 있었다. 또 기기를 결코 놓쳐서는 안 될 매력적인 인물로 평하면서, 언제 어디서 만날 수 있는지 자세히 싣고 있었다.

그 후 기기를 만나고 그의 이야기를 들으려고 점점 많은 사람들이 옛 원형극장을 찾아왔다. 물론 기기에게는 이를 마다할 하등의 이유가 없었다.

기기는 언제나처럼 그때그때 떠오르는 생각을 이야기하고는, 모자를 들고 청중 사이를 한 바퀴 돌았다. 그때마다 모자는 어김없이 동전과 지폐로 가득 채워졌다. 그는 곧 한 여행사에 취직이 되었고, 기기 자신을 관광 명물로 제시하는 조건으로 상당한 웃돈을 받았다. 관광버스들이 여행객들을 태워 날랐고, 얼마 되지 않아 기기는 돈을 치른 모든 사람들이 이야기를 들을 수 있도록 빡빡한 스케줄 표에 따라 생활할 수밖에 없게 되었다.

이미 그때부터 기기는 모모가 없는 것을 몹시 아쉬워하고 있었다. 제아무리 돈을 갑절로 준다고 해도 똑같은 이야기를 두 번 다시 반복하는 일은 여전히 애써 피하고 있었지만, 도무지 이야기에 흥이 붙지 않았다.

몇 달이 지나자 기기는 옛 원형극장에 직접 나타나 모자를 들고 다닐 필요가 없어졌다. 라디오 방송국에서 끌어갔고, 곧이어 텔레비전도 가세했다. 그는 일주일에 세 번씩 수백만의 시청자 앞에서 이야기를 들려주며 엄청난 돈을 벌었다.

그사이, 기기는 원래 살고 있던 옛 원형극장 근처를 떠나 부자들과 유명 인사들이 살고 있는 도시의 다른 구역으로 이사를 갔다. 그는 잘 손질된 공원 한가운데에 있는 커다란 현대식 주택을 세내어 살았다. 그는 더 이상 스스로를 기기라고 부르지 않고, 기롤라모라고 불렀다.

물론 예전처럼 언제나 새로운 이야기를 꾸며 내는 일은 벌써 오래전에 그만두었다. 도무지 그럴 시간이 없었던 것이다.

기기는 자신의 기발한 착상을 경제적으로 활용하기 시작했다. 이제 그는 하나의 착상에서 곧잘 다섯 개의 다른 이야기를 만들어 냈다.

그래도 늘어나는 수요를 감당할 수 없자, 그는 어느 날 절대로 해서는 안 되는 일을 저지르고 말았다. 바로 모모에게만 들려주었던 이야기 가운데 하나를 공개했던 것이다.

다른 모든 이야기들처럼 이 이야기도 단숨에 꿀꺽 삼켜졌고, 금방 다시 잊혀졌다. 사람들은 기기에게 점점 더 많은 이야기를 해 달라고 요구했다. 엄청난 속도에 얼이 빠진 기기는 모모에게만 들려준 이야기를 정신없이 차례차례 털어놓았다. 드디어 마지막 하나 남은 이야기마저 털어놓자, 그는 불현듯 자기가 고갈되고 텅 비어 버려 더 이상 아무 이야기도 꾸며 낼 수 없을 것 같은 느낌이 들었다.

자칫하면 성공을 놓칠 수도 있다는 두려움에 사로잡힌 기기는 이미 들려주었던 이야기를 등장인물 이름만 살짝 바꾸고, 조금 손질을 해서 다시 들려주기 시작했다. 하지만 놀랍게도 그 사실을 눈치채는 사람은 아무도 없었다. 하여튼 이로 인해 수요가 감소되지는 않았다. 기기는 물에 빠진 사람이 나무토막에 매달리는 심정으로 결사적으로 매달렸다. 이제 그는 부와 명성을 거머쥐었다. 그리고 그것은 그가 항상 꿈꾸던 것이 아닌가?

하지만 밤이 되어 비단 이불을 덮고 침대에 누워 있을 때면 그는 곧잘 모모와 베포 할아버지와 아이들과 지냈던 옛날의 생활, 진짜 이야기를 할 줄 알았던 그 시절을 가슴 사무치게 그리워하는 것이었다.

하지만 돌아갈 길은 없었다. 모모는 여전히 행방이 묘연했다.

처음에는 모모를 찾으려고 몇 번 열심히 노력해 보기도 했지만 시간이 지나자 도무지 그럴 틈이 없었다. 이제 그는 세 명의 유능한 여자 비서를 거느리게 되었다. 비서들은 그를 대신해서 계약을 체결하고, 그가 불러 주는 이야기를 받아 적고, 그를 선전하는 광고를 작성하고, 그의 스케줄을 관리했다. 하지만 기기의 스케줄에 모모를 찾는 시간은 더 이상 들어 있지 않았다.

이제 기기의 옛 모습은 조금밖에 남아 있지 않았다. 하지만 어느 날 그는 얼마 남지 않은 자신의 옛 모습을 모두 끌어모으고는 정신을 차리기로 결심했다. 기기는 스스로에게 이렇게 말했다. 나는 수백만 사람들이 귀를 기울이는 비중 있는 목소리를 가진 인물이다. 내가 아니면 누가 사람들에게 진실을 말할 수 있겠는가! 사람들에게 회색 신사들의 이야기를 들려주리라! 그것이 절대 꾸며 낸 이야기가 아님을 이야기하고, 청중들에게 모모를 찾을 수 있게 적극적으로 도와 달라고 호소하리라.

옛 친구들이 사무치게 그리웠던 어느 날 밤, 기기는 이렇게 결심했다. 이튿날 새벽이 어슴푸레 밝아 오자 기기는 자기가 세운 계획을 글로 적어 보려고 커다란 책상 앞에 앉았다. 하지만 첫마디를 쓰자마자 귀청이 찢어질 듯 날카로운 전화벨 소리가 울렸다. 그는 수화기를 들고 귀를 기울이다가 곧 공포로 몸이 뻣뻣하게 굳어 버렸다.

묘하게 억양이 없는, 말하자면 잿빛 음성이 말을 건네 왔다. 그 순간, 기기는 뼛속에서 스며 나오는 것 같은 한기가 서서히 몸을 타고 올라오는 듯한 느낌을 받았다.

목소리가 말했다.

"그만둬! 자넬 위해서 충고하는 거야."

기기가 물었다.

"당신 누구요?"

목소리가 대꾸했다.

"잘 알고 있을 텐데. 굳이 우리를 소개할 필요는 없겠지. 자네는 아직 우리를 개인적으로 만나지는 못했네. 하지만 자네는 이미 오래전에 속속들이 우리 편이 되지 않았나. 그래도 모른다고 하겠나!"

"나한테 뭘 바라는 거지?"

"자네가 결심한 일은 우리 마음에 안 들어. 얌전히 계획을 포기하시지 그래, 응?"

기기는 용기를 냈다.

"아니, 포기하지 않겠어. 나는 더 이상 보잘것없는 관광 안내원 기기가 아니야. 큰 인물이 된 거지. 당신들이 나와 겨룰 수 있는지 한번 두고 보자고."

목소리는 억양이 없는 웃음을 웃었다. 기기는 갑자기 이를 딱딱 부딪히며 떨기 시작했다.

"자네는 아무것도 아니야. 우리가 자넬 만든 거야. 자네는 고무 인형에 불과해. 우리가 자넬 빵빵하게 불어 준 거지. 하지만 우리 비위를 건드리면 다시 공기를 빼낼 거야. 자네는 정말 자네 힘과 보잘것없는 재능으로 지금의 자네가 되었다고 믿나?"

기기는 목이 잠겨 대답했다.

"그래, 난 그렇게 믿어."

"불쌍한 애송이 기기. 자네는 몽상가고, 영원히 그럴 거야. 예전에 자네는 가난뱅이 기기의 탈을 쓴 기롤라모 왕자였지. 하지만 지금은 어떻지? 기롤라모 왕자의 탈을 쓴 가난뱅이 기기인 거야. 그래도 우리에게 감사해야 해. 우리 덕분에 자네의 꿈이 실현되었으니 말일세."

기기는 더듬거리며 말했다.

"아, 아냐, 그건 진실이 아냐! 거짓말이야!"

목소리는 다시 억양 없는 웃음을 웃었다.

"나 원 참! 하필이면 자네 같은 자가 진실을 들먹이며 우리를 귀찮게 굴겠다고? 자네는 예전에 뭐가 진실이고, 뭐가 진실이 아닌지를 두고 멋있는 말을 많이 했지. 아, 불쌍한 기기, 아니야. 진실에 호소하려고 하면 아마 좋지 않을 걸세. 자네는 우리가 도운 덕분에 허풍을 떨면서 유명해진 거야. 진실은 자네의 관할이 아니야. 그러니 그만 포기하게!"

기기는 목소리를 낮춰 물었다.

"당신들 모모에게 무슨 짓을 한 거지?"

"그 문제로 골머리를 썩이진 말게나! 자네는 그 아이를 더 이상 도울 수 없어. 자네가 우리들의 이야기를 한다면 더더욱 그렇지. 이야기를 해서 자네가 얻는 것이란 고작해야 자네를 찾아왔던 멋진 성공이, 올 때만큼이나 빠르게 사라져 버리는 것뿐이야. 물론 자네 스스로가 결정할 문제일세. 그게 자네에게 그렇게 중요하다면, 자네가 영웅 행세를 하느라고 스스로 파멸하는 걸 우리도 말리진 않겠네. 하지만 자네가 은혜를 저버린다면, 우리가 계속해서 자네를 보호하리란 기대는 버리는 편이 좋을 걸세. 어떤가, 부와 명성을 누리는 게 훨씬 더 편안하지 않은가?"

기기는 목이 잠겨서 대답했다.

"그렇긴 하지."

"그것 보게나! 그러니 우리를 게임에서 빼 주게, 응? 차라리 사람들이 듣고 싶어 하는 이야기를 들려주라고!"

기기는 안간힘을 쓰며 내뱉었다.

"어떻게 그럴 수 있지, 모든 사실을 알아 버린 지금에 와서?"

"충고 한마디 하지. 스스로에 대해 너무 심각하게 생각하진 말게나. 그건 정말 자네가 상관할 문제가 아니야. 이런 식으로 생각하면 지금보다 훨씬 잘 지낼 수 있을 걸세."

기기는 앞을 뚫어지게 바라보며 중얼거렸다.

"그래, 그렇게 생각하면⋯⋯."

그때, 찰칵하고 전화가 끊겼다. 기기는 수화기를 올려놓았다.

기기는 커다란 책상에 털썩 엎드려 두 팔에 얼굴을 묻었다. 소리 없는 흐느낌이 그를 뒤흔들었다. 그날부터 기기는 스스로에 대한 긍지를 모두 잃어버렸다. 기기는 세웠던 계획을 포기하고, 지금까지 지내 온 것처럼 살았다. 하지만 자신이 사기꾼이라는 느낌을 도저히 지울 수는 없었다. 예전에는 그는 상상이 춤추며 인도하는 길을 아무 걱정 없이 따라갔었다. 하지만 이제는 거짓말을 하고 있었다!

그는 스스로 청중의 어릿광대이자 꼭두각시가 되었다. 기기 자신도 그 사실을 잘 알고 있었다. 기기는 자기가 하는 일을 혐오하기 시작했다. 그러자 그의 이야기는 점점 어리석어지거나 아니면 아주 감상적으로 되어 갔다.

하지만 그것은 그의 성공에 조금도 누가 되지 않았다. 오히려 그 반대였다. 사람들은 그것을 새로운 스타일이라고 불렀으며, 그것을 흉내 내려고 애쓰는 이들도 많았다. 그것은 곧 누구나 너나없이 따르려고 하는 대유행이 되었다. 그러나 정작 기기는 아무런 기쁨도 느낄 수 없었다. 그는 이제 이 모든 것에 대해 누구에게 감사해야 하는지 분명히 알고 있었다. 얻은 것은 아무것도 없었다. 오히려 모든 것을 잃어버린 것이다.

하지만 기기는 여전히 이 약속 저 약속을 지키기 위해 자동차를 타고 바삐 돌아다녔다. 가장 빠른 비행기를 탔으며, 어디에 있든 어디를 가든 언제나 옷만 살짝 갈아입힌 예전의 이야기들을 비서들에게 받아 적게 했다. 그는 각 일간지에 보도된 것처럼 "놀라울 정도로 풍부한 창작력"을 갖고 있었다. 이렇게 몽상가 기기는 사기꾼 기롤라모로 변해 갔다.

회색 신사들이 도로 청소부 베포를 손아귀에 넣는 데에는 훨씬 어려움이 많았다.

모모가 사라진 그날 밤부터 베포는 일을 하다 틈만 나면 옛 원형극장을 찾아가 모모를 기다렸다. 걱정과 불안은 나날이 더해 갔다. 드디어 더 이상 견딜 수 없는 지경에 이르자 베포는, 온갖 타당한 이유를 들며 반대하는 기기의 만류에도 불구하고 경찰에 신고하기로 마음먹었다.

베포는 스스로에게 말했다.

"어쨌든 회색인들에게 잡혀 있는 것보다는 경찰이 창살 달린 고아원에 다시 들여보내는 편이 훨씬 나을 거야. 그 애가 아직 살아 있다면 말이지. 전에도 그런 곳에서 도망친 적이 있으니까 다시 도망칠 수 있겠지. 어쩌면 그런 곳에 들어가지 않도록 내가 손을 쓸 수도 있을 거야. 하지만 우선 그 애를 찾아야 해."

그래서 베포는 변두리에 있는 가장 가까운 파출소를 찾아갔다. 베포는 한참 동안 문 앞에서 손으로 모자를 빙빙 돌리며 서성이다가 용기를 내서 문을 열고 안으로 들어갔다.

길고 어려운 문서를 작성하고 있던 경찰관이 물었다.

"무슨 일이시죠?"

베포는 한참 있다가 이렇게 말했다.

"그러니까 뭔가 무서운 일이 일어난 게 틀림없어요."

경찰관은 계속해서 글을 쓰면서 물었다.

"그래서요? 대체 무슨 일이죠?"

"우리 모모에 관한 일입니다."

"어린애인가요?"

"예. 작은 여자애예요."

"할아버지 아이인가요?"

베포는 당황해서 대답했다.

"아뇨. 아니, 그러니까 말하자면 내 아이인데요, 하지만 내가 그 애 아버지는 아닙니다."

경찰관은 벌컥 화를 냈다.

"말하자면 아니라는 말씀이잖아요! 그럼 누구 아이인가요? 부모가 누구예요?"

"아무도 몰라요."

"거주지 신고는 어디다 했습니까?"

"신고요? 예, 그러니까 우리에게 했어요. 우리는 모두 그 애를 잘 알고 있어요."

경찰관은 한숨을 내쉬더니 잘라 말했다.

"그러니까 신고를 안 했다는 말이군요. 그래서는 안 된다는 걸 아십니까? 그러면 우리가 어떻게 일을 하겠어요! 그 아이는 누구 집에서 삽니까?"

베포가 대답했다.

"자기 집요. 그러니까 옛 원형극장 터지요. 하지만 그 애는 이제 거기 살지 않아요. 없어졌어요."

"잠깐, 내가 제대로 이해했다면, 저 변두리 폐허에서 작은 떠돌이 소녀가 살았었다는 말씀이죠? 이름이 뭐랬더라……. 뭐라고 하셨죠?"

"모모."

"……모모라. 모모, 그리고? 자, 성도 말해 보세요!"

"모모가 다예요."

경찰관은 턱 밑을 긁적이며 걱정스러운 듯 베포를 바라보았다.

"할아버지, 이것 가지고는 안 돼요. 도와드리고 싶지만 그렇게 해서는 애를 찾는 전단을 만들 수 없어요. 자, 할아버지 성함은 어떻게 되시죠?"

"베포입니다."

"그리고요?"

"도로 청소부 베포예요."

"내가 알고 싶은 건 직업이 아니라 이름이에요!"

베포는 끈기 있게 설명했다.

"그게 이름이기도 하고 직업이기도 해요."

경찰관은 펜대를 떨어뜨리고 두 손으로 얼굴을 감싸 쥐더니 절망스러운 목소리로 중얼거렸다.

"맙소사! 하필이면 내가 당직일 때에 이런 일이 생긴담."

그는 다시 기운을 차려 어깨를 추스르고는, 노인에게 용기를 북돋워 주려는 듯 빙그레 미소를 지어 보이더니 병자를 돌보는 간호사처럼 상냥하게 말했다.

"인적 사항은 나중에 적기로 하지요. 우선 무슨 일이 어떻게 일어났는지 순서대로 차근차근 말해 보세요."

베포는 미심쩍다는 듯 물었다.

"모든 걸 다요?"

"사건과 관련이 있는 모든 얘기를 다 하세요. 솔직히 말해서 난 시간이 없어요. 정오까지 산더미 같은 이 문서를 작성해야 하거든요. 기운도 떨어지고, 신경도 곤두서 있어요. 하지만 여유를 갖고 가슴에 있는 모든 말을 다 털어놓으세요."

경찰관은 화형당하기 직전의 순교자의 표정으로, 의자에 몸을 기대고 지그시 눈을 감았다. 베포 할아버지는 묘하고도 자세한 나름의 방식으로 모든 이야기를 털어놓기 시작했다. 모모의 출현에서부터 그 아이의 특별한 재능이며 자기가 직접 엿들었던 쓰레기 하치장의 회색 신사들 이야기까지.

"그리고 바로 그날 밤 모모가 사라졌어요."

베포는 이렇게 이야기를 마쳤다. 경찰관은 원망스러운 표정으로 베포를 한참 노려보았다.

드디어 경찰관이 입을 떼었다.

"바꿔 말하면, 아무도 신원을 증명할 수 없는 불가사의하기 이를 데 없는 소녀가 하나 있었다는 얘기군요. 그런데 그 아이가 절대로 존재할 수 없는 유령과 같은 인물들에게, 어딘지 알 수 없는 곳으로 납치당했다구요. 하지만 정말 그런지 그것 역시 확실하지 않고. 그래, 경찰이 그런 일에 신경을 써야 한다는 말인가요?"

"예, 부탁입니다!"

경찰관은 몸을 앞으로 내밀고 거칠게 소리쳤다.

"입을 벌리고 숨을 내쉬어 보세요!"

베포는 왜 그런 요구를 하는지 이해할 수 없었지만, 어깨를 으쓱하고는 고분고분 경찰관의 얼굴에 숨을 내쉬었다.

경찰관은 킁킁 냄새를 맡더니 고개를 저었다.

"취한 건 아니군요."

베포는 당황해 얼굴을 붉혔다.

"아뇨, 난 여태까지 취한 적이 없었어요."

"그럼 왜 나한테 그런 황당무계한 이야기를 하시죠? 경찰이 그런 허황된 이야기에 속아 넘어갈 만큼 어리석다고 생각하세요?"

베포는 악의 없이 대답했다.

"예."

드디어 경찰관은 인내심을 잃었다. 그는 의자에서 벌떡 일어나 길고 어려운 문서를 주먹으로 쾅 하고 내려쳤다. 경찰관은 시뻘게진 얼굴로 소리쳤다.

"더 이상 못 참겠어요! 당장 나가요. 안 그러면 공직 모독죄로 체포하겠어요!"

베포는 겁에 질려 우물거렸다.

"미안합니다. 그런 뜻으로 말한 건 아녜요. 내 말은……."

경찰관이 으르렁댔다.

"나가요!"

베포는 돌아서서 파출소를 나왔다.

다음 며칠 동안 베포는 다른 여러 파출소에 나타났다. 다른 곳에서 벌어진 상황도 첫 번째 상황과 거의 다를 게 없었다. 쫓아내는 곳이 있는가 하면, 친절하게 집으로 돌려보내는 곳도 있고, 빨리 내보내려고 위로를 해 주는 곳도 있었다. 그러나 어느 날, 베포는 자기 동료들보다 훨씬 유머 감각이 없는 고위 경찰 간부와 맞닥뜨리게 되었다. 간부는 굳은 얼굴로 모든 이야기를 듣더니 차갑게 말했다.

"이 영감 미쳤군. 위험인물인지 한번 확인해 볼 필요가 있겠어. 유치장에 넣어!"

베포는 유치장에서 반나절을 기다린 후 두 명의 경찰관에 끌려 자동차에 태워졌다. 그들은 시내를 가로질러 창살이 달린 커다란 하얀 건물로 베포를 데리고 갔다. 하지만 그곳은 베포가 처음에 생각했던 것처럼 감옥이나 그 비슷한 곳이 아니라 정신병 환자들을 치료하는 병원이었다.

그곳에서 베포는 철저한 검사를 받았다. 의사와 간호사들은 친절했다. 그를 비웃지도 않았고, 야단치지도 않았다. 심지어는 그의 이야기에 대단한 관심을 갖고 있는 것처럼 보이기도 했다. 같은 이야기를 여러 번 반복시키는 것을 보면 말이다. 하지만 베포는 그들이 반박을 하진 않지만, 자기 말을 정말 믿고 있다는 느낌은 들지 않았다. 그들의 속마음을 알 수 없었다. 어쨌든 그들은 베포를 내보내 주지 않았다.

베포가 언제 나갈 수 있느냐고 물으면, 그들은 번번이 이렇게 대답했다.

"곧 나가실 겁니다. 하지만 우리에게는 아직 할아버지가 필요해요. 이해해 주세요. 조사가 아직 끝나지 않았거든요. 그래도 꽤 진척되었어요."

그들이 말하는 조사가 꼬마 모모의 행방을 찾는 조사라고 생각한 베포는 꾹 참고 기다렸다.

베포는 다른 많은 환자들과 함께 커다란 공동 침실에서 자라는 명령을 받았다. 어느 날 밤, 얼핏 잠이 깨어 보니 희미한 비상등 불빛 속에서 침대 곁에 누군가가 서 있는 것이 눈에 띄었다. 처음에는 피우고 있는 시가의 빨간 불빛만이 점처럼 보였지만, 곧 뻣뻣한 중절모자와 어둠 속의 인물이 들고 있는 서류 가방이 눈에 띄었다. 베포는 그가 회색 신사라는 것을 깨달았다. 베포는 뼛속까지 스미는 한기를 느끼고, 도와 달라고 소리치려 했다.

어둠 속에서 잿빛 음성이 들려왔다.

"조용히 하시오! 나는 당신에게 한 가지 제안을 하라는 지시를 받고 왔소. 내 말을 잘 듣고, 대답하라고 할 때만 대답하시오! 당신은 우리 힘이 어디까지 미치는지 조금 맛봤을 거요. 자, 더 많은 사실을 알게 되는 건 전적으로 당신에게 달려 있소. 당신은 사방 누구에게나 우리 이야기를 떠들고 다니고 있소. 이로 인해 우리가 무슨 해를 입는 것은 아니지만, 그래도 유쾌하지는 않군요. 어쨌든 당신의 추측은 전적으로 맞아요. 우리는 실제로 당신의 꼬마 친구 모모를 잡아 두고 있지요. 하지만 우리에게서 모모를 찾을 수 있으리란 희망은 버리시오. 그런 일은 절대 없을 테니까. 당신은 우리 손에서 그 애를 구출한답시고 애를 쓰지만, 그래서 불쌍한 그 아이의 처지가 더 편안해지는 건 아니오. 오히려 당신이 그 애를 구출하려는 시도를 할 때마다 그 아이가 대신 속죄를 해야 하지요. 그러니 앞으로는 무슨 말을 하고 무슨 일을 할지 잘 생각하고 하시오."

회색 신사는 담배 연기를 뿜어 고리를 몇 개 만들고는 그 말이 베포 할아버지에게 미치는 효과를 흡족한 표정으로 관찰했다. 베포는 회색 신사의 말을 그대로 믿었다.

회색 신사가 말을 이었다.

"내 시간도 귀중하니 되도록 짧게 말하겠소. 내 제안은 이렇소. 우리의 존재와 활동에 대해서 다시는 한마디도 안 하겠다고 약속하면, 아이를 돌려주겠소. 그와 아울러 이른바 몸값으로 10만 시간을 저축할 것을 요구하는 바요. 우리가 그 시간을 어떻게 받아 갈지 그 문제는 염려하지 않아도 되오. 어디까지나 우리 일이니까. 당신은 10만 시간을 저축하기만 하면 되는 거요. 이 제안에 동의한다면 며칠 내로 풀려날 수 있도록 손을 쓰겠소. 동의하지 않는다면, 영원히 여기에 남아 있어야 할 거요. 모모도 영원히 우리와 함께 있어야 할 테고. 잘 생각해 보시오. 이런 관대한 제안은 처음이자 마지막이니까. 자, 어떻게 하겠소?"

베포는 두 번 꿀꺽 침을 삼키고 쉰 목소리로 대답했다.

"동의합니다."

"아주 현명한 판단이오. 명심하시오. 입을 굳게 다물 것, 그리고 10만 시간의 저축. 그 시간이 우리 손에 들어오면, 그 즉시 꼬마 모모를 다시 찾게 될 거요. 안녕히 계시오, 노인장."

그러고서 회색 신사는 공동 침실을 떠났다. 그가 남긴 자욱한 연기는 어둠 속에서 도깨비불처럼 어슴푸레 빛났다.

그날 밤 이후 베포는 더 이상 회색 신사 이야기를 꺼내지 않았다. 그럼 왜 전에는 그런 이야기를 했느냐고 물으면 슬픈 얼굴로 어깨를 으쓱할 뿐이었다. 며칠 뒤 베포는 집으로 돌려보내졌다.

하지만 베포는 집으로 돌아가지 않고, 곧장 그와 동료들이 빗자루와 수레를 받았던 마당이 딸린 커다란 건물로 갔다. 그는 빗자루를 들고나와 대도시로 가서 비질을 하기 시작했다.

하지만 예전처럼 한 걸음 걷고 숨 한 번 쉬고, 숨 한 번 쉬고 한 번 쓰는 식은 아니었다. 이제 베포는 일에 대한 사랑 없이 오직 시간을 벌기 위해 성급하게 쓸었다. 그것은 자신의 확고한 신념, 아니 지금까지 살아온 삶 전체를 부인하고 배반하는 것임을 베포는 뼈저리게 느끼고 있었다. 베포는 자기가 하는 일에 대한 혐오감으로 몹시 괴로웠다. 만약 혼자만의 문제였다면, 그렇게 자기 자신을 배반하느니 차라리 굶어 죽었을 것이다. 그러나 이 일에는 모모가 관련되어 있었다. 어서 몸값을 치르고 모모를 풀어 주어야 했다. 그리고 그가 아는 시간을 절약하는 유일한 방법은 이것뿐이었다. 베포는 집에도 가지 않고, 낮이나 밤이나 계속해서 쓸었다. 지쳐서 쓰러질 것 같으면 공원 벤치에 앉거나 아니면 보도와 차도를 구분하는 포석 위에 털썩 주저앉아 눈을 붙였다. 그러고는 잠시 뒤에 벌떡 일어나 다시 비질을 했다. 마찬가지로 음식도 이따금씩 닥치는 대로 아무거나 성급하게 꿀꺽 삼켰다. 그는 원형극장 근처에 있는 자신의 오두막집으로 다시는 돌아가지 않았다. 수 주일, 수개월을 그렇게 쓸었다. 가을이 오고, 겨울이 왔다. 베포는 계속해서 쓸었다.

봄이 오고, 다시 여름이 왔다. 베포는 계절이 바뀌는 것도 모르고, 10만 시간의 몸값을 마련하기 위해 쓸고 또 쓸었다.

대도시 사람들은 이 조그만 노인에게 신경 쓸 시간이 없었다. 그를 눈여겨본 몇 안 되는 사람들도, 목숨이 걸린 일인 양 빗자루를 휘두르며 헉헉대며 황급히 지나가는 노인을 보고는 등 뒤에서 "돌았군" 하는 표시로 손가락으로 맴을 그려 보이는 것이 전부였다. 하지만 정신 나간 사람 취급을 받는 것이 새삼스러운 일도 아니었기 때문에 베포는 별로 개의치 않았다.

다만 누군가가 왜 그렇게 바쁘시냐고 묻기라도 하면, 베포는 잠시 비질을 멈추고 겁에 질린 듯한 슬픈 표정으로 질문한 사람을 물끄러미 바라보고는, 입을 다물라는 듯 손가락을 입에 대는 것이었다.

회색 신사들에게 가장 어려웠던 일은 모모의 친구인 어린이들을 자기네 계획대로 유도하는 것이었다. 아이들은 모모가 사라진 뒤에도 틈만 나면 옛 원형극장에 모였으며, 새로운 놀이를 새록새록 생각해 냈다. 낡은 궤짝과 상자 몇 개만 있으면 환상적인 세계 일주 여행을 할 수도 있고, 멋진 성을 지을 수도 있었다. 아이들은 여전히 갖가지 계획을 세웠고, 꾸민 이야기를 서로 들려주었다. 한마디로 아이들은 모모가 자기들과 함께 있는 것처럼 행동했다. 그러자 놀랍게도 모모가 정말 같이 있는 것처럼 느껴졌다.

게다가 아이들은 모모가 다시 돌아오리라는 것을 한순간도 의심한 적이 없었다. 그런 이야기를 입 밖에 낸 적은 없었지만, 굳이 말을 할 필요도 없었다. 아이들은 말 없는 확신으로 서로 단단히 결합되었다. 여기에 있든 없든, 모모는 그들 가운데 하나였고, 그들의 중심이었던 것이다.

회색 신사들은 도무지 어떻게 해 볼 도리가 없었다. 아이들을 모모로부터 떼어 내기 위해 직접적인 영향력을 행사할 수 없으면 간접적인 방법을 사용해야 한다. 간접적인 방법이란 아이들에 대한 결정권을 갖고 있는 어른들을 이용하는 것이었다. 물론 모든 어른들이 아니라 회색 신사들의 협조자로 적합한 어른들이 그 대상이 되었다. 그리고 유감스럽게도 그런 어른들의 수는 적지 않았다. 게다가 회색 신사들은 아이들이 썼던 무기를 사용하여 아이들을 공격했다.

즉, 몇몇 어른들이 문득 아이들의 행진과 플래카드며 문구들을 생각해 냈던 것이다.

"조치를 취해야 합니다. 집에 혼자 남아 보살핌을 받지 못하는 아이들이 점점 늘고 있어요. 썩 좋지 않은 일이지요. 부모들을 탓할 수는 없습니다. 현대 생활은 아이들과 충분한 시간을 보낼 여유를 허용하지 않으니까요. 당국이 이 문제에 신경을 써야 해요."

다른 이들이 말했다.

"거리를 떠도는 아이들로 인해 원활한 도로 소통이 방해를 받고 있어요. 아이들 때문에 길거리에서 발생하는 사고가 증가해 막대한 비용이 지출되고 있습니다. 그 돈을 다른 곳에 보다 합리적으로 쓸 수 있을 겁니다."

또 다른 이들이 주장했다.

"감독을 받지 않는 아이들은 도덕적으로 타락해 결국 범죄자가 되고 맙니다. 시 당국은 그런 아이들을 모두 파악하고 적절한 시설을 만들어서 아이들을 쓸모 있고 유능한 사회의 일원으로 교육시켜야 합니다."

또 다른 사람들은 이렇게 주장했다.

"아이들은 미래의 인적 자산입니다. 미래는 제트기와 인공 지능의 시대지요. 그런 기기들을 사용하려면 많은 전문가와 숙련공이 반드시 필요하게 될 겁니다. 하지만 우리는 우리 아이들을 미래의 세상에 대비해 준비시키는 대신에, 여전히 쓸데없는 놀이를 하며 소중한 시간을 낭비하도록 방치하고 있습니다. 이는 우리의 문명의 수치이며, 미래의 인류에 대한 범죄입니다!"

시간을 아끼는 사람들은 이런 이유들이 전적으로 타당하다고 생각했다. 대도시에는 시간을 아끼는 사람들이 무척 많았으며, 그들이, 보살핌을 받지 못하는 많은 아이들을 위해 조치를 취해야 한다는 필요성을 시 당국에 납득시키는 데에는 시간이 얼마 걸리지 않았다.

그래서 대도시의 모든 구역에는 이른바 "탁아소"가 세워졌다. 부모들은 돌봐 줄 사람이 없는 아이들을 모두 그 커다란 건물에 맡겨야 했다. 물론 사정이 되면 다시 데려갈 수는 있었다. 아이들이 거리나 공원 같은 곳에서 노는 것은 엄격하게 금지되었다. 그런 데서 놀다가 붙잡힌 아이는 당장에 가장 가까운 탁아소로 넘겨졌고, 그 아이의 부모는 그에 합당한 벌을 각오해야 했다.

모모의 친구들도 이 새로운 규정을 피할 수는 없었다. 아이들은 사는 지역에 따라 나누어져 각각 다른 탁아소에 수용되었다. 거기서 스스로 놀이를 고안해 내는 것은 물론 있을 수 없는 일이었다. 놀이는 감독 요원이 지시했는데, 모두 뭔가 유용한 것을 배우는 것들뿐이었다. 그러면서 아이들은 즐거워하고, 신나 하고, 꿈을 꾸는 것과 같은 다른 일들은 서서히 잊었다.

시간이 흐르면서 아이들의 얼굴은 점차 시간을 아끼는 꼬마 어른처럼 되어 갔다. 아이들은 짜증스럽게, 지루해하며, 적의를 품고서, 어른들이 요구하는 것을 했다. 하지만 막상 혼자 있게 되면 무엇을 해야 할지 도무지 아무 생각도 떠오르지 않았다.

그 모든 일을 겪은 후 아이들이 할 수 있는 유일한 일은 소란을 떠는 것뿐이었다. 물론 그것은 즐거운 소란이 아니라 미쳐 날뛰는 듯한 고약한 것이었다.

하지만 회색 신사들은 아이들에게 직접 모습을 드러내지는 않았다. 회색 신사들이 대도시 위에 펼쳐 놓은 그물은 촘촘했으며, 절대로 찢어지지 않을 듯 보였다. 아무리 약삭빠른 아이라고 해도 그 그물을 빠져나갈 수는 없었다. 회색 신사들의 계획은 성공적으로 수행되었다. 모모가 돌아올 때를 대비해 만반의 준비가 갖추어진 것이다.

그때부터 옛 원형극장 터는 아무도 찾아오지 않는 버려진 곳이 되었다.

그래서 모모가 돌계단에 앉아 친구들을 기다려야 했던 것이다. 모모는 돌아온 뒤로 하루 종일 꼼짝 않고 앉아 기다렸다. 하지만 아무도 오지 않았다. 그 아무도.

해가 서산에 기울었다. 그림자가 길어지고, 날이 쌀쌀해졌다.

이윽고 모모는 자리에서 일어났다. 배가 고팠다. 모모에게 먹을 것을 갖다줄 생각을 하는 사람은 아무도 없었다. 이런 일은 처음 있는 일이었다. 기기와 베포도 모모를 잊은 모양이었다. 하지만 모모는 이 모든 일이 어처구니없는 실수에 불과하다고 굳게 믿었다. 내일이면 이런 뜻밖의 사고는 깨끗이 해명되리라.

모모는 거북이 있는 곳으로 내려갔다. 거북은 벌써 잠을 자려고 목을 움츠리고 있었다. 모모는 거북 옆에 쪼그리고 앉아 손가락 마디로 등을 조심스럽게 톡톡 쳤다. 거북은 머리를 내밀어 모모를 바라보았다.

"미안해. 깨워서 미안. 하지만 내 친구들이 오늘 하루 종일 왜 한 명도 안 왔는지 말해 줄 수 있겠니?"

등에는 이런 말이 나타났다.

"이제 아무도 없어."

모모는 글을 읽었지만 무슨 뜻인지 알 수 없었다. 모모는 자신 있게 말했다.

"그래. 내일이면 모든 게 밝혀지겠지. 내 친구들은 내일이면 틀림없이 올 거야, 그렇지?"

대답은 이랬다.

"다시는 안 와."

모모는 희미하게 빛나는 글자를 한참 뚫어져라 바라보다가 이윽고 불안스레 물었다.

"무슨 말이니? 내 친구들한테 무슨 일이 생겼어?"

"모두 떠났어."

모모는 고개를 저으며 나직한 목소리로 말했다.

"아냐, 카시오페이아, 틀림없이 네가 잘못 안 거야. 아이들이 큰 집회를 열려고 모두 모였던 게 바로 어제였는걸. 아무런 성과도 없었지만 말이야."

카시오페이아가 대답했다.

"넌 오랫동안 잠을 잤어."

모모는 문득 호라 박사의 말이 생각났다. 땅속의 씨앗처럼 태양이 한 바퀴 돌 동안 잠을 자야 한다고 하지 않았던가. 모모는 그 말에 동의했지만, 그것이 얼마나 긴 시간인지는 생각하지 못했다. 하지만 이제 어렴풋이 짐작이 가기 시작했다.

모모는 속삭이듯 물었다.

"얼마나 오래였는데?"

"한 해하고 하루."

모모는 한참 후에야 그 대답을 이해할 수 있었다.

이윽고 모모는 더듬거리며 말했다.

"하지만 베포 할아버지랑 기기는, 두 사람은 틀림없이 아직도 날 기다리고 있을 거야!"

"이제 아무도 없어."

거북의 등에는 이렇게 쓰여 있었다. 모모의 입술이 떨리기 시작했다.

"어떻게 그럴 수 있어? 모든 게 그렇게 한꺼번에 사라질 순 없어. 있었던 게 몽땅 그렇게······."

카시오페이아의 등에 천천히 글자가 나타났다.

"사라졌어."

모모는 난생처음 그 말의 의미를 온몸으로 느꼈다. 전에 없이 가슴이 무거워졌다. 모모는 어찌할 바를 모르고 중얼거렸다.

"하지만 난, 난 아직 여기 있는데······."

모모는 차라리 소리 내어 울고 싶었지만 울 수가 없었다. 조금 뒤에 거북이 맨발을 건드리는 것이 느껴졌다.

"나는 네 곁에 있잖니!"

거북 등에는 이렇게 쓰여 있었다. 모모는 웃으면서 씩씩하게 말했다.

"그래, 카시오페이아, 네가 있구나. 정말 기뻐. 이리 와, 이제 자야지."

모모는 거북을 품에 안고 담장에 난 구멍을 통해 방으로 내려갔다. 석양의 햇살이 비껴들어 왔다. 모든 것이 떠날 때 그대로였다. (그때 베포가 방을 깨끗이 치워 놓았던 것이다.) 하지만 사방에 거미줄이 걸려 있고, 두껍게 먼지가 앉아 있었다.

상자 널빤지로 만든 작은 식탁 위 양철통에 편지 한 통이 비스듬히 기대어 놓여 있었다. 편지 역시 거미줄로 뒤덮여 있었다. 겉

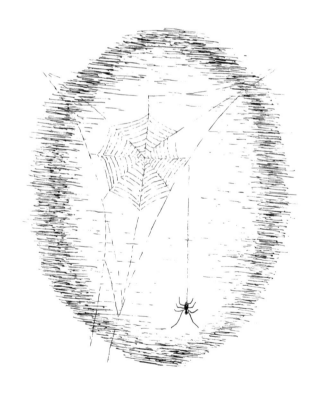

봉에는 이렇게 쓰여 있었다.

"모모에게."

모모의 가슴이 빠르게 방망이질을 쳤다. 편지를 받아 보기는 생전 처음이었다. 모모는 편지를 들고 이리저리 살펴보고는 봉투를 뜯었다. 종이쪽지 하나가 들어 있었다. 모모는 편지를 읽었다.

"사랑하는 모모!

난 이사를 갔어. 돌아오면 바로 연락해 줘. 네 걱정을 많이 하고 있어. 네가 없어서 정말 아쉽구나. 너한테 아무 일도 없기를 바란다. 배가 고프면 니노에게 가. 니노가 계산서를 보내면, 내가 전부 값을 치를 테니까. 그러니 먹고 싶은 만큼 실컷 먹으렴, 알았지? 나머지는 니노가 얘기해 줄 거야. 나를 지금도 사랑하길 바라! 나도 너를 사랑할 테니까!

언제나 너의 기기가."

글씨를 예쁘고 또렷하게 쓰려고 분명히 무척 애를 썼을 테지만, 모모가 이 편지를 전부 읽기까지는 한참이나 시간이 걸렸다. 마침내 편지의 뜻을 모두 해독하자 한 자락 남았던 마지막 햇빛이 사라졌다.

하지만 모모는 위안을 받았다.

모모는 거북을 들어 올려 옆에 눕히고 먼지가 풀풀 나는 담요를 덮어 주며 나직이 말했다.

"봤지, 카시오페이아, 난 혼자가 아냐."

하지만 거북은 벌써 잠이 든 것 같았다. 편지를 읽으며 기기의 모습을 선명하게 떠올렸던 모모는 이 편지가 벌써 1년 가까이 이곳에 놓여 있었다는 생각은 꿈에도 하지 못했다.

모모는 편지를 볼에 갖다 댔다. 이제 더 이상 춥지 않았다.

제14장

너무 많은 음식과 너무 짧은 대답

다음 날 정오에 모모는 거북을 겨드랑이에 끼고 니노의 작은
술집을 찾아 나섰다.

"카시오페이아, 두고 보렴, 이제 모든 게 밝혀질 테니까. 니노
아저씨는 기기랑 베포 할아버지가 어디 있는지 알고 있을 거야.
그러면 우리가 가서 아이들을 데려오면 돼. 그럼 모두 다시 모이
는 거야. 니노 아저씨랑 아줌마, 그리고 다른 사람들도 다들 함께
올지 몰라. 너도 틀림없이 내 친구들을 좋아할 거야. 어쩌면 오늘
밤 작은 파티를 열 수 있을지도 모르겠어. 친구들한테 꽃들이랑
음악이랑 호라 박사님, 그리고 다른 것들도 다 얘기해 줘야지. 아,
친구들을 다시 만날 생각을 하니까 정말 기분이 좋아. 하지만 먼
저 맛있는 점심 식사가 기다려져. 정말 배가 고프거든."

모모는 신이 나서 계속해서 재잘댔다. 모모는 웃옷 주머니 속

에 넣어 둔 기기의 편지를 몇 번이고 꼭 쥐었다. 거북은 태고의 눈으로 모모를 물끄러미 바라볼 뿐, 아무 대꾸도 하지 않았다.

모모는 걸어가면서 흥얼거리다가 나중에는 소리 내어 노래를 부르기 시작했다. 모모의 기억 속에서 어제와 똑같이 또렷하게 울리고 있는 바로 그 멜로디와 가사였다. 이제 모모는 이 멜로디를 다시는 잊지 않으리라는 것을 분명히 깨닫고 있었다.

그러나 모모는 갑자기 노래를 뚝 그쳤다. 앞에 니노의 가게가 보였던 것이다. 처음에 모모는 길을 잘못 들어섰다고 생각했다. 석회 벽 여기저기에 얼룩얼룩 빗물 튀긴 자국이 있던 낡은 건물이며 대문 앞에 있던 작은 정자는 온데간데없고, 대신 그 자리에 도로 쪽의 벽면이 온통 커다란 유리창으로 된 기다란 콘크리트 상자 같은 건물이 우뚝 서 있었다. 그동안 도로에도 아스팔트 포장이 되어서 수많은 자동차가 그 위를 달리고 있었다. 길 건너편에는 대형 주유소가 있고, 바로 옆에는 대형 사무실 건물이 서 있었다. 새 음식점 앞에는 수많은 자동차가 서 있었다. 음식점의 출입문에는 눈길을 끄는 커다란 글씨로 이렇게 쓰여 있었다.

니노의 빠른 레스토랑

음식점에 들어선 모모는 처음에는 도무지 정신을 차릴 수가 없었다. 창가에는, 높다란 다리 위에 조그만 판이 얹혀 있어 희한한 버섯처럼 보이는 테이블이 수없이 줄지어 늘어서 있었다. 테이블은 어른이 서서 먹을 수 있을 만큼 높았고, 의자는 아예 없었다.

반대편에는 번쩍이는 쇠막대로 된 기다란 철책이 울타리처럼 쳐 있었다. 철책 뒤로는 햄빵이며 치즈빵이며 소시지, 샐러드, 푸딩, 케이크 등등 모모로서는 알 수 없는 온갖 음식이 담긴 길쭉한 유리 상자가 좁은 간격을 두고 한없이 길게 늘어서 있었다.

음식점 안이 무척이나 붐비고 있어서 모모는 이 모든 것을 한참 시간이 지난 뒤에야 서서히 알게 되었다. 아마 모모가 줄곧 사람들의 길을 가로막은 모양이었다. 어느 쪽으로 움직여도 모모는 한옆으로 밀려나거나, 앞으로 떠밀려 가게 되었다. 대개의 사람들은 접시와 병이 놓인 쟁반을 아슬아슬하게 들고서, 테이블의 한자리를 차지하려 애를 쓰고 있었다. 자리를 차지하고 허겁지겁 음식을 삼키고 있는 사람들 뒤에는 벌써 다른 사람들이 서서 자리가 나기를 기다리고 있었다. 여기저기서 기다리는 사람들과 음식을 먹는 사람들 사이에 곱지 않은 말들이 오고 갔다. 사람들은 대체로 상당히 불만스러운 표정들을 하고 있었다.

쇠 울타리와 유리 상자 사이로 늘어선 사람들의 긴 줄이 천천히 앞으로 밀려갔다. 그들은 저마다 유리 상자 안에서 접시나 병, 또는 종이컵을 꺼내 들었다.

모모는 눈이 휘둥그레졌다. 여기서는 누구나 먹고 싶은 걸 먹을 수 있구나! 음식을 집지 못하게 막거나 돈을 내라고 요구하는 사람은 없었다. 여기서는 모든 게 공짜인가 봐! 그래서 이렇게 북적대는구나.

한참 후에야 모모는 니노를 찾을 수 있었다. 니노는 수많은 사람들에게 가려 있어 언뜻 모습이 보일 뿐이었다. 니노는 길게 늘어선 유리 상자들 맨 끝에 있는 계산대 뒤에 앉아 쉴 새 없이 계산기를 두드리고, 돈을 받고, 거스름돈을 건네주고 있었다. 그러니까 니노 아저씨한테 음식값을 내는 거구나! 쇠 울타리는 교묘하게 설치되어 있어서 누구든지 니노를 지나지 않고는 테이블로 갈 수 없었다.

"니노 아저씨!"

모모는 소리쳐 부르며 사람들 틈을 비집고 지나가려고 했다. 모모는 기기의 편지를 흔들며 신호를 보냈지만 니노는 모모의 목소리를 듣지 못했다. 계산대 주위가 워낙 소란스러운 데다가 정신을 집중해서 일해야 했기 때문이다.

모모는 용기를 내서 울타리를 기어 올라가, 늘어선 사람들을 헤치고 니노에게 다가갔다. 몇몇이 큰 소리로 욕설을 퍼붓자 니노는 고개를 들었다.

모모를 보자 니노의 얼굴에서는 금세 불만스러운 표정이 씻은 듯 사라졌다.

"모모!"

그의 얼굴은 예전처럼 환하게 밝아졌다.

"다시 왔구나! 정말 뜻밖이다!"

줄을 선 사람들이 소리쳤다.

"얼른얼른 갑시다! 그 꼬마는 우리처럼 맨 뒤에 가서 줄을 서야 해요. 새치기는 안 돼요! 뻔뻔스러운 계집애 같으니!"

"잠깐만요."

니노는 소리치며 소란을 가라앉히려고 두 손을 높이 들었다.

"잠깐만 참아 주세요, 부탁입니다!"

기다리는 사람들의 줄에서 누군가가 욕을 했다.

"그럼 누구나 새치기를 할 거요! 앞으로 갑시다, 앞으로! 저 앤 우리보다 시간이 많아요."

니노는 소녀에게 서둘러 속삭였다.

"모모, 기기가 돈을 치를 거야. 그러니 먹고 싶은 걸 실컷 먹으렴. 하지만 다른 사람들처럼 줄을 서야 해. 너도 들었지!"

모모가 좀 더 캐물으려는데 사람들이 모모를 떠밀어 냈다. 다른 사람들처럼 하는 수밖에 달리 도리가 없었다. 모모는 기다란 줄 맨 뒤에 서서 선반에서 쟁반을 꺼내 들고, 상자에서 나이프와 포크와 숟가락을 꺼내 들었다. 그리고 천천히 한 발 한 발 앞으로 밀려갔다.

쟁반을 드는 데 두 손을 다 써야 했기 때문에 모모는 카시오페이아를 쟁반 위에 그냥 올려놓았다. 그리고 유리 상자 앞을 지나가면서 안에서 이것저것 음식을 집어서 거북 주변에 늘어놓았다.

약간 얼이 빠져 있었기 때문에 모모가 집어 든 음식은 정말 묘한 조합이 되고 말았다. 구운 생선 한 토막에 잼 바른 빵 하나, 조그만 파이 하나에 레몬주스 한 컵. 쟁반 가운데 있는 카시오페이아는 차라리 머리를 넣고 아무 말도 하지 않는 편을 택했다.

드디어 계산대 앞에 이르자 모모는 니노에게 재빨리 물었다.

"기기가 어디 있는지 아세요?"

"그래. 우리 기기는 유명해졌단다. 우리 모두 기기를 자랑스럽게 생각하지. 어쨌든 기기는 우리 가운데 하나니까! 텔레비전에서 자주 볼 수 있어. 라디오에도 나오지. 얼마 전에는 기자 두 명이 날 찾아와 옛날이야기를 해 달라고까지 했어. 그래서 말해 줬지. 옛날에 기기가……."

기다란 줄에서 몇몇 음성이 소리쳤다.

"저기 앞사람, 어서 갑시다!"

모모는 물었다.

"그런데 왜 이젠 안 오는 거예요?"

니노는 벌써 약간 신경이 날카로워져서 속삭였다.

"아, 그러니까 기기는 이제 시간이 없어. 더 중요한 일을 해야 하는 데다가 어차피 옛 원형극장은 이제 별 볼 일이 없어졌거든."

뒤쪽에서 화가 난 몇몇 음성이 소리쳤다.

"당신들 뭐 하는 거야? 당신들, 우리가 마냥 여기 서 있고 싶어 한다고 생각하는 거야?"

모모는 끈질기게 물었다.

"기기는 지금 어디 살아요?"

"푸른 언덕 어딘가라더라. 나도 들은 얘긴데 빙 둘러 정원이 있는 멋진 빌라에 산다더구나. 하지만 이제 그만 앞으로 가거라, 부탁이다!"

모모는 앞으로 갈 생각이 없었다. 아직도 물어볼 말이 너무도 많았다. 그러나 그냥 떠밀려 버리고 말았다. 모모는 쟁반을 들고 버섯 모양 테이블로 가서 잠시 기다리다가 재빨리 한 자리를 차지했다. 물론 테이블은 너무 높아서 겨우 콧잔등이 닿을 뿐이었다.

모모가 테이블 위에 쟁반을 밀어 올려놓자 주변에 있던 사람들이 역겹다는 표정으로 거북을 바라보았다.

옆에 선 사람이 말했다.

"요즘에는 이런 것도 참고 넘어가야 한다니까."

그러자 다른 사람이 투덜댔다.

"무슨 말씀이세요? 정말 요즘 애들이란!"

하지만 그들은 그 밖에는 아무 말도 하지 않았고, 더 이상 모모에게 신경을 쓰지 않았다. 음식 접시를 거의 볼 수 없었기 때문에 먹는 일 역시 모모에게는 여간 난처하지 않았다. 하지만 모모는 몹시 배가 고파서 하나도 남기지 않고 깨끗이 먹어 치웠다.

이제 배는 불렀지만 베포 할아버지가 어떻게 되었는지는 꼭 알아야 했다. 그래서 모모는 다시 한 번 줄을 섰다. 그리고 그냥 서 있으면 사람들이 또 화를 낼까 겁이 나서, 지나가면서 유리 상자에서 이것저것 음식을 집어 들었다. 모모는 마침내 니노 앞에 다시 서자 이렇게 물었다.

"베포 할아버지는 어디 계세요?"

니노는 고객들이 다시 짜증을 낼까 겁나서 재빨리 설명했다.

"베포 아저씨는 오랫동안 널 기다렸어. 너한테 무슨 끔찍한 일이 일어났다고 생각하셨지. 언제나 회색 신사들 얘기를 했는데, 나도 무슨 소리인지 모르겠더라. 하긴 너도 알다시피 아저씨가 약간 괴짜셨잖니."

기다란 줄 가운데에서 누군가가 소리쳤다.

"어이, 앞에 그 두 사람! 당신들 지금 자는 거요?"

니노가 소리쳤다.

"금방 끝납니다, 선생님!"

"그러고는요?"

니노는 신경질적으로 손으로 얼굴을 쓸었다.

"아저씨는 경찰의 비위를 거슬렀어. 경찰이 너를 찾아야 한다고 고집을 부렸다나. 내가 알기로는 경찰이 결국 아저씨를 요양소에 집어넣었다더라. 그 이상은 나도 몰라."

뒤쪽에서 성난 음성이 고함을 질렀다.

"젠장! 대체 여기가 빠른 레스토랑이야, 아니면 대합실이야? 앞에 있는 당신들, 여기서 가족 모임이라도 여는 거야, 뭐야 응?"

니노는 사정하듯 소리쳤다.

"말하자면 그렇습니다!"

모모는 캐물었다.

"할아버지는 아직 거기 계세요?"

"아닐걸. 내보냈다고들 하더라. 해를 끼칠 사람이 아니니까 말이야."

"그랬군요. 그럼 할아버지는 지금 어디 계세요?"

"몰라, 정말이야, 모모. 제발 그만 앞으로 가렴!"

모모는 또다시 뒷사람들에게 떠밀려 앞으로 갈 수밖에 없었다. 그리고 다시 버섯 모양 테이블로 가서 자리가 날 때까지 기다렸다가 쟁반 위의 음식을 꿀꺽꿀꺽 삼켰다. 음식 맛이 아까보다 훨씬 덜했다. 하지만 모모로서는 음식을 남긴다는 것은 생각조차 할 수 없는 일이었다.

이제 모모는 예전에 항상 자기를 찾아왔던 아이들 이야기를 들어야 했다. 달리 도리가 없어서, 모모는 사람들이 자기 때문에 화를 내지 않도록 다시 줄을 서고 유리 상자 옆을 지나며 쟁반 가득 음식을 담는 수밖에 없었다.

이윽고 모모는 다시 계산대의 니노 앞에 섰다.

"그러면 아이들은요? 아이들은 어떻게 되었어요?"

모모가 다시 나타나자 니노는 진땀을 흘렸다.

"이제 모든 게 달라졌어. 지금 네게 그걸 설명할 순 없어. 여기

형편이 어떤지 너도 뻔히 보고 있잖니!"

모모는 고집스레 물고 늘어졌다.

"그런데 아이들이 왜 다시 안 오는 거예요?"

"요즘은 돌봐 줄 사람이 없는 아이들은 전부 탁아소에 맡겨야해. 이젠 아이들을 방치해 둬서는 안 되거든. 왜냐하면…… 그래, 간단히 말하면, 아이들은 이제 보살핌을 받게 된 거야."

기다란 줄에서 몇몇 음성이 다시 고함을 질렀다.

"어이, 앞에 있는 굼벵이들, 얼른얼른 합시다! 우리도 좀 먹어야 하잖소!"

모모는 믿을 수 없다는 듯 물었다.

"내 친구들은요? 그 애들이 정말 그걸 원했어요?"

니노는 안절부절못하며 손으로 계산기의 자판을 마구 더듬었다.

"아이들 의견 따위는 묻지 않았어. 그런 일을 아이들이 결정할수는 없잖니. 이제 아이들이 길거리에서 놀지 못하도록 조치가 취해진 거야. 그게 결국 가장 중요한 거지, 안 그래?"

모모는 아무 대꾸도 하지 않고 무언가 알아내려는 듯 니노를 말끄러미 바라보았다. 니노는 정말 어쩔 줄 몰라 했다.

뒤쪽에서 다시 격분한 음성이 터져 나왔다.

"제기랄! 정말 못 참겠군. 오늘 이 음식점이 대체 왜 이렇게 능장을 부리는 거야. 당신들, 하필이면 지금 느긋하게 수다를 떨어야겠어, 응?"

모모는 작은 목소리로 물었다.

"친구들이 없는데 전 뭘 해야 되죠?"

니노는 어깨를 으쓱하고는 손가락을 만지작거렸다.

"모모!"

니노는 침착함을 잃지 않으려고 안간힘을 쓰는 것처럼 심호흡을 하고 말을 이었다.

"정신 좀 차리고 언제 다시 한 번 오너라. 지금 난 네가 어떻게 해야 할지 의논할 시간이 정말 없어. 알고 있겠지만, 너는 언제라도 여기서 밥을 먹을 수 있어. 하지만 내가 너라면, 눈 딱 감고 탁아소에 들어가겠어. 거기서는 할 일도 있고, 보살핌도 받을 수 있고, 또 뭔가를 배울 수도 있으니까. 하지만 그렇게 혼자 세상을 떠돌아다니면, 어차피 그리로 보내질 게다."

모모는 다시 아무 말도 하지 않고 말끄러미 니노를 바라보았다. 사람들이 뒤에서 다시 한 번 모모를 밀어냈다. 모모는 기계적으로 테이블로 가서, 역시 기계적으로 세 번째 점심을 꾸역꾸역 삼켰다. 음식을 넘기기도 힘들고, 종잇조각이나 나무껍질을 씹는 듯한 맛이었지만 하나도 남기지 않고 모두 먹었다. 음식을 다 먹고 나니 비참한 기분이 들었다.

모모는 카시오페이아를 겨드랑이에 끼고 뒤도 돌아보지 않고 묵묵히 레스토랑을 나왔다.

마지막 순간에 모모를 본 니노가 소리쳤다.

"어이, 모모! 기다려! 너 그동안 어디 있었는지 한마디도 안 했잖니!"

하지만 이내 다음 사람들이 몰려오자 그는 다시 계산기를 두드리고, 돈을 받고, 거스름돈을 내주었다. 그의 얼굴에 떠올랐던 미소는 이미 오래전에 사라져 버렸다.

모모는 옛 원형극장에 돌아오자 카시오페이아에게 말했다.

"너무 많이 먹었어. 오늘 난 너무 많이 먹었어. 너무너무 많았지. 하지만 그래도 배가 부른 것 같지가 않아."

조금 있다가 모모는 이렇게 덧붙였다.

"니노 아저씨한테 꽃들이랑 음악 얘기를 할 수도 없었어."

그러고는 다시 조금 있다가 말했다.

"하지만 내일은 기기를 찾아보자. 너도 기기가 마음에 들 거야, 카시오페이아. 두고 보렴."

하지만 거북 등에는 커다란 물음표가 나타났을 뿐이었다.

제15장

기기를 찾았다 다시 잃다

다음 날 모모는 기기의 집을 찾아 아침 일찌감치 길을 나섰다. 물론 거북도 함께였다. 푸른 언덕이 어디 있는지는 잘 알고 있었다. 푸른 언덕은 옛 원형극장 인근 지역과 멀리 떨어진 교외의 별장 지역에 있었다. 똑같은 모양의 신축 건물이 늘어선 구역에서 가까운 그곳은, 말하자면 대도시의 반대편이었다.

먼 길이었다. 맨발로 걷는 데에 익숙한 모모였지만 푸른 언덕에 도착하니 욱신욱신 발이 쑤셨다.

모모는 잠시 쉬려고 차도와 보도를 구분하는 포석 위에 앉았다.

과연 부자 동네다웠다. 이곳의 도로는 넓고 아주 깨끗했지만 지나다니는 행인은 거의 눈에 띄지 않았다. 높은 담장과 철책 뒤편의 정원에는 아름드리 고목들이 하늘 높이 우뚝 솟아 있었다. 정원에 둘러싸인 집들은 대개 유리와 콘크리트로 지어진 길쭉한 건물로 지붕이 낮았다. 집 앞의 잔디밭은 매끈하게 손질되어 있었다. 물기를 머금은 초록색 잔디밭은 그 위에서 재주를 넘어 보라고 유혹하고 있었지만 정원을 산책하거나 잔디밭에서 노는 사람은 보이지 않았다. 아마 집주인들이 그런 일을 할 시간이 없는 모양이었다.

모모는 거북에게 말을 건넸다.

"기기가 여기 어디 사는지 알 수 있다면 얼마나 좋을까."

카시오페이아의 등에 글이 나타났다.

"곧 알게 될 거야."

모모는 기대에 부풀었다.

"그렇게 생각하니?"

별안간 등 뒤에서 목소리가 들려왔다.

"야, 지저분한 꼬마! 여기서 뭘 찾고 있는 거야?"

돌아보니 이상한 줄무늬 조끼를 입은 한 남자가 서 있었다.

부잣집에서 일하는 사람들이 그런 조끼를 입는다는 사실을 모모가 알 턱이 없었다. 모모는 일어서며 말했다.

"안녕하세요. 기기의 집을 찾고 있어요. 니노 아저씨가 그러는데 기기가 이제 여기 산대요."

"누구네 집을 찾는다고?"

"관광 안내원 기기네 집이요. 기기는 제 친구거든요."

줄무늬 조끼를 입은 남자는 모모를 미심쩍은 듯 찬찬히 뜯어보았다. 남자 등 뒤에 있는 정원 문은 삐끗하게 열려 있어서 안이 빤히 들여다보였다. 커다란 사냥개 몇 마리가 뛰놀고 있는 넓은 잔디밭과 찰랑대는 분수가 보였다. 꽃이 만발한 한 나무 위에는 조그만 공작새 한 쌍이 앉아 있었다.

모모는 탄성을 질렀다.

"어머, 정말 예쁜 새네!"

모모는 새를 가까이서 보려고 안으로 들어가려고 했다. 그러자 조끼를 입은 남자가 모모의 목덜미를 잡아끌었다.

"여기 있어! 이 꼬맹아, 도대체 무슨 엉뚱한 생각을 하는 거야!"

그는 모모를 놓아주고는 무슨 더러운 것이라도 만진 양 손수건으로 손을 닦았다.

모모는 손가락으로 대문 안을 가리키며 물었다.

"이게 다 아저씨 거예요?"

조끼를 입은 남자는 더욱 무뚝뚝하게 말했다.

"아니다. 당장 꺼져! 네가 찾는 건 여기 없어."

모모는 완강하게 우겨 댔다.

"있어요. 전 관광 안내원 기기를 찾아야 해요. 기기가 절 기다리고 있단 말이에요. 그런데 아저씨는 기기를 모르세요?"

"이곳에는 관광 안내원 따윈 없어."

그러면서 조끼를 입은 남자는 등을 돌렸다. 그는 정원으로 돌아가 대문을 닫으려고 했다. 그런데 마지막 순간, 무슨 생각이 퍼뜩 떠오른 모양이었다.

"기롤라모를 말하는 건 아니겠지? 유명한 이야기꾼 말이다."

모모는 기뻐하며 대답했다.

"맞아요. 하지만 그 사람 이름은 관광 안내원 기기예요. 기기네 집이 어딘지 아세요?"

남자는 사실인지 확인하고 싶어 했다.

"그런데 그 사람이 정말 널 기다리냐?"

"예. 틀림없어요. 기기는 제 친구예요. 제가 니노 아저씨네 식당에서 먹는 음식값도 내 주는걸요."

조끼를 입은 남자는 눈살을 찌푸리며 설레설레 고개를 젓더니, 몹시 언짢은 투로 말했다.

"예술가 양반들이란! 정말 종잡을 수 없는 괴짜들이라니까! 아무튼 그 사람이 네가 찾아오는 걸 대단하게 여긴다고 우겨 대니 가르쳐 주마. 저 위 맨 끝 도로 옆에 있는 집이다."

그러고는 정원 문이 잠겼다.

"나쁜 놈!"

카시오페이아의 등에 이런 말이 나타났다가 곧 사라졌다.

저 위 맨 끝 도로 옆에 있는 집은 어른 키를 넘는 높은 담장으로 둘러싸여 있었다. 대문도 조끼를 입은 남자네 대문과 비슷하게 철판으로 만들어져 있어서 안을 들여다볼 수 없었다. 초인종이나 문패는 눈에 띄지 않았다.

293

"이 집이 정말 기기의 새집인지 모르겠네. 전혀 아닌 것 같아."

거북의 등에 글이 나타났다.

"하지만 기기네 집이야."

"왜 이렇게 전부 꼭꼭 닫혀 있지? 안으로 들어갈 수가 없잖아."

거북이 대답했다.

"기다려!"

모모는 한숨을 폭 내쉬었다.

"그래. 오래오래 기다릴 순 있지. 하지만 내가 여기 밖에 서 있는 걸 기기가 어떻게 알겠니. 기기가 안에 있다고 해도 말이야."

모모는 이런 글을 읽을 수 있었다.

"기기는 곧 올 거야."

모모는 바로 대문 앞에 앉아 끈기 있게 기다렸다.

오랫동안 아무 일도 일어나지 않자 카시오페이아가 잘못 알지 않았을까 하는 생각이 들기 시작했다.

"너, 정말 틀림없지?"

하지만 거북 등에는 기다렸던 대답 대신에 "안녕!"이란 말이 나타났다.

모모는 눈이 휘둥그레졌다.

"카시오페이아, 무슨 말이니? 날 두고 가려고? 뭘 하려고 그래?"

"난 너를 찾으러 가!"

카시오페이아의 대답은 더욱 수수께끼 같았다.

그 순간, 갑자기 대문이 덜컹 열리더니 커다란 멋진 승용차 한 대가 쏜살같이 달려 나왔다. 모모는 얼른 한 걸음 물러나 겨우 피했지만 뒤로 나자빠질 수밖에 없었다.

자동차는 잠시 미친 듯 달려가더니 갑자기 끽 소리를 내며 멈춰 섰다. 문이 열리더니 기기가 뛰쳐나왔다.

"모모!"

기기는 소리치며 두 팔을 활짝 벌렸다.

"정말 진짜 내 꼬마 모모구나!"

모모는 벌떡 일어나 기기에게 달려갔다. 기기는 모모를 번쩍 안아 들고 두 볼에 수백 번 뽀뽀를 하고는 길에서 같이 빙글빙글 춤을 추었다.

기기는 숨도 돌리지 않고 물었다.

"어디 다치진 않았니?"

하지만 대답을 기다리지도 않고 흥분해서 계속해서 질문을 퍼부어 댔다.

"놀라게 해서 미안해. 난 끔찍하게 바빠, 알겠니? 또 늦게 생겼네. 대체 그동안 내내 어디 박혀 있었던 거니? 모든 걸 얘기해 줘야 해. 네가 다시 돌아올 거라고는 생각하지도 못했는데. 내 편지 봤니? 그랬어? 편지가 아직 거기 있던? 좋아, 그래 니노 아저씨네 식당에 밥 먹으러 갔었니? 맛이 있던? 아, 모모, 우린 정말 할 애기가 산더미 같구나. 그동안 끔찍하게 많은 일이 일어났단다. 대체 어떻게 지내고 있어? 말 좀 해 봐! 그리고 우리 베포 아저씨, 아저씨는 어떻게 지내시니? 오랫동안 아저씨를 만나지 못했는데. 그리고 아이들은? 아, 모모, 난 우리가 모두 함께 있고, 너희들에게 이야기를 들려주던 때를 자주 생각해. 정말 아름다운 시절이었지. 하지만 이제 모든 게 달라졌어. 영 딴판이 되어 버렸어, 딴판이."

모모는 몇 번이나 질문에 대답하려고 했지만 기기가 쉴 새 없이 말을 쏟아 내는 바람에 가만히 기다리면서 기기의 모습을 바라보았다. 옛날과는 달라 보였다. 말끔하게 단장을 했고, 좋은 냄새가 났다. 하지만 어딘지 모르게 낯설게 느껴졌다.

그동안 승용차에서 다른 사람 넷이 더 내려와 그들에게 다가왔다. 가죽으로 된 운전기사 제복을 입은 남자 하나와 진하게 화장을 했지만 몹시 차가워 보이는 여자 셋이었다.

한 여자가 걱정스럽다기보다는 나무라는 듯한 어조로 물었다.

"아이가 다쳤나요?"

기기는 단언했다.

"아니, 아니. 조금도 안 다쳤어요. 그냥 놀란 것뿐이에요."

두 번째 여자가 말했다.

"도대체 왜 대문 앞에서 어슬렁대고 있었담!"

기기는 큰 소리로 웃으며 말했다.

"애는 모모예요! 내 옛날 여자 친구 모모!"

세 번째 여자가 깜짝 놀라며 말했다.

"어머, 그럼 그 소녀가 실제 인물이란 말이에요? 저는 그 애가 선생님이 꾸며 낸 인물인 줄 알았어요. 이 사실을 당장 신문과 라디오에 낼 수 있겠군요! '동화 속 공주님과의 재회'나 뭐 그 비슷한 제목으로요. 그럼 사람들의 반응이 대단할걸요! 당장 추진해야겠어요. *대히트*를 칠 수 있을 거예요."

"안 돼요. 절대 반댑니다."

첫 번째 여자가 모모에게 몸을 돌리고 미소를 지으며 말했다.

"하지만, 애, 꼬마야! 넌 신문에 나고 싶지, 안 그러니?"

기기가 발칵 화를 냈다.

"이 아이를 내버려둬요!"

두 번째 여자가 흘깃 손목시계를 들여다보았다.

"지금 전속력으로 달려가지 않으면 정말 코앞에서 비행기를 놓치겠어요. 그럼 어떻게 되는지 선생님도 잘 아시겠죠."

"맙소사, 이렇게 오랜만에 만났는데 모모와 마음 놓고 몇 마디 말도 나눌 수 없다니! 하지만 모모, 보다시피 저 사람들은 날 그냥 내버려두지 않아. 저 노예 몰이꾼들이 날 가만 내버려두지 않는다고!"

기기가 신경질적으로 말하자 두 번째 여자가 샐쭉해 대꾸했다.

"어머, 우리는 아무래도 상관없어요. 직업상 맡은 일을 하는 것뿐이니까요. 존경하는 선생님, 우리는 선생님 스케줄을 조정하고 그 대가로 돈을 받지요.”

기기는 한발 물러섰다.

“예, 물론이죠, 물론이죠! 자, 그럼 떠납시다! 모모, 같이 공항으로 가자. 그럼 가면서 얘기를 할 수 있을 거야. 그다음에는 운전사가 널 다시 집에 데려다줄 거야, 됐지?”

기기는 모모의 대답을 기다리지도 않고 손을 잡아끌어 자동차로 데리고 갔다. 세 명의 여자는 뒷좌석에 앉았다. 기기는 운전사 옆에 앉아 모모를 무릎에 앉혔다. 차가 떠났다.

기기가 말했다.

“자, 모모, 이제 얘기해 보렴! 하지만 순서대로 차근차근 해야 해. 대체 그때 왜 별안간 사라져 버렸니?”

모모가 호라 박사와 시간의 꽃 이야기를 막 하려는데 한 여자가 앞으로 몸을 굽혔다.

“죄송해요. 하지만 지금 막 멋진 생각이 떠올라서요. 모모를 꼭 국립 영화소에 데려가야겠어요. 다음에 영화로 만들 선생님의 방랑 이야기에 꼭 맞는 새로운 아역 스타가 될 수 있을 거예요. 모모가 불러올 엄청난 반향을 생각해 보세요! 모모가 모모를 연기하다니!”

기기는 날카로운 어조로 말했다.

“내 말을 못 알아들었어요? 절대로 아이를 끌어들이면 안 된다니까!"

여자는 기분이 상했다.

"정말 선생님 속을 모르겠네요. 누구나 그런 기회가 있으면 잡으려고 안달일 텐데."

"나는 그런 누구나가 아니오!"

기기는 발칵 성을 내며 고함을 치고는 모모 쪽으로 고개를 돌리고 이렇게 덧붙였다.

"미안해, 모모. 넌 이해 못할 거야. 하지만 나는 이 무뢰배들이 너마저 수중에 넣는 걸 원치 않아."

그러자 세 여자 모두 마음이 상했다.

기기는 신음을 하며 머리를 쥐어 싸더니, 조끼 주머니에서 조그만 은색 약병을 꺼내 알약 하나를 꿀꺽 삼켰다.

몇 분 동안 아무도 입을 열지 않았다.

이윽고 기기는 뒷좌석의 여자들에게 몸을 돌리고 싸우기도 지쳤다는 듯 중얼거렸다.

"미안해요. *당신들*을 두고 한 말이 아니에요. 신경이 결딴나서 그러는 것뿐이지."

첫 번째 여자가 대답했다.

"그래요. 시간이 좀 지나면 누구나 알게 되는 사실이죠."

기기는 모모에게 약간 일그러진 미소를 지어 보였다.

"자, 모모, 이제 우리 얘기를 하자."

그때, 두 번째 여자가 끼어들었다.

"너무 늦기 전에 딱 한 가지만 묻겠어요. 이제 곧 도착할 거예요. 최소한 내가 이 애와 잠깐 인터뷰하는 것쯤은 허락하실 수 있겠죠?"

"그만두라니까! *나는* 지금 모모와 얘기를 하고 싶어요. 그것도 개인적으로! 내게는 정말 중요한 일이에요! 대체 몇 번이나 설명을 해야 하는 거요?"

화가 머리끝까지 치밀어 오른 기기가 으르렁대자 여자도 같이 화를 내며 대꾸했다.

"내가 선생님을 위한 효과적인 광고안을 내지 못하고 있다고 계속해서 꾸중하신 건 바로 선생님이잖아요!"

기기는 신음했다.

"맞아요, 그랬지요! 하지만 지금 당장은 아녜요! *지금은 아니란 말이에요!*"

"정말 애석하군요. 그런 얘기라면 사람들의 눈물샘을 자극할 수 있을 텐데. 하지만 마음대로 하세요. 나중에 할 수도 있겠지요. 만약 우리가……."

"아니, 지금도 안 되고, 나중에도 안 돼요. 절대로. 그리고 내가 모모와 얘기를 하는 동안 제발 입 좀 닥치고 있어요!"

기기가 여자의 말을 자르자 여자 역시 격하게 대꾸했다.

"어떻게 그런 말을! 결국 문제는 *선생님의* 인기예요, 내 인기가 아니구요! 지금 이런 기회를 놓쳐도 되는 처지인지 잘 생각해 보셔야 할걸요!"

기기는 절망적으로 소리쳤다.

"아니, 그런 처지는 아니지요! 하지만 모모는 게임에서 빠져야 해요! 그리고 지금은…… 제발 부탁이에요! ……우리를 5분만 그냥 내버려둬요!"

여자들은 입을 다물었다. 기기는 기진맥진해서 손으로 눈을 쓸어내리며 짤막하게 씁쓸한 웃음을 웃었다.

"보다시피 나는 이 꼴이 되었단다. 아무리 원해도 다시 돌아갈 수가 없어. 난 끝장이 났어. '기기는 기기인 거야!' 모모, 이 말 생각나니? 하지만 기기는 기기로 남아 있지 못했단다. 모모, 얘기 하나 해 줄까? 인생에서 가장 위험한 건 꿈이 이루어지는 거야. 적어도 나처럼 되면 그렇지. 나는 더 이상 꿈꿀 게 없거든. 아마 너희들한테서도 다시는 꿈꾸는 걸 배울 수 없을 거야. 난 이 세상 모든 것에 신물이 났어."

그는 우울한 표정으로 창밖을 물끄러미 내다보았다.

"지금 내가 아직도 할 수 있는 일이 있다면, 그건 입을 다물고, 더 이상 아무 이야기도 하지 않고, 묵묵히 사는 것뿐일 거야. 아마 남은 여생 동안 그래야겠지. 아니면 적어도 사람들이 다시 나를 잊어버리고, 그래서 내가 다시 이름 없는 가난한 놈이 될 때까지는 그래야 할 거야. 하지만 꿈도 없이 가난하다는 것…… 아니, 모모, 그건 지옥이야. 그래서 나는 차라리 지금 그대로 머물고 있는 거야. 이것 역시 지옥이지만, 적어도 편안한 지옥이거든……. 아, 내가 대체 무슨 말을 하는 거지? 물론 너는 무슨 말인지 하나도 모를 거다."

모모는 그냥 말끄러미 바라볼 뿐이었다. 모모는 무엇보다 기기가 아프다는 것, 죽도록 아프다는 것을 분명하게 알 수 있었다. 회색 신사들이 배후에서 농간을 부렸다는 것을 어렴풋이 짐작할 수 있었다. 하지만 기기 자신이 전혀 원하지 않는데 그를 도울 수 있는 방법이 무엇인지는 도무지 알 수가 없었다.

"이런, 내내 내 얘기만 했네. 이제 그동안 무슨 일이 있었는지 얘기 좀 해 보렴, 모모!"

그 순간, 자동차가 공항에 도착했다. 그들은 모두 자동차에서 내려서 탑승객 대기실로 급히 달려갔다. 그곳에는 벌써 제복을 입은 스튜어디스들이 기기를 기다리고 있었다. 신문 기자 몇 명이 사진을 찍고 질문을 던졌지만, 스튜어디스들이 그의 등을 떠밀었다. 몇 분 후에 비행기가 떠날 예정이었던 것이다.

기기는 허리를 굽혀 모모를 바라보았다. 그의 눈에 문득 눈물이 어렸다.

기기는 옆 사람들이 듣지 못하게 작은 소리로 말했다.

"들어 봐, 모모. 제발 내 곁에 있어 줘! 널 이번 여행에 데리고 가고 싶어. 어디를 가든 데리고 다닐 거야. 넌 내 아름다운 집에서 나랑 함께 살면서 진짜 꼬마 공주님처럼 예쁜 옷을 입고 다니는 거야. 너는 그저 내 곁에 있으면서 내 말에 귀를 기울이기만 하면 돼. 그럼 다시 진짜 이야기가 떠오를지도 몰라. 옛날처럼 말이야, 응? 그러겠다고만 하면 돼, 모모. 그럼 모든 게 제대로 될 거야. 부탁이야, 날 도와줘!"

모모는 진심으로 기기를 도와주고 싶었고, 그랬기 때문에 정말 가슴이 아팠다. 하지만 분명하게 느낄 수 있었다. 기기의 말대로 하는 것은 옳지 않으며, 기기는 다시 기기가 되어야 한다는 것, 그리고 모모 자신이 이미 모모가 아니라면 기기를 절대 도울 수 없다는 것을. 모모의 눈에도 눈물이 고였다. 모모는 고개를 가로저었다.

그리고 기기는 그런 모모를 이해했다. 기기는 서글프게 고개를 끄덕이고는, 그런 일을 하면서 그에게서 돈을 받고 있는 여자들에게 붙들려 끌려갔다. 기기는 멀리서 다시 한 번 모모에게 손을

흔들었고, 모모도 같이 손을 흔들었다. 그리고 그의 모습은 시야에서 사라졌다.

모모는 기기와 만나는 내내 한마디도 하지 못했다. 하고 싶은 말은 정말 많았다. 모모는 마침내 기기를 찾았지만, 이제 정말 기기를 잃은 듯한 느낌이 들었다.

모모는 천천히 돌아서서 출구를 향해 걸어갔다. 그 순간, 모모는 소스라칠 듯 놀랐다. 카시오페이아까지 잃었던 것이다!

제16장

풍요 속의 궁핍

모모가 기기의 커다랗고 멋진 승용차로 돌아와 옆에 앉자 운전사가 물었다.

"자, 어디로 갈까?"

모모는 얼이 빠진 듯 앞만 뚫어지게 바라보았다. 뭐라고 말해야 할까? 대체 어디로 가려고 했었지? 카시오페이아를 찾아야 해. 하지만 어디서? 언제 어디서 카시오페이아를 잃어버렸을까? 기기와 차를 타고 오는 동안 내내 옆에 없었어. 그건 분명해.

그러니까 기기의 집 앞에서 잃어버린 거야! 퍼뜩 거북의 등에 나타났던 **"안녕!", "난 너를 찾으러 가."** 하는 말이 생각났다. 카시오페이아는 모모가 곧 자기를 잃어버리게 되리라는 것을 미리 알고 있었던 것이다. 그래서 나를 찾으러 간다고 했던 거구나. 하지만 난 대체 어디서 카시오페이아를 찾아야 하지?

운전사는 손가락으로 운전대를 톡톡 치며 말했다.

"자, 얼른 말할래? 난 널 태워다 주는 일 말고도 할 일이 많아."

모모는 대답했다.

"기기네 집으로 데려다주세요."

운전사는 조금 놀란 표정을 지었다.

"너를 네 집으로 데려다줘야 한다고 생각했는데. 아니면 이제 정말 우리 집에서 살 거니?"

"아뇨. 길에서 뭘 잃어버렸어요. 그걸 찾아야 해요."

운전사는 만족했다. 어차피 그곳으로 가야 했던 것이다.

기기의 빌라에 도착하자 모모는 차에서 내려서 당장 주변을 샅샅이 찾기 시작했다.

"카시오페이아!"

모모는 나직한 목소리로 몇 번이고 소리쳐 불렀다.

"카시오페이아!"

운전사가 차창 밖으로 고개를 내밀고 물었다.

"뭘 찾는 거니?"

"호라 박사님의 거북요. 이름은 카시오페이아고, 언제나 반 시간 앞의 일을 알고 있어요. 그러니까 등에 글씨를 쓰는 거예요. 그 거북을 꼭 찾아야 해요. 좀 도와주실래요?"

"그런 바보 같은 장난할 시간은 없다!"

운전사는 투덜대고는 쌩 하니 대문 안으로 차를 몰고 들어갔다. 곧 대문이 닫혔다.

모모는 혼자 카시오페이아를 찾았다. 도로를 샅샅이 뒤졌지만 어디에도 보이지 않았다.

"어쩌면 원형극장으로 돌아가는 중일지도 몰라."

모모는 이렇게 생각하고 왔던 길을 되짚어 천천히 걸었다. 모퉁이란 모퉁이, 도랑이란 도랑은 모두 샅샅이 살펴보았다. 그리고 몇 번이고 거북의 이름을 불렀다. 하지만 모두 헛일이었다.

모모는 밤이 이슥해서야 옛 원형극장에 도착했다. 사방이 깜깜했지만 있는 힘껏 구석구석 꼼꼼하게 찾아보았다. 모모는 어떤 기적이 일어나 거북이 자기보다 먼저 집으로 돌아왔을지 모른다는 실낱같은 희망을 품었다. 하지만 그처럼 느린 카시오페이아로서는 물론 불가능한 일이었다. 모모는 침대로 기어 들어갔다. 이제 생전 처음으로 정말 혼자가 된 것이었다.

다음 몇 주일 동안 모모는 정처 없이 대도시를 돌아다니며 도로 청소부 베포를 찾았다. 그의 행방을 알려 주는 사람은 아무도 없었다. 이젠 우연히 길에서 맞닥뜨리기를 바라는 수밖에 없었다. 하지만 이 거대한 도시에서 두 사람이 우연히 마주칠 가능성은, 타고 있던 배가 난파당한 사람이 드넓은 바다의 파도 속에 편지가 든 병을 던지며 먼 해안가 어떤 어선의 그물에 그 병이 걸려들기를 바라는 것만큼이나 적었다.

하지만 우리가 아주 가까이에 있는지도 몰라. 모모는 스스로에게 말했다. 누가 알겠는가. 베포가 한 시간 전, 아니 1분 전, 아니 방금 전에 있었던 바로 그곳을 자기가 지나는 일이 얼마나 자주 일어날는지. 혹은 반대로 베포가 자기가 지나가고 난 뒤 얼마 되지 않아 이 광장이나 이 거리 모퉁이에 불쑥 나타나는 일이 얼마나 빈번히 있을는지 누가 알겠는가. 그래서 모모는 종종 한자리에서 몇 시간이나 꼼짝 않고 기다리기도 했다. 하지만 언젠가는 걸음을 옮길 수밖에 없었다. 그래서 간발의 차이로 서로를 놓쳐 버리는 일이 다시 일어날 수도 있게 되는 것이었다.

지금 카시오페이아가 옆에 있다면 얼마나 도움이 될까! 카시오페이아가 곁에 있다면 **"기다려!"** 혹은 **"계속해서 가!"** 하고 충고해 줄 수 있으련만, 모모는 어떻게 해야 할지 도무지 알 수가 없었다. 마냥 기다리고 있으면, 그러다가 놓칠까 봐 더럭 겁이 났다. 기다리지 않고 있으면, 이러다가 놓치지는 않을까 걱정이 되었다.

모모는 예전에 항상 자기를 찾아오던 아이들도 눈여겨 살펴보았다. 하지만 한 명도 만날 수 없었다. 도대체 거리를 다니는 아이가 한 명도 없었다. 이제는 아이들이 보살핌을 받고 있다는 니노의 말이 떠올랐다.

모모가 경찰관이나 어른 손에 끌려 탁아소에 들어가지 않은 것은 회색 신사들이 은밀한 감시의 눈길을 잠시도 늦추지 않았기 때문이었다. 모모가 탁아소에 들어가는 것은 그들이 모모에 대해 짰던 계획에 들어맞지 않는 일이었다. 하지만 모모는 그런 사실을 까맣게 모르고 있었다.

모모는 날마다 한 번씩 니노네 식당에 밥을 먹으러 갔다. 하지만 처음 만났을 때보다 더 오래 이야기를 나눌 수는 없었다. 니노는 여전히 바빴고, 언제나 시간이 없었다.

몇 주일, 몇 달이 흘렀다. 여전히 모모는 혼자였다.

어느 날, 딱 한 번 언뜻 어떤 사람을 본 적이 있긴 했다. 그날 모모는 저녁노을이 질 무렵 어떤 다리 난간에 앉아 있었다. 그때, 저 멀리 다른 다리 위에 등이 구부정한 한 조그만 사람의 그림자가 어른거리는 것이 언뜻 눈에 들어왔다. 그 사람은 목숨이라도 달린 일인 듯 빗자루를 마구 휘둘러 대고 있었다. 모모는 그 사람이 베포 할아버지라고 생각하고 소리쳐 부르며 손짓을 했다. 하지만 그 사람은 한순간도 비질을 멈추지 않았다. 모모가 달음박질해 뛰어갔지만, 다리에 이르니 이미 사라지고 없었다.

모모는 마음을 달래려고 스스로에게 말했다.

"베포 할아버지일 리가 없어. 아니, 절대 그럴 리 없지. 난 베포 할아버지가 어떻게 비질을 하시는지 잘 알고 있거든."

모모는 종종 하루 종일 옛 원형극장 터 집을 떠나지 않기도 했다. 이제쯤 모모가 돌아왔을까 싶어서 베포 할아버지가 지나가다 들를 수도 있겠다는 생각이 불쑥 들어서였다. 만약 그때에 집에 없으면, 할아버지는 틀림없이 아직도 모모가 돌아오지 않았다고 생각하리라. 여기서 다시 모모는 부질없는 생각에 속을 끓였다.

일주일 전, 아니면 바로 어제 그런 일이 있었을 수도 있지 않은가! 그래서 모모는 기다렸다. 물론 기다리는 보람은 없었다. 마침내 모모는 자기 방 벽에 큼지막한 글씨로 이렇게 써 놓았다. "나 다시 돌아왔어요."라고.

하지만 그것을 읽은 사람은 모모 말고는 아무도 없었다.

그러나 그동안 모모가 절대 잊지 않은 것이 있었다. 바로 호라 박사 집에서 겪었던 일과 꽃과 음악에 대한 생생한 기억이었다. 눈을 감고 자신의 내면에 귀를 기울이기만 하면, 찬란하게 피어나는 꽃들이 선하게 떠올랐고, 갖가지 음성들이 연출하는 음악이 또렷하게 들려왔다. 낱말과 멜로디가 계속해서 새로 형성되고, 끊임없이 모습을 바꾸고 있었지만, 모모는 첫날과 마찬가지로 모든 낱말들을 따라 말하고, 멜로디를 따라 부를 수 있었다.

모모는 이따금 하루 종일 혼자 돌계단에 앉아 혼잣말을 중얼거리고 노래를 불렀다. 나무들과 새들과 오래된 돌멩이 외에 모모에게 귀를 기울이는 것은 아무것도 없었다.

외로움의 종류에도 여러 가지가 있는 법이다. 모모가 겪는 외로움을 아는 사람도 드물겠지만, 모모만큼 사무치게 외로움을 느낀 사람은 더욱 드물 것이다.

모모는 헤아릴 수 없이 많은 보물이 가득 쌓여 있는 동굴에 갇힌 것 같은 느낌이었다. 많은 보물은 점점 더 불어나서 숨이 막혀 죽을 것만 같았다. 그런데 출구가 없었다! 어느 누구도 보물을 헤치고 모모를 구하러 올 수 없었다. 사람들에게 자기가 여기 묻혀 있다고 알릴 수조차 없었다. 모모는 그렇게 시간의 산, 땅속 깊이 파묻혀 있었던 것이다.

차라리 음악을 듣지 않고, 색채들을 보지 않았으면 하고 바랐던 때도 있었다. 하지만 막상 선택을 하라고 했다면, 이 세상 어떤 것을 준다고 해도 음악과 색채에 대한 기억과 바꾸진 않았으리라. 그 기억 때문에 목숨을 잃는다 해도 마찬가지였다. 이제 모모는 깨닫게 되었다. 이 세상에는 다른 사람과 나눌 수 없으면, 그것을 소유함으로써 파멸에 이르는 그런 보물이 있다는 사실을.

모모는 며칠마다 한 번씩 기기의 빌라를 찾아가 대문 앞에서 오래오래 기다렸다. 기기를 다시 한 번 만나고 싶었다. 그사이에 모모는 모든 것을 받아들이기로 마음을 바꾸었다. 기기의 집에서 같이 살고, 기기의 말에 귀를 기울이고, 기기에게 이야기를 하리라. 예전처럼 되든 그렇지 않든 그것은 중요하지 않았다. 하지만 대문은 다시는 열리지 않았다.

그동안 몇 개월이 흘렀을 뿐이었다. 하지만 모모에게는 전에 겪었던 그 어떤 시간보다 긴 시간이었다. 사실 진정한 시간이란 시계나 달력으로 잴 수 있는 것이 아니니까.

그러한 외로움은 실상 설명이 불가능한 법이다. 아마 이 한마디로 충분히 짐작할 수 있을 것이다. 호라 박사에게 가는 길을 찾을 수 있었다면 — 실제로 모모는 여러 번 그 길을 찾으려고 해 보았다 — 모모는 이렇게 사정했으리라. "저에게 더 이상 시간을 나누어 주지 마세요!"라고. 혹은 이렇게 애원했으리라. "'아무 데도 없는 집'에서 영원히 박사님과 같이 살게 해 주세요."라고.

하지만 카시오페이아가 없는 모모로서는 그 길을 찾을 수 없었다. 카시오페이아는 여전히 행방이 묘연했다. 오래전에 호라 박사에게 돌아갔을지도 모르고 이 세상 어딘가에서 헤매고 있을지도 몰랐다. 어쨌든 카시오페이아는 돌아오지 않았다.

그 대신에 전혀 다른 일이 일어났다.

어느 날, 모모는 시내에서 항상 자기를 찾아오던 아이들 셋을 만났다. 파올로와 프랑코, 그리고 언제나 꼬마 동생 데데를 데리고 왔던 소녀 마리아였다. 세 아이는 전혀 딴판이 되어 있었다. 모두 회색 제복 비슷한 것을 입고 있고, 이상하게 굳어 있는 얼굴에는 생기가 없었다. 모모가 환호성을 지르며 인사를 하는데도 빙그레 웃지조차 않았다.

모모는 숨도 쉬지 않고 말했다.

"여태 너희를 찾았어. 너희들, 지금 다시 나한테 오지 않을래?"

세 아이는 서로 눈길을 주고받더니 고개를 저었다.

"하지만 내일은 올 수 있겠지, 응? 아니면 모레?"

세 아이는 다시 고개를 저었다.

"아, 제발 다시 와 줘! 전에는 늘 왔잖니."

모모가 애원하자 마리아가 말했다.

"옛날엔 그랬지! 하지만 지금은 모든 게 달라졌어. 우린 이제 쓸데없이 시간을 낭비하면 안 돼."

"그런 적은 없었잖아."

"그래. 정말 재미있었지. 하지만 그건 중요한 게 아니야."

세 아이는 서둘러서 가던 길을 계속해서 갔다. 모모는 아이들과 함께 걸으며 물었다.

"지금 어디 가는 거니?"

프랑코가 대답했다.

"놀이 시간에 가는 거야. 거기서 노는 법을 배워."

"그게 뭔데?"

파올로가 설명했다.

"오늘은 펀치 카드놀이를 해. 아주 유익한 놀이야. 하지만 정신을 바짝 차려야 해."

"어떻게 하는 건데?"

"우리는 모두 각자 한 장의 펀치 카드가 되는 거야. 그리고 펀치 카드 한 장마다 서로 다른 많은 양의 정보가 담겨 있어. 그러니까 키는 몇 센티미터고, 나이는 몇 살이고, 몸무게는 몇 킬로그램이고 하는 것들 말이야. 하지만 물론 우리 각자에 대한 진짜 정보는 담겨 있지 않아. 그러면 너무 쉽잖니. 우리는 이따금 긴 숫자가 되기도 해. MUX 763 y처럼 말이야. 그다음에 서로 뒤섞여서 하나의 카드 함에 들어가게 돼. 그런 다음에는 우리 가운데 한 사람이 정해진 어떤 카드를 찾아내는 거야. 걔는 계속해서 질문을 해야 해. 그래서 맞지 않는 다른 카드는 모두 버리고, 마지막에 한 장만 남게 되는 거야. 그걸 가장 빨리 하는 아이가 이겨."

모모는 미심쩍은 듯 물었다.

"그런 놀이가 재미있니?"

마리아가 자신 없는 투로 말했다.

"그건 중요하지 않아. 그런 식으로 말하면 안 돼."

"그럼 뭐가 중요한데?"

파올로가 대답했다.

"그게 우리 앞날에 유익한지 아닌지, 그게 중요한 거야."

어느새 아이들은 커다란 회색 건물의 정문 앞에 다다랐다. 정문 위에는 "탁아소"라고 쓰여 있었다.

모모가 말했다.

"너희들에게 해 주고 싶은 말이 정말 많은데."

"언제 다시 한 번 만나자!"

마리아가 서글프게 말했다.

다른 많은 아이들도 문 안으로 들어가고 있었다. 모두 모모의 세 친구와 비슷한 모습이었다.

프랑코가 불쑥 입을 열었다.

"너랑 놀 때가 훨씬 재미있었어. 그땐 우리한테도 멋진 생각이 계속해서 떠올랐는데. 하지만 거기서는 아무것도 배울 수 없대."

"그냥 도망쳐 나오면 안 돼?"

모모가 제안하자 세 아이는 고개를 살래살래 흔들고는, 누가 듣지 않았나 해서 주변을 둘러보았다.

프랑코가 속삭였다.

"난 벌써 여러 번 그래 봤어. 처음에 말이야. 하지만 소용없어. 꼭 다시 잡혀 오거든."

마리아가 주장했다.

"그렇게 말하면 안 돼. 결국 우리를 위해서 그러는 거야."

모두 입을 다물고 묵묵히 앞만 바라보았다. 이윽고 모모가 용기를 내어 물었다.

"나도 데리고 가 줄래? 난 지금 언제나 혼자야."

그러자 정말 이상한 일이 벌어졌다. 미처 대답도 하기 전에 거대한 자석의 힘에 끌리듯 아이들이 건물 안으로 빨려 들어갔던 것이다. 아이들 등 뒤에서 우르릉 문이 닫혔다.

모모는 입을 딱 벌리고 그 광경을 바라보았다. 하지만 잠시 뒤에 모모는 문 쪽으로 달려갔다. 초인종을 누르거나 아니면 문을 두드릴 생각이었다. 무슨 놀이든 상관없으니 같이 놀아 달라고 사정해 볼 작정이었다. 그러나 문을 향해 한 걸음 내딛자마자 공포로 몸이 뻣뻣하게 굳고 말았다. 모모와 문 사이에 난데없이 회색 신사 하나가 서 있었던 것이다.

그는 입술 가장자리에 시가를 물고 엷은 미소를 띠며 말했다.

"소용없다! 들어갈 생각은 아예 하지도 마라! 네가 이 안에 들어가는 건 우리 계획에 없으니까."

"왜요?"

예의 그 얼음처럼 차디찬 한기가 스멀스멀 올라오는 것 같았다.

"우리는 너에 대해 다른 일을 계획하고 있는 중이거든."

회색 신사는 담배 연기를 뿜어 고리를 만들었다. 그 고리는 올

가미처럼 모모의 목에 걸렸다가 서서히 사라졌다.

행인들이 그들을 지나쳐 갔지만, 모두들 몹시 바쁜 것 같았다.

모모는 손가락으로 회색 신사를 가리키며 도와 달라고 소리치려고 했지만 목소리가 나오지 않았다.

"그만둬!"

회색 신사는 즐거운 기색이라고는 눈곱만치도 없는 잿빛 웃음을 웃었다.

"우리를 아직도 그렇게 몰라? 우리가 얼마나 막강한 힘을 갖고 있는지 아직도 모르겠어? 우리는 네게서 친구들을 모두 빼앗았다. 이제 아무도 너를 도와줄 수 없어. 우리는 너도 마음대로 할 수 있지. 하지만 보다시피 너를 해치진 않아."

모모는 힘겹게 물었다.

"왜요?"

"네가 우리를 위해 조그만 일을 하나 해 주었으면 하거든. 현명하게 굴면, 넌 너 자신과 친구들을 위해 많은 걸 얻을 수 있을 거야. 그러고 싶니?"

"예."

모모가 작은 목소리로 대답하자, 회색 신사는 엷은 미소를 지었다.

"그럼 오늘 밤 자정에 만나 의논해 보자꾸나."

모모는 잠자코 고개를 끄덕였다. 하지만 회색 신사는 벌써 그

자리에 없었다. 다만 시가 연기 한 자락이 여전히 허공에 걸려 있을 뿐이었다.

회색 신사는 어디서 만날지 그 장소는 이야기하지 않았다.

제17장

크나큰 두려움과 더 큰 용기

모모는 옛 원형극장으로 돌아가기가 겁이 났다. 자정에 만나자던 회색 신사는 분명 그곳으로 올 터였다.

그곳에서 회색 신사와 단둘이 만날 생각만 해도 벌써부터 오싹 소름이 끼쳤다.

아니, 다시는 만나지 않겠어. 그곳에서도, 다른 어떤 곳에서도 절대로. 어떤 제안을 한다 해도 마찬가지야. 그것이 자기와 친구들을 위해 정말 좋은 제안일 리가 없음은 너무도 뻔한 일이었다.

하지만 어디 숨어야 눈에 뜨이지 않을까?

군중 속에 있는 것이 가장 안전할 것 같았다. 물론 모모는 아무도 자기와 회색 신사에게 신경을 쓰지 않는다는 것을 실제로 겪었다. 하지만 정말 무슨 짓을 할 경우에는 큰 소리로 도와 달라고 외치면, 사람들도 주의를 기울이고 구해 주겠지. 게다가 빽빽한

319

군중 속에 숨어 있는 편이 찾기가 제일 어려울 거야. 모모는 스스로에게 이렇게 말했다.

모모는 그날 남은 오후 내내, 그리고 밤이 이슥하도록 가장 번화한 거리와 광장에서 밀치락달치락하는 행인들의 행렬 가운데 섞여 있었다. 하지만 마치 커다란 원을 그리듯 처음 출발했던 곳으로 번번이 다시 돌아와 있었다. 모모는 두 번, 세 번 그 원을 돌았다. 그리고 언제나 바쁜 것처럼 보이는 사람들의 물결에 몸을 내맡겼다.

하루 종일 돌아다니다 보니 서서히 발이 아파 왔다. 밤은 점점 깊어 갔다. 모모는 반쯤은 잠을 자면서 계속해서 걸었다. 한 걸음, 또 한 걸음, 또 한 걸음……

"잠깐만 쉬면, 아주 잠깐만 쉬면, 금방 정신을 차릴 수 있을 텐데……"

모모는 쉬고 싶은 생각이 간절했다. 마침 자루며 상자들이 잔뜩 실려 있는 작은 삼륜 자동차가 길가에 서 있었다. 모모는 그 위로 기어 올라가 포근하고 부드러운 자루에 몸을 기대고, 피곤한 발을 들어 치마 속에 넣었다. 아, 정말 좋구나! 모모는 안도의 한숨을 쉬며 자루에 바싹 몸을 기댔다. 그리고 피곤에 못 이겨 자기도 모르는 사이에 깜빡 잠이 들었다. 모모는 어지러운 꿈을 꾸었다. 베포 할아버지가 빗자루를 균형 잡는 막대 삼아 들고 까마득한 어두운 심연 위에 가로걸린 밧줄 위를 흔들흔들 걷고 있었다.

모모는 베포 할아버지가 계속해서 외치는 소리를 들었다.

"어디가 끝이지? 어디가 끝인지 보이지가 않아!"

과연 밧줄은 한없이 긴 것 같았다. 양쪽 끝은 아스라이 어둠 속에 묻혀 보이지도 않았다.

모모는 정말 베포를 돕고 싶었다. 하지만 자기가 여기 있다는 것조차 알릴 수 없었다. 베포는 너무 멀리 떨어져 있었고, 너무 높은 데에 있었다. 그리고 끝없이 긴 종이 뭉치를 입에서 토해 내고 있는 기기가 보였다. 기기는 토해 내고 또 토해 냈지만, 종이는 찢어지는 일도 없이 계속해서 쏟아져 나왔다. 기기는 어느새 산더미 같은 종이 더미 위에 서 있었다. 모모는 기기가 애원하는 눈길로 자기를 쳐다보는 것 같았다. 도와주지 않으면 기기는 숨이 막혀 죽어 버릴 것 같았다.

모모는 기기에게 달려가려고 했지만, 종이에 발이 걸려 버렸다. 빠져나오려고 몸부림치면 몸부림칠수록 더욱 깊이 빠져들어 헤어 나올 수가 없었다.

그리고 아이들이 보였다. 아이들은 트럼프 카드처럼 모두 납작했다. 카드마다 진짜 작은 구멍이 찍혀 무늬를 이루고 있었다. 카드들은 뒤죽박죽 섞여진 다음 다시 정리되고, 그러고는 다시 새로운 구멍이 뚫렸다. 트럼프 카드의 아이들은 소리 없이 울고 있었다. 하지만 아이들은 또다시 섞여지고, 탁탁탁 차르르 소리를 내며 서로 포개어 떨어졌다.

"멈춰! 그만해!"

모모는 소리치려 했다. 하지만 모모의 약한 목소리는 탁탁탁 차르르 카드 떨어지는 소리에 파묻혀 버리고 말았다. 그 소리는 점점 더, 점점 더 커졌다. 마침내 모모는 퍼뜩 잠이 깨었다.

주위가 깜깜해서 모모는 자기가 어디 있는지 알 수 없었다.

하지만 곧 화물차에 앉아 있었다는 생각이 났다. 그 차가 지금 달리고 있고, 엔진에서 그런 소리가 났던 것이다.

모모는 눈물로 축축한 뺨을 닦았다. 대체 여기가 어디지?

모모가 모르는 사이에 자동차는 벌써 한참 달린 것 같았다. 밤이 이슥한 지금, 자동차는 마치 죽어 있는 듯 보이는 구역을 지나고 있었다. 거리에는 행인이 전혀 없었고, 고층 건물들은 모두 컴컴했다.

화물차는 그다지 빨리 달리지 않았다. 모모는 깊이 생각해 보지도 않고 얼결에 훌쩍 뛰어내렸다. 회색 신사들 앞에서 안전할 듯한 번화한 거리로 돌아가고 싶었다. 하지만 그 순간, 방금 꾸었던 꿈이 생각났다. 모모는 걸음을 멈추었다.

자동차의 엔진 소리는 어두운 거리 저편으로 서서히 사라졌고, 이윽고 쥐 죽은 듯 조용해졌다.

이제 더 이상 도망치지 않으리라. 모모는 여태껏 제 목숨을 구하려고 도망쳤다. 그동안 내내 자기만, 자기의 쓸쓸함과 자기의 두려움만 생각했던 것이다! 하지만 정작 곤경에 빠져 있는 건 친구들이었다. 아직 그들을 도울 수 있는 사람이 있다면, 그 사람은 바로 모모 자신이었다. 회색 신사들을 움직여 친구들을 풀어 주도록 할 수 있는 가능성은 아주 희박했다. 그러나 적어도 시도는 해 보아야 했다.

거기까지 생각이 미치자 모모는 문득 마음속에서 묘한 변화가 일어난 것을 느낄 수 있었다. 두려움과 무력감이 점점 자라나는가 싶더니 갑자기 확 뒤집혀 정반대의 감정으로 돌변했던 것이다. 이제 어려움을 이겨 낸 것이었다. 모모는 용기와 자신감이 넘쳐흐르는 듯한 기분이었다. 이제 이 세상 어떤 세력도 자기를 털끝만큼도 다치게 할 수 없을 것 같았다. 아니, 오히려 자기에게 무슨 일이 일어날지 털끝만큼도 걱정하지 않게 되었다고 하는 편이 옳을 것이다.

이제 모모는 회색 신사를 만나겠다고 *다짐했다*. 무슨 일이 있어도 반드시 만날 작정이었다.

모모는 스스로에게 말했다.

"당장 옛 원형극장으로 가야겠어. 너무 늦진 않았을 거야. 아마 회색 신사는 날 기다리고 있을 거야."

그렇게 결심은 했지만, 막상 행동에 옮기려니 난감하기만 했다. 모모는 자기가 지금 어디 있는지도 알 수 없었다. 어느 방향으로 가야 할지 짐작조차 할 수 없었다. 그래도 모모는 운을 하늘에 맡기고 달렸다.

쥐 죽은 듯 조용하고 컴컴한 거리를 모모는 달리고 또 달렸다. 맨발이어서 자기 발소리조차 들리지 않았다. 새로운 거리로 접어들 때마다 방향을 알려 주는 표지판 비슷한 것을 발견할 수 있기를 바랐다. 하지만 그런 것은 없었다. 누구에게 물어볼 수도 없었다. 도중에 만난 살아 있는 생물이라고는 비쩍 마른 더러운 개 한 마리뿐이었다. 그 개는 쓰레기 더미에서 먹을 것을 찾다가 모모가 다가가자 겁에 질려 도망쳐 버렸다.

드디어 모모는 엄청나게 넓고 텅 빈 광장에 이르렀다. 나무나 분수가 있는 아름다운 광장이 아니라 그냥 넓기만 한 텅 빈 광장이었다. 다만 광장의 가장자리에 고층 건물들이 밤하늘을 배경으로 우뚝 솟아 컴컴한 윤곽을 드러내고 있을 뿐이었다. 모모는 광장을 가로질러 갔다. 한가운데쯤에 이르렀을 때 상당히 가까운 곳에서 시계탑 종이 울리기 시작했다. 종소리는 여러 번 울렸다. 벌써 자정이 되었는지도 모를 일이었다. 회색 신사가 원형극장에서 기다리고 있다면, 도저히 제시간에 도착할 수는 없을 것 같았다. 회색 신사는 허탕을 치고 가 버렸을 거야. 친구들을 도울 수 있는 기회도 사라져 버린 거야. 영원히, 그런 기회는 다시 오지 않을지도 몰라!

모모는 손가락을 깨물었다. 이제 무엇을 해야 하고, 또 무엇을 할 수 있을까? 모모는 어떻게 해야 할지 도무지 알 수가 없었다.

모모는 어둠 속을 향해 있는 힘껏 소리쳤다.

"나 여기 있어요!"

하지만 회색 신사가 그 외침을 들으리라고는 믿지 않았다. 그러나 그것은 모모의 착각이었다.

마지막 종소리의 여운이 가시자마자 텅 빈 커다란 광장으로 이어지는 모든 도로에 희미한 불빛이 나타나더니 점차 더욱 환해졌다. 수많은 자동차들의 헤드라이트 불빛이었다. 자동차들이 사방에서 아주 느린 속도로 모모가 서 있는 광장 한가운데를 향해 다가오고 있었다. 어느 쪽을 보아도 눈부신 빛이 비치고 있어서 모모는 손으로 눈을 가려야 했다. 그들이 온 것이었다!

하지만 이렇게 어마어마하게 등장할 줄은 상상도 못 했다. 한순간 용기가 깡그리 사라졌다. 빙 둘러 포위되어 달아날 길이 없자 모모는 헐렁한 남자 웃옷 속으로 될 수 있는 한 몸을 움츠렸다.

하지만 모모는 곧 꽃들과 장엄한 음악을 생각했다. 그러자 순식간에 위로가 되고 다시 기운이 났다.

자동차들은 부릉부릉 엔진 소리를 내며 점점 가까이 다가왔다. 드디어 자동차들은 범퍼를 나란히 맞대고 커다란 원 모양으로 멈춰 섰다. 그 원의 중심은 모모였다.

신사들이 자동차에서 내렸다. 헤드라이트 불빛 뒤 어둠 속에 머물러 있었기 때문에 모모는 그들이 대체 몇 명이나 되는지도 알 수 없었다. 하지만 수많은 시선이 자기를 향하고 있다는 것은 느낄 수 있었다. 물론 그 시선에 친절함은 담겨 있지 않았다. 모모는 으스스한 한기를 느꼈다.

그러는 동안 아무도 입을 열지 않았다. 모모도, 그리고 회색 신사들도.

이윽고 한 잿빛 음성이 들려왔다.

"그러니까 이 계집애가 맹랑하게도 우리에게 도전할 수 있다고 믿었던 모모라는 아이로군요. 자, 저 낙담한 꼴을 좀 보시오!"

그 말에 이어 요란한 소음이 일어났다. 여럿이 함께 웃는 웃음소리 같은 그 소리는 멀리까지 울려 퍼졌다.

다른 잿빛 음성이 소리 죽여 말했다.

"조심하시오! 모두들 이 꼬마가 우리에게 얼마나 위험한 존재가 될 수 있는지 잘 알 겁니다. 이 아이를 속이려고 해 봤자 소용없어요."

모모는 가만히 귀를 기울였다.

자동차 불빛 뒤 어둠 속에서 처음에 들려왔던 음성이 말했다.

"좋아요. 그럼 진실을 가지고 시도해 봅시다."

다시 오랜 침묵이 흘렀다. 모모는 회색 신사들이 진실을 발설하기를 두려워하고 있다는 것을 느낄 수 있었다. 진실을 말하려니 상상하기 어려울 정도로 힘이 드는 모양이었다. 모모는 수많은 사람의 목구멍에서 나오는 헐떡이는 듯한 소리를 들었다.

드디어 누군가가 입을 열었다. 음성은 다른 방향에서 들려왔지만, 마찬가지로 잿빛이었다.

"그럼 툭 터놓고 말해 보자. 불쌍한 꼬마야, 넌 혼자야. 친구들은 네가 닿을 수 없는 곳에 있어. 이제 네 시간을 너와 나누려는 사람은 아무도 없어. 이 모든 일은 우리가 꾸민 일이지. 이제 우리가 얼마나 막강한지 알겠지? 우리에게 반항하는 건 아무 의미도 없어. 수많은 외로운 시간들, 그게 대체 지금 네게 무슨 의미가 있지? 너를 짓누르는 저주이고, 숨통을 누르는 무거운 짐이며, 너를 빠뜨려 죽일 것 같은 드넓은 바다, 까맣게 태워 죽일 듯한 쓰라린 고통일 뿐이야. 너는 모든 사람으로부터 분리된 거야."

모모는 여전히 입을 열지 않고 가만히 귀 기울여 들었다.

음성이 말을 이었다.

"언젠가, 네가 더 이상 견딜 수 없는 순간이 올 거야. 내일, 아니면 일주일 뒤, 아니 1년 뒤일지 모르지. 언제라도 상관없어. 우리야 그냥 기다리기만 하면 되니까. 우리는 언젠가는 네가 네 발로 기어 와 이렇게 말하리라는 걸 잘 알고 있어. '무슨 일이든지 하겠어요. 다만 이 무거운 짐에서 나를 풀어 주세요!' 하고 말이야. 혹시 벌써 그런 건 아니냐? 그러면 그렇다고 말만 해."

모모는 고개를 저었다.

음성이 싸늘하게 물었다.

"우리의 도움을 받지 않겠다는 거냐?"

사방에서 싸늘한 한기가 파도처럼 몰려왔다. 하지만 모모는 이를 앙다물고 다시 한 번 고개를 저었다.

한 음성이 언짢은 기색으로 소리 죽여 말했다.

"저 앤 시간이 뭔지 알고 있는 거요."

"그건 저 애가 실제로 그자에게 다녀왔다는 얘기지요."

첫 번째 음성이 마찬가지로 나직이 말하더니 다시 목청을 높여 물었다.

"너 호라 박사를 아니?"

모모는 고개를 끄덕였다.

"정말 박사의 집에 갔다 온 거냐?"

모모는 다시 고개를 끄덕였다.

"그럼 저, 시간의 꽃을 알겠구나?"

모모는 세 번째로 다시 고개를 끄덕였다. 아, 얼마나 잘 알고 있는가!

다시 좀 더 긴 침묵이 흘렀다. 이윽고 또 다른 방향에서 음성이 들려왔다.

"넌 친구들을 사랑하지, 안 그러니?"

모모는 고개를 끄덕였다.

"그리고 친구들을 우리 손아귀에서 풀어 주고 싶지?"

모모는 다시 고개를 끄덕였다.

"네가 원하기만 하면 그렇게 할 수 있어."

모모는 웃옷을 더욱 꼭꼭 여몄다. 너무 추워서 손발이 와들와들 떨렸다.

"조금만 수고를 해 주면 네 친구들을 구할 수 있어. 우리는 너를 돕고, 너는 우리를 돕는 거야. 정말 공평한 거래지."

모모는 음성이 들리는 방향을 주의 깊게 바라보았다.

"그러니까 우리는 호라 박사를 언제 한번 직접 만나고 싶은 거란다, 알겠니? 하지만 우리는 박사가 어디 사는지 몰라. 우리가 바라는 건 우리를 박사에게 안내해 달라는 것뿐이다. 그게 전부야. 자, 잘 들어라, 모모. 우리가 툭 터놓고 진심을 말하고 있다는 걸 믿을 수 있겠지. 넌 그 대신 친구들을 돌려받는 거야. 너희들은 예전처럼 다시 즐겁게 지낼 수 있어. 정말 구미가 당기는 제안이지!"

이제 모모는 처음으로 입을 열었다. 입이 꽁꽁 얼어서 말하기가 몹시 힘이 들었다.

모모는 천천히 물었다.

"호라 박사님한테 무엇을 바라는 거죠?"

음성이 날카롭게 대꾸했다.

"우리는 박사와 사귀고 싶은 거야."

싸늘한 한기가 더욱 심해졌다.

"그 정도만 알고 있어."

모모는 입을 다물고 잠자코 기다렸다. 회색 신사들 사이에서 동요가 일었다. 마음이 불안해진 모양이었다.

음성이 말했다.

"정말 널 이해할 수 없구나. 너와 네 친구들을 생각해 봐! 호라 박사 걱정은 말고. 그건 그 사람 문제잖아. 박사는 스스로를 돌볼 만큼 충분히 나이를 먹었어. 게다가 박사가 현명하게 행동해서 선선히 합의해 준다면, 우리는 털끝 하나 건드리지 않을 거야. 물론 안 그런다면, 억지로 그렇게 할 방법이 있지."

모모는 입술이 파랗게 질려 물었다.

"뭘 억지로 한다는 거예요?"

대답하는 음성의 톤이 갑자기 높아지고 잔뜩 힘이 들어갔다.

"우리는 사람들의 시간, 분, 초를 일일이 긁어모으는 일에 신물이 났어. 우리는 모든 사람의 모든 시간을 원해. 호라는 우리에게 그걸 넘겨줘야 하는 거야!"

모모는 깜짝 놀라 목소리가 들리는 어둠 속을 뚫어지게 바라보았다.

"그럼 사람들은요? 사람들은 어떻게 되죠?"

음성이 갑자기 귀청을 찢을 듯 목청을 높였다.

"사람들은 이미 오래전에 무용지물이 돼 버렸어. 그들은 같은 인간이 발붙일 자리도 없을 지경으로 이 세상을 망쳐 놓았지. 이제 우리가 이 세상을 다스릴 거다."

한기가 더욱 심해져 모모는 겨우 입술을 달싹일 수 있을 뿐이었다. 하지만 목소리는 나오지 않았다.

음성이 갑자기 소리를 낮추어 사뭇 아첨하는 듯이 말했다.

"하지만, 꼬마 모모야, 걱정할 것 없어. 물론 너와 네 친구들은 빼놓고 말이니까. 너희들은 즐겁게 놀고, 서로 이야기를 들려주는 마지막 인간들이 될 거야. 너희들이 우리 일에 끼어들지 않으면, 우리도 너희를 건드리지 않으마."

음성이 말을 마쳤다. 하지만 바로 뒤를 이어 다른 쪽에서 다시 한 음성이 말하기 시작했다.

"우리가 진실을 말했다는 걸 알겠지. 우리는 약속을 지킬 거야. 그러니 우리를 호라 박사에게 안내해."

모모는 말을 하려고 애썼다. 너무 추워서 의식을 잃을 지경이었다. 모모는 몇 번이고 애쓴 끝에 드디어 말을 할 수 있었다.

"내가 할 수 있다고 해도, 그렇게는 안 할 거예요."

어디선가에서 한 음성이 위협적인 투로 물었다.

"'내가 할 수 있다고 해도'라니? 무슨 뜻이지? 넌 할 수 있잖아! 호라 박사 집에 갔다 왔으니까 길을 알 것 아냐!"

모모는 작은 소리로 말했다.

"길을 찾을 수가 없어요. 찾으려고 해 봤어요. 하지만 길을 아는 건 카시오페이아뿐이에요."

"카시오페이아라니?"

"호라 박사님의 거북이에요."

"그 거북은 지금 어디 있지?"

거의 의식을 잃은 모모는 더듬거리며 말했다.

"거북은…… 나랑 같이…… 돌아왔어요……. 하지만…… 난…… 거북을…… 잃어버렸어요."

아주 먼 곳에서 울리는 듯한 웅성임이 주변에서 들려왔다.

"즉시 비상경보를 울리시오! 거북을 찾아야 해요. 모든 거북을 샅샅이 검사하시오! 카시오페이아라는 거북을 찾아야 해요! 찾아야 해요! 찾아야 해요!"

음성들의 여운이 점차 사라졌다. 주위는 곧 잠잠해졌다. 모모는 천천히 의식을 되찾았다. 모모는 엄청나게 큰 광장에 홀로 서 있었다. 광장 위로 황량하기 그지없는 텅 빈 공간에서 불어오는 듯한 한 줄기 차가운 바람, 잿빛 바람이 스쳐 지나갔다.

제18장

뒤를 돌아보지 않고 앞만 바라보면?

얼마나 시간이 흘렀는지 몰랐다. 시계탑 종이 여러 번 울렸지만, 모모는 거의 듣지 못했다. 얼어붙은 팔다리에 서서히 온기가 돌아왔다. 모모는 온몸이 마비된 것 같아 결정을 내릴 수가 없었다.

옛 원형극장으로 돌아가 잠을 자야 할까? 자기와 친구들을 위한 모든 희망이 영원히 사라진 지금? 모모는 마음속 깊이 느낄 수 있었다. 이제 다시는 좋아지지 않을 거야, 다시는…….

게다가 카시오페이아도 걱정이 되었다. 회색 신사들이 정말 카시오페이아를 찾아내면 어떻게 하지? 모모는 거북의 이름을 발설한 스스로를 호되게 나무랐다. 하지만 그때는 반쯤 넋이 나가 있어서 모든 것을 깊이 생각할 수 없었다.

모모는 스스로를 달랬다.

"아마 카시오페이아는 벌써 오래전에 호라 박사님한테 돌아갔을 거야. 그래, 카시오페이아가 제발 나를 찾지 말았으면. 그게 카시오페이아를 위해서 좋은 거야. 그리고 나를 위해서도……."

그 순간, 무언가가 모모의 맨발을 살그머니 건드렸다. 모모는 소스라치게 놀라 천천히 허리를 구부렸다.

그런데 바로 앞에 거북이 있는 것이 아닌가! 어둠 속에서 천천히 글자가 빛났다.

"나 다시 돌아왔어."

생각하고 말 것도 없이 모모는 거북을 냉큼 집어서 웃옷 속에 감췄다. 모모는 허리를 펴고 가만히 귀를 기울이며 어둠 속을 두리번거렸다. 근처에 회색 신사들이 있을까 봐 더럭 겁이 났다.

하지만 주위는 여전히 쥐 죽은 듯 조용했다.

카시오페이아는 웃옷 속에서 버둥대며 빠져나오려고 야단이었다. 모모는 거북을 더 꼭 누르고 웃옷 안에 대고 속삭였다.

"제발 조용히 있어!"

거북 등에는 이런 글이 빛났다.

"이게 무슨 짓이야?"

모모는 낮은 목소리로 말했다.

"아무도 너를 보면 안 된단 말이야!"

그러자 거북의 등에 글이 나타났다.

"하나도 안 반가운 거야?"

모모는 울먹였다.

"반가워. 카시오페이아, 정말 반가워. 얼마나 반가운지 몰라!"

모모는 거북의 코에 몇 번이고 입을 맞췄다.

거북 등의 글씨가 완연하게 홍조를 띠며 대답했다.

"어, 이러면 곤란한데!"

모모는 빙그레 미소를 지었다.

"그래, 그동안 내내 날 찾았니?"

"물론이야."

"그런데 어떻게 바로 지금, 바로 여기서 날 찾을 수 있었니?"

거북의 대답은 이랬다.

"그럴 줄 벌써 알고 있었어."

그러니까 카시오페이아는 그 전에는 모모를 찾을 수 없다는 걸 알면서도 내내 모모를 찾아다녔단 얘기 아닌가? 그렇다면 사실 찾아다닐 필요가 없지 않았을까? 그것은 너무 오래 생각하다 보면 머리가 핑글핑글 도는 카시오페이아의 수수께끼 가운데 하나였다. 하지만 지금은 분명 그 문제로 골머리를 썩일 때가 아니었다.

모모는 거북에게 그동안 있었던 일을 소곤소곤 말해 주었다. 그리고 마지막으로 이렇게 물었다.

"이제 어떻게 해야 하지?"

카시오페이아는 정신을 바짝 차리고 모모의 말을 들었다. 이제 거북의 등에는 이런 글이 나타났다.

"우린 호라 박사님한테 가는 거야."

모모는 깜짝 놀라 소리쳤다.

"지금? 하지만 그들은 사방에서 널 찾고 있어! 여기에만 없는 거야. 여기에 남아 있는 편이 더 똑똑한 게 아닐까?"

하지만 거북의 등에는 이렇게 쓰여 있을 뿐이었다.

"난 우리가 간다는 걸 알고 있어."

"그럼, 우린 그들의 품속으로 곧장 뛰어들게 되는걸."

카시오페이아가 대답했다.

"우린 아무도 안 만나."

카시오페이아가 그렇게 자신 있게 말한다면, 물론 그 말은 믿을 만했다. 모모는 카시오페이아를 땅바닥에 내려놓았다. 하지만 예전에 걸었던 멀고도 힘든 길을 생각하자, 그 길을 도저히 다시 걸을 자신이 없었다.

"혼자 가, 카시오페이아. 난 더는 못 걷겠어. 혼자 가서 호라 박사님께 내 인사나 전해 줘."

모모가 나직이 말하자 카시오페이아의 등에 글자가 나타났다.

"아주 가까워!"

모모는 글을 읽고 깜짝 놀라 주변을 살펴보았다. 서서히 어렴풋하게 기억이 났다. 지금 있는 곳은 모든 것이 죽은 것처럼 보였던 그 허름한 구역이었다. 예전에 이곳을 지나 하얀 집들과 이상한 빛이 비치는 다른 구역으로 건너갔었지. 그렇다면 "언제나 없는 거리"와 "아무 데도 없는 집"까지 걸어갈 수도 있을 것 같았다.

“좋아. 갈게. 하지만 좀 빨리 가게 널 안고 가면 안 될까?”

모모는 카시오페이아의 등에서 이런 글을 읽을 수 있었다.

“미안하지만 안 돼.”

“왜 꼭 네가 직접 기어가려고 하는 거니?”

이 물음에 거북은 수수께끼 같은 대답을 했다.

“길은 내 안에 있어.”

이 말과 함께 거북은 움직이기 시작했고, 모모는 거북을 따라갔다. 천천히, 한 발짝 한 발짝씩.

소녀와 거북의 모습이 인접한 거리로 사라지자마자 광장 주변 건물들의 어두컴컴한 그림자 부근이 활기를 띠기 시작했다. 억양 없는 킥킥대는 웃음소리가 수런수런 광장 위를 스쳐 지나갔다. 회색 신사들이 모든 얘기를 엿들은 것이었다. 그들 중 일부가 남아서 소녀를 몰래 지켜보고 있었던 것이었다. 오래 기다려야 하긴 했지만, 이런 뜻밖의 성공을 거둘 줄은 그들 자신도 예상하지 못했던 일이었다.

한 잿빛 음성이 속삭였다.

“저기 간다! 덮칠까요?”

다른 음성이 나직이 말했다.

“안 돼요. 그냥 가게 내버려둬야 해요.”

첫 번째 음성이 물었다.

"왜지요? 우리는 반드시 거북을 잡아야 해요. 지시를 받지 않았습니까. '무슨 일이 있어도 반드시'라고 말입니다."

"맞아요. 하지만 거북이 왜 필요한 거죠?"

"호라에게 가는 길을 안내하기 위해서지요."

"바로 그겁니다. 거북은 지금 길을 안내하고 있어요. 안내하라고 강요할 필요조차 없어요. 자진해서 가고 있지 않습니까? 물론 의도적인 것은 아니지만."

다시 광장 주변의 어두컴컴한 그늘에서 억양 없는 킥킥대는 웃음소리가 흘러나왔다.

"당장 시내에 있는 모든 영업사원에게 알리시오. 수색은 중단해도 됩니다. 모두 우리랑 합류해야 해요. 하지만 조심해야 합니다! 절대 저들의 길을 가로막으면 안 됩니다. 어디든 길을 터 주어야 해요. 누구도 그들과 마주치면 안 됩니다. 자, 여러분, 그럼 조용히, 아무것도 모르는 우리의 두 안내자를 따라갑시다!"

이렇게 하여 모모와 카시오페이아는 추적자들을 한 명도 만나지 않았다. 소녀와 거북이 어느 쪽으로 발걸음을 옮기든, 추적자들이 길을 비키고 제때 모습을 감추어 그들 뒤를 따르는 동료들과 합류했기 때문이었다. 회색 신사들은 담장과 집 모퉁이에 계속해서 몸을 숨기며 소리 없이 두 도망자의 뒤를 따랐다. 회색 신사의 행렬은 급속히 불어났다.

모모는 전에 없이 몹시 피곤했다. 그냥 앞으로 고꾸라져 잠이 들 것 같은 때도 몇 번 있었다. 하지만 스스로를 다그쳐 한 걸음, 한 걸음 걸었다. 그러면 아주 잠깐은 좀 나아지는 듯했다.

거북이 저렇게 지독하게 느릿느릿 기어가지만 않는다면! 하지만 어쩔 도리가 없었다. 모모는 왼쪽도 오른쪽도 보지 않고, 제 두 발과 카시오페이아만 내려다보았다.

영겁의 시간이 지난 것 같았다. 갑자기 발밑의 거리가 환해졌다. 모모는 납덩이처럼 무거운 눈꺼풀을 들어 주위를 둘러보았다.

드디어 새벽 햇살도 저녁 햇살도 아닌, 사방 다른 방향으로 그림자를 드리우는 이상한 빛이 비치는 구역에 이르러 있었다. 접근을 허용하지 않는 듯한 컴컴한 창문이 달린 집들이 눈부시게 흰빛을 발하며 서 있었다. 네모난 새까만 돌 위에 엄청나게 커다란 달걀이 놓여 있는 이상한 기념비도 보였다.

호라 박사 집까지 그리 멀지 않다는 것을 깨닫자 모모는 다시 용기를 냈다. 모모는 거북에게 말했다.

"부탁이야, 좀 더 빨리 걸으면 안 될까?"

거북은 대답했다.

"느리게 갈수록 더 빠른 거야."

거북은 아까보다도 더욱 느릿느릿 기어갔다. 전에도 그랬듯이 모모는 느리게 감으로써 더 빨리 앞으로 나갈 수 있다는 것을 깨달았다. 마치 발밑의 거리가 스스로 미끄러져 나가는 것 같았다.

느리게 가면 느리게 갈수록 더욱 빨리 갈 수 있었다.

느릿느릿 갈수록 더욱 빨리 갈 수 있으며, 서두르면 서두를수록 더욱 천천히 갈 뿐이라는 것은 하얀색 구역의 비밀이었다. 전에 석 대의 자동차로 모모의 뒤를 쫓았던 회색 신사들은 그 비밀을 몰랐고, 그래서 모모는 그들의 손아귀에서 벗어날 수 있었다.

그때는 그랬다!

하지만 지금은 사정이 달랐다. 지금 그들은 소녀와 거북을 따라잡으려고 하지 않았다. 소녀와 거북 뒤를 똑같이 천천히 따라갈 뿐이었다. 마침내 그들도 비밀을 간파하게 되었다. 모모와 카시오페이아 등 뒤의 하얀 길은 회색 신사들의 무리로 천천히 채워졌다. 그곳에서 어떻게 움직여야 하는지 방법을 터득한 그들은 심지어는 거북보다도 느릿느릿 걸었다. 그들은 점점 간격을 좁혀와, 더욱더 가까이, 더욱더 가까이 다가왔다. 그것은 마치 거꾸로 된 경주, 누가 더 느린지 내기하는 경주 같았다.

길은, 이 꿈의 거리를 꼬불꼬불 지나 하얀 구역 내부 깊숙이로 이어졌다. 그리고 "언제나 없는 거리"로 접어드는 모퉁이에 이르렀다.

카시오페이아는 이미 그 거리로 들어서서 "아무 데도 없는 집"을 향해 기어가고 있었다. 모모는 그 거리에서는 몸을 돌려 뒷걸음질을 쳐야만 비로소 앞으로 나갈 수 있었다는 것을 기억해 냈다. 그래서 이번에도 그렇게 했다.

그 순간, 모모는 어찌나 놀랐던지 심장이 멎어 버릴 뻔했다.

시간 도둑들이, 움직이는 회색 담장인 양 걸어오고 있었던 것이다. 그들은 어깨에 어깨를 나란히 하고, 길을 꽉 메우고 다가오고 있었다. 그 행렬은 끝 간 데 없이 길었다.

모모는 소리를 질렀지만, 자기 목소리를 들을 수 없었다. 모모는 뒤따라오는 회색 신사들의 무리를 눈을 동그랗게 뜨고 바라보면서, 뒷걸음질을 쳐서 "언제나 없는 거리"로 뛰어 들어섰다.

그러자 또다시 이상한 일이 일어났다. 맨 앞에 섰던 추적자 몇 명이 "언제나 없는 거리"로 들어서려 했을 때였다. 그 순간, 그들은 모모의 눈앞에서 말 그대로 무(無)로 해체되어 버렸다. 처음에는 앞으로 뻗친 두 팔이 사라졌고, 다음에는 두 다리와 몸뚱이가 사라졌다. 끝으로 경악과 공포에 질린 얼굴이 사라졌다.

하지만 그 광경을 목격한 것은 모모만이 아니었다. 뒤따라오던 회색 신사들 역시 그 광경을 보았다. 앞에 섰던 회색 신사들이 버티고 서서 뒤를 따르던 무리를 막았다. 그들 사이에서 잠시 치고받고 싸우는, 격렬한 싸움 같은 장면이 벌어졌다. 모모는 그들의 성난 얼굴과 위협적으로 흔들어 대는 주먹을 보았다. 하지만 감히 모모를 따라오는 자는 아무도 없었다.

드디어 모모는 "아무 데도 없는 집"에 다다랐다. 금속으로 된, 육중하고 커다란 초록색 대문이 스르르 열렸다. 모모는 안으로 뛰어 들어가, 석상들이 있는 복도를 지나서 반대편 끝에 있는 아주 작은 문을 열고 안으로 미끄러져 들어갔다. 그리고 허겁지겁 헤아릴 수 없이 많은 시계가 있는 홀을 지나, 추시계들 사이에 있는 작은 방으로 달려가 아담한 소파에 몸을 던지고는 아무것도 보지 않고 아무것도 듣지 않으려는 듯 베개에 얼굴을 묻었다.

제19장

포위된 이들은 결단을 내려야 한다

나직한 음성이 들려왔다.

모모는 꿈도 꾸지 않은 깊은 잠에서 서서히 깨어났다. 신기하게도 푹 쉬고 난 듯 기운이 났다.

"모모야 어쩔 수 없었겠지."

다시 음성이 들려왔다.

"헌데 카시오페이아, 대체 넌 왜 그랬니?"

모모는 눈을 떴다. 소파 앞의 조그만 탁자 옆에 호라 박사가 앉아 있었다. 호라 박사는 근심스러운 얼굴로 거북이 있는 땅바닥을 내려다보았다.

"회색인들이 너희들 뒤를 따라올 수 있다는 생각은 못 했어?"

카시오페이아의 등에 글자가 나타났다.

"전 앞날을 알 뿐이에요. 깊이 생각하진 않아요!"

호라 박사는 한숨을 쉬면서 고개를 절레절레 흔들었다.

"오, 카시오페이아, 카시오페이아, 넌 가끔 내게도 수수께끼로구나!"

모모는 자리에서 일어나 앉았다.

호라 박사가 다정하게 말했다.

"아, 우리 꼬마 모모가 일어났구나! 그래, 기분이 좀 나아졌니?"

"고맙습니다. 아주 좋아졌어요. 죄송해요. 여기서 그냥 잠이 들었던 모양이에요."

"그런 생각은 하지 말아라. 잘한 일이야. 아무것도 설명할 필요 없다. 내 만능 요술 안경으로 보지 못한 건 그동안 카시오페이아가 모두 얘기해 주었거든."

"회색 신사들은 어떻게 되었어요?"

호라 박사는 웃옷에서 커다란 하늘색 손수건을 꺼냈다.

"지금 우리를 포위하고 있어. '아무 데도 없는 집'을 사방에서 에워싸고 있지. 그러니까 가까이 올 수 있는 한계까지 와 있다는 뜻이야."

"우리 있는 곳까지 들어올 순 없죠?"

호라 박사는 흥 소리 나게 코를 풀었다.

"아니, 그럴 수는 없어. 너도 보지 않았니. 그들은 '언제나 없는 거리'에 들어서자마자 흔적도 없이 사라져 버린단다."

모모는 궁금해하며 물었다.

"왜 그런 거예요?"

"시간의 소용돌이 때문이지. 그 거리에서는 모든 것을 거꾸로 해야 한다는 건 알고 있지? '아무 데도 없는 집' 주변에서는 시간이 거꾸로 흐른단다. 다른 데서는 시간이 네 안으로 들어오지. 그래서 네 안에 점차 많은 시간이 쌓이면서 나이를 먹게 되는 게야. 허나 '언제나 없는 거리'에서는 시간이 네게서 빠져나간단다. 그 거리를 지나는 동안 네 나이가 어려진다고 할 수도 있겠지. 많이는 아니고, 네가 그 거리를 지날 때에 걸린 시간만큼만."

모모는 무척 신기해했다.

"그런 걸 전혀 몰랐네요."

호라 박사는 빙그레 웃으며 설명했다.

"물론 사람들에게 그건 대단한 게 아니야. 왜냐하면 사람이란 한갓 자기 안에 있는 시간에 그치는 존재가 아니거든. 사람은 그것보다 훨씬 더 큰 존재란다. 허나 회색인들은 사정이 달라. 그들은 훔친 시간으로 이루어져 있을 뿐이지. 그래서 시간의 소용돌이에 휘말리게 되면, 몸에서 금세 시간이 빠져나가는 게야. 터진 고무풍선에서 공기가 빠져나가는 것과 같지. 풍선은 그래도 터진 조각이라도 남지만, 그들은 흔적도 없이 사라져 버린단다."

모모는 정신을 바짝 차리고 곰곰 생각해 보았다.

"그럼 모든 시간을 거꾸로 흐르게 할 수는 없나요? 물론 아주

345

잠깐 동안요. 그럼 모든 사람들이 조금 더 젊어지겠지만 그래서 문제 될 건 없잖아요. 하지만 시간 도둑들은 흔적도 없이 사라져 버릴 거예요."

호라 박사는 빙그레 미소를 지었다.

"좋은 생각이다. 헌데 유감스럽게도 그렇게 할 수가 없구나. 시간의 두 개의 흐름은 균형을 이루고 있단다. 한쪽의 흐름을 멈추게 하면, 다른 쪽 흐름도 없어지지. 그럼 시간이 존재하지 않게 되는 게야⋯⋯."

박사는 말을 멈추고 요술 안경을 이마로 치켜올렸다.

"그러니까⋯⋯."

호라 박사는 중얼거리며 자리에서 일어나더니 골똘히 생각에 잠겨 작은 방을 왔다 갔다 걸어 다녔다. 모모는 잔뜩 긴장해서 박사를 바라보았다. 카시오페이아도 눈으로 박사를 좇고 있었다.

이윽고 박사는 자리에 앉더니 뭔가를 알아내려는 듯 모모를 찬찬히 바라보았다.

"네 덕분에 좋은 방법이 생각났다! 헌데 그걸 사용하는 건 내게만 달린 문제가 아니야."

박사는 발치에 웅크리고 있는 거북에게 몸을 돌렸다.

"나의 충실한 카시오페이아! 네 생각에는 우리가 포위되어 있는 동안 뭘 하면 가장 좋겠니?"

거북의 등에 이런 대답이 나타났다.

"아침 식사요!"

"그래, 그것도 나쁜 생각은 아니구나!"

그 순간, 탁자에는 이미 음식이 차려져 있었다. 아니면 내내 있었는데 모모가 보지 못했던 걸까? 어쨌든 예전처럼 탁자에는 조그만 황금 찻잔들과 황금빛으로 반짝반짝 빛나는 아침 식사가 차려져 있었다. 모락모락 김이 나는 초콜릿 차가 담긴 주전자, 꿀과 버터, 그리고 바삭바삭한 동그란 빵.

모모는 그동안 맛있는 이 음식을 자주 그리워했다. 이제 모모는 왕성한 식욕으로 음식을 먹기 시작했다. 지난번보다 더 맛이 있었다. 더욱이 이번에는 호라 박사도 맛있게 음식을 먹었다.

조금 뒤에 모모는 한입 가득 음식을 넣고 씹으면서 말했다.

"그들은 박사님이 자기들한테 모든 사람들의 시간을 전부 내주길 바라고 있어요. 하지만 안 그러실 거죠?"

"물론이지, 아가. 절대 안 그럴 게야. 시간은 언젠가 시작되었다가 언젠가는 끝나지. 물론 사람들이 시간을 더 이상 필요로 하지 않을 때 끝난단다. 회색 신사들은 내게서 단 1초도 얻을 수 없을 게다."

"하지만 그들은 박사님한테 억지로 그렇게 하라고 강요할 수 있다던데요."

박사는 몹시 심각한 표정으로 말했다.

"그 문제에 대해 더 얘기하기 전에 우선 네가 직접 그자들을 보

347

아야 할 것 같구나."

박사는 작은 금테 안경을 벗어서 모모에게 건네주었다. 모모는 안경을 썼다.

처음에는 지난번처럼 여러 가지 색깔과 형태들의 소용돌이가 보일 뿐이어서 모모는 머리가 어질어질해졌다. 하지만 이번에는 금세 괜찮아졌다. 잠시 뒤에 모모의 눈은 벌써 요술 안경에 익숙해졌다.

그러자 포위하고 있는 자들의 거대한 무리가 보였다!

회색 신사들은 어깨에 어깨를 나란히 하고 끝없이 긴 열을 지어 서 있었다. 그들은 "언제나 없는 거리" 앞뿐 아니라, 보다 넓게 눈처럼 새하얀 집들이 있는 구역을 포함해서, "아무 데도 없는 집"을 중심으로 커다란 원을 그리며 서 있었다. 포위망은 물샐틈없이 완벽했다.

하지만 모모는 곧 다른 현상, 그러니까 뭔가 이상한 현상을 눈치챘다. 처음에는 요술 안경의 유리에 습기가 찼거나, 아니면 자기가 아직 안경을 제대로 들여다보지 못하는 거라고 생각했다. 뿌연 안개가 끼어 회색 신사들의 형체가 흐릿해졌던 것이다.

그러나 모모는 금방 사정을 알아차릴 수 있었다. 그 안개는 안경이나 모모의 눈과는 상관없었다. 그것은 저 바깥쪽 거리에서 올라오고 있었다. 몇 군데는 이미 안개가 너무 자욱해서 앞이 보이지 않았다. 막 안개가 형성되고 있는 곳도 있었다. 회색 신사들은 꼼짝도 않고 서 있었다. 저마다 머리에는 뻣뻣한 중절모자를 쓰고, 손에는 서류 가방을 들고 있었다. 입에 물고 있는 작은 회색 시가에서는 쉬지 않고 연기가 뿜어 나왔다. 하지만 연기의 구름은 보통 공기에서처럼 넓게 퍼지지 않았다. 연기는, 바람 한 점 불지 않는 이곳의 투명한 공기 속에서 거미줄처럼 질긴 기다란 베일을 형성하더니, 거리 위를 지나 새하얀 집들의 앞면을 타고 슬금슬금 기어 올라가, 기다란 깃발처럼 이 건물에서 저 건물로 넓게 퍼져 나갔다. 연기는 곧 구역질 나는 푸른빛 도는 초록색 안개로 둥글게 뭉치더니, 서서히 그러나 꾸준히 차곡차곡 포개어져 점점 더 높다란 탑을 이루어서 "아무 데도 없는 집"을 빙 둘러 에워싸는 것이었다. 그것은 마치 점점 높이 자라나는 담장과도 같았다.

모모는 이따금 새로운 인물들이 도착해 다른 자들과 교대로 줄을 서는 모습도 볼 수 있었다. 이 모든 일은 대체 왜 일어나는 걸까? 시간 도둑들의 꿍꿍이속은 과연 무얼까? 모모는 안경을 벗고, 묻는 듯한 시선으로 호라 박사를 쳐다보았다.

호라 박사가 물었다.

"충분히 보았니? 그럼 안경을 이리 다오."

그는 안경을 쓰며 말을 이었다.

"그들이 내게 어떤 일을 억지로 강요할 수 있느냐고 물었지? 너도 알다시피 그들은 내게 직접 손을 뻗칠 수는 없단다. 허나 사람들에게 지금까지 끼쳤던 것보다 훨씬 나쁜 해악을 끼칠 수는 있어. 그들은 그것을 무기로 나를 협박할 심산인 게야."

모모는 깜짝 놀라 물었다.

"더 나쁜 해악이라구요?"

호라 박사는 고개를 끄덕였다.

"나는 사람들 하나하나에게 시간을 나누어 주고 있어. 그것에 대해서는 회색 신사들도 손을 쓸 수가 없어. 그들은 내가 사람들에게 나누어 주는 시간을 막을 수도 없단다. 허나 그 시간을 오염시킬 수는 있지."

모모는 너무 놀라 넋이 나간 표정으로 물었다.

"시간을 오염시킨다구요?"

호라 박사는 설명했다.

"시가 연기로 말이다. 작은 회색 시가를 물지 않은 회색 신사를 한 명이라도 본 적이 있니? 물론 못 봤을 게다. 그들은 시가가 없으면 존재할 수 없거든."

모모는 정말 궁금했다.

"그 시가는 어떤 시가예요?"

"시간의 꽃을 기억하고 있겠지? 그때 내가 말했잖니. 사람들은 저마다 가슴을 갖고 있기에 그런 황금빛 시간의 사원을 하나씩 갖고 있다고 말이다. 그런데 사람들이 그 사원에 회색 신사들을 들이게 되면, 회색인들은 시간의 꽃을 야금야금 빼앗을 수 있게 된단다. 허나 그렇게 해서 사람의 가슴에서 뽑힌 시간의 꽃은 죽을 수가 없어. 왜냐하면 그 시간은 진짜 흘러간 것이 아니거든. 허나 진짜 주인에게서 떼어 내졌기 때문에 살아 있다고 할 수도 없지. 시간의 꽃은 전심전력으로 제 진짜 주인에게 돌아가려고 애를 쓴단다."

모모는 숨을 죽이고 귀를 기울였다.

"모모야, 악(惡)도 나름대로 비밀을 갖고 있다는 것을 알아야 한다. 나는 회색 신사들이 훔친 시간의 꽃들을 어디다 보관하는지는 모른다. 다만 자신들의 냉기로 꽃들을 유리컵처럼 딱딱하게 얼린다는 것만 알고 있지. 그렇게 해서 꽃들이 되돌아가지 못하도록 막는 게야. 아마 땅속 깊은 곳 어딘가에 얼린 시간들을 모두 보관하는 거대한 창고가 있을 게다. 허나 그곳에서도 시간의 꽃은 여전히 살아 있단다."

모모의 뺨은 분노로 발갛게 달아올랐다.

"회색 신사들은 그 저장 창고에서 계속해서 배급을 받지. 그들은 시간의 꽃에서 꽃잎을 떼어 내어 잿빛으로 딱딱하게 변할 때까지 바싹 말려서는 그것으로 조그만 시가를 마는 거란다. 허나 그 순간까지도 꽃잎에는 실낱같은 생명이 붙어 있어. 헌데 회색 신사들은 살아 있는 시간은 소화를 시킬 수가 없어. 그래서 시가에 불을 붙여 피우는 거란다. 연기로 변하면서 시간은 완전히 죽게 되거든. 회색 신사들은 이처럼 사람의 죽은 시간으로 목숨을 부지하고 있단다."

모모는 자리에서 벌떡 일어났다.

"아, 그 수많은 죽어 간 시간들……."

"그래, 저 바깥 '아무 데도 없는 집' 주변에서 점점 더 높이 자라고 있는 연기의 담장은 죽은 시간으로 이루어졌단다. 아직은 탁 트인 하늘이 충분하니까 나도 사람들에게 손상되지 않은 시간을 보낼 수 있어. 허나 침침한 연기가 이곳의 하늘을 뒤덮어 버리면, 내가 보내는 시간에는 모두 회색 신사들의 유령 같은 시간이 섞이게 되지. 그것을 받는 이들은 그로 인해 병이 들게 돼. 그것도 죽을병이."

모모는 할 말을 잊고 호라 박사를 뚫어지게 바라보았다. 이윽고 모모는 나직이 물었다.

"그 병은 어떤 병인데요?"

"처음에는 거의 눈치를 채지 못해. 허나 어느 날 갑자기 아무것도 하고 싶은 의욕이 없어지지. 어떤 것에도 흥미를 느낄 수 없지. 한마디로 몹시 지루한 게야. 허나 이런 증상은 사라지기는커녕 점점 더 커지게 마련이란다. 하루하루, 한 주일 한 주일이 지나면서 점점 악화되는 게지. 그러면 그 사람은 차츰 기분이 언짢아지고, 가슴속이 텅 빈 것 같고, 스스로와 이 세상에 대해 불만을 느끼게 된단다. 그다음에는 그런 감정마저 서서히 사라져 결국 아무런 감정도 느끼지 못하게 되지. 무관심해지고, 잿빛이 되는 게야. 온 세상이 낯설게 느껴지고, 자기와는 아무 상관도 없는 것 같아지는 게지. 이제 그 사람은 화도 내지 않고, 뜨겁게 열광하는 법도 없어. 기뻐하지도 않고, 슬퍼하지도 않아. 웃음과 눈물을 잊는 게야. 그러면 그 사람은 차디차게 변해서, 그 어떤 것도, 그 어떤 사람도 사랑할 수 없게 된단다. 그 지경까지 이르면 그 병은 고칠 수가 없어. 회복할 길이 없는 게야. 그 사람은 공허한 잿빛 얼굴을 하고 바삐 돌아다니게 되지. 회색 신사와 똑같아진단다. 그래, 그들 중의 하나가 되지. 그 병의 이름은 '견딜 수 없는 지루함'이란다."

모모는 등골이 오싹했다.

"그러니까 박사님이 모든 사람들의 시간을 내주지 않으면 회색 신사들이 사람들을 전부 자기들하고 똑같이 만들어 버릴 거라는 말씀인가요?"

"그래, 그들은 그것으로 나를 협박하려는 게야."

박사는 자리에서 일어나 몸을 돌렸다.

"나는 지금까지 사람들이 자신들을 괴롭히는 이 유령을 스스로 떨쳐 버리기를 기다려 왔다. 충분히 그럴 수 있는 일이지. 회색 인간들이 존재하게 된 건 사람들 스스로가 도왔기 때문이니까. 허나 이제 더 이상은 기다릴 수 없구나. 무슨 조치를 취해야겠어. 헌데 혼자서는 할 수가 없구나."

박사는 모모를 바라보았다.

"네가 도와주겠니?"

모모는 작은 소리로 대답했다.

"예."

"그러면 넌 이루 말할 수 없는 엄청난 위험에 빠지게 돼. 이 세상이 영원히 멈추든가 아니면 다시 새로 시작하든가, 그건 전적으로 네게 달려 있단다. 이런 위험한 모험을 정말 할 수 있겠니?"

모모의 목소리는 이번에는 단호했다.

"예."

"그럼, 정신을 바짝 차리고 내가 하는 말을 들으렴. 이제 너는 완전히 혼자서 해야 해. 나도 널 도울 수가 없단다. 나뿐 아니라, 아무도 널 도울 수 없어."

모모는 고개를 끄덕이며 잔뜩 긴장한 얼굴로 호라 박사를 바라보았다.

"내가 절대 잠을 자지 않는다는 걸 알아야 한다. 내가 잠이 들면, 그 순간 모든 시간은 멈춰 버리지. 이 세상이 멈춰 서는 게야. 허나 시간이 존재하지 않으면, 회색 신사들 역시 누구한테서도 시간을 훔칠 수 없지. 저장해 둔 시간이 꽤 되니까 아마 당분간은 버틸 수 있겠지만 그것마저 쓰고 나면, 그들은 흔적도 없이 사라져 버릴 게다."

"그럼 아주 간단하네요!"

"유감스럽게도 그렇게 간단하지가 않아. 그렇게 간단하다면,

네 도움도 필요하지 않을 게다, 아가. 시간이 더 이상 존재하지 않으면, 나 역시 다시는 깨어날 수 없어. 그럼 이 세상이 영원히 얼어붙은 듯 정지되어 버릴 게다. 헌데 내게는 너에게만, 딱 너 한 사람에게만 시간의 꽃을 줄 힘은 있단다. 물론 한 송이밖에 줄 수 없지. 언제나 한 송이만 피어나니까. 그러니까 이 세상에서 시간이 전부 멈추어도 넌 한 시간을 갖게 되는 게야."

"그렇다면 제가 박사님을 깨울 수 있겠네요!"

"그 한 시간 갖고는 뭘 하기가 쉽지 않을 게야. 회색 신사들은 많은 시간을 저장해 놓고 있거든. 훨씬 많단다. 그들이 단 한 시간 동안 소비하는 시간은 그들이 저장해 둔 양에 비하면 새 발의 피에 불과할 게다. 그러니까 한 시간이 지난 뒤에도 그들은 계속 존재하는 게야. 네가 해결해야 할 과제는 훨씬 어렵단다! 회색 신사들은 시간이 멈추었다는 사실을 알아차리면 — 시가의 보급이 중단될 테니 아마 금세 알아차릴 게다 — 포위를 풀고 시간을 쌓아둔 창고로 가려고 할 게다. 모모야, 그럼 넌 그들을 따라가야 한다. 그들의 은신처를 찾아내면, 그들이 저장해 놓은 시간에 가까이 가지 못하도록 막아야 해. 시가가 없으면 그들도 끝장이니까. 허나 그다음에도 할 일이 또 있단다. 아마 제일 어려운 일일 게야. 최후의 시간 도둑이 사라지면, 너는 그들이 훔친 시간을 전부 풀어 주어야 해. 그 시간이 진짜 주인인 사람들에게 돌아가야만 세상이 정지 상태에서 풀려나고, 나 역시 잠에서 깨어날 수 있거든.

다."

모모는 망연자실해서 호라 박사를 바라보았다. 산 너머 산이라더니, 이렇게 어렵고 위험할 줄은 미처 몰랐다.

호라 박사가 물었다.

"그래도 하겠니? 이게 마지막 남은 유일한 방법이야."

모모는 대답을 하지 않았다. 그 일을 도저히 해낼 수 있을 것 같지 않았다.

"내가 너랑 같이 갈게!"

카시오페이아의 등에 불쑥 이런 말이 나타났다. 이 모든 일에 거북이 무엇을 도울 수 있단 말인가! 하지만 모모에게는 한 줄기 희망의 서광이 비치는 듯했다. 혼자가 아니라는 생각에 용기가 났던 것이다. 합리적인 이유를 꼬집어 댈 수 없는 이 용기 덕분에 모모는 당장 결심할 수 있었다.

모모는 단호하게 말했다.

"해 보겠어요."

호라 박사는 오래오래 모모를 바라보더니 빙그레 미소를 지어 보였다.

"네가 지금 생각하는 것보다 많은 일이 한층 쉬울 게다. 넌 별들의 음성을 들었잖니. 두려워할 것 없다."

그러고 나서 박사는 거북에게 몸을 돌리고 물었다.

"카시오페이아, 그래, 같이 가겠다고?"

"물론이에요!"

그 말이 사라지고 거북 등에는 다시 이런 말이 나타났다.

"누군가는 모모를 보살펴 줘야 하잖아요!"

호라 박사와 모모는 마주 보고 빙그레 웃었다.

모모가 물었다.

"카시오페이아도 시간의 꽃을 받나요?"

호라 박사는 거북의 목을 다정하게 어루만지며 설명했다.

"카시오페이아에겐 꽃이 필요 없어. 카시오페이아는 시간의 바깥에 있지. 자기 안에 자기의 자그만 시간을 갖고 다니거든. 그래서 모든 것이 영원히 정지해 버려도 카시오페이아는 이 세상을 기어다닐 수 있단다."

갑자기 어서 빨리 일을 하고 싶어 못 견디겠다는 듯 모모가 말했다.

"좋아요. 이제 우린 뭘 해야 하죠?"

호라 박사가 대답했다.

"이젠, 작별 인사를 해야지."

모모는 침을 꿀꺽 삼키고 작은 목소리로 물었다.

"그럼 다시는 만날 수 없나요?"

"우리는 다시 만날 게다, 모모. 그때까지 네가 살아가는 한 시간 한 시간이 내 인사를 전해 줄 게다. 우리는 계속해서 친구로 남아 있을 테니까 말이다. 안 그러니?"

모모는 고개를 끄덕이며 말했다.

"예."

"이제 난 가야겠구나. 날 따라오지도 말고, 내가 어디 가는지 묻지도 말아라. 내 잠은 평범한 잠이 아니거든. 네가 그 자리에 없는 편이 더 나아. 한 가지 명심해라. 내가 떠나면 곧 두 개의 문을 열어야 해. 내 문패가 달려 있는 작은 문과 '언제나 없는 거리'로 나가는 커다란 초록빛 철 대문 말이다. 시간이 멈추면, 모든 것이 정지해 버려서 이 문들도 이 세상의 어떤 힘으로도 움직일 수 없게 된단다. 내 말 잘 알아들었지? 잊지 않겠지, 아가?"

"예. 하지만 시간이 멈추었다는 걸 어떻게 알 수 있어요?"

"걱정하지 마라. 알 수 있을 게다."

호라 박사는 자리에서 일어났다. 모모도 일어났다. 박사는 모모의 수세미처럼 헝클어진 머리를 가만히 쓰다듬었다.

"안녕, 귀여운 모모. 네가 내 말에도 귀를 기울여 줘서 정말 즐거웠다."

"모두에게 박사님 얘기를 해 주겠어요. 나중에요."

그 순간, 호라 박사는 모모를 황금 사원으로 데려다줄 때에 그랬던 것처럼 영겁의 세월을 견딘 고목이나 바위처럼, 말할 수 없이 늙어 보였다.

박사는 돌아서서 벽시계들로 이루어진 작은 방을 황급히 나섰다. 박사의 발소리는 점점 멀어졌고, 마침내 수많은 시계의 재깍대는 소리와 구별할 수 없게 되었다. 아마 재깍대는 그 소리 속으로 들어가 버렸는지도 모를 일이었다.

　모모는 카시오페이아를 들어 올려 품에 꼭 안았다. 이제 모모의 돌이킬 수 없는 최대의 모험이 시작된 것이다.

제20장

뒤를 쫓던 자들을 뒤쫓기

모모는 맨 먼저 호라 박사의 문패가 달린 안쪽의 작은 문으로 달려가 문을 열었다. 그러고는 재빨리 커다란 석상들이 있는 복도를 지나 바깥쪽에 있는 커다란 초록빛 철문을 열었다. 커다란 문짝은 몹시 무거워서 젖 먹던 힘까지 동원해서야 겨우 열 수 있었다.

그 일을 마치고 모모는 수많은 시계들이 있는 홀로 돌아와 카시오페이아를 팔에 안은 채 다음에 무슨 일이 일어날지 기다렸다.

그리고 드디어 일이 일어났다!

별안간 강한 진동 같은 것이 일어났다. 그 진동은 공간을 뒤흔드는 것이 아니라 시간을 뒤흔드는 것이었다. 그것은 말하자면 시간의 지진이었다. 그때의 느낌을 설명할 수 있는 적절한 단어란 없다. 시간의 지진은 일찍이 그 누구도 들어 보지 못한 어떤 울림과 함께 일어났다. 수백 년의 깊은 세월에서 흘러나오는 한숨처럼 들리는 울림이었다.

그러고 나서 모든 것이 끝났다.

그와 동시에, 수많은 시계들의 재깍재깍 똑딱똑딱 땡땡땡 하는 소리가 순식간에 멈추어 버렸다. 왔다 갔다 하던 시계의 추는 그 자리에 멈추어 섰다. 아무것도, 정말 아무것도 움직이지 않았다. 서서히 정적이 퍼져 나갔다. 일찍이 이 세상 그 어떤 곳에도 없었던, 그야말로 완벽한 정적이었다. 시간이 멈춰 버린 것이다.

모모는 자기 손에 신비롭고 아주 커다란 시간의 꽃 한 송이가 쥐여 있다는 것을 깨달았다. 어떻게 해서 꽃을 들게 되었는지 알 수 없었지만 꽃은 언제나 거기 있었던 듯 어느새 모모의 손에 들려 있었다.

모모는 조심조심 한 발짝을 떼었다. 과연 평소와 다름없이 쉽게 움직일 수 있었다. 작은 탁자 위에는 먹다 남은 아침 식사가 그대로 놓여 있었다. 모모는 쿠션을 댄 의자에 앉았다. 하지만 쿠션은 대리석처럼 딱딱해서 푹신하게 묻히는 맛이 없었다. 찻잔에는 초콜릿 차 한 모금이 남아 있었지만, 찻잔은 그 자리에 딱 붙어서 꼼짝도 안 했다. 모모는 찻물에 손가락을 담가 보았다. 유리처럼 딱딱했다. 꿀도 마찬가지였다. 접시에 떨어진 빵 부스러기조차 요지부동이었다. 시간이 존재하지 않는 곳에서는 어떤 변화도, 정말 손톱만큼의 변화도 일어날 수 없는 것이다.

카시오페이아가 버둥거렸다. 모모는 거북을 바라보았다. 거북 등에는 이렇게 쓰여 있었다.

"넌 지금 시간을 낭비하고 있어!"

맙소사, 그렇구나! 모모는 벌떡 일어나서, 달음박질해 홀을 지나 작은 문을 빠져나갔다. 그리고 복도를 뛰어가 모퉁이의 커다란 문 옆에 숨어 동정을 살폈다. 순간, 모모는 흠칫 뒤로 물러섰다. 가슴이 터질 듯 방망이질 쳤다. 시간 도둑들은 도망치지 않았다! 오히려 뒷걸음치는 시간마저 정지해 버린 "언제나 없는 거리"를 지나 "아무 데도 없는 집"으로 슬금슬금 다가오고 있지 않은가!

모모는 달음질쳐서 커다란 홀로 돌아가 카시오페이아를 품에 안고 커다란 추시계 뒤에 숨었다.

"정말 멋지게 시작되는걸."

모모는 이렇게 중얼거렸다. 바깥 복도에서 회색 신사들의 발소리가 요란하게 울려왔다. 그들은 차례차례 작은 문을 비집고 들어와, 드디어 한 떼가 홀 안에 들어섰다. 그들은 주변을 휘휘 둘러보았다.

그들 중 하나가 말했다.

"인상적이군! 그러니까 이곳이 우리들의 새집이로군요."

다른 잿빛 음성이 말했다.

"모모라는 계집애가 우리에게 문을 열어 주었어요. 이 두 눈으로 똑똑히 봤지요. 정말 똑똑한 아이요! 무슨 수를 써서 그 노인네

362

의 마음을 돌려놓았는지 정말 알고 싶군요.”

먼젓번 음성과 아주 비슷한 세 번째 음성이 대답했다.

“내 생각에는 그자가 자진해서 굴복했을 겁니다. ‘언제나 없는 거리’에서 시간의 소용돌이가 멈추었다는 것은 그자가 중단시켰다는 의미일 수 있으니까요. 그러니까 그자는 우리의 뜻을 따를 수밖에 없다는 사실을 깨달은 겁니다. 이제 간단히 그자를 해치웁시다. 그자가 대체 어디 숨어 있을까요?”

회색 신사들은 두리번거리며 주변을 살폈다. 그때, 한 작자가 불쑥 말을 꺼냈다. 그의 음성의 잿빛은 좀 더 진해진 듯했다.

“여러분, 뭔가가 이상해요! 시계들을 봐요! 시계들을 좀 봐요! 몽땅 서 있어요. 여기 이 모래시계까지.”

다른 작자가 자신 없는 목소리로 말했다.

“그자가 시계를 멈추게 했나 보지요.”

첫 번째 음성이 소리쳤다.

“그래도 모래시계의 작동을 멈추게 할 수는 없어요! 하지만, 여러분, 봐요. 모래가 흘러내리다가 말고 멈춰 섰어요. 시계가 그 자리에 딱 붙어서 꼼짝도 안 해요! 대체 이게 무슨 일이지요?”

그자가 이야기를 채 마치기도 전에 달음박질치는 발짝 소리가 복도에서 들려왔다. 한 회색 신사가 흥분해 마구 손을 내저으면서 작은 문을 비집고 들어오며 소리쳤다.

“시내에 있는 우리 영업사원들에게서 지금 막 보고가 들어왔

어요. 자동차가 서 버렸답니다. 모든 것이 서 버렸대요. 이 세상이
정지해 버렸어요. 이제 사람들에게서 손톱만큼의 시간도 뺏을 수
없게 된 거요. 시가의 보급이 완전히 끊겨진 거예요! 이젠 시간이
없어요! 호라가 시간을 멈추게 한 겁니다!"

한순간 죽음 같은 정적이 흘렀다. 이윽고 한 작자가 물었다.

"무슨 말을 하는 거요? 시가의 보급이 끊겼다고? 그럼 갖고 있
는 시가를 다 쓰면 우리는 어떻게 되는 거요?"

다른 자가 소리쳤다.

"우리가 어떻게 될지 당신도 잘 알지 않소! 무서운 재앙이오!"

별안간 저마다 두서없이 아우성쳤다.

"호라가 우리를 없애려고 하는 거예요! ─ 당장 포위를 풀어
야 해요! ─ 시간 창고로 가야겠소! ─ 자동차도 없이오? 제시간
에 갈 수 없을 거요! 내 시가는 27분밖에 안 남았는데! ─ 난 48분!
─ 그럼 내게도 좀 나눠 주시오! ─ 미쳤소? ─ 피할 수 있는 사람
은 어서 피하시오!"

모두들 우르르 작은 문으로 달려가 한꺼번에 나가려고 소란을
피웠다. 모모가 숨어 있는 곳에서 살짝 내다보니, 그들은 공포에
질려 서로 주먹질을 하고, 떠밀고, 잡아당기고 야단이었다. 그들
의 격투는 점점 더 격렬해졌다. 저마다 자기가 먼저 나가려고 기
를 쓰고 있었다. 자신의 잿빛 생명을 구하려 싸우는 것이었다. 그
들은 서로 머리에서 모자를 낚아채고, 뒤엉켜 싸우고, 입에 문 작

은 시가를 빼앗았다. 시가를 빼앗긴 자는 순식간에 기운이 모두 빠져나가는 듯 보였다. 겁에 질리고 울상이 된 얼굴로 두 손을 앞으로 내뻗은 채 급격히 투명해지더니, 결국 흔적도 없이 사라졌다. 아무것도 남아 있지 않았다. 심지어는 모자까지도.

결국 홀에는 세 명의 회색 신사가 남았다. 그들은 차례차례 작은 문을 빠져나가 도망칠 수 있었다.

한쪽 겨드랑이에는 거북을 끼고 다른 손에는 시간의 꽃을 들고, 모모는 그들을 따라 뛰어갔다. 이제 모든 것은 회색 신사들을 놓치지 않는 데에 달려 있었다.

모모가 커다란 문 밖으로 나오자 시간 도둑들은 벌써 "언제나 없는 거리" 어귀를 달려가고 있었다. 그곳에서는 자욱한 담배 연기 속에서 또 다른 회색 신사 무리가 흥분해 손짓을 하며 두런거리고 있었다.

"아무 데도 없는 집"에서 달려 나간 자들을 보자 그들도 마찬가지로 달음박질치기 시작했다. 잇달아 다른 자들이 도망자의 행렬에 끼였고, 삽시간에 전 부대가 꽁지가 빠져라 도망길에 올랐다. 회색 신사들의 끝없는 행렬은, 눈처럼 새하얀 집들과 사방으로 드리우는 그림자가 있는 이상한 꿈의 지대를 지나 시내 쪽으로 길게 이어졌다. 시간이 사라지면서, 이곳에서도 빠른 것과 느린 것이 신기하게도 뒤바뀌는 현상이 사라져 버렸다.

회색 신사들의 행렬은 커다란 달걀 모양의 기념비를 지나 보통 건물들이 나타나기 시작하는 곳, 시간의 가장자리에 사는 사람들의 거주지인 허름한 잿빛 임대 아파트 단지까지 이어졌다. 하지만 이곳에서도 모든 것은 얼어붙은 듯 뻣뻣하게 굳어 있었다.

모모는 적당한 거리를 두고 맨 뒤에 처진 자들 뒤를 따라갔다. 이렇게 하여 이제 대도시를 누비는 역추적이 시작되었다. 엄청난 회색 신사의 무리가 달아나고, 그 뒤를 한쪽 겨드랑이에 거북을 끼고 다른 한 손에는 꽃을 든 조그만 소녀가 쫓아가는 것이다.

하지만 도시는 얼마나 기묘한 모습인가! 차도에는 자동차들이 나란히 열을 지어 서 있고, 운전자들은 기어나 클랙슨에 손을 올려놓은 채 꼼짝 않고 있었다. (손가락으로 이마를 두드리며 성난 눈초리로 옆 사람을 건너다보는 사람도 있었다.) 커브를 돌겠다는 표시로 팔을 앞으로 쭉 뻗고 있는, 자전거 타는 사람도 눈에 띄었다. 보도 위에는 남자들, 여자들, 아이들, 개, 고양이 할 것 없이 모두 뻣뻣하게 굳어서 꼼짝도 않고 서 있었다. 심지어는 자동차의 배기통에서 나온 연기조차 공중에 멈추어 있었다.

교차로에는 교통순경들이 입에 호루라기를 물고 교통정리를 하다가 그대로 멈추어 서 있었다. 광장 위 공중에 꼼짝 않고 떠 있는 한 떼의 비둘기도 보였다. 그리고 이 모든 것 위 하늘에는 비행기 한 대가 그린 듯 떠 있었다. 분수대의 물은 꽁꽁 얼어붙은 얼음처럼 보였다. 떨어지던 나뭇잎들도 그대로 공중에 걸려 있었다. 막 뒷다리를 들고 전신주에 실례를 하려던 강아지 역시 박제가 된 듯 꼼짝 않고 있었다.

회색 신사들은 사진처럼 생명을 잃은 이 도시를 허겁지겁 달려갔다. 모모는 시간 도둑들에게 발각되지 않도록 조심하면서 그 뒤를 따랐다. 어차피 그들은 다른 데에 신경을 쓸 겨를이 없었다. 도망길이 점점 더 어렵고 험해졌던 것이다.

사실 그들은 그렇게 먼 길을 달리는 데에 익숙지 않았다. 그들은 숨이 턱에 차서 헐떡거렸다. 하지만 작은 회색 시가만은 입에 꽉 물고 있었다. 그것이 없으면 끝장이었다. 몇몇은 뛰어가다 시가를 떨어뜨리기도 했다. 그들은 땅바닥에 떨어진 시가를 다시 찾기도 전에 흔적도 없이 사라져 버렸다.

하지만 도망이 어려워진 것은 이런 외적인 사정 탓만은 아니었다. 같은 고통을 겪고 있는 동료들이 차츰 위협적인 존재로 변해 갔던 것이다. 시가가 다 타 버린 자들은 절망한 나머지 다른 동료의 입에서 시가를 낚아챘다. 이렇게 해서 그들의 수는 서서히, 그러나 꾸준히 줄었다.

서류 가방에 여분의 시가를 조금 갖고 있는 자들은 다른 동료들이 눈치채지 못하도록 정신을 바짝 차려야 했다. 시가가 바닥난 자들이 여유가 있는 자에게 무작정 달려들어 보물을 빼앗기 때문이었다. 여기저기서 치고받는 격렬한 싸움이 벌어졌다. 시가를 얻어 보려고 기를 쓰다가 뒤엉켜 나동그라지는 회색 신사들도 있었다. 그런 소란의 와중에서 시가는 길바닥으로 굴러떨어져 짓

밟혀 버렸다. 이 세상에서 사라질지도 모른다는 두려움 탓에 회색 신사들은 제정신이 아니었다.

도심 쪽으로 다가가면서 또 다른 문제가 어려움을 더욱 가중시켰다. 대도시 곳곳마다 군중들이 어찌나 빽빽하게 서 있는지 울창한 숲속의 나무 사이를 빠져나가듯 그들 사이를 이리저리 비집고 나가느라 회색 신사들은 몹시 애를 먹었다. 작고 말라깽이인 모모는 물론 훨씬 수월했다. 하지만 공중에 꼼짝 않고 걸려 있는 깃털 조각 하나도 요지부동이어서, 회색 신사들은 제대로 앞을 보지 않고 뛰어가다가 호되게 이마를 부딪히기 일쑤였다.

무척 먼 길이었다. 얼마나 더 가야 할지 짐작도 할 수 없었다. 모모는 시간의 꽃을 걱정스레 쳐다보았다. 하지만 그사이에 시간의 꽃은 활짝 피어 있었다. 아직은 걱정할 필요가 없었다.

그러나 한순간, 다른 일을 전부 잊게 만든 어떤 사건이 일어났다. 작은 샛길에서 도로 청소부 베포를 만났던 것이다!

"베포 할아버지!"

모모는 큰 소리로 외치고는 기뻐서 어쩔 줄 몰라 하며 베포에게 달려갔다.

"할아버지, 얼마나 찾았다구요! 그동안 어디 계셨어요? 왜 한 번도 안 오셨어요? 아, 할아버지, 사랑하는 베포 할아버지!"

모모는 베포 할아버지의 목에 매달리려고 했다. 그러나 쇠로 된 것처럼 딱딱한 몸에 부딪혀 뒤로 팅겨져 버렸다. 가슴이 미어질 듯 아팠다. 눈에서는 눈물이 쏟아져 나왔다. 모모는 흐느끼면서 그 앞에 서서 베포를 바라보았다.

베포의 작은 몸집은 예전보다 더 구부정한 것 같았다. 선량한 얼굴은 바싹 마르고 몹시 해쓱했다. 턱 주변에는 까칠까칠한 수염이 텁수룩하게 자라 있었다. 면도할 시간도 없었던 것이다. 손에는 수많은 비질로 다 닳아 버린 낡은 빗자루가 들려 있었다. 베포는 다른 모든 것들과 마찬가지로 꼼짝 않고 그렇게 서 있었다. 그리고 작은 안경 너머로 거리의 더러운 곳을 바라보고 있었다.

마침내 이제야 베포 할아버지를 찾은 것이다. 아무 소용도 없는 지금에서야. 모모는 자기가 여기 왔다고 알릴 수도 없었다. 어쩌면 이것이 마지막 만남이 될지도 모른다. 일이 어떻게 끝날지 누가 알겠는가. 자칫 잘못되면, 베포 할아버지는 여기서 영원히 이런 모습으로 서 있어야 하는 것이다.

옆구리에서 거북이 버둥거렸다.

"계속해서 가!"

거북 등에는 이런 글이 나타났다. 모모는 큰길로 돌아갔다가 소스라치게 놀랐다. 시간 도둑들의 모습이 보이지 않는다! 모모는 회색 신사들이 도망치던 방향으로 얼마쯤 달려가 보았다. 하지만 소용없었다.

그들의 자취를 놓친 것이다!

모모는 망연자실해서 그 자리에 멈춰 섰다. 이제 어떻게 해야 하지? 모모는 묻는 듯한 시선으로 카시오페이아를 바라보았다.

거북의 등에 글이 나타났다.

"넌 그들을 찾을 거야. 계속해서 뛰어가!"

카시오페이아가 그렇게 알고 있다면, 틀림없이 회색 신사들을 찾을 수 있겠지. 어떤 길을 택하든지 간에.

그래서 모모는 왼쪽으로 갔다 오른쪽으로 갔다 똑바로 갔다 하며 무작정 달렸다.

그러는 사이에 모모는 대도시의 북쪽 변두리에 이르렀다. 똑같은 모양의 건물들과 일직선으로 난 도로들이 있는 신축 건물 구역이 지평선까지 끝 간 데 없이 뻗어 있는 곳이었다. 모모는 계속해서 달리고 또 달렸다. 하지만 건물들과 도로들이 어찌나 똑같은지, 한 발짝도 나가지 못하고 줄곧 제자리 뜀을 하고 있는 듯한 느낌이 들었다.

그곳은 정말 미궁이었다. 그러나 규칙과 획일의 미궁이었다.

모모가 하마터면 용기를 잃을 뻔한 순간, 맨 뒤에 처진 회색 신사가 모퉁이를 돌아가는 모습이 언뜻 눈에 띄었다. 그는 다리를 절뚝거리고 있었다. 바지는 찢어졌고, 모자와 서류 가방도 들고 있지 않았다. 다만 꽉 다문 입에 물고 있는 작은 회색 시가의 꽁초에서는 여전히 연기가 나고 있었다.

모모는 건물이 끝없이 이어지다가 갑자기 건물이 모두 사라진 텅 빈 공터까지 회색 신사를 따라갔다. 그곳에는 건물 대신에 거친 판자 울타리가 널찍한 네모난 빈터 주변을 높다랗게 빙 둘러쳐 있었다. 울타리에는 문이 하나 나 있었다. 맨 뒤에 처진 회색 신사는 빼끗하게 열린 그 문 안으로 훌쩍 뛰어 들어갔다.

문 위에는 표지판이 걸려 있었다. 모모는 표지판을 읽느라 멈춰 섰다.

제21장

새로운 것이 시작되는 끝

모모가 경고문을 읽느라 잠깐 멈칫했다가 재빨리 문 안으로 뛰어 들어가 보니 마지막 회색 신사의 모습은 이미 보이지 않았다.

앞에는 건물을 지으려고 파 놓은 어마어마하게 큰 구덩이가 있었다. 깊이가 족히 이삼십 미터는 되어 보였다. 굴삭기며 다른 건설 장비들이 여기저기 널려 있고, 구덩이 밑바닥까지 이어지는 가파른 찻길에는 화물차 몇 대가 달리다 말고 멈춰 서 있었다. 여기저기 공사장 인부들이 저마다 다른 자세로 뻣뻣하게 굳어 꼼짝 않고 서 있었다. 어디로 가야 한담? 모모는 회색 신사가 들어갔을 만한 입구를 찾을 수 없어서 카시오페이아를 바라보았다. 하지만 카시오페이아도 더 이상은 모르는 모양이었다. 거북 등에는 아무 말도 나타나지 않았다.

모모는 구덩이를 기어 내려가 사방을 둘러보았다. 불쑥 낯익은 얼굴이 눈에 띄었다. 예전에 모모의 방 벽에 예쁜 꽃 그림을 그려 주었던 미장이 니콜라가 서 있는 것이 아닌가. 물론 니콜라도 다른 사람과 똑같이 꼼짝 않고 있었다. 하지만 자세가 참으로 묘했다. 누군가에게 무언가를 외치려는 듯 한 손을 입에 댄 채, 다른 손으로는 자기 옆 구덩이 바닥에 불쑥 솟아 있는 거대한 파이프의 입구를 가리키고 있었던 것이다. 니콜라는 꼭 모모를 바라보고 있는 것 같았다.

모모는 오래 생각하지 않고 대뜸 그것을 신호로 받아들이고는 파이프 속으로 기어 들어갔다. 모모는 안으로 들어서자마자 주르륵 미끄러졌다. 파이프가 아래쪽으로 가파르게 나 있었던 것이다. 파이프는 무척 굴곡이 심했다. 모모는 미끄럼틀을 탄 것처럼 이리 부딪혔다 저리 부딪혔다 하며 아래로 아래로 내려갔다. 어찌나 무서운 속도로 미끄러져 가는지 귀가 먹먹하고 눈앞이 캄캄했다. 거꾸로 뒤집어져서 머리를 앞으로 하고 쏜살같이 내려갈 때도 있었다. 하지만 모모는 거북과 꽃만은 손에서 놓치지 않았다. 아래로 내려갈수록 점점 추워졌다.

얼핏 모모는 여길 어떻게 다시 나가나 하고 생각했다. 그러나 제대로 생각해 보기도 전에 별안간 파이프가 끝나고 지하 복도가 나타났다.

이곳은 칠흑같이 깜깜하지는 않았다. 사방 벽에서 나오는 것처럼 보이는 흐릿한 잿빛 빛이 흐르고 있었다.

모모는 일어나 계속해서 뛰었다. 맨발이어서 모모의 발짝 소리는 나지 않았다. 저 앞에서 회색 신사의 발소리가 다시 들려왔다. 모모는 그 소리를 따라갔다.

복도는 다시 사방으로 갈라져 다른 복도로 이어져 있었다. 이 지하 혈관망은 신축 건물 구역의 땅속을 누비며 얼기설기 복잡하게 얽혀 있는 것 같았다.

문득 웅성대는 소리가 들렸다. 모모는 그 소리를 따라가 모퉁이에 숨어서 살그머니 안을 들여다보았다.

어마어마하게 큰 홀이 보였다. 홀 가운데에는 끝이 안 보이는 기다란 회의용 테이블이 놓여 있었다. 테이블 양쪽에는 회색 신사들이 — 아니, 아직까지 살아남은 한 줌의 회색 신사들이라고 하는 편이 낫겠다 — 두 줄로 길게 앉아 있었다. 이 최후의 시간 도둑들은 얼마나 초라한 몰골인지! 양복은 갈가리 찢기고, 잿빛 대머리는 혹과 생채기투성이였으며, 얼굴은 두려움으로 일그러져 있었다. 다만 시가만은 여전히 타고 있었다.

맨 뒤쪽 홀의 뒷벽에 거대한 철문이 빼꼼하니 열려 있는 것이 모모의 눈에 띄었다. 홀에서 싸늘한 냉기가 불어 나왔다. 그래 봤자 소용없다는 것을 잘 알면서도, 모모는 쪼그리고 앉아 치마로 맨발을 감쌌다.

철문 앞 테이블의 머리 쪽에 앉은 회색 신사가 입을 열었다.

"우리는 비축된 시간을 아껴야 합니다. 얼마나 오래 버틸 수 있을지 알 수 없으니까요. 우리의 수를 줄여야 해요.”

다른 자가 소리쳤다.

“어차피 우리는 몇 남지 않았어요! 비축해 놓은 시간으로 몇 년은 버틸 수 있을 겁니다!”

연사는 흔들리지 않고 말을 이었다.

“일찍부터 아끼기 시작하면 그만큼 더 오래 버틸 수 있습니다. 여러분, ‘아낀다’는 내 말의 의미는 잘 알겠지요. 이 재앙을 이겨 내는 인원은 우리 중 몇 명으로 충분합니다. 모든 상황을 냉정히 볼 필요가 있어요. 여러분, 여기 앉은 우리의 수는 너무 많아요! 수를 대폭 줄여야 합니다. 그것이 합리적인 이성의 명령입니다. 여러분, 그럼 인원을 확인해 볼까요?”

회색 신사들은 인원을 확인했다. 그러자 의장은 주머니에서 동전 하나를 꺼내더니 이렇게 말했다.

“제비를 뽑읍시다. 앞면이 나오면 짝수 번호가 남고, 뒷면이 나오면 홀수 번호가 남는 겁니다.”

그는 동전을 공중에 던졌다가 받았다.

“앞면입니다! 짝수 번호는 남고, 홀수 번호 분들은 지체 없이 사라질 것을 요구합니다!”

억양 없는 신음이 제비뽑기에서 진 자들이 앉아 있는 쪽에서 흘러나왔다. 하지만 아무도 저항하지 않았다.

짝수 번호를 가진 시간 도둑들이 홀수 번호들이 가진 시가를

375

빼앗았다. 사형 선고를 받은 자들은 흔적도 없이 사라져 버렸다.

의장이 정적 속에 대고 말했다.

"자, 다시 한 번 더!"

소름끼치는 과정이 다시 한 번 되풀이되었다. 또 한 번, 또 한 번, 결국 네 번이나 벌어졌다. 마침내 여섯 명의 회색 신사만이 남게 되었다. 그들은 끝없이 긴 테이블의 머리 쪽에 셋씩 마주 보고 앉아 싸늘한 눈길로 서로를 바라보았다.

모모는 몸서리를 치면서 그 과정을 지켜보았다. 회색 신사들의 수가 줄어들 때마다 지독한 냉기가 한결 덜해졌다. 아까에 비하면 지금의 추위는 얼추 견딜 만했다.

회색 신사 중의 하나가 말했다.

"여섯은 기분 나쁜 수요."

테이블의 다른 쪽에 앉아 있던 자가 말했다.

"이제 됐어요. 수를 더 줄이는 건 의미가 없어요. 우리 여섯이 재앙을 이겨 낼 수 없다면, 셋으로도 안 되는 겁니다."

앞서 말한 자가 주장했다.

"그런 뜻으로 말한 건 아닙니다. 하지만 필요하면 언제라도 다시 이 문제를 거론할 수 있겠지요. 나중에 말이오."

한동안 침묵이 흘렀다. 이윽고 한 신사가 말했다.

"재앙이 시작되었을 때에 마침 저장 창고의 문이 열려 있어서 정말 다행이에요. 그 결정적인 순간에 문이 닫혀 있었다면, 이 세상의 어떤 힘으로도 열 수 없었을 거예요. 그러면 우리는 끝장이었을 겁니다."

다른 자가 대꾸했다.

"유감스럽지만 그 말은 전적으로 옳지는 않아요. 문이 열려 있으면, 냉동실에서 냉기가 새어 나오게 됩니다. 그러면 얼었던 시간의 꽃들이 차차 녹게 되지요. 모두 잘 알겠지만, 그렇게 되면 우리는 그 꽃이 왔던 곳으로 되돌아가는 걸 막을 수가 없어요."

세 번째 신사가 물었다.

"그러니까 우리의 냉기로는 저장된 시간을 냉동 상태로 유지할 수 없다는 얘긴가요?"

두 번째 신사가 말했다.

"유감스럽게도 우리는 여섯밖에 안 돼요. 우리가 얼마만큼의 힘을 발휘할 수 있는지는 당신도 추측할 수 있을 거요. 우리 수를 그렇게 가차 없이 줄이다니 너무 성급하지 않았나 싶군요. 이래서는 얻을 게 없어요."

첫 번째 신사가 소리쳤다.

"우리는 두 가지 가능성 중에서 하나를 선택해야 했어요. 그리고 우리는 선택을 한 거요."

다시 침묵이 흘렀다.

누군가가 입을 열었다.

"이러다가는 몇 년이고 여기 앉아서 서로 감시나 하고 있을 것 같군요. 솔직히 말해서 정말 암담합니다."

모모는 생각해 보았다. 여기 앉아서 마냥 기다리는 건 분명 아무 의미도 없다. 회색 신사들이 한 명도 없다면, 얼었던 시간의 꽃들은 저절로 녹을 것이다. 하지만 당장은 회색 신사들이 엄연히 존재하고 있다. 무슨 수를 쓰지 않으면, 그들은 계속해서 존재할 것이다. 하지만 창고 문이 열려 있어서 시간 도둑들이 마음대로 보급을 받고 있는데 무슨 일을 할 수 있을까?

카시오페이아가 버둥거렸다. 모모는 거북을 보았다.

"문을 닫아!"

거북의 등에는 이렇게 쓰여 있었다. 모모는 속삭였다.

"그럴 수 없어! 꼼짝도 하지 않을 거야."

"꽃으로 건드려 봐!"

"시간의 꽃으로 건드리면 문을 움직일 수 있니?"

"넌 그렇게 할 거야."

카시오페이아가 그렇게 알고 있다면, 그렇게 될 수밖에 없다. 모모는 거북을 살며시 땅바닥에 내려놓고, 그사이에 시들어 꽃잎이 몇 장밖에 남지 않은 시간의 꽃을 웃옷에 감추었다.

모모는 여섯 명의 회색 신사들에게 들키지 않고 기다란 테이블 밑으로 기어 들어갈 수 있었다. 거기서 모모는 계속해서 기어가 드디어 기다란 테이블의 반대편 끝에 이르렀다. 가슴이 터질 듯 방망이질 쳤다. 모모는 조심조심 시간의 꽃을 꺼내어 이 사이에 물고 의자들 사이를 이리저리 기어갔다. 회색 신사들은 아무 눈치도 못 챈 모양이었다.

모모는 열려 있는 문 앞에 이르러 꽃으로 문을 건드리며 손으로 밀었다. 문은 문돌쩌귀에서 소리 없이 움직이더니 정말 빙글 돌아서 우르릉 하며 닫혀 버렸다. 우르릉우르릉 메아리가 홀과 수천 개의 지하 복도를 지나며 여러 차례 울려 퍼졌다.

모모는 발딱 일어났다. 자기들 말고 이 완벽한 정지 상태에서 제외된 다른 존재가 있다는 생각은 꿈에도 하지 못했던 회색 신사들은, 공포에 질려 화석처럼 꼼짝 않고 자리에 앉아 멍한 눈초리로 소녀를 바라보았다.

모모는 정신없이 그들 옆을 지나 출입문 쪽으로 달려갔다. 그러자 회색 신사들도 벌떡 일어나 모모의 뒤를 쫓아왔다.

한 회색 신사가 외치는 소리가 들렸다.

"그 지긋지긋한 꼬마 계집애요! 모모요!"

다른 자가 소리쳤다.

"그럴 리가 없소! 어떻게 그 애가 움직일 수 있지요?"

세 번째 신사가 소리쳤다.

"그 앤 시간의 꽃을 갖고 있어요!"

네 번째 신사가 물었다.

"그 꽃으로 문을 움직일 수 있었던 거요?"

다섯 번째 신사가 펄펄 뛰며 자기 머리를 마구 내려쳤다.

"그렇다면 우리도 그렇게 할 수 있었던 거요! 우리는 시간의 꽃을 많이 갖고 있지 않습니까!"

여섯 번째 신사가 날카롭게 외쳤다.

"갖고 있었지요! 전엔 갖고 있었어요! 하지만 이제 문이 닫혔어요! 이제 한 가지 길밖에 없어요. 저 계집애가 갖고 있는 시간의 꽃을 빼앗아야 해요. 안 그러면 모든 게 끝장이오!"

그동안 모모는 벌써 이리저리 갈라진 복도 어딘가로 사라졌다. 그러나 이곳의 지리는 아무래도 회색 신사들 쪽이 더 밝았다. 모모는 이리저리 도망쳤다. 몇 번이나 추적자의 품속으로 뛰어들 뻔했지만 그때마다 용케 빠져나올 수 있었다.

카시오페이아도 나름의 방식으로 이 싸움에 참여했다. 카시오페이아는 느릿느릿 기어다닐 뿐이었지만, 추적자들이 어디로 뛰어갈지 미리 알고 있었기 때문에 그곳에 때맞춰 가서 길목에 납작 엎드렸다. 그러면 회색 신사들은 거북에게 걸려 비트적거리다 바닥에 나동그라지는 것이었다. 그러고는 그 뒤를 따라 뛰어오던 자들이 나동그라진 동료 위에 또다시 넘어졌다. 그렇게 하여 거북은 붙잡힐 뻔한 모모를 몇 번이나 구해 주었다. 물론 그 과정에서 발길에 차여 벽에 내동댕이쳐지기도 했다. 하지만 거북은 조금도 굴하지 않고 계속해서 그렇게 했다. 거북은 자기가 그렇게 하리라는 것을 미리 알고 있었다.

이 추격전 와중에 몇 명의 회색 신사들이 시간의 꽃을 차지하려는 욕심에 제정신을 잃고 시가를 떨어뜨리고 말았다. 그들은 차례차례 흔적도 없이 사라져 버렸다. 결국 단 두 명이 남게 되었다.

모모는 기다란 테이블이 있는 커다란 홀로 다시 돌아갔다. 두 신사가 테이블을 돌아 모모를 쫓아왔다. 그래도 잡지 못하자 그들은 서로 갈라져 양쪽에서 달려들었다.

이제 더 이상 빠져나갈 길이 없었다. 모모는 홀 한구석에 몰려 겁에 질린 얼굴로 두 명의 추적자를 바라보았다. 모모는 꽃을 꼭 안았다. 꽃에는 희미하게 빛나는 꽃잎이 단 석 장 달려 있을 뿐이었다.

첫 번째 추적자가 꽃을 향해 손을 뻗으려는 순간, 두 번째 추적자가 그를 잡아당기며 소리쳤다.

"안 돼. 그 꽃은 내 거야! 내 거!"

두 신사는 서로를 떼밀기 시작했다. 그러다가 첫 번째 신사의 공격으로 두 번째 신사의 입에서 시가가 떨어지고 말았다. 두 번째 신사는 서서히 투명해지더니 곧 흔적도 없이 사라져 버렸다. 이제 마지막 남은 회색 신사가 모모에게 다가왔다. 입에 문 바싹 탄 꽁초에서는 아직도 연기가 피어오르고 있었다.

그는 헐떡거리며 말했다.

"그 꽃 이리 내놔!"

그가 입을 여는 순간, 입에서 꽁초가 떨어져 주르르 굴러갔다. 회색 신사는 꽁초를 잡으려고 바닥에 몸을 던져 팔을 쭉 뻗었지만 허사였다. 그는 모모에게 잿빛 얼굴을 돌리고, 간신히 몸을 반쯤 일으켜 부들부들 떨면서 손을 들어 올렸다.

그는 기어들어 가는 소리로 말했다.

"제발, 제발, 착하지, 내게 꽃을 다오!"

여전히 한구석에 몰려 선 모모는 꽃을 더욱 꼭 껴안으며 묵묵히 고개를 저었다. 한마디도 할 기운이 없었다.

최후의 회색 신사는 천천히 고개를 끄덕이며 중얼거렸다.

"좋아……. 좋아……. 이제…… 모든 게…… 끝난…… 거야……."

그러고 나서 최후의 회색 신사도 사라져 버렸다.

모모는 어찌할 바를 모르고 그가 쓰러진 곳을 뚫어지게 바라보았다. 그 자리로 카시오페이아가 엉금엉금 기어 왔다. 거북 등에는 이렇게 쓰여 있었다.

"문을 열어."

모모는 문으로 다가가, 그사이에 꽃잎이 단 한 장밖에 남지 않은 시간의 꽃으로 다시 문을 살짝 건드려 열었다.

최후의 시간 도둑이 사라지면서 냉기도 사라져 있었다.

어마어마하게 큰 창고 안으로 들어간 모모는 눈이 휘둥그레졌다. 유리컵 같은 수많은 시간의 꽃들이 끝이 안 보이는 기다란 선반에 가지런히 세워져 있었다. 어떤 꽃은 다른 꽃들보다 더 찬란했다. 하지만 똑같은 꽃은 하나도 없었다. 살아 있는 생명의 꽃이 수십만, 수백만 송이나 되었다. 그 안은 온실 안처럼 따뜻했다. 그리고 점점 더 따뜻해졌다.

모모가 들고 있던 시간의 꽃에서 마지막 꽃잎이 떨어지면서 삽시간에 폭풍이 일었다. 시간의 꽃들이 구름처럼 모모의 주위에서 소용돌이치더니 곁을 스쳐 지나갔다. 그것은 따스한 봄날의 세찬 바람 같았다. 하지만 사실은 풀려난 시간들이 일으킨 바람이었다.

모모는 꿈을 꾸듯 주위를 두리번거렸다. 바로 앞 땅바닥에 카시오페이아가 보였다. 거북의 등에는 빛나는 글씨로 이렇게 쓰여 있었다.

"집으로 날아가, 꼬마 모모, 집으로 날아가!"

그것이 모모가 본 카시오페이아의 마지막 모습이었다. 이제 꽃들의 폭풍은 이루 말할 수 없이 강해졌다. 폭풍이 어찌나 세차게 부는지 모모는 바닥에서 떠올라 날아갔다. 모모 자신이 한 송이 꽃인 듯 밖으로, 깜깜한 복도를 지나 땅 위로, 다시 대도시 위로. 모모는 점점 커지는 엄청나게 큰 꽃들의 구름에 파묻혀 지붕과 탑들을 지나 마냥 날아갔다. 올라갔다 내려갔다, 둥실둥실 떠다니다가 빙글 한 바퀴 돌기도 했다. 마치 멋진 음악에 맞춰 힘차게 춤추는 것 같았다.

그러고 나서 꽃들의 구름은 천천히 사뿐사뿐 내려앉았다. 꽃들은 눈송이처럼 얼어붙은 세상 위로 떨어졌다. 그리고 눈송이처럼 살며시 녹아 이윽고 보이지 않게 되었다. 원래 있었던 곳인 사람들의 가슴속으로 돌아간 것이다.

그 순간 시간이 다시 흐르고, 모든 것이 다시 활기를 띠고 움직이기 시작했다. 자동차들은 길을 달리고, 교통순경들은 호루라기를 불고, 비둘기들은 날아가고, 강아지는 전신주에 오줌을 쌌다.

이 세상이 한 시간 동안 멈춰 서 있었던 것을 눈치챈 사람은 아무도 없었다. 실제로 세상이 정지했다가 다시 움직이기까지 시간은 전혀 흐르지 않았기 때문이다. 사람들은 그사이 눈을 한 번 깜빡였다고 생각했다.

하지만 전과 달라진 것이 있었다. 별안간 모든 사람들이 한없이 시간이 많아진 것이다. 당연히 모두 기뻐했다. 그러나 그것이 자신들이 아낀 시간이라는 것, 그 시간이 신기한 과정을 거쳐 되돌아왔다는 것을 아는 사람은 아무도 없었다.

다시 정신을 차렸을 때에 모모는 어떤 거리에 서 있었다. 애타게 찾던 베포 할아버지를 만났던 골목길이었다. 그리고 정말 그곳에는 베포 할아버지가 서 있었다! 베포 할아버지는 모모에게 등을 돌린 채 빗자루에 몸을 기대고 골똘히 생각에 잠겨 앞을 바라보고 있었다. 예전과 똑같은 모습으로. 베포는 별안간 더는 마음이 급하지 않게 되었다. 어째서 불쑥 위안을 느끼게 되고 희망으로 가슴이 부풀어 오르는지 스스로도 모를 일이었다.

아마 저축해야 할 10만 시간을 다 채워서 모모가 풀려난 모양이군. 베포는 이렇게 생각했다.

바로 그때, 누군가가 옷깃을 잡아당겼다. 돌아보니 꼬마 모모가 서 있는 것이 아닌가.

이 재회의 기쁨을 묘사할 말은 아마 이 세상에는 없으리라. 두 사람은 웃다가 울다가를 반복하며 끝없이 횡설수설을 늘어놓았다. 기쁨에 취한 사람들이 그러듯 온통 실없는 소리를 한 것이다. 두 사람은 몇 번이고 얼싸안았다. 지나가던 사람들은 모두 멈춰 서서 같이 기뻐해 주었다. 그들은 같이 웃고, 같이 울었다. 이제 모두들 그럴 시간이 있었다.

이윽고 베포는 빗자루를 어깨에 메었다. 당연히 그날은 더 이상 청소할 생각이 없었다. 두 사람은 팔짱을 끼고 시내를 지나 집이 있는 옛 원형극장 터로 갔다. 두 사람 모두 친구에게 해 줄 말이 한없이 많았다.

이제 대도시에서는 오랫동안 볼 수 없었던 광경이 벌어졌다. 아이들이 길 한복판에 나와 놀고, 아이들이 비키길 기다릴 수밖에 없는 운전자들은 미소를 지으며 아이들을 바라보았다. 차에서 내려 아이들과 어울려 노는 사람도 있었다. 어디서나 사람들이 서서 다정하게 말을 주고받으며 서로의 안부를 자세히 물었다. 일하러 가는 사람도 창가에 놓인 꽃의 아름다움에 감탄하거나 새에게 모이를 줄 시간이 있었다. 의사들은 환자들 한 사람 한 사람을 정성껏 돌볼 시간이 있었다. 노동자들은 일에 대한 애정을 갖고 편안하게 일할 수 있었다. 이제 중요한 것은 가능한 한 짧은 시간 내에 가능한 한 많은 일을 하는 것이 아니었다. 저마다 무슨 일을 하든 자기가 필요한 만큼, 자기가 원하는 만큼의 시간을 낼 수 있었다. 시간이 다시 풍부해진 것이다.

하지만 많은 사람들은 이 모든 일이 누구 덕분인지, 눈 깜빡하는 그 순간 무슨 일이 일어났는지 알지 못했다. 아마 이야기해 주었다고 해도 대개는 믿지 못했을 것이었다. 그것을 알고 또 믿었던 사람은 모모의 친구들뿐이었다.

사실, 꼬마 모모와 베포 할아버지가 그날 옛 원형극장에 돌아와 보니 친구들이 전부 미리 와서 기다리고 있었다. 관광 안내원 기기, 파올로, 마시모, 프랑코, 꼬마 동생 데데를 데리고 다니는 소녀 마리아, 클라우디오를 비롯하여 옛날에 모모를 늘 찾아왔던 아이들이 전부 모여 있었다. 음식점 주인 니노, 니노의 뚱뚱한 아내 릴리아나와 갓난아기, 미장이 니콜라도 보였다. 한마디로 예전에 늘 모모를 찾아왔고, 모모가 그들의 이야기에 귀를 기울였던 이웃 사람들이 모두 와 있었다. 그들은 파티를 열었다. 모모의 친구들만이 열 수 있는 정말 즐거운 파티였다. 파티는 저 옛날의 별들이 뜰 때까지 계속되었다.

환호성을 지르고, 서로 얼싸안고, 악수하고, 큰 소리로 웃고, 왁자지껄하게 떠드는 소리도 잦아들자, 모두들 풀이 웃자란 돌계단에 둥글게 앉았다. 사방이 조용해졌다.

모모는 비어 있는 둥그런 마당 한가운데에 섰다. 모모는 별들의 음성과 시간의 꽃을 생각했다.

모모는 맑은 목소리로 노래를 부르기 시작했다.

한편 "아무 데도 없는 집"에서는 시간이 돌아오면서 호라 박사가 처음이자 마지막이었던 잠에서 깨어나, 조그만 탁자 앞에 놓인 의자에 앉아 미소를 머금고 모모와 친구들의 모습을 요술 안경으로 바라보고 있었다. 박사의 얼굴은 중병에서 갓 회복된 사람처럼 여전히 무척 해쓱했다. 하지만 눈만은 반짝반짝 빛나고 있었다.

무엇인가가 발을 살짝 건드리는 느낌이 들었다. 박사는 안경을 벗고 허리를 굽혔다. 눈앞에 거북이 와 있었다.

박사는 거북의 목을 어루만지며 다정하게 말했다.

"카시오페이아, 너희 둘이 멋지게 해냈구나. 내게 모든 걸 설명해 줘야 해. 이번에는 너희들을 볼 수 없었거든."

거북 등에는 이렇게 쓰여 있었다.

"나중에 해 드릴게요!"

그리고 카시오페이아는 재채기를 했다.

호라 박사는 걱정스러운 듯 물었다.

"감기 든 것 아니니?"

카시오페이아가 대답했다.

"예. 된통 걸린 것 같아요!"

"회색 신사들이 내뿜는 냉기 때문에 그랬을 게다. 지칠 대로 지쳐서 푹 쉬고 싶겠지. 그럼 가서 쉬려무나."

거북 등에는 이렇게 쓰여 있었다.

"고맙습니다!"

카시오페이아는 절뚝절뚝 기어서 조용하고 어두운 구석으로 들어갔다. 그리고 머리와 네 다리를 등껍데기 속에 넣었다. 거북 등에는 이 이야기를 읽은 독자만 알아볼 수 있는 글자가 천천히 나타났다.

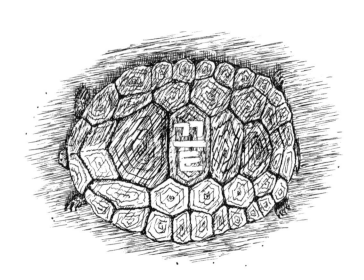

작가의 짧은 뒷이야기

이 책을 읽은 많은 독자들은 아마 묻고 싶은 것이 많을 것이다. 하지만 나는 그들을 도와줄 수 없을 것 같아 걱정이 된다. 사실을 고백하자면 나는 어떤 사람한테 들었던 이야기를 기억에 의지해서 썼을 뿐이다. 나는 개인적으로 꼬마 모모와 친구들을 사귈 기회가 없었다. 그들이 그 후 어떻게 되었고, 지금 어떻게 지내는지도 모른다. 그리고 대도시에 관한 일도 오로지 추측에 의존해 썼을 뿐이다.

다만 한 가지 하고 싶은 말이 있다. 그것은 다음과 같다.

나는 당시 긴 여행을 하고 있었다(그리고 지금도 여행 중이다). 그런데 어느 날 밤 어떤 이상한 승객과 같은 기차 칸을 쓰게 되었다. 이상하다고 한 것은 도저히 그의 나이를 가늠할 수 없었기 때문이었다. 나는 처음에 나이 든 노인과 마주 앉았다고 생각했다. 하지만 곧 착각이었음을 깨달았다. 왜냐하면 그 여행객은 별안간 아주

389

젊은 청년처럼 보였기 때문이다. 하지만 그러한 인상 역시 착각이
었음이 드러났다.

어쨌든 그는 그 기나긴 밤 여행 도중에 이 모든 이야기를 해 주
었다.

이야기가 끝나자 우리 두 사람은 잠시 잠자코 입을 다물고 있었
다. 이윽고 그 수수께끼 같은 여행객이 한마디 덧붙였다. 그 말을
독자들에게 털어놓아도 괜찮으리라.

"나는 이 모든 일이 이미 일어난 일인 듯 얘기했습니다. 하지만
나는 이 일이 앞으로 일어날 일인 듯 얘기할 수도 있습니다. 내게는
그래도 큰 차이가 없습니다."

그는 다음 역에서 내린 것 같았다. 왜냐하면 잠시 후 보니 나 혼
자 자리에 앉아 있었기 때문이다. 유감스럽게도 나는 이 이야기를
해 준 그 사람을 다시 만나지 못했다.

하지만 우연히 다시 만날 수 있다면, 그에게 많은 것을 물어보고
싶다.

모모에 대한
미하엘 엔데의 생각들

내 얘기를 들어 줘요, 모모!

「기기의 모모 찬가」*

슬픈 사람은 다시 용기를 얻고,

외로운 사람은 버림받은 기분에 아파하지 않아요.

서로 죽도록 미워하는 사람들은 씽긋 웃고 화해하며,

다툼이 있는 곳에는 평화가 깃들지요.

절망과 분노가 그대를 짓부수려 하면

아무튼 모모에게 가 보세요! 모모에게 이유를 말하세요!

모모처럼 귀 기울여 그대 말을 들어 줄 줄 아는 사람은 아무도

없답니다.

모모가 그대 말에 귀 기울이면 그대 마음 건강해지지요!

수줍음이 많은 사람은

두려워 평생 하지 못했던 일을

거침없이 대담하게 하고요.

자신을 바보 같다 여겼던 사람은

지금까지 꿈도 꾸지 못했던 생각들이

반짝 떠오르는 걸 느껴요!

아이들은 사방팔방에서

한결같이 변함없이

수천 가지 놀이를 하러 모여들지요.

모모가 귀 기울여 들으면

만물이 생명을 얻고

불가능한 것이 현실이 되지요.

나는요, 내 첫 노래를 모모에게 들려준

금빛 찬란한 그날 이후

— 겸손하게 말할 테니, 내 얘길 들어 주세요! —

진정한 시인으로 훌쩍 날아올랐답니다.

모모가 귀를 기울이면 — 맹세할게요! —

내 안에서 천재성이 그냥 번쩍 눈을 뜬다니까요!

오직 모모만이 그렇게 귀 기울여 들을 수 있어요.

모모만큼 귀 기울여 듣는 사람은 아무도, 아무도 없답니다!

---

* 이 노랫말은 미하엘 엔데가 1975년경 오페라 「모모와 시간을 훔치는 도둑들」 각본용으로 쓴 듯하다. 오페라는 1979년 11월 코부르크 주립 극장에서 작곡가 마르크 로타르의 음악과 함께 초연되었다. 타자기로 쓰인 이 구절은 모모의 신비로운 본성을 간결하게 잘 표현하고 있다.

『모모』는 어떻게 탄생하게 되었나

우선 솔직히 고백해야겠다. 나는 글쓰기를 정말 좋아하지 않는다. 미친 듯이 글을 쓰는 사람과는 전혀 거리가 멀다. 간단히 이렇게 말할 수도 있으리라. 나는 끔찍하게 게으르다고. 아무튼 좀 큰일을 하려면 내게는 언제나 엉덩이를 발로 뻥 차 줄 사람이 필요하다. 그냥 나 혼자 내버려두면 일을 슬금슬금 피하려고 날마다 새로운 핑계를 꾸며 낸다. 한마디로 내게는 사명감 혹은 그것을 무엇이라고 부르든 다른 작가들처럼 해마다 천 쪽이 넘는 새 소설을 쓰게 만드는 그런 것이 없다.

『모모』의 경우는 이랬다. 한 텔레비전 방송국이 어떤 동료 작가의 그림책 이야기를 한 시간짜리 방송극으로 각색해 줄 생각이 있느냐고 물었다. 당시 나는 돈이 절실하게 필요했지만, 왜 내가 지닌 소재로 글을 쓰면 안 되는지 그 이유를 모르겠다고 답장했다. 결정권자들이 그 의견에 동의했기 때문에 나는 바로 새로운 소재를 찾기 시작했다. 그러나 제대로 된 소재가 간단히 머릿속에 떠오르지 않았다. 그러던 어느 날, 나는 시골에 사는 한 지인의 집에서 휴가를 보내고 있는 어머니를 찾아갔다. 자연스레 나의 고민을 털어놓았다. 지인은 잠깐 방을 나가더니 조금 뒤에 시계 침이 없는 낡은

은제 회중시계를 가지고 돌아왔다. 그러고는 분명 그 시계에 딱 어울리는 훌륭한 이야기가 떠오를 거라면서 나에게 선물했다. 실제로 그 시계는 진한 설탕물에 담근 실에 결정이 생겨 붙는 실험과 같은 효과를 불러왔다. 온 사방에서 이미지와 아이디어가 잔뜩 밀려와 결정을 이루었다. 나는 이 주일 후 간단한 초안을 방송국에 보냈다. 당연히 미완성이었으나, 초안에는 나중에 나올 책의 주요 장면이 이미 담겨 있었다. 여섯 달이 지나도 아무 소식이 없었다. 내쪽에서 집요하게 사정을 묻자, 누가 방송국이 내 초안을 거부했다고 말해 주었다. 사실은 너무 "시대 비판적"이라서 그랬다고. 그래서 나는 원고를 서랍에 처박아 두고 더는 그것에 대해 생각하지 않았다. 몇 년 후, 이탈리아로 이사하게 되었다. 그런데 아내가 계속 그 이야기를 꺼내며 적어도 자기를 위해서라도 그 소재로 책을 써 달라고 부탁했다. 그래서 일에 착수했다. 마침내 원고를 다 쓰고 삽화가를 찾았다. 『모모』의 경우 어떤 삽화가 들어가야 하는지 분명한 생각이 있었기 때문이다. 그러나 삽화가를 찾을 수 없었다. 그래서 결국 내가 삽화를 그렸다. 첫 구상을 하고 책을 완성하기까지 6년이 걸렸다.

아이들이 묻는다면

책 구상에 도움을 준 사람이 있나요, 아니면 작가님 혼자 생각한 건가요? 제 말은, 『모모』가 혹시 옛 전설이나 누군가한테 들은 이야기인데, 작가님이 기록하고 다듬은 건 아닌가요?

아니, 완전히 내 머릿속에서 나온 아이디어란다.

그럼 그 아이디어로 어떻게 책을 쓸 생각을 한 건가요?

자, 우리가 사는 세상을 둘러보면 시간을 아껴 주는 새로운 수단이 끊임없이 발명되는 걸 볼 수 있을 거야. 점점 빨라지는 자동차와 비행기가 발명되고, 엄청난 속도로 계산하는 오만 가지 기계와 컴퓨터가 발명되지. 사람보다 훨씬 더 빨리 일하는 로봇도 있고. 그런데도 사람들은 예전보다 시간이 훨씬 더 없어. 시간에 쫓기는 현상은 해가 갈수록 점점 더 심해지고 있어. 여기엔 완전히 이상한 오해, 아니 진짜 사기가 숨어 있단다. 사람들은 끊임없이 엄청난 발전을 이야기하지만, 이로 인해 사람들이 더 행복해지고 더 만족하게된 것은 아니야. 오히려 그 반대지! 계속 이렇게 흘러가면 사람들은 소위 이 발전 때문에 파멸할 거야. 내 책에서 나는 우리와 우리 세계를 망가뜨리려고 어떤 거짓 정신이 일하고 있는지 비유를 통해 보여 주려고 했단다. 진실을 말하는 방법은 많아. 비유와 동화는 가장 좋은 방법 가운데 하나지. 본질적인 이야기만 꼭 집어 할 수 있거든.

정말 궁금해요. 귀 기울여 잘 들을 줄 아는 모모며 원형극장이며 회색 신사들이며 거북이며 시간의 꽃 같은 그 모든 아이디어를 어떻게 생각해 낸 건가요?

아이디어는 글을 쓰며 일을 하는 동안 생각나. 저절로 퍼뜩 떠오를 때도 있지만, 오랫동안 찾고 기다려야 할 때도 있어. 이 질문에 자세히 대답해 줄 수는 없단다. 그러면 이야기가 너무 길어질 테니까. 하지만 해 줄 말이 있어. 아이디어를 생각하는 건 연습할 수 있어. 그건 진짜 연습의 문제란다.

피아노를 칠 줄 모르는 사람은 피아니스트가 해내는 일들을 보고 감탄하지. 하지만 피아니스트는 처음부터 원래 그렇게 할 수 있었던 게 아니야. 피아니스트는 오랜, 아주 오랜 세월 동안 연습했단다. 작가도 다르지 않아. 다만 작가는 음악을 만드는 대신 이야기의 아이디어를 지니는 거지.

주인공 모모

단지 이 주제를 다루는 참이니 밝힌다. 『모모』에서는 무엇보다도 이제까지와 완전히 다른 주인공 유형을 찾는 것이 중요했다. 보통 주인공은 언제나 행동하는 사람이다. 나는 그저 아무 일도 하지 않아서 주인공인 주인공을 한번 창조해 보고 싶었다. 존 웨인, 게리 쿠퍼, 전쟁 영웅, 체 게바라에 이르기까지 우리의 모든 주인공은 어떤 이름으로 불리든 근본적으로 다소 영락한 아서 왕의 기사*로, 어쨌든 행동하는 인물이다. 나의 관심사는 실재, 그냥 존재 그 자체로 인해 주인공인 인물을 그려 내는 것이었다. 모모는 아무 일도 하지 않는다. 그저 문을 한 번 열고, 문을 한 번 닫는다. 그것이 모모가 하는 일의 전부다.

모모는 언제나 귀 기울여 듣는다. 모모는 다른 사람들에게 스스로 생각하고 행동할 여지를 주는데, 그럼으로써 대화 상대방에게 어떤 일이 일어난다. 글을 쓰면서, 또 이전 문학과 논쟁하면서 계속 이런 질문이 떠올랐다. 현대인에게 영웅 개념은 대체 어떤 의미일까? 영웅 개념은 이제 의미가 없을까? 혹시 의미가 있다면 그것은 어떤 모습일까? 내 생각엔, 영웅상이 없으면 신화도 없다. 신화가 없으면 문화도 없다. 우리는 우리의 의식과 우리 세계에 걸맞은 어떤 이상적인 상(像)이 필요하다. 과거의 영웅상은 모두 제 역할을 더 이상 하지 못한다.

---

* 6세기경 영국의 전설적 인물인 아서 왕을 따르는 기사들. 그들이 벌이는 모험과 사랑, 우정을 그린 이야기는 중세에 크게 유행했다. 19세기에 들어 다시 관심을 끌었으며 오늘날에도 소설·영화·만화·게임의 소재로 널리 활용되고 있다. ─ 옮긴이

미하엘 엔데가 그린 『모모』의 원본 표지

『모모』의 삽화는 어떻게 나왔나

어제 나는 표지 그림을 최종적으로 완성했다. 만족할 때까지 여러 장을 그렸다. 내 생각에 그림은 아주 잘 완성된 것 같다. 그림은 인쇄용 기름먹이 아니라 세피아*로 그렸다. 꼭 동판에 새긴 옛 영국 어린이책 삽화처럼 보인다. 그림은 책 전체를 감싸고 있다. 앞표지에는 바라보는 사람에게 등을 돌린 모모가 보인다. 모모는 거북과 함께 호라 박사의 거대한 시계 홀로 들어가고 있다. 시계탑 등으로 이루어진 시계의 숲이 배경이라 많은 시계를 눈여겨 살펴볼 수 있다. 책장과 책상 위에는 정말 다양한 시계 수백 개가 서 있거나 눕혀져 있다. 특히 멋진 부분을 꼽자면, 뒤표지는 커다란 책장의 옆면이기도 해서 책을 뒤집으면 수백 가지 다양한 시계가 가득 찬 배경이 또다시 펼쳐진다. 이 모든 것의 위쪽 조금 떨어진 허공에는 거대한 행성이 둥실 떠 있다. 말하자면, 독자는 그림을 구석구석 살필 수도 있고, 표지를 펼쳐서 서로 연관된 커다란 그림으로 감상할 수도 있다. 아무튼 종종 말 그대로 신경이 곤두설 만큼 인내심이 필요한 힘든 일이었다. 하지만 아주 즐거운 작업이었다.

---

* 오징어 먹물에서 추출한 흑갈색 염료. ─ 옮긴이

모모, 동화 소설

그사이 '동화 소설(Märchen-Roman)'이라는 용어는 문학사에서 문학적 개념으로 흔히 쓰이게 되었다. 그래서 그 개념이 오래전부터 있었던 것처럼 보인다. 외람되나 이 기회에 그것이 내게서 처음 비롯된 개념임을 밝힌다. 그냥 말이 나왔으니 하는 말이다.

'우리 모두의 안에 있는 아이'

『모모』는 어린이책이 아니다. 나는 어린이를 위해 책을 쓰지 않는다. 마르크 샤갈의 그림은 '어린아이처럼 천진난만해' 보일 때가 많다. 그러나 샤갈이 아이들을 위해 그림을 그린 것은 아니다. 나 역시 마찬가지다. 나는 창의적이고 운명을 살아 낼 능력이 있는 '우리 모두의 안에 있는 아이'를 위해 글을 쓴다. 그게 아니라면 대체 무엇을 위해 글을 쓸 가치가 있는가? 또 그게 아니라면 대체 무엇에 대해 글을 쓴단 말인가?

「영원히 어린이적인 것에 대하여」
_도쿄에서 열린 일본아동청소년도서협의회 강연 일부

좋습니다. 저는 왜 어린이들을 위해 글을 쓸까요?

벌써 여기서 막히네요. 앞으로 더 나아가려면 이 질문을 다르게 던져야 할 것 같습니다. 근본적으로 저는 어린이들을 위해 글을 쓰지 않기 때문입니다. 그러니까 저는 글을 쓰면서 한 번도 아이들을 생각한 적이 없어요. 이를테면, 아이들이 이해할 수 있도록 어떻게 표현해야 하는지 고민한 적도 없고요, 아이들에게 적합해서 혹은 적합하지 않아서 어떤 소재를 선택하거나 버린 적도 없다는 말입니다.

기껏해야 이렇게 말할 수 있을 거예요. 저는 만약 제가 아이라면 읽기 좋아했을 책을 씁니다. 이 표현은 멋지게 들리긴 하나, 진실을 완전히 짚어 내지는 못합니다. 저는 저 자신의 유년 시절을 기억하거나 회고하면서 쓰는 것도 아니니까요. 예전의 아이는 지금도 제 안에 살고 있습니다. 그 아이와 저를 갈라놓는 심연, 어른이 되는 것의 심연은 없습니다. 근본적으로 저는 그때와 같은 사람인 것 같습니다. 여기서 제 내면의 눈 앞에 많은 심리학자가 보입니다. 심리학자들은 미심쩍은 듯 이마를 찡그리면서 중얼거리지요. "저 사람은 정말 아직도 어른이 되지 않았네." 하고요.

어른이 되지 않은 것, 그것은 오늘날 마치 중대한 잘못처럼 여겨집니다.

자, 상관없습니다. 인정합니다. 저는 어쩌면 정말 제대로 어른이 되지 않은 것 같습니다. 저는 평생 동안 오늘날 사람들이 '제대로 된 어른'이라고 부르는 존재가 되지 않으려고 저항했습니다. 마법을 잃고, 개화되고, 고리타분한 현실 세계에 살아가는 마법을 잃고, 개화되고, 고리타분한 절름발이 존재가 되지 않으려고 말입니다. 위대한 프랑스 시인의 말을 빌리겠습니다. "아이가 되기를 완전히 멈추었다면 우리는 이미 죽은 존재다."

저는 아직 완전히 고리타분해지지 않고, 아직 완전히 창의성을 잃지 않은 모든 사람의 내면에는 이 아이가 살고 있다고 믿습니다. 나는 어디서 왔는가? 나는 왜 이 세상에 있는가? 나는 어디로 가는가? 삶의 의미는 무엇인가? 이는 아이들이 던지는 아주 오래된 질문입니다. 저는 위대한 철학자와 사상가 들이 하는 일은 이러한 아이들의 질문을 새롭게 던지는 것에 불과하다고 생각합니다. 위대한 시인과 예술가, 음악가의 작품은 그들 내면의 영원하고 신적인 아이의 놀이에서 비롯된다고 믿습니다. 이 아이는 우리가 아홉 살이든 아흔 살이든 외형적인 나이와 완전히 무관하게 우리 안에 살고 있습니다. 이 아이는 놀라워하고 묻고 열광하는 능력을 절대 잃지 않지요. 그토록 연약하며 타인의 손에 넘겨진 우리 안의 이 아이는 괴로워하고, 위로를 구하고, 희망하고 있습니다. 우리 안의 이 아이는 우리가 이 세상에 사는 마지막 날까지 우리의 미래를 뜻합니다.

이제 저의 고찰은 독일어 표현처럼 "고양이를 자루에서 풀어 줘야 하는" 지점에 이른 듯합니다. 제가 왜 글을 쓰는지 고백해야겠지요. 신사 숙녀 여러분, 어쩌면 여러분은 제가 망설이는 걸 눈치채셨을 겁니다. 망설이는 데는 그만한 이유가 있습니다. 제가 이 문제에 대해 말할 수 있는 모든 것은 오늘날 중요하고 옳다고 여겨지는 것과 정반대라는 사실을 잘 알고 있기 때문이지요. 그래도 해 보겠습니다.

여러분은 분명 프리드리히 니체의 유명한 문장을 아실 겁니다. "모든 남자의 내면에는 아이가 숨어 있다. 그 아이는 놀고 싶어 한다." 저는 대단한 여성 경시자였던 니체의 이 문장을 편한 마음으로 살짝 고쳐서 이렇게 말하고 싶습니다. "모든 사람의 내면에는 아이가 숨어 있다. 그 아이는 놀고 싶어 한다."

그러므로 저는 부끄러움 없이 고백합니다. 글을 쓸 때, 제 마음을 움직이는 진정하고 참된 원동력은 바로 어떤 의도도 없이 자유롭게 환상의 놀이를 하는 즐거움입니다. 제게 책을 쓰는 일은 늘 새로운 여행이자 모험입니다. 목적지를 모르는 여행, 이전에 몰랐던 어려움과 마주치는 모험이지요. 그 모험을 통해 이제껏 알지 못했던 경험과 사고와 기발한 생각이 제 안에서 일깨워집니다. 모험의 끝에 이르면 저 자신은 처음의 저와는 다른 사람이 되어 있지요. 그런 놀이는 오직 아무런 의도가 없어야만 할 수 있습니다. 모험이 어디로 이끄는지 미리 알려고 하거나 계획하려 한다면 오히려 그로부터 멀어질 따름입니다.

도로 청소부 베포

우리는 다시 내가 늘 고심하는 문제 중 하나에 이르렀다. 여러분은 나의 『모모』를 알고 있고, 내가 도로 청소부라는 직업에 관심이 매우 많다는 걸 알고 있다. 사실 모든 학교에서 아이들에게 도로 청소부가 적어도 의사들의 일만큼 중요한 일을 한다고 가르쳐야 마땅하다. 도로 청소부가 없으면 세계에서 가장 훌륭한 의사도 우리를 도울 수 없을 테니까. 하지만 도로 청소부는 동등한 존경을 받지 못한다. 경쟁과 성과가 중요한 우리 사회에는 위신에 대한 완전히 병든 생각이 널리 퍼져 있다. 정원사는 사장보다 훨씬 중요하지 않다고 여겨진다. 하지만 훌륭한 정원사는 나쁜 사장보다 당연히 백배 더 소중한 존재다! 사실을 제대로 보려면 가치 평가 단계를 완전히 거꾸로 뒤집어야 한다.

'비인간적인 시스템'

나는 비인간적이고 반(反)인간적인 시스템을 보여 주고자 했다. 『모모』에서 나는 무엇보다 서부 영화의 법칙을 피하려고 했다. 알다시피 서부 영화에서는 하나같이 검은 모자를 쓴 악당을 모조리 총으로 쏘아 죽인다. 그러면 세상은 다시 질서를 찾는다.

말테 다렌도르프는 내가 이야기를 해결하면서 호라 박사라는 형이상학적인 인물을 도입했다고 비판했다. 우리는 우리 문제를 혼자 해결해야 하고, 형이상학적인 도움을 기대하면 안 된다는 사실을 정확하게 알고 있다는 것이다. 나는 이렇게 대답했다. "다렌도르프 씨, 책을 제대로 읽지 않으셨군요. 모모가 회색 신사들과 싸움을 벌여야 하는 순간 호라 박사는 잠을 자고 있어서 모모를 도무지 도와줄 수 없었거든요." 그때 모모는 혼자다. 호라 박사는 모모에게 그저 싸움을 할 기회를 줄 뿐이다. 우리는 세계사 속에서 그런 싸움이 선호되는 순간, 다시 말해 운명이 그 싸움을 벌일 모든 전제 조건을 마련하는 순간이 있음을 부정할 수 없다. 나는 모모를 통해서 어떤 인간의 태도, 한 인간상, 여러분이 원한다면 반(反)영웅을 보여 주려고 했다.

그러나 나는 산업사회의 문제를 단 하나의 이야기로 해결할 수 있다고 자만한 적은 한 번도 없다. 그런 의도 혹은 가능성은 나중에 독자들이 책 속에 들어 있다고 생각한 것이다.

솔직히 말해, 나는 산업사회 문제 해결을 위한 완전하고 구체적인 해답이 들어 있는 이야기나 동화를 창작하는 것은 불가능하다고 생각한다. 아직 그런 견본조차 만들 수 없다. 작가의 과제는 사회적 의식을 조성하는 것뿐이다. 모모는 그것을 모모의 방식으로 이루었다. 많은 사람, 특히 젊은 사람들이 모모의 태도를 가능성으로 받아들였다. 내가 보기에 산업사회의 문제는 이제까지와 완전히 다른 방식으로 해결해야 한다. 그것은 개개인의 문제가 아니라, 수많은 개인이 뭉친 사회단체의 문제다. 그런 집단적 차원에서 문제가 생겼다. 벌써 기계만 두고 보더라도 수많은 개별적인 발명이 합해진 총합이다. 그 어떤 부품도 발명가 한 사람이 만든 것이 아니다. 모든 부품은 수 세대에 걸쳐 쌓인 기술적인 유산이 있기에 만들어진 것이다. 기술은 인간 공동체의 창조물이다. 따라서 산업사회의 문제는 오직 많은 사람의 노력이 필요한 공동체 활동을 통해 극복될 수 있다. 그 일은 한 사람의 모모가 할 수 없다. 하지만 모모는 이 공동체가 형성되도록 도울 수 있다. 나에게 있어 모모의 경우, 회색 신사들과 정반대되는 인물을 만드는 게 중요했다. 그러나 친구들 없이 혼자였더라면 모모는 누구보다 더 무력했을 것이다. 모모에겐 그 누구보다 친구들이 필요했다. 그렇지 않으면 모모는 파멸했을 것이다.

호라 박사

호라 박사가 나오는 대목에 대한 내 생각은 이렇다. 여기서 이야기는 일단 외적이고 일상적인 현실에서 벗어나 초월적이거나 형이상적인 혹은 초현실적인 영역으로 넘어간다. 모모는 시간의 꽃 연못에서 인간적 실존을 전혀 다른 방식으로 경험하며, 자신이 정신적인 동시에 물질적인 우주의 아이임을 깨닫는다. 우주 전체가 모모에게 인생의 한 시간 한 시간을 주기 위해 함께 작용한다. 이 경험은 모모에게 "두려움보다 더 강렬한" 감정을 느끼게 한다. 본래 우주 전체가 우리에게 한 시간 한 시간을 주기 위해 함께 협력한다는 것은 우리의 작고 개인적인 자아가 이해하기에는 그야말로 너무 엄청난 사실이다. 나는 이러한 시각에 다가올 미래의 의식이 이미 한 조각 담겨 있다고 생각한다. 그 의식은 오늘날 분명한 목소리를 내려는 많은 운동에서 뚜렷이 나타나고 있다. 사람들은 그런 운동을 넌지시 비웃을지 모른다. 일부는 기괴하다고 여길 수도 있다. 나는 그런 운동을 다 아주 진지하게 생각한다. 그 운동에는 인간 자신을 지금까지 사람들이 본 것과는 다르게 보려는 엄청난 갈망이 담겨 있다고 보기 때문이다. 인간은 자신이 다시 전혀 다른, 훨씬 더 큰 연관 안에 들어 있는 모습을 보고 싶어 한다. 그 연관에서 한 사람 한 사람의 더할 나위 없이 소중한 가치가 새롭게 발견된다.

이 문제는 근본적으로 종교적인 문제로, 아주 구체적인 정신적 세계의 현실에 대한 문제다. 정신적 세계는 물질적인 외적 세계와 경험과 체험이 가능한 연관 속에 있다. 바로 이 지점에서 교회는 오래전부터 사람들을 방치했다. 오늘날 교회는 — 설령 말한다고 해도 — 본래의 신비한 자기 바탕에 대해 그저 마지못해 당황한 미소를 띠고 이야기할 뿐이다. 그러나 영성(靈性)에 대한 이러한 새로운 갈망은 중점의 이동을 가져오리라 생각한다. 이제 우리가 더 빠른 자동차를 소유하게 될지, 혹은 이런저런 위성을 소유하게 될지 하는 문제는 더 이상 중요하지 않게 된다. 그것에 관심이 있는 사람들은 점점 줄어들 것이다. 나는 개인적으로 기술 발전에 관한 관심이 심지어 한참 전에 최고치를 넘어섰다고 확신한다. 린드버그가 대서양을 날았을 때 그 영향이 얼마나 엄청났는지 여러분이 상상해 보면 좋겠다. 당시 인류는 마치 술에 취한 듯 앞으로 다가올 미래에 열광했다. 그 반응을 우주 비행사들이 달에 처음 착륙했을 때의 반응과 비교하면…… 사람들은 오히려 기술 발전을 미심쩍어하고, 거의 달갑지 않아 하며 마지못해 경탄했다. 사실 미국항공우주국 사람들을 제외하고 진짜 기뻐한 사람은 아무도 없었다.

회색 신사들

회색 신사들은 만사를 오직 숫자로만 나타낼 수 있다고 믿는 생각의 대변자다. 만일 모든 것을 무게로 달고, 숫자로 세고, 자로 잴 수 있게 된다면 본래의 가치가 파기되는 셈이며, 결론적으로 0이 남을 뿐이다. 이제 가치가 있는 건 아무것도 없거나, 모든 것이 똑같은 가치를 갖게 되면서 만사가 아무래도 상관없게 된다. 만약 감정이나 가치 판단을 배제하는 '가치 중립적 사고'를 사람의 인생에 적용한다면, 고유한 가치를 지닌 한 인간이 사물로 전락해 버린다. 그로부터 "견딜 수 없는 지루함"이 생겨난다. 이제 어떤 순간도 더는 경험하거나 체험할 수 없다. '진짜' 인생은 대개 일그러진 유토피아 상을 띠는 막연한 미래로 미루어진다. 그럼 인간이 삶의 현실에서 완전히 소외되고, 삶은 추상적으로 변한다.

거북

내가 개인적으로 거북(여기서 나는 지중해 육지 거북 이야기를 하고 있다.)에 특히 호감을 느끼는 이유는 다음과 같다.

1. 거북의 완전한 무용(無用)함. 거북은 자연에서 친구도 없고 적도 없다. (물론 인간은 예외다. 그동안 인간은 모든 생물의 가장 위험한 적이 되었다. 그러나 인간은 '본래 타고난' 적은 아니다.) 거북은 그 누구에게 도움이 되지도, 해를 끼치지도 않는다. 거북은 그저 거기 있다. 그 점이 자연 속 모든 것을 유용성 관점에서 설명하는 오늘날 주목할 만하며 위로를 주는 사실인 듯하다.

2. 거북의 욕심 없음. 거북은 거의 아무것도 먹지 않고 생존할 수 있다. 하루에 이파리 몇 개만 먹고도 몇 주일, 몇 달을 살 수 있다.

3. 거북의 나이. 여기서 나는 거북 한 마리가 아주 오래 살 수 있다는 사실뿐 아니라, 거북이라는 종의 나이를 말하고 있다. 인간이 아직 아브라함의 소시지 요리 솥에서 헤엄치고 있었을 때* 거북은 이미 존재했다. 우리가 오래전에 이 세상에서 퇴장한 뒤에도 거북은 아마 여전히 존재할 것이다.

4. 거북의 얼굴. 거북의 얼굴을 똑바로 들여다본 적이 있는가? 거북은 싱긋 웃고 있다. 거북은 우리가 모르는 걸 아는 것 같다.

5. 거북의 형태. 이는 가장 설명하기 어려운 점이다. 거북의 형태는 현대적 사고와 거리가 있기 때문이다. 거북을 해부학적이 아니라 상징적으로 바라보면, 그러니까 거북의 모습이 표현하는 것을 자세히 들여다보면 사실 뿔로 된 돌아다니는 두개골이나 마찬가지다. 전 세계의 신화에서 두개골은 언제나 중요한 역할을 한다. 『에다』**에 따르면, 별이 빛나는 하늘은 저 옛날 얼음 거인의 두개골로 만들어졌다. 두개골에는 숫구멍, 그러니까 위쪽으로 난 작은 틈이 있다. 갓난아이의 숫구멍은 잠시 열려 있다가 시간이 지나면서 점점 닫힌다. 몇 가지 옛 문헌에 따르면 숫구멍은 물질적인 육체의 태곳적 흔적이다. 그때 인간의 숫구멍은 일평생 열려 있었다. 숫구멍 자리에는 한 기관이 있었다. 인간은 그 기관으로 꿈꾸듯이 시간과

---

* 『창세기』에서 이스라엘 민족의 조상 아브라함은 오랫동안 아이가 없었으나 하느님이 보내신 세 사람을 융숭하게 대접하며 아들을 약속받는다. ― 옮긴이
** 고대 북유럽의 신화와 전설 시가집. ― 옮긴이

공간의 세계 너머, 즉 하늘 저 너머를 지각할 수 있었다. (지금도 우리는 이 기관의 독특한 형태를 부처상의 머리 모양에서 찾아볼 수 있다.) 인도 사람들은 그것을 "천 개의 꽃잎이 달린 연꽃"이라고 부른다. 어쩌면 왕들이 쓰는 왕관도 그 기관을 무의식적으로 본떠 만든 것인지도 모른다.

거북은 껍데기가 닫혀 있다. 생각하는 자아는 오롯이 자기 자신과 있으며, 자기 자신을 인식한다. 다른 말로 하면 이런 의미다. "거북은 자기의 자그만 시간을 자기 안에 갖고 다닌다."

사실인가 판타지인가?_아이들이 묻는다면

작가님은 왜 판타지 이야기만 쓰나요? 아니면 진실과 판타지를 섞는 건가요? 아무튼 『모모』는 현실에서 일어날 수 없는 이야기잖아요.

이 질문에 대답하려면 설명해야 할 말이 너무나 많아서 두꺼운 책 한 권만큼이나 될 거야. 여기서는 몇 가지만 간단히 말할게. 내 말을 곰곰이 생각하면 너희 스스로 여러 사실을 알아차릴 수 있을 거야. 우선 너희에게 묻고 싶구나. '현실'이라는 단어는 본래 무슨 뜻일까? "영향을 미치는 것"*일까? 그러면 보거나 만질 수는 없지만 그래도 현실인 것이 분명 아주 많지. 이를테면 감정, 소원, 생각이 그렇지. 우리 자신 안에 있는 그런 현실을 그리려면 바깥 세계와는 다른 형상을 통해 그릴 수밖에 없어. 그 형상은 오히려 우리의 꿈과 닮아 있는 거야. 누구나 종종 이상한 꿈을 꾸지. 꿈속에서 우리는 사실 모두 동화작가란다. 이를테면 이야기에서 그냥 "나는 슬프고 풀이 죽어 있었어."라고 말할 수 있지. 하지만 이렇게 묘사할 수도 있어. 안개가 자욱한 으스스한 늪지대에 들어가고 있는데, 한

---

* 독일어에서 '현실'을 뜻하는 'Wirklichkeit'는 '영향을 미치다'라는 의미의 동사 'wirken'에 후철 '…lichkeit'를 붙여 만든 단어다. — 옮긴이

걸음 한 걸음 내디딜 때마다 내 몸이 점점 더 무거워진다고 말이지. 그러면 그냥 "나는 슬프고 풀이 죽어 있었어."라고 말하는 것보다 절망적인 경험을 훨씬 더 또렷하게 잘 그려 낼 수 있지. 나는 그렇다고 생각해. 한마디로, 나는 우리의 꿈과 비슷하게 글을 쓰려고 하는 거야. 꿈은 아무튼 진짜 있잖아. 그러니까 꿈도 현실인 거야. 현실이 딱 하나만 있는 것도 아니야. 전혀 다른 많은 현실이 있단다. 어쩌면 이렇게 말하는 게 더 나을지도 모르겠구나. 단 하나의 현실이 있는데, 그 현실은 층이 많이 있는 건물 같은 거라고. 그 건물의 어느 층에 있는지에 따라 세상이 다르게 보인다고 말이지. 건물의 층은 우리의 상상과 생각, 감정이야. 다른 시대나 다른 민족 사람들은 각기 다른 상상을 했단다. 그만큼 현실은 다양한 의미를 띠는 거지. 나는 이렇게 다양한 세상을 그린단다. 자신이 사는 층에서 한 번도 나온 적 없는 많은 사람은 이렇게 말해. "그 모든 건 존재하지 않아. 안 그럼 나도 분명 알고 있겠지." 그렇게 생각하는 것이 바로 습관이란 거란다. 하지만 그건 나쁜 습관이지.

『모모』의 무대 배경

삽화와 관련해 며칠 밤을 거의 뜬눈으로 지새우고 나서, 나는 책의 많은 장면을 그림으로 묘사하면 얻을 게 없을뿐더러, 오히려 해가 된다는 결론을 내렸다. 이를테면 호라 박사를 보여 줄 수는 없다. 호라 박사는 계속 나이가 달라지는데 그림으로 묘사하면 독자의 상상 속에 이미지가 고정되기 때문이다. 또 회색 신사들도 보여 주면 안 된다. 회색 신사들이 으스스한 것은, 말하자면 사람들이 그들을 못 보고 지나치거나 설사 보았더라도 기억할 수 없기 때문이다. 그림으로 묘사하면 그들은 조금도 위험하지 않은 존재가 되리라. 결국 나는 모모 역시 마찬가지임을 깨달았다. 그림으로 그리면 아무리 잘 그린다 해도, 모모를 상상하면 떠오르는 모모의 본래 신비스러운 면이 사라질 수밖에 없다. 그래서 나는 표지에서도 모모의 뒷모습만 그렸다.

그러면 무엇이 남았을까? 나는 책에 그림이 하나도 없는 것은 바라지 않았다. 어마어마하게 뛰어난 상상력을 지닌 독자는 그리 많지 않으리라. 그래서 내 생각에 아주 좋을 듯한 어떤 방법을 찾아냈다. 나는 중요한 세 부분에만 각각 '무대 배경'을 집어넣기로 했다. 그러니까 「모모와 친구들」에는 원형극장을 넣고, 「회색 신사들」에는 신축 건물 지역을, 마지막으로 「시간의 꽃」에는 시간의 경계 뒤편의 꿈 같은 하얀 도시 구역을 넣는 것이다. 하지만 인물은 없어야 한다. 모두 독자 스스로 이 '무대 배경'에 사람을 채워 넣고 활기를 불어넣도록 자극하는 데 그쳐야 한다.

훌륭하다, 모모!
미하엘 엔데는 1974년 『모모』로 독일 청소년 문학상을 받았다.
딱 한 표 차이였다!

사회 비판?

『모모』를 쓰면서 나는 사실 사회 비판을 담을 의도가 전혀 없었다. 사회 비판은 말하자면 완전히 저절로 생겨났다. 당시 내가 고심했던 것은 순전히 시적인 문제였다. 그것은 문화를 바라보는 나의 전체적인 시각과 연관이 있다. 문화란 내면세계를 외부 세계로, 외부 세계를 내면세계로 변화시켜서 한쪽을 다른 쪽에서 다시 보게 하는 것이다. 그래야만 인간은 자신의 세계에서 편히 지낼 수 있다. 안 그러면 인간은 자기 세계에서 내내 이방인일 뿐이다. 따라서 내게는 우리 세계의 외적인 형상을 내면의 형상으로 바꾸는 일이 중요했다. 사실 나는 중세의 이야기꾼들이 한 일과 같은 것을 하고 싶었을 뿐이다. 숲, 왕, 마녀, 늑대는 이야기꾼의 실제 주위 세계 형상이었다. 중세의 이야기꾼은 시적인 연금술 행위를 통해 외부 형상을 영혼과 정신적인 것을 표현하는 내적인 형상으로 변화시켰다. 그럼으로써 비로소 세계는 진짜 경험할 수 있게 된다. 내면과 외면이 하나가 되는 것이다. 화학적 결혼식이 거행되어 왕자와 공주가 결혼한다. 이 과정에서 사물은 그야말로 저절로 자신의 가치 혹은 무가치를 드러낸다. 이를테면 칼은 내면의 형상으로 간단히 변화될 수 있다. 하지만 같은 것을 자동 권총으로 해 보라! 자동 권총은

칼과 마찬가지로 무기다. 하지만 여러분은 대천사 미카엘에게 자동 권총을 들게 할 수는 없을 것이다. 혹은 전화기를 생각해 보라. 전화기는 어떤 내면의 형상을 표현할 수 있을까? 근본적으로 우리는 비록 우리 자신이 만들었으나 우리 내면에 일치하는 것은 없는 물건들에 온통 둘러싸여 살고 있다. 다시 말하면, 우리 세계는 우리에게 완전히 낯선 채로 남아 있다. 그런 상태가 계속되는 한 더 이상 문화도 없다. 그것이 내가 『모모』를 쓰면서 고심했던 문제였다. 그런데 거기서 그렇게 섬뜩한 우리 세계의 형상이 나온 이유는, 그런 시적인 처치가 외적 현실이 진정한 자기 얼굴을 드러내도록 그야말로 강요하기 때문이다.

옮긴이의 말

전기도 들어오지 않는 산골 마을. 여름이면 학교에서 돌아오자마자 냇가로 달려가 입술이 파래지도록 놀고, 겨울이면 나보다 더 큰 눈덩이를 콧등에 땀이 송송 맺히도록 굴리며 눈사람을 만들던 시절이 있었다. 책이라곤 교과서밖에 없었기에 하루 종일 들판을 뛰어다니며 사금파리와 단추와 돌멩이를 갖고 공기와 소꿉놀이를 했었다. 어쩌다 하얀 조약돌이나 반짝반짝 빛나는 모래가 듬성듬성 박힌 돌이라도 주우면 보물인 양 소중하게 간직하던 시절. 그때 나는 시간이 넘치도록 많았고, 지루할 새가 없었고, 행복했다.

초등학교 4학년 때 나는 난생처음 기차를 타고 서울로 이사 왔다. 집을 나서면 좁고 지저분한 골목길이 보일 뿐이고, 조금만 더 나가면 차들이 쌩쌩 달리는 커다란 도로가 나오는 곳. 그리고 고층 건물들. 나는 그 앞에만 서면 개미보다 더 작은 하찮은 미물이 된 듯 주눅이 든다. 그 후 나의 삶은 전혀 딴판이 되었다. 중학교와 고등학교, 대학교, 직장 생활, 대학원, 결혼, 두 아이. 뭔가를 이루고, 뭔가 중요한 인물이 되고, 뭔가를 손에 쥐기 위해 이를 앙다물고 시간을 쪼개며 살다 보면 문득 행복했던 어린 시절이 떠오른다. 왜 이렇게 시간이 빨리 흐르고, 왜 이렇게 항상 시간이 모자랄까? 왜 아직도 원하는 것을 얻지 못한 느낌이 드는 걸까?

『모모』를 번역하며 나는 언제나 가슴 한구석에 아리게 자리 잡고 있던 이 문제와 마주하는 행복을 맛보았다. "시간은 삶이며, 삶은 우리 마음속에 깃들여 있는 것이다." 사실 시간이란 달력과 시계로 잴 수 있는 것이 아니라 우리가 그 시간 동안 어떤 일을 겪었는가에 따라 다른 의미를 지닌다. 그러기에 시간은 우리 한 사람 한 사람에게 각각 다른 모습으로, 다른 의미로 다가온다. 하지만 우리는 어떤 막연한 목표를 이루기 위해 시간이란 소중한 비밀을 너무 소홀히 다루고 있는 것은 아닐까? 목표를 이루고 나면 행복을 거머쥘 것 같지만 정말 그럴까? 모모와 친구들의 이야기는 우리에게 이 비밀을 알려 준다. 모모의 친구들은 회색 신사의 방문을 받은 후 돈을 벌기 위해, 혹은 뭔가 중요한 인물이 되기 위해 시간을 아끼면서 예전의 따스한 정을 잊고 점차 차갑고 삭막한 사람들이 되어 간다. 모모는 호라 박사와 꼭 반 시간 후의 일을 미리 알고 있는 신기한 거북 카시오페이아의 도움을 받아 시간을 훔치는 회색 신사들을 물리치고, 사람들은 다시 예전처럼 한순간 한순간을 즐기는 행복한 삶을 살게 된다. 이 이야기는 이처럼 동화의 형식을 빌려 재미있게 전개되지만, 허황된 이야기가 아니라 시간을 아끼며 아등바등 살아가는 우리네 이야기이기도 하다. 회색 신사들, 그들은 바로 우리가 뭔가를 이루고, 뭔가 중요한 인물이 되고, 뭔가를 손에 쥐는 것이 더 중요한 것이 아닐까 생각하는 그 순간 우리 마음속에 생겨

나는 존재이다. 그들은 지금 이 순간 우리 마음속에서 자라날 수도 있다. 그러니까 엔데가 「작가의 짧은 뒷이야기」에서 말하고 있듯이 모모와 친구들의 이야기는 이미 일어난 일이기도 하지만, 앞으로 일어날 수 있는 일이기도 하다.

지금 이 순간에도 우리는 어른은 물론 중고등학생, 초등학생, 심지어는 유치원생까지 다른 사람보다 앞서가는 뛰어난 사람이 되기 위해 꽉 짜인 시간표에 따라 바쁘게 일하고 공부하고 있다. 물론 열심히 일하고 공부해야겠지만, 그러는 동안 우리네 삶은 꿈과 따뜻함을 잃고 점점 삭막해져 가는 것은 아닐까? 내가 이루고자 하는 목표는 무엇일까? 그리고 한순간 한순간의 과정을 즐기며 목표에 이르는 길은 어떤 것일까? 『모모』는 우리에게 이런 질문을 던지고 있다.

한미희

미하엘 엔데 MICHAEL ENDE(1929~1995)

© Caio Garrubba

1929년 남부 독일 가르미슈-파르텐키르헨에서 초현실주의 화가인 에드가 엔데와 역시 화가인 루이제 바르톨로메의 외아들로 태어났다. 아버지가 나치 정부로부터 예술 활동 금지 처분을 받아 가족 모두가 어려움을 겪었지만, 부모의 예술가적 기질은 엔데에게 큰 영향을 끼쳤다. 글, 그림, 연극 활동 등 다양한 영역을 넘나드는 엔데의 예술가적 재능은 그림뿐만 아니라 철학, 종교학, 연금술, 신화에도 두루 정통했던 아버지의 영향이 특히 컸다. 이차 세계 대전 즈음, 발도르프 학교에서 수학하다 아버지에게 징집 영장이 발부되자 학업을 그만두고 가족과 함께 나치의 눈을 피해 도망했다. 전후 뮌헨의 오토 팔켄베르크 드라마 학교에서 잠깐 공부를 더 하고서는 곧바로 진짜 인생이 있는 세상 속으로 뛰어들어, 연극배우, 연극 평론가, 연극 기획자로 활동했다. 1960년에 첫 작품 『기관차 대여행 *JIM KNOPF UND LUKAS DER LOKOMOTIVFÜHRER*』을 출간하고 독일 청소년 문학상을 수상함으로써 본격적으로 작가의 길을 걷게 된다. 1973년엔 『모모』를, 1979년엔 『끝없는 이야기』를 출간함으로써, 세계 문학계에 엔데라는 이름을 확실히 각인시킨다. 엔데는 이 두 소설에서 인간과 생태 파국을 초래하는 현대 문명 사회의 숙명적인 허점을 비판하고, 우리 마음속에 소중히 살아 있는 세계, 기적과 신비와 온기로 가득 찬 또 하나의 세계로 데려간다. 1995년, 예순다섯에 위암으로 눈을 감았다.

한미희

1980년 이화여자대학교 독문학과를 졸업하고, 연세대학교 독문학과에서 석사와 박사 학위를 받았고, 홍익대학교에서 박사 후 과정을 마쳤다. 현재 전문 번역가로 활동하고 있다. 옮긴 책으로 『그림 형제 동화집』, 『하이디』, 『데미안』, 『수레바퀴 아래서』, 『게르버』, 『프란츠 카프카 단편집』 등이 있다.

모모

1판 1쇄 펴냄 1999년 2월 9일 1판 129쇄 펴냄 2023년 6월 22일
2판 1쇄 펴냄 2024년 3월 29일 2판 2쇄 펴냄 2024년 7월 9일
지은이 미하엘 엔데 옮긴이 한미희 펴낸이 박상희 편집주간 박지은 편집 김선영 디자인 곽민이
펴낸곳 (주)비룡소 출판등록 1994. 3. 17.(제16-849호)
주소 06027 서울시 강남구 도산대로1길 62 강남출판문화센터 4층
전화 02)515-2000 팩스 02)515-2007 홈페이지 www.bir.co.kr
제품명 어린이용 환양장 도서 제조자명 (주)비룡소 제조국명 대한민국 사용연령 3세 이상
ISBN 978-89-491-3999-9 43850